U0590748

古典的与现代的

左怀建 ◎ 著

ZHEJIANG UNIVERSITY PRESS
浙江大学出版社

逼上崇高(代序)

　　"逼上崇高",这四个字,在我的内心已经活动好几年了。长期的人生体验和鲁迅教学与研究,让我觉得概括鲁迅的人生,"逼上崇高",其至比"反抗绝望"更能切近鲁迅生命的内在属性。"反抗绝望"是从鲁迅所处的生存境地来说的,这个"绝望"既指鲁迅以外的客观生存处境所带来的绝望,也指鲁迅自己由于身体的、心理的、精神的乃至能力的各方面缺失所带来的绝望。这个"绝望"关涉到究竟怎么理解鲁迅在《〈呐喊〉自序》里所控诉的"铁屋子"的文化内涵所指。过去理解"铁屋子"的内涵,一般从社会学角度切入,认为这个"铁屋子"是指鲁迅置身其中的中国传统社会文化人生,后来运用西方现代主义理论,认为这个"铁屋子"还具有人类普遍生存困境的意义,再后来,"研究内转",人们又看到这个"铁屋子"还有鲁迅自身的困境问题。[①] 我现在就觉得,由于外在的和内在的种种因素制约,鲁迅不得不走上他那条令当时无数人不理解、令后来无数人崇敬而又惧怕的人生之

---

　　① 曹禧修:《中国现代文学形式批评理论与实践》,北京:中国社会科学出版社2007年版,第159页。

路、文学之路。换言之,鲁迅之所以走上了他那样的人生之路、文学之路,不仅是他自觉、自动选择的结果,也实在是别无选择、"无路可走"之举。

你可以想象当初如果鲁迅坚持将医学学完,选择做一名医生,他会怎么样? 按照华东师范大学潘世圣先生的考证论说,当年鲁迅在日本之所以没有按照一般中国留学生的选择路线,在补习过日语、进入高等学校之前的预备教育结束之后,去考东京帝国大学,一是因为东京帝国大学竞争激烈,非常难以考进,二是因为东京的物质生活水平偏高,鲁迅无法正常支付每天的生活费。① 笔者觉得这两个方面就有主客观之分。穷,不是鲁迅的责任。真的要考,其中还会有种种障碍,这也不是鲁迅的责任。但是文化程度不够高,考不进,这不能说都是客观制约所致。相比西方发达国家,包括当时向西方学习已经崛起的日本,中国积贫积弱,对下一代的现代教育明显不够,特别是在自然科学方面的知识开发和智慧启迪欠缺,这也算是客观原因,但是这种情况是所有中国青年学生都面对的,不是鲁迅一个人,而为何偏偏是鲁迅主动放弃了考取帝国大学这样高层次的大学呢? 从个人能力和心理上讲,这是不是也有些可以考量的呢? 到了仙台医学专门学校,鲁迅的多门功课成绩都在 60 分上下徘徊②,但他回忆中,印象最深的,也是刺激最深、难以忘怀的,却是藤野先生的关爱、部分日本同学的侮辱及课间幻灯片中国人的愚昧,换言

---

① 潘世圣:《关于鲁迅与仙台医学专门学校——日本留学期鲁迅实证研究之一》,北京:《新文学史料》2003 年第 2 期。
② 国内较早披露鲁迅在仙台医学专门学校的学习成绩是江流编译《鲁迅在仙台》,见 1980 年 1 月《鲁迅研究月刊》第 4 期。最近更详尽的考释见曹禧修《鲁迅与语文教学》,杭州:浙江大学出版社 2016 年版,第 86 页。

之，他最操心的不是科学知识成绩，而是人的尊严、人格、温暖问题。[1] 这应该与其家道中落对他造成的沉重伤害有密切关系，是家庭突然衰败导致他心灵上终生的残疾（病态），从此他对尊严、人格、温暖的过于焦渴的诉求阻碍了他心态的从容和他心智上纯粹知识理性智慧的发展，而偏向了纯粹精神、灵魂、理想（幻想）和感情这些对现实人生更具超越性和对抗性的价值一面。李长之在《鲁迅批判》中指出：鲁迅"憎恶知识"[2]；"鲁迅在感情方面，是远胜理智的"[3]。"鲁迅在文艺上……乃是一个诗人。诗人是情绪的"[4]，"他所有的，乃是一种强烈的情感，和一种粗暴的力"[5]。"他对于人生，是太迫切，太贴近了，他没有那么从容……"[6]日本鲁迅研究专家竹内好认为"幻灯事件和立志从文并没有直接关系"，鲁迅弃医从文直接来自他当时挥之不去的"屈辱"和"孤独"的压力——"屈辱不是别的，正是他自身的屈辱。与其说是怜悯同胞，倒不如说是怜悯不能不去怜悯同胞的他自己。他并不是在怜悯同胞之余才想到文学的，直到怜悯同胞成为连接着他的孤独的一座里程碑"[7]。也就是说，鲁迅通过

---

① 鲁迅在《藤野先生》里回忆，当年他在仙台医学专门学校画解剖图时，总想将图画得"比较的好看些"、更"美术"一些，潘世圣上文指出，这实际上就是鲁迅渴望人格尊严、感情慰藉、生活美好的心理投射。

② 李长之：《鲁迅批判》，北京：北京出版社 2011 年版，第 174 页。

③ 李长之：《鲁迅批判》，北京：北京出版社 2011 年版，第 157 页。

④ 李长之：《鲁迅批判》，北京：北京出版社 2011 年版，第 54 页。

⑤ 李长之：《鲁迅批判》，北京：北京出版社 2011 年版，第 147—148 页。

⑥ 李长之：《鲁迅批判》，北京：北京出版社 2011 年版，第 153 页。

⑦ （日）竹内好：《近代的超克·鲁迅》，李冬木、赵京华、孙歌译，北京：生活·读书·新知三联书店 2015 年版，第 131 页。

弃医从文达到质疑西方现代性①和呼唤中华民族精神再生只是他努力克服自身屈辱和孤独及自我怜悯的精神升华，其最原初的目的还在于为自己寻求人生支点、人生力量、人生温暖、人生尊严和人格。鲁迅是一个被命运之手抓获的人，其内心世界充满极大的仇恨、极强烈的人生渴望，他有无法言尽的情感和想法要倾吐、要禀告人间，他要通过这种方式来印证自己生命的存在，印证自己生命存在的价值。结果他被这样的生命现实所困扰。结果他必然走上轻视物质、张扬精神之路，走上轻视现实、眺望未来之路，走上排斥众数、呼唤个性之路。②

鲁迅弃医从文时，就有人告诉他，从文是要饿死的。但这并没能阻断鲁迅弃医从文的强烈愿望，其中原因之一是西方现代性虽已出现危机，而当时的中国人又确实处于麻木、愚昧之中，用文学去唤醒他们确是时代的诉求；原因之二是鲁迅确实急于寻找到一条能够超越现实困境（窘境）以达"新生"的便捷道路。鲁迅的"迅"表露了这一点。美国学者林毓生在《中国意识的危机》一书中指出中国人渴望以思想为解决问题的捷径，也可以说明鲁迅这一精神文化诉求的内在心理动因。问题在于，在中国这样一个以人文为特色而又最压抑真正人文精神的国家，这样的人生定位和人生追求很快就会暴露出更大的困境、窘境——精神追求越认真、越纯粹、层次越高，失望、绝望越大、越甚，越能看到中国人生比之西方发达国家更荒唐、更复杂的一面。西方有西方的困境，西方也不是天堂，鲁迅不会对西方盲目崇拜和完

---

① 汪晖：《反抗绝望：鲁迅及其文学世界》，石家庄：河北教育出版社 2000 年版，第 62 页。

② 鲁迅：《文化偏至论》，见《鲁迅全集》第 1 集，北京：人民文学出版社 2005 年版，第 47 页。

全认同，这一点是常识，不必花力气去证明，但是中国的负担更重，中国几千年的"超稳定结构"①加上貌似现代的虚伪的表象，令每一个认真对待现实人生的个人都无法无动于衷，无法瞒天过海、自欺欺人。钱锺书《围城》里说："'外国一切好东西到中国没有不走样的。'……想中国真厉害，天下无敌手，外国东西来一件，毁一件。"②中国几千年的封建专制、精神奴役使任何一个清醒者包括鲁迅都看到现实与理想、今天与明天、无我与自我、屈辱与尊严之间巨大的差距。于是乎，鲁迅一方面感慨文学无用，说"一首诗吓不走孙传芳"；一方面又无法丢掉这文学的世界，因为除了文学，鲁迅的精神诉求往何处安放呢？③ 更重要的，看着当时无数人卑鄙的嘴脸，看着当局者残暴的行径，面对无数"民国以来最黑暗的一天"，鲁迅"出离愤怒"了——他不标榜精神崇高，还能怎么样呢？ 也就是说，像鲁迅这样一个从小受欺负、受白眼、心里有严重创伤、极力呼唤正义的人，他怎么可能有别的选择呢？事实上，在中国这个"铁屋子"里，这个"酱缸"里，质疑之、反抗之、疏离之，是任何一个有良知、有责任心的人（知识者）无可逃避的抉择。为此，鲁迅付出了沉重的代价。

无论鲁迅多么聪明，有智慧，有才华，笔下有"刀笔吏"之风，但他本质上都是一个老实人、弱者，"他的心肠是好的，他是一个再善良也没有的人"④。几十年前，笔者曾在同事书房看到鲁迅

① 参金观涛、刘青峰合著的《兴盛与危机——论中国社会超稳定结构》，北京：法律出版社 2011 年版。

② 钱锺书：《围城》，北京：人民文学出版社 1981 年版，第 223 页。

③ 竹内好因此认为鲁迅是"一个彻底到骨髓的文学者"、"第一义的文学者"、"天涯孤独的文学者"，分别见竹内好著《近代的超克·鲁迅》，李冬木、赵京华、孙歌译，北京：生活·读书·新知三联书店 2015 年版，第 113、220、181 页。

④ 李长之：《鲁迅批判》，北京：北京出版社 2011 年版，第 162 页。

一幅画像(可能来自 1935 年曹白给鲁迅刻的像),那一脸的软弱、无奈、焦虑、忧愁、悲伤给我留下极其深刻的印象,我将终生难忘。那怎么可能是一个强横者、"狠毒"者、"刻薄"者、"阴险"者、"卑劣"者?他只能是可怜者、柔弱者、悲剧命运的承受者。那幅脸像将鲁迅作为文弱书生的一面揭示了出来,显豁了鲁迅生命构成的复杂面向,而恰好帮助我们说明问题,即鲁迅归根结底是一个从小生活在很好生活环境中,形成高傲、完美个性追求的人。突然的命运打击使其精神断裂,沉于社会底层,深知底层人的贫穷和痛苦,从此以后,作为新旧历史转换时期的知识分子,带着伟大的良心,因为一无所有所以无所顾忌,因为真诚所以发出了"真的人"的声音,因为关心民众生存所以提出国民性问题,以致成为所谓"人民公敌",当然也成就了他忧国忧民、反抗封建专制、反抗精神奴役的伟大的战士的一生——只是为了生命价值的实现,他还有别的道路吗①?

李长之在《鲁迅批判》里结合鲁迅的生活和精神进展得出一个结论:"一个人的环境限制一个人的事业。但一个人的性格却选择一个人的环境。"②鲁迅所处的家庭背景、时代背景、从事文学活动的工作环境及其性格特点决定了他的文学道路、人生道

---

① 鲁迅曾经对日本友人增田涉说:"我从事反清革命运动的时候,曾经被命令去暗杀。但是我说,我可以去,也可能会死,死后丢下母亲,我问母亲怎么处置。他们说担心我死后的事可不行,你不用去了。"这件事对鲁迅不是没有意义的,它对鲁迅构成不大不小的刺激和挑战。它暗示出鲁迅生命中柔弱和犹疑的一面。也许正因为意识到了这一点,所以后来增田涉出版回忆录时,他建议增田涉将这一段对话删去。笔者以为这也是鲁迅今后在文学道路上越走越远而且常常表现出强悍(以达到心理补偿)的原因之一。增田涉的回忆文字转自秦弓《鲁迅:"华盖运"何时休》,见葛涛、谷红梅编《聚焦"鲁迅事件"》,福州:福建教育出版社 2001 年版,第 202 页。

② 李长之:《鲁迅批判》,北京:北京出版社 2011 年版,第 50 页。

路。文学可以是多元的,但真正的文学必是无用之用,是大象无形、大音希声,是对人类永恒梦幻的形象记载,是对人类精神的深远启示,是对苦难人生的感情慰藉,然其神圣性、超越性、审美性的另一面又是虚幻、空虚、虚无、软弱、无力,乃至无聊、乏味。文学是空气,它是物又不是物,它存在又不存在。文学可以使人高尚,再高尚,超越,再超越,但文学也可以使人颓废,再颓废,绝望,再绝望。为了"立人"、立民族之"人国",也为了驱除自己内心的黑暗和绝望;再具体一点,为了实现自己的生命价值,不至于陷入空虚、无聊、凡庸,鲁迅必须一次又一次地确认文学的神圣使命①,一次又一次地激发文学的魅力和能量。一句话,文学必须崇高,"鲁迅"必须崇高!

仔细想想,这又是怎样的悲壮而复可怜可笑啊!在中国,文学竟然要承担那么多任务。换言之,本该由不同承担者承担的任务,在中国,最终竟自觉不自觉地都归结到了文学身上。是中国真的无其他承担者,还是文学从业者有意无意、主动与被动之间夸大了文学的功能?形成这种状况的原因究竟何在?面对种种困惑、无语和失语,真正的文学家只好告诉无数青年:人生的价值不在结果,而在过程;人生的价值在奋斗,在反抗,在路上。即便鲁迅,不也指认自己是历史的"中间物"?而这本身就是一种荒诞,也可说是一种自欺欺人,或曰反讽。鲁迅早就一方面"呐喊",一方面"怀疑"、"彷徨"。最后终于认识到:"我决不是一

---

① 日本学者竹内好就在其《鲁迅》一文中多次引用鲁迅在《呐喊·自序》《我怎么做起小说来》《自选集·序》中他解释自己为何做小说的启蒙主义意图,表明鲁迅对于自己从事文学活动之社会文化意义的一再确认。

个振臂一呼而应者云集的英雄"[1]，我也不是什么"导师"、"战士"和"前驱"[2]。个人是渺小的，人与人心灵难以通约，传统与现代的纠缠从来没有像现代中国这样复杂、尖锐。越到晚年，鲁迅的人生孤独感、荒凉感、无助感乃至虚无感越强烈。去世前，鲁迅留下遗言，其中一条："孩子长大，若无才能，可寻点小事情过活，万不可去做文学家或美术家。"当冯雪峰在一旁提醒不好给人以看不起所有文学家、美术家的感觉，鲁迅将"万不可去做文学家或美术家"改为"万不可去做空头文学家或美术家"[3]时，其被"逼上崇高"的困境从内到外愈加彰显，只是，当鲁迅即将遭遇新的历史机变，需要进行新的人生抉择时，他却带着永恒的憾恨而独自远行了。

---

① 鲁迅：《〈呐喊〉自序》，见《鲁迅全集》第 1 卷，北京：人民文学出版社 2005 年版，第 439 页。

② 鲁迅：《写在〈坟〉后面》，见《鲁迅全集》第 1 卷，北京：人民文学出版社 2005 年版，第 302 页。

③ 竹潜民：《对鲁迅遗嘱中一个难点的解读》，杭州：《浙江大学学报（人文社会科学版）》，2001 年第 5 期。

目　录

第一辑　女性与文学

第二辑　都市与文学

第三辑　自我、教学与文学

后　记

第一辑　女性与文学

论施济美的小说创作

  关于施济美,目前有两个现代文学研究区域涉及她:一是沦陷区文学研究,一是海派文学研究。她的创作大多发表在 20 世纪 40 年代的《万象》《春秋》《幸福》《紫罗兰》《小说月报》《文潮》《天地》等杂志上,但这并不意味着她就是一个一般的海派通俗文学家,她对世俗中的上海"都市漩流"始终充满一种厌憎感和陌生感。她说:"上海似乎永远只是上海而已,不知究属那一个国度。"①她把自己置身其中的现实环境比作一个"比监狱都更坏的地方"。她给自己的人生定位是"苦海的边缘":"我要在这岸上,这花房的外面,乐园的背后,苦海的边缘,仆仆风尘的途中,筑起几间聊蔽风雨的小屋。"②作为其精神世界外化的一种表征,她的创作取材、人物、情趣差不多均处于"都市漩流"的边缘。《万里长城之月》将人物悲怆的心情挥洒在孤寂的月光照耀下的北国古长城上,《爱的胜利》把人物生存的空间安排在一片汪洋的大海边,《大地之春》简直就是一首农村田园生活的赞美曲,

---

① 施济美:《郊游两题》,上海:《春秋》第 1 年第 8 期,1944 年 4 月。
② 施济美(署名薛采蘩):《岸》,上海:《幸福》第 2 年第 10 期,1948 年 10 月。

《鬼月》写一个乡下女子的爱情悲剧,《莫愁巷》写地处偏僻无名小镇一条"肮脏"小巷的人和事。

施济美小说似乎一再告诉人们:人一旦都市化,也就等于被世俗所同化,也就会丧失人格,成为各种欲望的奴隶。《蓝天使》写一个追逐城市之风的女孩子在严酷的城市生存事实面前受到的打击。她的希望破灭后的心理震惊,她那一双惊异与恐惧的眼睛,成为现代都市生活内在困惑最好的注脚。《十二金钗》(原名《群莺乱飞》)中当年那么崇奉神圣爱情的王湘君、今日已有两个孩子的媚妇胡太太,在严酷的生存事实面前得出一个"真理":"名誉,事业,志向,人格,学问,爱情,理想……全是假的,书呆子骗人的鬼话,一点儿用处都没有,如果有,也不过是可以用来换较多的金钱而已。"胡太太要女儿艳珠接受自己的教训,坚决不能再嫁给爱情,而要嫁给金钱。"人活在世上,只有钱才靠得住,尤其在这种年头儿。"她仇视一切比她有钱的人,而又巴结一切比她有钱的人。她让女儿吊住风流绅士"赵缺德",她一方面痛骂昔日同学韩淑慧也不是什么好人,一方面又为了钱而替她写关于妇女参政的论文:"写、写、写,胡太太的手越写越冷。想、想、想,胡太太的心越想越热。"胡太太人越来越瘦,胡太太的心却越来越疯狂了。胡太太这一人物形象不仅在施济美小说中是个创造,就是放在整个现代文学人物画廊里也不逊色。她的贫穷与干瘦是对当时金钱社会的有力控诉,她对金钱的疯狂追求又是她精神趋于崩溃、人格异化的绝好表现。

施济美小说中的知识女性虽生活在"都市漩流",但深感尊严、人格、自由、爱情等精神价值的毁灭。在这类小说中,施济美不写"饮食男女,人之大欲存焉",不认同苏青女性飞"蛾"扑火式的欲望膨胀,也不写"叫我们坠落一点"的灵魂也是"好灵魂",不渲染予且城市小市民式的小卑琐、小悲欢,而是有意拉开距离,站在一个不入格、不入流的边缘地带,以女主人公对于尊严、人格、自由、爱情等精神价值的执着追求而与如上都市人生对抗:"——你为什么总拒人于千里之外?""因为我始终站于你千里之外。"(《紫色的罂粟花》)施济美这类小说有一种强烈的对于都市人生的质疑性,对于置身其中的大都市"乱世末日"的"废园"意识和"黄昏"意识。

施济美同时坚守着女性立场,对于男性中心社会里女性所现有的(及所必有的)遭遇和命运,有一种特殊的敏感。《寻梦人》(原名《蓝园之恋》)写知识女性真爱的悬空。《悲剧和喜剧》(原名《春花秋月何时了》)进一步追问:假如那个朝思暮想的恋人真的站在你的面前,青春、爱情、幸福的梦幻就能实现么?主人公兰婷终于发现昔日恋人的虚伪与自私:"现在我明白透了你,你不但是爱情的罪人,还是人情的奴隶,你把我的偶像给打碎了,虽然那偶像就是你自己……"作者笔下的现代知识女性因此在精神上就与男性中心社会分道扬镳。觉醒了的兰婷把自己比作即将监禁与流放到西伯利亚的马斯洛娃。

《三年》(原名《圣琼娜的黄昏》)中,作者企图寻找男性精神同盟,因此,除继续塑造现代知识女性精神流浪者形象(司徒蓝蝶)外,又塑造了一个男性忏悔者形象(柳翔)。但到了风情万种的《风仪园》,作者发现,它依然是一个美丽的梦。自我压抑了十三年的冯太太主动把一个应聘做家庭教师的工科大学生康平迎进来又主动把他送出去。因为冯太太发现,康平并不真的爱她,康平爱的是风仪园神秘的气息,爱的是她风华绝代的外表。冯太太这一形象在施济美小说中是一个独特的存在。她不再拒绝欲望,相反,她渴望欲望,渴望与异性的交合、拥抱,但她又惟恐被异性所俘虏、同化。在男男女女的三角恋爱中（都市男女人生的基本模式），她既不愿做二男一女的"皇后"，也不愿做二女一男的"奴婢"，她坚持的依然是精神价值立场、自由人格标准。冯太太追求灵与肉的和谐，但愿"芬芳的郁金香"永远是"芬芳的郁金香"，然而她还是打开深锁了十三年的琴弦，悲绝地弹奏 *In the Gloarning* 中的那几句："It was best to leave you thus, Best for you, and best for me."（这时离开你，对你，对我，都最好。）

施济美小说总表现现代知识女性生存价值的危机。她不仅写荒废庭园"失败女性"的精神悬置，而且写都市——男性中心社会前台"成功的女性"的精神迷失。《十二金钗》中的韩淑慧为独立、自由，没有结婚，她积极参加各种社会活动，成了"董事""主席""妇女界领袖""女权运动者"，她也成了"韩先生"，成了"一个近乎男性的人物"。可叹的是，男性中心社会并不尊重她的价值、她的劳动，而只想调戏她、占有她、利用她。她写的那些"女性的呐喊"的文章，实为女性真的声音的湮灭。对此，韩淑慧是有觉悟的，她深感"花一般的年龄已经过去了，'韩小姐'也就成了历史上的名词"。陡地，对自己多年来在男性中心社会里被摆设、被"玩意儿"的命运产生了深刻的憎恶，"她拿着那个彩色细瓷的东洋美女，看也没看一眼，咬一咬牙，用尽全身的力量向镜子一扔，喔啷一声响，镜子破了，瓷美人也碎了"。韩淑慧企图打碎男性中心社会给她锚定的女性角色镜像，但显然不可能，她没有力量，也缺乏勇气。

施济美还把她的关注投向乡村女性的命运。《鬼月》写的是一个荒败的古镇封建父权制下女子无爱的悲剧。小说女主人公海棠为了反抗父亲强加给她的婚姻，穿着新嫁衣，拉着怯懦的情人，一齐跳进河里，留下了最后一句话："让咱们到河里捞月亮去吧。"这隐喻,给读者留下了无尽的惆怅。而在《莫愁巷》中,作者展现了一个更为广阔的下层人生世界。她写出了一群小人物的原始、麻木、愚昧,但也写出了他们的诚实、质朴、坚忍、善良。作者惊奇地发现:她笔下这群卑微而又卑微的小人物,面对一个大的不可战胜的命运,他们不是分裂,而是团结;不是逃避,而是默默承受、担当。他们的生活中不仅有阴暗,而且有光亮;不仅有哭声,而且有笑声。他们不仅敢于"向生而死",而且敢于"向死而生"。小虎儿依然有梦,他要在垃圾堆里捡出一个"黄金世界"来;水红菱依然渴望正常人的生活,她总暗暗帮助小虎儿一家,只因刘姥姥儿子兆发曾对她说过一句推心置腹的话,她便感念其深,情苗种定;李裁缝的妹妹李玉凤依然那么温顺贤良、隐忍、勤谨地活着;刘姥姥依然在莫愁巷的风雨里蹒跚而行。作者不动声色的朴素的笔触,反而把她们凄凉的命运表现得真真切切,耐人寻味。

施济美小说缺乏一般海派小说作家所津津乐道的世俗的利和情。苏青、予且甚至张爱玲均以"俗人"自居,他们笔下的情与世俗的利分不开。所以,苏青笔下只有"事情",没有"爱情";予且率直承认:"恋爱不过就是那么一回事,结婚不过就是那么一回事";张爱玲笔下,只有"谋爱",没有"恋爱"。而施济美终隔着一层。这是她的局限处,也是她的独特处。她达不到张爱玲那种对于世俗的透彻关怀和超越,而是一味绝望,一味忧伤,一味回忆。她背过脸去,要从过去的生活中寻找生存的意义,寻求生命的支撑。她把回忆看作拒绝"平俗"的现实、减轻现世的痛苦的一种手段,一种拯救方式。她把《风仪园》的写作看作童年"傻气"的发作,"仿佛打开了母亲的陈年衣箱,里面珍藏着我们幼年时节穿过的虎头鞋,红绸上绣着蓝梅和翠鸟的小棉袄","这笨重的樟木衣箱是水晶也似的记忆宝盒,在这里锁着多少个昨天,和昨夜的月亮、太阳、星星和年华"。她笔下人物也一再沉溺于对往昔的回忆,《三年》:"华年如水,往事若梦,从前的那些好日子统统过去了,现在什么都完了,没有了。"《古城的春天》是隐含作者的回忆,《小不点儿》是"我"的回忆,《紫色的罂粟花》《秦湘流》是"我"的大回忆里套着主人公的小回忆,《爱的胜利》《大地之春》《痴人的喜悦》《风仪园》《十二金钗》等均有主人公的回忆。《鬼月》和《莫愁巷》的主体部分几乎没有了回忆,但是没有回忆的回忆,因为时间停止的地方不是将来,也不是当时现在,而是过去某个时刻。这两篇小说所写的生活情境、生存方式,总让我们更深长地回想起遥远的过去。在那"遍地狼烟、万方多难"的战争岁月里,在那"金钱至上,物欲横流"的都市社会里,回忆,使施济美小说所表达的情感得以净化、升华。

施济美小说因此表现出一种回归传统的倾向。她小说中某些人物显然带有李清照、李商隐、李后主、陆游等古代诗人、词人笔下贞女、思妇的影子。叶湄因小姐结婚二十年,身在海外,心在蓝园,冯太太竟坚持在风仪园苦等丈夫十三年,尹淡云的青春年华生生为表哥所"牺牲"了。为了制造哀伤、悲凉、寂寞的气氛,小说为这些人物所置身的旧式庭园涂抹上浓厚的"暮春"、"深秋"、"夕阳"西下、"黄昏"的色彩。甚至连语言也与李清照等人的古典诗词相近:"从'开到荼蘼花事了'的暮春,蓝园里的人就盼望着一别经年的远人再度重来。然而,一天,两天⋯⋯榴花开了又谢,莲花开了又谢,日子也像花瓣一样,飘在风中,水上,飞逝了,流去了。"冯太太"喜欢凋谢了的东西,甚它在茂盛的时候",因为她要"留下残荷听雨声"。

施济美这类小说还从外国近代浪漫悲情小说那里汲取艺术

的营养。谭正璧指出:《古城的春天》正是英国浪漫诗人勃朗宁的诗《立像与胸像》"故事的'翻案'"[①]。《寻梦人》中叶湄因的表哥专爱给她讲西方的浪漫悲情故事,因为只有这样的故事才更动人,永不被遗忘。《悲剧与喜剧》中,兰婷曾为《茶花女》《茵梦湖》《罗密欧与朱丽叶》的女主角流过多少理解与同情的泪水,她还把自己比作《复活》中的卡秋莎。冯太太"最喜欢屠格涅夫的作品,那忧郁的风格,淡淡的感伤情调;但是她最爱的一本书,却是《冰岛渔夫》——"显然她又把自己比作《冰岛渔夫》中刚结婚六天便失去丈夫的歌忒。为增加作品的抒情性和迷幻色彩,小说还化用不少西洋名曲为作品制造感伤、哀怨的气氛,如《寻梦人》中一曲 long, long ago,《悲剧与喜剧》中一曲 One Day When We Were Young,《风仪园》中一曲《茶花女饮酒歌》等。

然而决定施济美小说"新文艺"特质的,还是五四以来新文学传统特别是女性文学传统的影响。她的早期创作让人想起冰心。谭正璧其至说:"她的性格有些像冰心。冰心在她《寄小读者》里有这样几句话:'我这时心中只憧憬着梁山好汉的生活……我羡慕那种激越豪放,大刀阔斧的胸襟!'施济美的《万里长城之月》正也有着同样的胸襟。她的多数作品与冰心所作也相似","人物和情节""篇篇都不脱学校家庭的关系"[②]。但在施济美笔下,父爱与母爱都是缺席的。母亲不仅不再成为儿女风雨人生的避风港,而且还参与了儿女精神世界分裂的惨剧,她更关注"乱世"之中人生存的悲剧,文笔更具幻美色彩。这都是不同于冰心的。

---

① 谭正璧:《当代女作家小说选·叙言》,上海:太平书局 1944 年版,第 27 页。
② 谭正璧:《当代女作家小说选·叙言》,上海:太平书局 1944 年版,第 26 页。

施济美小说主人公长大成人了，她的艺术视野也开始转向曹禺、丁玲。《秦湘流》中"我"就直接把秦湘流比作"一半是陈白露，另一半是周繁漪"，"一半是天使，一半是魔鬼"。冯太太灵与肉的冲突，一种自戕式的生命焦渴与莎菲有太多相似之处。《鬼月》中的尤海棠与丁玲《我在霞村的时候》里的贞贞一样，都有一颗勇敢的爱的心灵，但终找不到担当这爱的异性对象。丁玲小说因主人公有过高追求而有过分感伤，施济美小说也是。不过，丁玲小说主要靠细腻的观察、大胆的男女两性爱情心理的描写、主人公绝望的灵魂的具体展示来征服读者，而施济美小说则主要靠构思上主人公过高的追求与周围环境的对比悬殊、"执着的忧伤"和华迷的文字征服读者。

现实的压力越来越重，施济美小说中主人公越来越承受不住现实的压力，经过灵与肉的搏斗，经过精神断裂，而趋于疯狂了。《十二金钗》中的胡太太就成了曹七巧第二。胡太太内心剧烈的抖动，构成一种巨大的艺术张力，震撼得人们无言以对。相比之下，胡太太这一人物形象比曹七巧更具新时代的特质，因为她毕竟是一个现代知识者。艺术情趣上，别有一种"飞扬"与"安稳"的对立。这篇小说的调子不是苍凉，而是惨烈。施济美对新颖、奇巧的意象的追求，对于人生颓废意识的阐发，跃然纸上。她把旧家女子的命运比作一个窒闷的窗口，一把无字的扇子（《莫愁巷》）；也好用"一点一点暗下去了，黑下去了"表达"故事的末日，生命的终结"情绪，这都容易使人想起张爱玲，但她在故事叙事的传奇性、小说神秘气氛的渲染上，既受张爱玲影响，又不止于张爱玲影响。有人把《风仪园》中冯太太生命焦渴的慢慢显影等同于《倾城之恋》中范柳原式的"上等调情"，其实这是有区别的。范柳原的"调情"是预设的，期待"情"的同时也消解

"情",冯太太的生命焦渴却是一种真诚的期待,她的顾虑重重、行动缓慢、巧设玄机,都是惟恐失败、惟恐不达、惟恐因此丧失女性人格和尊严,其叙事上真正的用意是故意把时空放大、拉长,目的还是反衬两人疏离、分手之轻、快、易。

在金钱至上、物欲横流的世界里,胡太太疯了,尤海棠死了,可作者却因此得到解脱,找到生命的支撑、心理的支撑。在"乱世末日",作者反而于绝望中获得超常的冷静。作者最后把目光盯在一生孤寂、大智大勇的萧红身上。《莫愁巷》显然受萧红《呼兰河传》《后花园》等作品的影响。它不缺乏启蒙的眼光(也批判愚昧),但更注意人的基本生存形态的展示。它也力图从更原始更本真的意义上去思考人及其生存问题。"担当"是这篇小说的重要命题。也许正因为如此,它才没有把小说写得过于淡漠、阴冷和荒凉,而是多了些关心、温暖和期待。《呼兰河传》和《后花园》尾声都走向封闭(冯歪嘴儿又走进磨房)、死亡(爷爷等都进了坟墓),而《莫愁巷》则力争走向生存与开放。《呼兰河传》《后花园》有较具体的时空,《莫愁巷》则将时空完全虚化:莫愁巷是哪个地方哪个小城的莫愁巷?不知道。作品写的是哪个时代、哪一年的"阴历四月底的一个黄昏"?也不知道。作者开头交代:莫愁巷是几千年前神仙们居住的地方,它原不在地上,而在天上,是神仙住厌烦了,才把它贬谪到人间,一下子就把历史的时空放大、拉长,有限的时空反而取得了超越时空的永恒,达到了诗性哲理与日常生活的感性形态的交融。

施济美不是一个大智大勇者,对于人生,她没有大的搏击,不会有大的闪光,但她总算是一个弱者中的强者,她一个人在漫漫人生旅途中默默担当;她不是一个伟大的作家,其艺术风格尚不稳定,但她总算是一个有个性和才华的作家、勤于探索的作家,她的创作因为其"边缘"的人生姿态和写作姿态,其表现内容的独特性、艺术资源的复杂性,而与苏青、予且其至张爱玲区别开来,丰富了海派文学的多元形态,成为不可忽视的存在。

现代情怀与古典操守

——再读《凤仪园》

在中国现代文学史上,一般被称为海派作家,也是"东吴系女作家"领军人物的施济美不是有太大成就的作家,但确是勇于探索、形成自己鲜明艺术个性的作家,因此在当时的上海文坛也拥有广泛的读者,有的甚至自称"施迷"①。其中篇小说代表作《凤仪园》写苏州豪门庭院凤仪园的荒凉颓败,其女主人冯太太具有孤高寂寞的情怀,深婉微妙的心理,风华绝代的仪表。小说通过冯太太与大学生谢康平之间的一段故事,写出传统与现代之间的碰撞、对话、交流,彰显出时间对人的命运特别是对女性命运的支配。小说因此形成缠绵悲绝、清幽华贵的风格,可谓风情备至,感人至深。

---

① 钱理群主编:《中国沦陷区文学大系·史料卷》,南宁:广西教育出版社1998年版,第400页。

一　融现代情怀与古典操守于一体的人物形象

小说主要塑造了冯太太这一女性形象。冯太太原是某大学高材生，能歌善舞，多才多艺，又天生丽质，多年后仍引起许多熟悉她的教授的夸赞和同学的爱慕。但是她大学未毕业就结婚了。此后就成为凤仪园的女主人。从小说前后对她的情怀和品格的描写看，她应该不是为父母包办而结婚，也不是为急于享受豪门庭园的华奢生活而结婚，而是为爱情而结婚，而且这爱情应具传统与现代双重内涵。换言之，她的婚姻是中（传统）西（现代）思想观念、情感追求相结合的宁馨儿，她的婚姻是理想美满的婚姻。这就埋下了今后悲剧的种子。

新婚不久，冯太太鼓励丈夫出远门接受生活的磨练，但仅这一次，凶险的大海就夺去了丈夫宝贵的生命。从此，十三年，冯太太日日夜夜地等待。她不相信丈夫从此与她生死两分。为了表达对丈夫的思念，钢琴锁起来，从此不再欢歌；两个遗腹子生下来，一个取名盼回，一个取名望回，孩子长大后也不让接触任何明显有抒情性的文字、歌曲，她自己则躲在楼上房间里反复回忆、阅读、思考。康平可以看到整夜整夜冯太太房间里透出的紫色的灯光。冯太太身上明显有中国古代节妇、贞女的影子①。

冯太太是压抑的，所以也是痛苦的。在这种情况下，上海某工科大学学生康平来凤仪园做家庭教师。此前，凤仪园从来不请男家庭教师，但此时改变了。康平一进凤仪园的大门，就为它

---

① 左怀建：《精神守望者的哀歌——论施济美小说精神内蕴的价值特征》，上海：《社会科学》2002 年第 11 期。

的堂宇轩昂、古色古香、荒凉颓败所吸引,更为它的主人冯太太两个星期都不给他见面感到神奇。康平没有为冯太太的"怠慢"而懊恼,反而为风仪园和它的主人的神秘气息完全征服了。康平感情上慢慢疏远未婚妻,而接近冯太太。一次家庭舞会后,康平完全被冯太太的风仪所迷惑,狂热之中两次冲进冯太太楼上的房间,终于与冯太太有了一夜之欢。如果就这样发展下去,冯太太至少可享受一段甜蜜的生活,参考现代(都市)人生活的状况,也许这还是更时髦更令人艳羡的,如刘呐鸥、穆时英、施蛰存、张爱玲、苏青、予且笔下所描绘的,然冯太太第二天就将康平辞退,从此两人不再相见。冯太太渴望异性爱,包括肉体爱,如前所述,她也受过良好的现代教育,懂得现代人的生活欲求和情怀,但她又无法忍受没有传统道德观约束的生活。在她看来,爱与道德、责任是联系在一起的,爱是有长度的,爱不能随便有也不能随便变的,但是康平"现在的爱果然变了",康平已经背叛了自己的未婚妻。当冯太太将他辞退,还他自由身时,他并不理解冯太太难得的用意,而只是觉得冯太太欺骗了他,玩弄了他的感情。"可怜的孩子,他气得那样,以为我玩弄了他,他哪里知道,我玩弄的只是我自己。"小说由此提出两个问题:人与人之间真的可以相互了解吗?现代人的爱还靠得住吗?显然,小说提供的答案是否定性的。

小说假设两人如真能相互了解,也应是康平老的时候。那时他会懂得冯太太为什么马上将他辞退,他会加倍珍惜当年一段情,然那又怎样?玫瑰早已凋谢,郁金香酒早已变成白开水了。时间的不可重复性告诉人们相互了解还是不可能。看来,人生注定要感情误读、命运交错,而爱情也变得扑朔迷离、难以把握了。现代人的心灵都是向己的,神经都是高度敏感的,朋友之间稍有不慎就会变成路人,爱人之间稍有不慎就会变成敌人,对于女性来讲,又特别有身处边缘、华年早逝、青春短暂之慨。所以,在那种情况下,冯太太只能有那样的选择。

有人说,冯太太缺乏走向新生活的能力,所以她只能退向狭窄的天地,固守住那荒凉颓败的凤仪园终其后半生。其实,这是误解。这不是能力问题,这是文化问题,是命运问题。如前所述,一般女性没有冯太太那样的姿色和才情,她能一等丈夫十三年,说明她的意志力是异常强盛的,她又广泛阅读古今中外宗教、历史、文学书籍,对人生的了解也不是一般人所能赶得上的,然而她还是与一般人所艳羡的所谓现代(都市)生活告别,表明她的人生追求远在所谓现代(都市)生活之上,是理想型的、超越性的。难怪康平不能理解了。康平不是一般都市中浮浪弟子,小说还专门介绍他旧家出身,在上海也经受过不少人世沧桑,对于爱是认真的,对于人生也有一定鉴别力的,但是注定的他也只能成为对冯太太误解和怀恨的人——那么其他人呢?

在爱欲与德性不可兼得的时候,冯太太选择了德性,舍弃了爱欲。她知道自己又做了一次"牺牲自我的英雄"。但这不等于冯太太否定了爱欲。如此,冯太太就成了传统与现代强烈碰撞、交流、对话的最佳场域。她享受着传统的典雅,也感受到传统的压抑,她看到现代带来的一线生机,但是她又害怕由现代携带而来的更大的失落和危机。高迈的生命追求与这种追求实际上不可能实现之间巨大的差距(一种巨大的割裂)使冯太太精神上、心理上格外痛苦①。如此语境下,一个怀抱喜悦和忧伤、内涵丰富、情感幽深、仪态万方的冯太太形象就黯然站立在读者面前。

---

① 左怀建:《解读〈凤仪园〉》,潮州:《韩山师范学院学报》2002年第4期。

二　雅俗互动互融的小说艺术

施济美虽被有的学者称为海派作家,但与张爱玲、苏青等经典海派作家还是有很大不同。具体到《风仪园》,施济美翻转了经典海派作家笔下"一夜情"的书写套路,注重在人物精神层面上探索它的意义,从而完成了对冯太太这一深具高雅情怀、超越意向的女性形象的塑造。冯太太是一个常年守寡的人,按照张爱玲、苏青对寡妇心理和寡妇人生的判断,冯太太应是一个性欲狂者、心理变态者,但冯太太不是。冯太太理智得很。冯太太以古典反现代,以理性矫感情,以退为进,以丢弃达到生命信念的充盈。冯太太的形象告诉人们,人是可以靠信念、靠理想(梦想)生活的。作家无意忽视冯太太最后人生选择的悲剧感甚至宿命感,让冯太太在康平走后终于打开封锁了十三年的钢琴,反复弹奏那几句"It was best to leave you thus,Best for you,and best for me"(这样离开你,对你对我都最好),表达她在拒绝康平的同时又怎样深情地留恋。留恋是认俗,所谓"凝目处,从今又添一段新愁"。说明冯太太并非不食人间烟火。明知是"牺牲",还要"牺牲",明知是走向悲剧,还要走向悲剧,这是怎样崇高的选择,脱俗的品格!

现代是一个不断世俗化的过程,所以尼采在十九世纪末就宣布:上帝死了。但人们往往忽视尼采宣布上帝之死的前提,即上帝是被现代人杀死的。现代人生的物质化、欲望化、人工化、技术化、粗鄙化使人生越来越缺乏诗意,而《风仪园》却为人们创造了一个诗意盎然的世界。小说不仅写冯太太精神品格、心理情愫的诗意,而且着意打造一个与冯太太精神品格、心理情愫相匹配的诗意家园世界。小说上来就借康平之笔写道:"在这古色古香的风仪园,我像走进一百年前的岁月,你知道,那些富丽而又陈旧的东西,我不喜欢,因为太易引起童年时节的想忆。这褪色的朱红油漆,斑驳的泥金楹联,断了的雕栏和石桥,古柏苍松,修竹老梅……描绘了一个豪华门庭的兴亡,每一个徘徊是叹息,每一个踯躅是惆怅,我猜想这峨奇的门第是衰微了,但是人家说并不,只是冯太太,风仪园的主人,酷爱这种荒凉寂寞的美而已,一个多么奇特的人!"小说有意将冯太太与风仪园对应着来写,用冯太太的精神追求、美学趣味来引领风仪园,用风仪园的神韵、气息来衬托冯太太。风仪园是渐趋衰败的精神家园的象征,而冯太太是这精神家园"最后"的守望者。

小说叙事上很有特色。可以将小说叙述的时间流程都看做冯太太复杂幽微的心理活动的展示。在聘请家庭教师特别是聘请男性家庭教师的时候,冯太太不可能对来应聘的人不做任何了解和考察,她总多少了解一些来应聘者的情况的,那么,对于来应聘者与自己之间将有什么样的关系,她也应多少有所想象、觉察,甚至设计。从这个角度讲,冯太太对康平是有些诱惑之意的,至少对康平于她的迷恋没有做明确的及时的制止。有人就从这里将冯太太与康平的关系等同于张爱玲笔下范柳原与白流苏之间的高级调情,其实这二者形同而质离。范柳原式的调情有后现代的成分,期待"情"(真情)的同时又消解"情"(真情),冯太太的生命焦渴却是一种真诚的期待,她的顾虑重重、行动缓慢、巧设玄机,都是惟恐失败,惟恐不达,惟恐因此丧失女性人格与尊严,其叙事上真正的用意是故意把时空放大、拉长,目的还是为了反衬两人疏离、分手之轻、快、易,从而凸显人生与传统和现代的复杂关联!再一点,小说并不直接写冯太太的丈夫怎样出海,怎样遇难,只交代结果,不叙述过程,这种叙述方法与西方现代派、后现代派小说叙事中时空断裂、事件因子缺失等技巧相仿佛,深化了对当时非理性人生语境的表现,也反衬了冯太太对精神家园"最后"坚守之难得。

小说格调舒缓,气韵清爽,语言色彩凄艳华美,注重烘托、渲染、比喻、暗示,既凸显了冯太太超尘脱俗的精神品格和美学趣味,也有助于作品缱绻悲绝、清幽华贵之艺术风格的形成。如下面两段文字:"太阳下山的时候,他们在荷花池畔,阴历七月初七,满池的花都开了,红荷带姿含羞的酡颜,白莲妩媚的娇笑,西天的云霞,金黄,淡紫,浓红……从不曾有过的美丽,从不曾有过的绚烂,啊!太阳下山的时候……""一种神韵的美!……这苍白而枯槁的女人,在盛开着的红白荷花前,在七月的巧云彩霞的天空下,……荒凉的园子是琼宫仙境,这黑衣的憔悴的女人有一种难以比拟的孤清,凄凉的华贵,神韵的美,那是康平从未感到过的。"像这种文字所显豁的格调和情韵,在当时的上海文坛也非一般读者所能品赏的。

小说有一定的颓废—唯美色彩,虽难说与西方颓废—唯美思潮绝缘,但总地来看,与西方以王尔德等为代表的颓废—唯美文学还是有很大不同。《凤仪园》里有一首《茶花女祝酒歌》,带有西方颓废—唯美色彩,但是细察作品,它并不代表冯太太的追求。对于这首曲子,冯太太非常欣赏,但并没有完全认同。冯太太欣赏的是"留下残荷听雨声","喜欢凋谢了的东西,甚似它茂盛的时候",一种由"凋谢和荒凉"所产生的"神韵的美",这些更多地属于中国美学、文化范畴,而王尔德等人创作中的颓废—唯美则是典型的西方式的。关键在于,《凤仪园》的唯美是以自然美为前提、以德性美为根本的。李今评价这种美:"古典美学的

美，……美与德是一体的，在理性与非理性、理智与本能、责任与
自我的冲突中，坚持前者本身就是美，有德就是美，无德就是丑，
反映了美与善高度统一的秩序。"①与作者同时代的谢紫也论及
她的"唯美，不是指狭义的唯美派，而是说她极力追求美丽，极力
避免丑恶"②。《风仪园》的颓废色彩也只是指向德性人生的颓
败，不是否定德性本身。而王尔德等人创作中的颓废——唯美却
是以反自然、反道德为归旨的。他宣传人生模仿艺术，善是实际
的邪恶，美来自说谎。《风仪园》张扬的是古典的健康的美，王尔
德等人张扬的是现代的病态的美。

　　小说也有一定的通俗成分，如构设青年大学生与中年寡妇
的爱恋，揭示中年寡妇的隐秘心理，叙述上一再烘托气氛，制造
悬念（俗称卖关子），故意逗引读者的好奇心和窥视欲等。如吴
福辉《都市漩流中的海派小说》所分析："施济美《风仪园》的成
功，一部分就来自于故事的神秘气息。青年家庭教师爱上了守
寡的中年女主人，是与他探明这古色古香荒寂庭园家宅的种种
怪事，如楼上不灭的紫色灯光，长年锁着的钢琴，不许孪生女儿
学文学的规矩、深夜被误以为是男主人的鬼魂等等，而女主人又
迟迟地'难见庐山真面目'的过程，相一致的。……深受当时市
民读者的喜爱。"③这正是与以张爱玲为代表的经典海派小说相
通的地方。然而由于小说总体价值取向上是以古典救现代，以
德性抑欲望，拒俗求雅，所以，雅与俗之间就形成稀有的张力，反
而使小说的风情和魅力增殖。

---

　　① 李今：《海派小说与现代都市文化》，合肥：安徽教育出版社 2000 年版，第 332 页。
　　② 谢紫：《施济美的作品》，上海：《幸福》第 1 年第 6 期，1947 年 2 月。
　　③ 吴福辉：《都市漩流中的海派小说》，长沙：湖南教育出版社 1995 年版，第
242 页。

论施济美小说与现代文学传统

中国现代文学传统应该包括三个方面:一是新文学传统,二是通俗文学传统,三是海派文学传统,而这三个传统在 20 世纪 40 年代的上海文坛很好地结合起来,形成了新旧融合、雅俗共赏的文学局面。其标志性作家就是张爱玲。但张爱玲的出现不是个别现象,与她同时还有大批青年作家也在创作,而作为"东吴系女作家"领军人物的施济美就是其中非常杰出的一位。施济美的创作不仅有小说,还有散文,但成就最大、影响最广泛的自然还是小说。就小说言,明显得益于对以上三种文学传统的继承和发扬,对以上三种文学艺术的借鉴。下面容我们分述之,不足之处,还请方家指正。

一 拒俗求雅,反抗绝望

就与新文学的关系言,施济美小说更多汲取了自由主义、民主主义和女性主义作家创作的艺术养分。

冰心对施济美的影响和启发贯穿其创作的全过程。主要体现在以下几个方面:(一)坚守人生的道德性、理想性、精神性,在

"失乐园"的现代人生语境里歌颂"童真、母爱、大自然",表达对世俗生活的抗拒,对心灵家园的呵护。如果说鲁迅是现代文学之父,那么可以说冰心是现代文学之母。面对"社会污浊""人生烦闷",冰心也清楚地知道自己对"童真、母爱、大自然"的想象和讴歌有"幻像"的成分,但是她通过"人与神"的交流、对话更坚定了"爱"的理想、爱的信念(《问答词》)。她从基督教和佛教取得智慧,懂得人生的大失大得、大恨大爱。她始终能以一颗温婉、纯净、博爱的心对待世界,所以她的创作如她的名字,有明慧深婉、冰清玉洁之神韵。施济美的创作近之。施济美创作时,上海正值沦陷时期,世界生存的大危机与作者置身的环境相结合,形成作家不知上海"究属于那一个国度"①、上海是一个"比监狱都更坏的地方"②的深切感受。此时,作家不像当时很多知识者有意让灵魂"堕落一点"③,以迁就日益喧嚣的都市世俗漩流,而是始终站在都市世俗漩流之"千里之外"④。作家书写"乱世、末世、浮世、男世"背景下都市男女感情的破裂,都市家庭破碎后给广大儿童心灵造成的深重伤害。尽管如此,大量作品仍在描写儿童生命的纯洁、心灵的可爱,证明儿童之间纯真的爱和相互救助的牺牲精神可以使成人间的怨恨化为乌有(《爱的胜利》)。施济美像冰心一样深受基督教影响,在作品中宣传一种"万全的爱",认为有这种爱的人就是处于"永久的蜜月"之中而终得到幸福的人(《永久的蜜月》)。所以,与施济美同时代的谢紫在《施济美的

---

① 施济美:《郊游两题》,上海:《春秋》第 1 年 8 期,1944 年 4 月。
② 施济美(署名薛采蘩):《岸》,上海:《幸福》第 2 年 10 期,1948 年 10 月。
③ 予且:《我怎样写七女书》,见《予且代表作》,北京:华夏出版社 1999 年版,第 413 页。
④ 施济美:《紫色的罂粟花》,见施济美《凤仪园》,上海:大众出版社 1947 年版,第 74 页。

作品》里就称赞："与冰心相比,她们多少有些相似,她们的作品,都是一尘不染的。"①当代学者程光炜等主编《中国现代文学史》也评其"创作风格清柔哀婉,流露出一种脱俗求雅的情致,……明显受到冰心的影响"②。(二)冰心一辈子爱海如命。在《山中杂记——说几句爱海的孩气的话》一文里,她深情地表白:"假如我犯了天条,赐我自杀,我也愿投海,不愿坠崖!"冰心笔下,大海是大胸襟、大气魄、大意志、大爱、大美的象征。所以,她给自己的弟妹们说:"我只希望我们都像海!""我希望我们都做个'海化'的青年。"(《往事(一)之十四》)施济美的"性格有些像冰心"③。其张扬爱的精神的小说《爱的胜利》就是写在大海边两个家庭间的故事。作品寓意明显,就是要让小说中的人物和小说外的读者都从大海获得启示。"冰心在她的《寄小读者》里有这样几句话:'我这时心中只憧憬着梁山好汉的生活……我羡慕那种激越豪放,大刀阔斧的胸襟!'施济美的《万里长城之月》正有着同样的胸襟。"④抗战时期,冰心写《关于女人》,在普通生活中发现人性光辉,发现民族的脊梁,张扬健康的人生意志;施济美20世纪40年代后期也写了《柳妈》等,赞美普通人的优良品质和坚强意志。这篇作品放在新文学中一点也不逊色。(三)冰心所有的创作都可称为诗。因为其创作具有诗意的抒情的风格。郁达夫在《中国新文学大系・散文二集》"导言"里的评价具有笼罩冰心创作全局的性质:"冰心女士散文的清丽,文字的典雅,思想

---

① 谢紫:《施济美的作品》,上海:《幸福》第 1 年第 6 期,1947 年 2 月。

② 程光炜等:《中国现代文学史》,北京:中国人民大学出版社 2000 年版,第 207 页。

③ 谭正璧:《当代女作家小说选・叙言》,上海:太平书局 1944 年版,第 26 页。

① 谭正璧:《当代女作家小说选・叙言》,上海:太平书局 1944 年版,第 26 页。

的纯洁,在中国好算是独一无二的作家了。"将雪莱《咏云雀》"这
一首诗全部拿来,以诗人赞美云雀的清词妙句,一字不易地用在
冰心女士的散文批评之上,我想是最合适也没有的事情"①。施
济美的创作也是如此。谢紫言"她的小说就是诗和散文"②,可是
比冰心作品笔触更纤细,神韵更空灵。

　　施济美表达成年知识女性追求、处境和命运的作品更多地
受丁玲和曹禺创作的影响。丁玲创作的女性主义倾向显然启发
了施济美。其大量小说表现男性中心社会里知识女性不被尊
重、被边缘化的处境,揭示她们孤傲、寂寞的情怀,彰显她们为爱
的理想而流浪甚至生命遭受毁灭的命运。《紫色的罂粟花》中的
赵思佳、《秦湘流》中的秦湘流、《三年》中的司徒兰蝶等无不像丁
玲笔下的梦珂、莎菲一样始终咀嚼着在男性中心社会里失去精
神家园的悲哀。《凤仪园》中的冯太太遭受灵与肉的剧烈冲突,其
自戕式的生命焦渴与莎菲有太多相似之处。莎菲说:"我是给我
自己糟蹋了,凡一个人的仇敌就是自己。"冯太太也说:"可怜的
孩子,他气得这样,以为我玩弄了他,他那里知道,我玩弄的只是
我自己。"《鬼月》中的尤海棠与丁玲《我在霞村的时候》里的贞贞
一样,都有一颗勇敢的爱的心灵,但终找不到担当这爱的异性对
象。丁玲小说因主人公有过高追求而有过分感伤,施济美小说
也是。施济美这些小说的叙事模式(感受环境—思考环境—与
环境分裂—死或出走)也明显属于鲁迅、丁玲等为代表的以表现
现代知识分子命运为主的一路。施济美这些小说主人公身上又
都有曹禺笔下蘩漪、陈白露的影子。《秦湘流》中"我"就直接把

---

　　①　《郁达夫全集》(第十一卷),杭州:浙江大学出版社 2007 年版,第 194 页。
　　②　谢紫:《施济美的作品》,上海:《幸福》第 1 年第 6 期,1947 年 2 月。

秦湘流比作"一半像陈白露,还有一半是周蘩漪",称之"又是天使又是妖魔"。白露和蘩漪均有毁灭的激情,而赵思佳、秦湘流也是。赵思佳:"不是极精湛的完成,就是完全的毁坏。"秦湘流:"热情与火,使生命燃烧,再变成一堆灰。"

施济美是一个能不断突破自我的作家。到了20世纪40年代后期,其主要精力投到书写底层人民苦难生活上。这时,其创作更多地向萧红文学传统靠拢。

萧红是乡土文学作家,成名作《生死场》如鲁迅所赞,将北方人民"生的坚强"与"死的挣扎""力透纸背"地表现出来。后期代表作《呼兰河传》《后花园》继承鲁迅的民族自审意识,揭示民族生存的劣根性,但也张扬了民族最基本也是最坚强的生命力。其笔下人物特别是有二伯、冯歪嘴儿等虽然不乏愚昧、麻木,但面对人生灾难、苦难,自能化解和坚忍,体现出一种"向死而生"的哲学精神。施济美在新中国成立前完成的长篇小说《莫愁巷》亦近之。小说将时空虚化,不交代莫愁巷在哪城哪乡,也不点明是哪个时代哪一年,显然是要扩大小说情节内容的概括性和象征性。开头就从模糊的"阴历四月底的一个黄昏"叙述起,交代莫愁巷原是几千年前神仙们居住的地方,它原不在地上,而在天上,是神仙住厌烦了,才把它贬谪到人间,一下子就把神性与人性拉合在一起,以后的故事就是具有人的形状的一群卑微人物充满神性的生活、存在。他们也愚昧无知,经常闹现代知识视界里的笑话,甚至吃穿住行都不乏污浊、肮脏,但是他们面对一个又一个无法避免的灾难、苦难(很多是因社会比例失衡造成的),竟能那样的从容、镇静,从内心化解,从行为担当。在此过程中他们的团结互助精神、温暖、体贴情怀,向死而生的心胸和意志,也升华为一种"庄严"和"启示"。生命垂危之际,萧红通过回眸凝望童年时代的呼兰城,审视了民族生存复杂的过去,也通过回眸凝望童年时代的呼兰城,反抗了令人绝望的现实;《莫愁巷》也通过这种乡土写作,显示作家对生命之根的寻找,凸显一种积极的人生哲理。钱理群在《四十年代小说的历史地位与总体结构》一文中曰:"'小说的散文化'中的'散点透视',正是要表现未经结构的生活本真状态;'回忆'中时间线索的削弱,小说的空间化,正是表明了对人的生命(生活)的'恒常'的关注与对'变数'的有意忽略;'小说的诗化',其实就是这一时期某位散文家所说的'词化',即是'人的感情不用于战斗,而用于润泽日常生活,使之柔和,使之有光辉',并且达到'生活的升华'(胡兰成《读了〈红楼梦〉》)。"①《莫愁巷》正有此特征。它由此"达到了诗性哲理与日常生活的感性形态的交融"。

二 感伤言情,德性救赎

施济美创作具有新文学的"刚性"②,但是与 1912 年以来通俗文学也有极密切的关系。1912 年以来通俗文学门类繁多,包括言情类、社会类、武侠类、侦探类、历史类等等。其中,言情类(后来发展出社会言情类)影响最大。始作俑者即徐枕亚。他1912 年连载、1913 年出版的中篇小说《玉梨魂》以骈散相间的文体描写家庭教师何梦霞与主人家青年寡妇白梨影之间的一段艳情、苦情。两人暗中诗文唱和,互通款曲,但是处在那个时代,这

---

① 钱理群:《对话与漫游:四十年代小说研究》,上海:上海文艺出版社 1999 年版,第 509 页。
② 胡山源:《文坛管窥——和我有过往来的文人》,上海:上海古籍出版社 2000 年版,第 109 页。

种爱情是不能实现的。梨影介绍她的小姑筠倩与梦霞订婚，但梦霞仍情系梨影，与筠倩两人并不幸福，筠倩也因此寡欢而病逝。爱、悔的煎熬中，梨影也病逝，梦霞则东渡日本学军事，回国后参加辛亥革命武昌起义，战死疆场。小说定下了今后通俗言情小说的基本架势和路数。总是有情人难成眷属，其中一方或为情所伤而病故，或遭受不测，另一方则或沉醉于痛苦的记忆难以自拔，或直接投入一种艰难而神圣的工作中，以此排遣痛苦，提升生命的质量。这种写作在"五四"时期被称为鸳鸯蝴蝶派文学，但是到了内忧外困、多灾多难的 20 世纪 40 年代，则具有了新的旨意。到施济美创作时，由于当时上海文坛呈现出新旧融合、雅俗互动的态势，这种通俗言情小说就有升华自身品格的机会。如当时影响颇大的鸳鸯蝴蝶派作家秦瘦鸥创作的《秋海棠》就在棒打鸳鸯、有情人难成眷属的情节基础上，增加很多男主人公秋海棠爱国、爱人的思想行为描写。面对邪恶，主人公以自杀相抗争，在当时读者中引起强烈共鸣。其实，施济美的创作也就是在这种语境下开始的。

施济美正式登上文坛是在 1941 年。这一年 9 月，施济美在属于通俗文学阵营的顾冷观主编的《小说月报》第 12 期"文艺征文"栏里发表了其小说处女作《晚霞的余韵》，署名"东吴大三，施济美"。小说写秦淮河畔一风尘中女子黎晚霞原出身名门，但是上海"一·二八"事变中全家丧生，伤痛、无奈之余只好以卖唱为生。当上海的富家公子韩文渊向她流露爱慕之情时，她却抛离了这种生活，而投身到抗战洪流之中。这篇小说对鸳鸯蝴蝶派文学的叙述套路有改造，她将在鸳鸯蝴蝶派文学那里有情人被迫分离的情节改造成主人公（而且是女主人公）一方主动分离。如此，更加提升了主人公的精神境界。但是小说情节的哀伤、缠绵却与鸳鸯蝴蝶派文学一脉相承。有的学者称鸳鸯蝴蝶派文学为老海派，相对于之后正式崛起的以刘呐鸥、穆时英、施蛰存、张爱玲、苏青为代表的新海派，也不是没有一定的道理，因为为了照顾市民读者的阅读习惯，鸳鸯蝴蝶派文学继承明清戏曲小说传统，往往给作品人物安排一个传奇的归属，而施济美小说也具有这个特征。今后，施济美小说不断出现这样的关节：有情人的一方在战乱中突然死去，或在别的灾难中突然死去。这一点，从现代意识的角度看表征了现代人生的非理性，从表情的角度看强化了感情的哀艳，从情节设置的效果上看，可视为对传奇性的追求。因此，有的学者将施济美创作看作新"市民"文学，自有道理。

鸳鸯蝴蝶派文学常为新文学阵营指责的地方就是不脱旧文学的痕迹，如宣传女性的贞洁等。而到20世纪40年代，作家们都不约而同地再审视这个贞洁的问题。孙犁《荷花淀》、曹禺《北京人》及对巴金《家》的改编、老舍《四世同堂》等都对其中人物（水生嫂、愫方、瑞珏、韵梅等）的贞洁给以肯定、歌颂，当然也让其转化、提升，而成为国人再生的一种重要资源。路翎《财主底儿女们》、巴金《寒夜》都对远离贞洁的女性表示惊诧、哀叹，并通过书写向所谓新女性发出重新思考自身定位的文化信号。丁玲从女性立场和女性体验出发，将贞女与妓女结合塑造出贞贞这一形象，既是对古来贞女形象的颠覆，也是对古来贞女传统的继承。鸳鸯蝴蝶派北方言情小说大家刘云若的《红杏出墙记》适应20世纪40年代读者的口味，构思一场情事的红杏出墙，达到对人生复杂的窥视，但是接着却叙述男子从自己身上寻找妻子红杏出墙的原因，以为自己还有配不上妻子的地方，为此羞愧出走，而女子因此也羞愧，到处寻找丈夫，以此人格反得到升华。

显然,一个想象的"浪漫加贞洁"的故事,却传达了社会普遍的心声,所以作家由此声名大振。秦瘦鸥《秋海棠》更强化了鸳鸯蝴蝶派文学一贯的道德教化倾向。不待言,施济美创作也受鸳鸯蝴蝶派文学此风化育。其笔下叶湄因(《寻梦人》)、冯太太(《风仪园》)、尹淡云(《莫愁巷》)身上明显有中国古代贞女、节妇的影子。叶湄因丈夫死后就带着儿女回到了梦萦神绕的故园——蓝园,将要在这里终其后生。尹淡云为表哥一生未嫁。冯太太在丈夫失踪后苦等十三年,实在熬不住生命的焦渴,迎大学生入园,然也只是一夜情就把他再送出去。"凝目处,从今又添一段新愁。"冯太太知道自己又做了一次"牺牲自我的英雄"。在那"遍地狼烟、万方多难"的战争岁月里,在那金钱至上、自私利己的都市社会里,正是这种善于"牺牲自我"的德性的张扬使施济美创作与鸳鸯蝴蝶派文学一样在当时上海读者中赢得普遍好评。

鸳鸯蝴蝶派文学也有唯美倾向,如周瘦鹃在20世纪40年代《乐观·发刊词》里直言:"我是一个唯美派,是美的信徒。"①但是这种文学的唯美基本上还属于古典的唯美。"古典美学的美,……美与德是一体的,在理性与非理性、理智与本能、责任与自我的冲突中,坚持前者本身就是美,有德就是美,无德就是丑,反映了美与善高度统一的秩序。"②这种美往往是理想主义的、浪漫主义的。所以,周瘦鹃同时说:"我是一个爱美成癖的人,宇宙一切天然的美或人为的美,简直是无所不爱。所以,我爱霞、爱虹、

———————

① 范伯群主编:《中国近现代通俗文学史》(下),南京:江苏教育出版社2000年版,第688—689页。
② 李今:《海派小说与现代都市文化》,合肥:安徽教育出版社2000年版,第332页。

爱云、爱月。我也爱花鸟、爱虫鱼、爱山水。我也爱诗词,爱书画,爱金石。因为这一切的一切,都是美的结晶品,而且是有目共睹的。"①仅 1943 年,施济美就在周瘦鹃主编《紫罗兰》上发表五篇小说,并被周瘦鹃评为当时颇为活跃的女作家中"杰出的一个",向广大读者热情推荐②。这种情况下,施济美不能不受周瘦鹃编辑和创作主导思想的影响。正如谢紫所指出:"施济美的作品中,充满了青春的光华和绮丽,她作品最明显的特征就是美,她创作的态度是唯美的,所谓唯美,不是指狭义的唯美派,而是说她极力追求美丽,极力避免丑恶,她所追求的美丽,也只是她私心以为美丽的东西……"③

　　施济美走上文学道路,有两个人物至关重要,一个是"五四"时期弥洒社的代表人物胡山源,一个是鸳鸯蝴蝶派后起之秀陈蝶衣。是胡山源引导施济美走上文学道路,是陈蝶衣的提携使其大量作品得以发表、面世。两人均是当时通俗文学运动的主要推动者,只不过他们所提倡的通俗文学运动,恰是对民国以来通俗文学的背离、反动,或曰修改、调适。因为这时他们所提倡的通俗文学运动就是要吸收新文学的长处,以补通俗文学之短。所以,这时的通俗文学也有了一定的新文学的成分,如刘云若的《红杏出墙记》就被《中国现代文学三十年》(修订本)评为"不让于新文学的爱情作品"。可以想象,施济美创作时文学语境的复杂与多元。

---

　　①　范伯群主编:《中国近现代通俗文学史》(下),南京:江苏教育出版社 2000 年版,第 688—689 页。

　　②　周瘦鹃:《写在紫罗兰前头》,上海:《紫罗兰》1943 年第 8 期。

　　③　谢紫:《施济美的作品》,上海:《幸福》第 1 年第 6 期,1947 年 2 月。

三 颓败意识，人性传奇

施济美是否可称为海派作家？人们的看法并不一致。但是，其创作继承了海派文学的传统，形成了海派文学的某些风格，却是不争的事实。

按照吴福辉《都市漩流中的海派小说》的界定："所谓海派文学，第一，它应当最多地'转运'新的外来的文化。而在20世纪之初，它特别是把上一世纪末与本世纪初之交的世界最近代的文学，吸摄进来，在文学上具有某种前卫的先锋性质。第二，迎合读者市场，是现代商业文化的产物。第三，它是站在现代都市工业文明的立场上来看待中国的现实生活与文化的。第四，所以，它是新文学，而非充满遗老遗少气味的旧文学。这四个方面合在一起，就是海派的现代质。"①第一个方面是说海派文学的先锋性质，属于"雅"的方面，但这不是海派文学所独有的，新文学照样可以做到这一点。第二、三点强调"现代都市工商业文明"立场，换个角度，实际就是"现代消费文化立场"。前者强调的是都市文明的大工业基础、大工业生产对都市生活和都市发展的作用及其中体现出的价值观、审美观，后者凸显的是大工业基础上都市物质生活的繁荣和同时产生的物化人生观、价值观、审美观。所以，吴福辉著作在论述"从四马路到大马路——海派文化的形成"时，第一个小标题就是"现代消费文化环境的生成"。消费文化的前身是商业文化，所以归根结底海派文学是先锋的商

---

① 吴福辉：《都市漩流中的海派小说》，长沙：湖南教育出版社1995年版，第3页。

业文学、消费文学、物化文学,雅中有俗,俗中寓雅,雅俗难辨。这种文学一方面有"世界最近代的文学"(实际主要指西方现代派文学)那种末日意识、荒原意识、颓废意识及其美学表现,另一方面它又"认同危机",逃避虚无,顺从绝望,返诸"饮食男女"人类基本生存欲望,展示出色才华,制造能够满足都市普通市民消遣阅读欲望的人性传奇。如张爱玲的变态人性传奇,扭曲心理传奇。应该说,施济美抗战胜利后的创作也较为自觉地流露出这种倾向,形成某些海派风格。

施济美小说有鲜明的末日意识、分裂意识、颓败意识。其第一篇小说《晚霞的余韵》就是在写人心的流离、人性的分裂、世界的荒凉。此后所有的小说都有这个主题。《万里长城之月》写一个师傅带出来的两个兄弟走上不同的道路,一个是当局的警察,一个是被当局捕抓的在逃犯。在逃犯的罪名是为了给师傅报仇杀死了一个十恶不赦的人。写出人情的分裂,现世的非人道、非公正。《珍珠的生日》写十岁的女孩子珍珠盼望着过生日,但父母已成路人,愿望终成泡影。《父母节》写小主人公的父母已经离婚,且谁也没有担负起哺养小主人公的责任,因而小主人公无法给父母过节。《小三的惆怅》写"我"的三妹"小三"童心未泯,战争年代还坚持养猫养狗未果。试想,人都难以为生,这样的动物又怎能好好生存下去?《寻梦人》感慨人间乐园永远失去了。《凤仪园》极力写古色古香、豪华门庭的凤仪园之荒凉、凋敝:在这里,"每一个徘徊是叹息,每一个踟蹰是惆怅,我猜想这峨奇的门第是衰落了……"《井里的故事》写美丽的姑妈和美丽的庭园一起老去。在此基础上,施济美小说揭示了人与人心灵的难以沟通。在《三年》《凤仪园》里所谓相爱的人一夜之间就会变成陌路人。其小说还敏感到非理性对人命运的拨弄。《凤仪园》的叙述最巧妙,它只暗示冯太太的丈夫可能是遇海难死了,但是并没有确凿的音信。那么,冯太太的丈夫究竟是怎么样失踪的呢?是真的葬身鱼腹了,还是因为别的?还有,结婚不久,刚出海,怎么就遇到海难了呢?这些关节在小说中均是空白,但反强化了小说所要表达的非理性的主题。

海派小说往往突破一般道德底线,向人性深处开掘,施济美小说也具有这种倾向。代表作《风仪园》的主人公冯太太,原是大学里的校花,丈夫失踪后,她苦等十三年,实在控制不住爱欲的渴求,就一改以前从来不用男家庭教师的规矩,而聘请一个工科大学生康平来就任。康平阅世未深,对于豪门庭园的颓败、凋敝固然好奇、惊叹,对于冯太太的风华绝代、风韵犹存、孤傲冷艳更是完全沉醉、痴迷,并终于拜倒在其石榴裙下。表面上是康平"自扰之",内里是冯太太对康平进行性别诱惑。这样的写作突破了道德的界限,而彰显出现代的内核。但因为冯太太处于长年的寡居之中,所以站在都市人性解放的角度看,又完全合情合理,而不失其严肃性。尽管如此,冯太太毕竟不是一般市民女性,她不可能完全沉入世俗的性爱之中,所以,一个夜晚之后,就又主动将康平辞退。因为她知道康平现在对她是真心的,但是他已有未婚妻,有未婚妻的人已经背叛了未婚妻,这样的男人能否靠得住,是颇成问题的,何况自己已经半老徐娘,新鲜感过后,他就会产生厌弃,与其到那时让他厌弃,不如自己及早了断。这里,女性生存环境之险恶,女性心理之微妙,人性之复杂,赫然跃于纸上。《紫色的罂粟花》写大学生出身的赵思佳对自己老师的恋爱。社会将这样的女子视为"有毒的罂粟花",因为她搅散了老师的家庭,但在叙述者看来,她却有着不被人理解、高洁而痛苦的灵魂。作品肯定了她敢于冲破社会成规,自由表达人生意志的追求。《秦湘流》《三年》均是写交际花、歌女、演员对精神家园的寻找和这种寻找失败后的流浪。在不少男性作家笔下受到质疑、被妖魔化的女性形象,在施济美笔下却成了悲剧性存在。《莫愁巷》写妓女水红菱对爱情的痴心向往。

海派小说往往具有颓废—唯美意识,欣赏现代大都市人才有的"奇异的智慧",施济美小说也有一定自觉的追求。《风仪园》里,冯太太常年在她楼上的房间里不出来,大量阅读古今中外书籍如《新旧约》《浮生六记》《漱玉词》,原版的 *All This, And Heaven Too*,中译本的巴尔扎克、屠格涅夫等,对人生进行深入的思考。她给康平说:"只有尝过莲心滋味的人,才知道那是苦的。""美的东西往往带有痛苦的滋味。"为了吸引康平,展示自己的魅力,她打破平静的生活,在家里举行宴会,她妹妹唱的那首《茶花女祝酒歌》,以独特(陌生化)的语言结构和语言色彩传达一种丰富、复杂的人生感受和价值追求,显示作家看待世界、人生的独特眼光。——"这是个东方色彩的老晴天,/大家及时行乐吧!/喝,若要有了这明媚春光/才行乐,/那又是糊涂及顶才可怜;/我们是什么都不提,/只要是大家舒舒服服笑嘻嘻,/也不管天光好不好,/只要是笑眼瞧着酒杯中,/杯中的笑眼相回瞧。/天公造酒又造爱,/为的是天公地母长相爱;/人家说我们处世太糊涂,/算了罢!/要不糊涂又怎么?/你们爱怎么说就怎么说,/我们爱怎么做就怎么做?/你便是一个最厉害的检察官,/请你来瞧一瞧/我们的酒杯罢!/喝,包你马上——/心回意转,意满心欢。"这首歌无疑浸润着浓浓的浪漫——颓废之美,也是典型的"奇异的智慧"之作。

海派小说为了满足都市市民阅读需要,往往追求叙事上的传奇效果。吴福辉将海派传奇分为"消费性传奇"和"家庭传奇"两个基本类型,指出张爱玲的小说属于"家庭传奇"①。显然,施济美抗战后创作大部分小说也基本属于"家庭传奇"。《十二金钗》对胡太太变态心理的开掘和张扬,大有张爱玲笔下曹七巧、蜜秋尔太太之风致,只是描写心理变态的目的和价值导向大相径庭。《风仪园》《鬼月》和《莫愁巷》等均有"刻意"制造传奇之嫌,如吴福辉所评:"施济美《风仪园》的成功,一部分就来自于故事的神秘气息。青年家庭教师爱上了守寡的中年女主人,是与他探明这古色古香荒寂园家宅的种种怪事,如楼上不灭的紫色灯光,长年锁着的钢琴,不许孪生女儿学文学的规矩、深夜被误以为是男主人的鬼魂等等,而女主人又迟迟地'难见庐山真面目'的过程,相一致的。施济美其他小说《鬼月》《莫愁巷》也有这种古老里巷的民间鬼魅气,深得当时市民读者的喜爱。"②《风仪园》这种写法不仅受惠于张爱玲,也应该受过徐訏小说如《阿剌伯海的女神》、《精神病者的悲歌》和《鬼恋》等作品启发。特别是《鬼恋》,将吴福辉评《风仪园》的文字拿来用在它身上,除具体情节内容有别外,基本路数及要形成的艺术效果莫不相同、相近。

中国现代文学,发展演变到20世纪40年代,可谓到了综合期、创新期。张爱玲、钱锺书都出现在这时的上海。施济美的创作成就虽不能与他们相提并论,但是同样可以彰显当时文学发

---

① 吴福辉:《都市漩流中的海派小说》,长沙:湖南教育出版社1995年版,第236页。

② 吴福辉:《都市漩流中的海派小说》,长沙:湖南教育出版社1995年版,第242页。

展演变的趋势。只是历史的演变非个人所能左右,之后,施济美非但不能继续创作,连生存也以悲剧结束①,这实在是令人深思。

---

① "文革"前,施济美在上海七一中学任语文教师兼语文教研组组长。"文革"发动后,她即受到冲击。1966 年某一日,大批个人日记、书信、文稿,还有发表她作品的刊物统统被红卫兵造反派抄走;1968 年 5 月 8 日,她不堪羞辱,与同室老师林丽珍一起自杀。

抛掷与荒凉

——评寿静心中篇小说《心脏病》

　　寿静心是当今引人注意的小说家,文学批评园地里辛勤的耕耘者。其中篇小说《心脏病》在《奔流》2001 年第 2 期发表后,受到好评,又由《作品与争鸣》2001 年第 10 期转载。这是又一个现代女性"被抛掷在路上"的故事,在男权中心社会里无以存"心",无以为爱,深感孤独、寂寞、荒凉的故事。

　　这篇小说篇幅并不太长,但浓缩性很大,它分别写出了五种人生观、价值观及现实处境各不相同的人物。一是主人公瑜平,一个心脏病患者,中风失语、身心交瘁的女子;一是瑜平的丈夫,一个昔日的理想主义者,爱情至上主义者,如今终于被现实"改造"成为了一个现世主义者,苟同世俗者;一是瑜平的同事,一群庸俗、浅薄、假惺惺关心病中的瑜平,实则漠不关心、敷衍了事甚至幸灾乐祸的女子;再一是丈夫的母亲,一个男权代表者,彻头彻尾的世俗者、务实者,也是自私者、冷漠者;还有就是丈夫的妹妹和自己的姥姥,真正的同情者与关心者。小说写瑜平因患心脏病而中风瘫痪及至失语,这是一种象征,一种隐喻,是对现代女性在男权中心社会里一直无可克服的被幽闭、被边缘化、被压抑而至失语、孤独、寂寞、痛苦命运的深层暗示。瑜平身在医院，心在远方，而这远方即使身边亲人、同事都琢磨不到，寻找不到。瑜平人到中年，仍然是一个理想主义者，精神的纯粹主义者。正是一双太挑剔的眼睛、太明锐的眼睛，方看见周围世界的"死白"，身感现世人生的窒息，连梦中都是那么黑暗、孤寂、荒凉。这里，作者继承鲁迅《狂人日记》以来新文学传统，再一次通过"病人"的眼光看取现世人生，实则思考这样一个命题：究竟谁病了？周围世人看瑜平病了，但瑜平看周围世人病了。小说开头与结尾均是人世病象的极好象征。在这样的现世环境中，瑜平当然不会有好的命运。小说通过参照对比，写出现世人与人之间表面的热闹而深度的冷漠，表面的健康而极度的病态。同事不必说，婆婆只等着她死，丈夫也开始心猿意马。而这一切又似乎是俗常人生中不可避免的事。

这篇小说在表现现代女性在男性中心社会里被抛掷而深感孤寂、荒凉的处境、地位和命运时，不如现代文学史上丁玲《莎菲女士的日记》等强烈，也不及张爱玲小说《花凋》等对人生细处把握的深刻，但它依然具有一种现代文学才有的多视角评判尺度。它以对于现世人生千回百转的成熟体验，捕捉到人生中每一个人都避免不了的根本困惑。对于瑜平庸俗的同事、狠心的婆婆乃至开始滋长背叛之心的丈夫均未做简单否定。作者以全知视角叙事，在批判他们的浅薄、无聊、冷漠、自私的同时，也体谅他们的苦处、难处，因此也对他们抱以一定的理解和同情。特别是对赵鹏——瑜平的丈夫，作者把他如何由一个才气冲天、傲气冲天的理想主义者变成一个萎顿不堪、入俗随流的现世主义者的过程写得相当有心理深度和情感分量。他不是没有理想，没有追求，不是不想保持他与瑜平之间已经持续七年的爱。为了爱情,他背叛了家庭,背叛了父母;为了爱情,他忍受着无子的痛苦。对病榻前的妻子,他也不可谓不尽心。但随着现实的打击,世俗的磨练,他深感人生的困顿与虚无,对这人生开始不耐烦起来。"诗?他自己再不谈诗也讨厌别人谈诗!诗是什么什么是诗?诗人对社会有什么用?对家庭有什么用?对生活有什么用?诗是最无用的东西!诗人是社会的寄生虫,有它也罢无它亦可。"瞧瞧,昔日的理想主义者,如今哪还有一点理想的影子?时间是残酷的主人,"日子能磨去人所有的棱角、才情,人变成河边圆溜溜的鹅卵石"。赵鹏是人"不是神",他无法"在急流甚至是狂风暴雨的冲刷下顽固地保持"昔日的"棱角",所以他逐渐"入乡随俗"了,他离理想越来越远了。因此他也越来越听不懂妻子——昔日所爱之人的声音——现代以来所有执着于爱情,固守于理想天国的女子的声音了。他无法理解这样一个女子内心深处真正的孤独和痛苦;他越想亲近她,他越远离她。男女精神同盟者,关键时候,无奈分手。

西方人在与自然、社会的搏斗中,体会到人生存的荒诞与虚无;中国人在与自然、社会的适应中,也体会到人生存的荒诞与虚无。西方文学因此有一种大力的美,中国文学则是一种苍凉,一种优美。这篇小说显然也带有中国文学的这种特征,虽不如萧红《小城三月》《呼兰河传》等小说伤感,但不绝如缕的阴暗与凄凉始终成为小说主人公内心世界"细细的音乐"。

这篇小说不像张爱玲小说对世俗人生的现代性肯定。张爱玲看定"生来原知万事空"(从《红楼梦》化来),于是她转而给这"空"填充。她拒绝理想,放逐未来,消解神话,体认世俗。她不仅写"浮世的悲哀",而且写"浮世的悲欢",她要从这崩塌的世界里抓住一些现实的东西,她时时咀嚼消费历史细节的欢乐。寿静心这篇小说也有对人生万事透彻的参悟,所谓"夫妻本是同林鸟,大难来临各自飞"(这显然也来自《红楼梦》),但她把人物的命运指向那个"各自飞"后的空洞,人文精神失落之后留下的残片只使她深感"浮世的悲哀"。俗,今天的中国何处不俗? 这已成了一种普遍的价值风范和文化景观,而弥漫于每一个人的生存空间。尽管如此,作家的笔端依然保留着对理想的叩问,对爱情的关怀。作者似乎站在"新旧交替"转换的历史当口,而显现出迷惘的面色。

这篇小说也没有像 20 世纪八九十年代的女性小说那样,预谋寻找男子汉。因为十年后的今天,作家普遍感到:上帝死了,英雄死了,男子汉也死了。

而女人呢?

这篇小说的作者显然是一个既坚持女性立场又企图超越女性立场的人,如同著名女性文学批评家刘思谦所说:经过男女同盟,趋向男女分盟,最后经否定之上更高的肯定:女人,作为一个单个的人其对人生的关怀,对世俗的关怀,对社会——他人的关怀,当然也包括对自我——个人的关怀。小说的思想资源与艺术资源显然来自"五四"以来的女性文学,但又不止于"五四"以来的女性文学。小说中经常提到的作家名字倒不是女性,而是男性,所谓闻一多、戴望舒、"泰戈尔叶芝艾略特、唐诗宋词北岛舒婷……"这可以理解为作家对当下时髦的女性主义创作者的小小背叛与反拨,也可以理解为作家对自我写作意义的努力提升。

作家的创作因此而有无边的底蕴与可观的前景。

新旧世纪之交女性书写的独特景观

——顾艳知识女性题材小说的初步阅读

顾艳无疑是浙江文坛当下最为活跃的女作家之一,诗歌、散文、小说均有大量作品问世,并且在海内外均引起一定反响。仅小说言,已出版三部中短篇小说集,即《无家可归》《艺术生涯》《九堡》,八部长篇小说,即《杭州女人》《真情颤动》《疼痛的飞翔》《我的夏威夷之恋》《冷酷杀手》《夜上海》《灵魂的舞蹈》《荻港村》。另外,还有些短篇散见各报刊杂志。就选材和表现内容言,其小说并不仅仅是书写知识女性的生活,表达知识女性的思想情感和美学追求,也有部分作品描写城乡的其他生活和历史风云,如中短篇小说《九堡》《破碎》《大杨村》《职业流行病》和去年刚出版的长篇小说《荻港村》等。但是,无需分辨,其绝大多数小说作品——也是最重要最有影响的作品——均是以书写知识女性的生活,描画知识女性的心理,表现知识女性的思想情感和美学追求为主旨。在世纪之交不少作家包括女作家受都市大众文化市场牵引,自觉将自己的创作与身体欲望、金钱意识、媚俗主义结合,向反美、反艺术化俯首称臣的时候,顾艳则坚持艺术创作的精神性、思想性、艺术纯粹性。她要求作家人格独立,要学会"自转"①。作家要以一种"宗教般的虔诚"面对自己的写作②。并且明确定位,她创作不是为了"名声、金钱和地位",而是为了艺术本身③,通过艺术创作达到精神自救、灵魂超越。诚如陈骏涛所言,她走的是"纯文学"的道路④。她呼吁"真正的作家能经受得起长期的冷遇、贫穷甚至被人误解、诽谤和压制……毫不犹豫地放弃物质诱惑,守住心灵将写作进行到底"⑤。作为作家精神世界和美学趣味的表征,顾艳小说对女性特别是知识女性的书写就有了新旧世纪之交迥异于其他女作家创作的鲜明特征。

一 面对分裂,重新选择:20世纪中国女性的第四次觉醒及其表征

文学归根结底是人类生活的表现或反映,既有超时代性,又有时代性。就20世纪中国而言,由于"现代"这一人类生活文化、文明形态不是中国本土所有,是西方列强在强硬的政治、军事侵略和殖民条件下移植于我国,所以,中国在接受这一"现代"文化、文明形态时内心所起的矛盾、震惊,生活所面临的巨大困惑、考验,精神所造成的痛苦、分裂和兴奋,诚非笔墨所能形容。与此相适应,20世纪中国文学也经历一个痛苦反思自身,自觉扭转姿态和身份,向"现代"认同和靠拢的过程。在此过程中,中国

---

① 顾艳:《我的夏威夷之恋》,南京:江苏文艺出版社2001年版,第57页。
② 顾艳:《我的夏威夷之恋》,南京:江苏文艺出版社2001年版,第81页。
③ 顾艳:《我的夏威夷之恋》,南京:江苏文艺出版社2001年版,第81页。
④ 陈骏涛:《疼痛的飞翔》"代序:永远的追寻:关于顾艳创作的断想",见顾艳《疼痛的飞翔》,昆明:云南人民出版社2000年版。
⑤ 顾艳:《我的夏威夷之恋》,南京:江苏文艺出版社2001年版,第81—82页。

女性文学又面临自我独特的语境和问题,对于女性自我生活的书写,其思想情感、心路历程的表达大致可以分为四个时期,而每一个时期的写作都意味着生活、心理、精神、美学趣味的分裂。第一个时期,辛亥革命时期,以"鉴湖女侠"秋瑾为代表,表现近现代女性在政治社会身份上的觉醒及在男权社会里的英雄抱负(以此彰显女性生命世界与以往男性对女性的塑造和期许的分裂,凸显女性独立的也是全新的生命价值)。第二个时期,"五四"时期,在女性个性解放和社会解放相胶着的前提下,冰心开其端,表现女性的女儿性,显示女性天性的纯洁,心灵的善良,性情的温柔,心理的敏感,气质的忧郁,庐隐、凌叔华、石萍梅、陈学昭、冯沅君开始审视女性与家庭、社会的冲突、矛盾,女性真正自由、独立的艰难,女性真正心灵归宿地的难寻,而丁玲终于在重审男性中心社会的基础上,在写出女性精神上孤独的同时也写出女性在性、爱方面的失落和孤独,至此男女同盟完成决裂。第三个时期,是 20 世纪 40 年代海派女性文学时期,面对同一个"乱世、末世、浮世、男世"胶合的人生语境,张爱玲、苏青、潘柳黛干脆以放弃精神神圣性的姿态,大声疾呼"饮食男,女人之大欲存焉",凸显女性在现世中物质性生存和性欲性生存的悲凉,而以施济美为代表的东吴系女作家则糅合冰心的清婉、丁玲的大胆激烈和萧红的沉着,做绝境中的心灵试炼和精神升华。第四个时期,就是新旧世纪胶着转换时期,这时的中国,都市化再次崛起,现代性复活并多元、纵深发展、分裂,大批女作家应时代召唤而生,并将"五四"以来女性文学所走过的路差不多再走一遍,在重复中创造、变异、扩大,于是超过以往女性书写的总体格局和复杂度。顾艳的小说创作就属于这一阶段。在这一阶段里,又属于海派现代性(物质现代性、世纪末现代性)与"五四"现代性（人文精神现代性）分手、告别的时刻，于是其创作中女主人公均遭遇共同人生处境：世界图景再次分裂，人生路标再次失灵。今后何去何从，究竟怎样才是合理的人生，哪里才是女性真正的归处，一切以新的样子、内涵摆在主人公面前。顾艳不少小说就是通过探讨这些问题，书写新旧世纪之交现代知识女性不同于以往的生存体验并彰显其艺术风致和精神价值。

《冷酷杀手》这部作品，设置侦探线索，引导人们去寻找杀伤、杀死现代生命——现代知识女性年轻生命的根源。小说将人物活动的舞台安置在一所省城医院，大有深意存焉。省城是现代性较强的地方，是现代技术较高明的地方，也是人心分裂、人性较荒芜的地方，自然也是人的生存出现问题最多的地方。女人之间相互嫉妒，男人对女性仍然是欣赏、玩弄、利用、占有。人人是冷酷的杀手，而越是杀手多的地方越是出现生命的顽症。人生走向了深度的顽劣和危机。以后，她多部作品均重复一个关节：一个叫黑子的人被一个叫明子的杀死，究竟为何，小说始终不告下落。实际是指向现代人生存的阴暗、残忍、非理性，现代人生往往就是如此无下落。《杭州女人》借西湖边一个自称"现代派诗人"的青年"疯子"警示人们："——这是一个金钱的世界，到处充满虚伪和罪恶！——这是一个穷途没落的世界，又是一个骚动不安充满危险的世界！……战争！掠夺！核武器！军备竞赛！种族歧视！贩卖毒品！恐怖活动！暴力犯罪！强奸妇女！拐卖儿童！赌博吸毒！嫖客暗娼！同性恋！艾滋病！环境污染！资源破坏！饥饿！独裁！贪污！腐败！自杀！卖淫！所有那些飞机大炮军舰坦克机关枪都是干什么吃的？和平永远都是虚假的,只有世界末日才是真实!"①短篇小说《迷惘的季节》描写现代人的生存已进入迷惘的季节,《精神家园》告喻人们,现代人丧失了精神家园,《靠在冷墙上》告诉人们,现代人的生存已失去爱与温暖,而将生命靠在了人类文明的冷墙上,《走出荒原》指出现代人的生存进入了荒原。世界图景破碎,人生价值观分裂,过去的生活信条失去效用,给女性带来变更、图新的契机,同时给女性带来恐惧,带来失去精神依托和可靠的悲剧处境。短篇小说《醒之歌》中的疯女诗人,《走出荒原》中的朱红,长篇小说《真情颤动》中的文宣,《灵魂的舞蹈》中的徐赛玲及《杭州女人》中的苏艺成等都是在分裂下被压碎的生命的例子。这些女子共同的生活特性是突然失踪,或突然自杀身亡,均以自闭自虐来了断与世界的关系。苏艺成不顾家人的反对,靠求学努力进入城市,企图跻身于现代性之行列;来到城市,她遭遇现代性的负面围攻和诱惑。对人生幻灭,她企图跳楼自杀;自杀未成,她开始书写,像女性主义所张扬的那样,女性似乎只有这样才感到自身生命的存在,在书写中生命感觉得到印证,但是最后,仍然没有冲出自身对爱情的渴求和男性世界的欺骗,在男性享受其爱情再将其抛弃之后,她终因精神痛苦和焦虑患绝症死去。诚如作家在作品中所言,这些女性还没有真正从对男性世界的幻想和依赖中解脱出来,还缺乏"自转"的"轴心"及相应的意志②,她们的人生表现悲剧感浓郁,但不足示范于人。作为第四次觉醒的作家,已先天地带来对男性中心社会的警惕、怀疑、绝望,精神上、心灵上也早有超越于男性之上的制高点。所以,作家在看这

---

① 顾艳:《杭州女人》,北京:作家出版社1998年版,第61页。

② 顾艳:《醒之歌》,见顾艳《艺术生涯》(小说集),北京:中国文联出版社2002年版,第20页。

类弱质化女性时审视非常清楚,通过书写达到对她们的再警告,再批判。与此同时,作家还书写了另一类女性:坚守女性的自强、自爱、"自转",充分利用世界图景分裂、既有价值失范所造成的自由、宽松生存空间,积极主动地进行人生再选择。短篇小说《醒之歌》《精神家园》《无家可归》《走出荒原》《流浪者之歌》等作品中的女主人公均自觉认同精神流浪也是精神寻找,"认为女人必须有自我保护的能力与意识,不必要的时候还要有持之以恒的抗争与自救。……真正的强大是自身心灵与力量的强大"①。《杭州女人》中的迟青青是这类女性的突出代表。她是作家笔下杭州女人的代码。杭州女人是否这个样子?这是另一个问题,我们要说明的是,她有深厚的现代家庭背景,外婆生活在香港,母亲是杭州某医院有成就的医生,父亲虽早去世,但给她留下的是一笔不小的思考人生的经验教训之遗产。父亲在共和国不正常的年代遭遇不公正待遇,他的去世增强了迟青青审视历史的意识,她在杭州这座已颇具现代性的城市与男人的交道加深了她对男性心理的透视,对男人生存观、女性观的了解,使她获得了思想的醒悟,也获得了精神的自由,所以,小说写她能够自主地驾驭与男人的关系,享受它而不被它所掣肘、禁锢,由此显示第四阶段女性觉醒时其精神成长的新路标、新阶段。顾艳几部长篇小说,《真情颤动》中夏虹已经"红杏出墙",虽然丈夫是一个很不错的男人,但纯粹从性的关系上讲,两人并不和谐,所以在丈夫为事业拼命时,她却跑到高级饭店与所谓的情人约会。顾艳不一定看重自己笔下这个女人,但是笔者以为这个女人的这

---

① 顾艳:《醒之歌》,见顾艳《艺术生涯》(小说集),北京:中国文联出版社2002年版,第20页。

种"性"心理,已经很能力透纸背地折射出第四次女性觉醒在生命深处的再出发。迟青青是一个已经实现了转型的女性,所以她能主动与丈夫离婚,归还女性自我,此后在人生途途中自由与男性交往——"性"交往。她迷恋一个流浪汉式的人物周树森的男性品格和魅力:生性坦荡,不拘小节,行侠仗义,爱护女人。精神上、性感上,他都能给迟青青以莫大的享受,所以,他动摇了女性传统的矜持,也颠覆了男性世界的假装正经。不能将迟青青作为一般不道德的放荡女人看待的原因是,她不仅仅要男人的"性",也要男人的精神及道义承诺,她也是一个人生意义的寻找者和女性尊严的体现者,所以当别的男人要与她在一起产生故事时,她是有所选择的。这样的女性书写已经将丁玲《莎菲女士的日记》的女性书写深化。无论男人还是女人,都给他(她)摇摆的生命空间,让他们更加自主、自觉的结合或者分裂,从而使小说对人物的书写达到既有"交流"功能,又有鲜明不容侵犯的个人"独立性",也是一种现代式的自我封闭性。于是人生的放收、开合、来去、动静就处于一个相互排斥又相互吸引、依存的胶着状态,从而打破了简单的男女二元对立存在模式,将人生的困惑和迷茫也引向广大。小说中,迟青青获得了莎菲没有获得的男性的身心,但她依然没有得到安稳感,因为这个男人也不仅仅属于她自己,而是又走向别处去了。没有叙述他寻花问柳去了,不是一般道德上的审视、揭穿,而是写出女性要求精神完全自由、不受拘束的同时也写出男性也是如此。如此,人生的谜真的解不开了。所以,小说写到,周树森不知又到哪里去了,可能去了日本,于是迟青青也要去日本。周树森真的在日本吗?她真的能到达日本吗?好像这不成问题,但是即使到了日本,能找到周树森吗?找到他,他还是原来那个周树森吗?看来,五四女性走不出去的生存困境如庐隐笔下反复提问和探讨的,第四个时期的女性依然没有完全走出,只是历史转身、回旋的时候,现代女性精神上的积累更多了,有了更多的自由和超越性,也有了更多的迷茫和困惑。还好,此乃"丰富的困惑和痛苦"。

二 面对残缺,坚守理想:现代、后现代与
中国传统碰撞中的精神定位

20 世纪之末,中国人的社会文化生活是否已经有了后现代成分? 这是一个在学术界和实际生活中均引起纷争的话题。我们的答案是肯定的。后现代的表征之一就是既有世界图景的破碎与大众所获取的个性、自由结合起来,造成众声喧哗,莫衷一是。而且大众的生存从现代性深度模式中解救出来,而趋向于商业化、物质化、欲望化、平面化、机械化、复制化。现代是痛苦的,但现代还欲寻找精神、灵魂支撑,还渴望有中心,现代还追求生命存在的深度模式,而后现代则以现代性想象从现实生存的角度看根本是荒诞的,在现实中无法实现而慨然将它放弃。人生的沉重往往取决于人远大目标的寻找及这种寻找的不可能,一旦这种寻找转换成了要寻找的就是已拥有的,精神就在物质之中,灵魂就在肉体之中,自由就在破碎之中,希望就在放弃之中,整合就在解构之中,深度就在平面之中,人的生存一下子就会进入"生命不能承受之轻"。笔者以为,新旧世纪之交的中国社会文化生活中,是有如此成分的。既有人生图式的破碎及其所带来的后果不能都简单派给后现代,在现在的中国,它还不具有完全获取这份"光荣"的资格,因为现代对前现代的解构和超越还没有完成,但是它的出场的确加强、加多了(不是加深,再多

都不是现代意义上的"深")如上人生状况和人生趋势。现代还没有完成,后现代又横身而来。新的建构未成,新的解构提前来到。如此语境中,中国人何去何从,究竟该怎样确立自己的人生坐标位置?笔者以为,顾艳不少小说所写,就是在此处显现独特性。顾艳像不少20世纪80年代起步的作家一样,享受着现代和后现代带来的自由与方便,同时也咀嚼着现代和后现代所带来的破碎与孤独痛苦①,如此两难与迷茫之中反寻找一份古典的恬静②,发现了人生"倒退"的秘密,由此获得生命的淡定和超越。

如果"西方中心"神话不破裂,西方现代性不遭到质疑,中国传统的有理性彰显不出来。强大的现代性将中国传统暂时压下,但是几千年深度模式的传统总是还会出来,转身,复活。世界生态文化的产生召唤中国传统文化参与其中。在这种情况下,一个各方面都很觉醒的中国人,知识分子,往往会左顾右盼,突然想起中国传统一重要观念"综合",即"融会贯通"。无疑,顾艳也是这样的中国人之一。其小说将现代质素、后现代质素和传统质素糅合,创化一个极其个性也深具时代内涵的爱情图式:(1)无论男,还是女,在自由爱情中都要同时携带灵肉两种东西。就个人讲,灵可以对肉构成传统的管辖、制约层梯关系,有灵魂,有精神,就有深度模式,生命就不会轻易进入"不能承受之轻",同时就两人言,灵对灵,肉对肉,不能肉对灵,也不能灵对肉。不能没有深度,也不能错了对位。若肉对灵,那么,是一方对另一

---

① 顾艳:《精神与危机》,见顾艳《一个人的岁月》(散文集),上海:学林出版社2007年版,第264—265页。另,作家小说《流浪者之歌》里也有如此言说:"生命中总有许多残缺,残缺才是一个真实的人生。而我们只有接受残缺,才不会杞人忧天。"如此"残缺"意识里还有了形而上的哲学意味。见小说集《艺术生涯》第89页。

② 顾艳:《拯救"古典美"》,见顾艳《一个人的岁月》(散文集),上海:学林出版社2007年版,第95—101页。

方的亵渎;若灵对肉,那么是落伍的灵魂偏执病,无法实现生命的真正的交融,灵魂也无法升华。(2)这种爱必须是自由自愿的,双向主体性的,否则双方无法呼应,爱就无法达到高潮。(3)这种爱是纯粹的爱,不涉及其他目的,因此,人物的爱与人物的其他事情等不发生矛盾关系。(4)这种爱与对方是否还有别的爱着的人不发生关系,对方在爱我的同时也可能在爱别人,那是他或她的个人自由。因此,这种爱往往是处于一对多或多对一的男女关系之中。这些概括也许不全面,也许过于与以往人们心目中的爱情分生,但是笔者以为,不这样描述和概括,就无法走近顾艳笔下的新式爱情。《真情颤动》里,夏虹已开始走出家庭,但她不具有生命的深度模式,所以,她对范柳刚的爱无法升华,甚至她没有在丈夫需要她的时候站在丈夫面前,所以从婚姻道德角度,她还有一定的罪恶;范柳刚也不具有生命深度模式,他以肉求色,到底凡夫俗子一个。《夜上海》中的主人公于物质与精神两方面还在游移。《疼痛的飞翔》中主人公已从家庭走出,精神、灵魂也已调整到具有深度模式,所以她的海外之恋具有了理想的爱的光华。《我的夏威夷之恋》就再进一步,让双方的肉体和灵魂同时升华、飞升。这里,达到了生命的深度模式,也达到了两性和谐,所以有了爱的高潮,凭着这个稀有的爱的象征,两人分离后照样可以信誓旦旦、爱意浓浓,伸展于一片生命的光鲜之中。这里面,爱的古典意识和 20 世纪 80 年代意识非常明显。在世界一片荒原的现代性语境里,哪里还有这种爱情?后现代语境里,哪里还有深度模式?"我们的爱情,早已从感性的、肉欲的情爱世界发展到超越肉欲走向更为纯粹、更为坚固、更为恒久的爱情世界了。""爱情之与我,是纯粹精神上的东西,它不一定需要朝夕相处,更不需要外在的物质来做定论。那种生死两地刻骨铭心的爱情,来自共同的信仰,来自纯粹而高尚的灵魂的碰撞与结合。"①这是"唐诗宋词的古韵"②,是"柏拉图式的爱情"的中国现代版③。这种爱情书写放在 20 世纪 80 年代,是经典的,人们一点也不会奇怪它的出场,但是投放在"英雄死了""人死了""爱情死了"的世纪之交的语境里,就有"重新选择"的意味,实际可理解为向传统的召唤和回归。

在表现新的人生姿态、对爱情的新思考方面,《灵魂的舞蹈》无疑是最有分量的作品。凯瑞是一个作家、诗人、女性哲学爱好者,书写、独吟与沉思是她生活重要的内容,也是她生活的独特方式。她需要精神的旗高高飘扬,需要丰富的情感世界,但是她军人出身的丈夫显然满足不了她的要求。两人很快离婚。凯瑞从此恢复了单身生活。之后,她遇到了昔日大学同学阿芒。阿芒大学时是女生们追求的对象,最后被善写诗的才女李薇抢到手。可是李薇结婚后变得毫无趣味,跟不上阿芒的生命节奏,两人不合拍,李薇又善妒,所以两人也很快分手。分手后,阿芒又陷入与另一女同学徐赛铃的恋爱之中,可是不久发现徐赛铃也不是他真正所爱,与徐赛铃又分手,徐赛铃自杀,阿芒虽悔恨痛苦,但很快在凯瑞的爱情疗养下重振男性雄风。小说最有特色之处就是写他们两人的人生姿态和彼此爱情。两人之间没有任何勉强,好像双方千年前就在等待对方,所以一旦有此机会,两人马上进入生命"致命的飞翔"。不待言,两人的爱有古典的爱的成分,即重精神、灵魂,但也不排斥肉体爱,相反,他们也非常清楚精神、灵魂爱只有建立在肉体爱的基础上才能落到实处。

---

① 顾艳:《我的夏威夷之恋》,南京:江苏文艺出版社 2001 年版,第 187 页。

② 顾艳:《我的夏威夷之恋》,南京:江苏文艺出版社 2001 年版,第 24 页。

③ 顾艳:《我的夏威夷之恋》,南京:江苏文艺出版社 2001 年版,第 147 页。

他们把这种爱叫做"性爱",曰:"性爱是人生的高峰体验。性爱也是滋养生命、皮肤、骨骼、心脏的需要。没有性的生命是容易快速枯萎的生命。爱一个男人,或着爱一个女人,他们彼此相爱最终是要在一起的。激情、力量、冲动,他们积蓄了很久。他们长长的生命,一路坎坎坷坷地走过来,仿佛全都是过程,是铺垫。惟有此刻灵与肉的结合才是结果,才是事物的根本,人生的最高境界。"①问题是,即使他们如此经典的爱,也不需要对方对自己做只爱一人的承诺。因为他们依然各人是各人,谁也不去干涉对方更"私人化"的生活,他们均保持自在、自存、"自转"。因为"我们每个人都是一只蜡烛,只有发自己的光,蜡烛才会燃烧得更亮,而更亮的爱情之烛往往是需要互照的。没有发自己光的那支蜡烛,久而久之便消失在婚姻的烟雾中了。所以我们一定要自己燃起烛光,尽管烛光能够如豆,但终能看见自己在光里闪烁的影子,看见爱人的影子,看见两支蜡烛合在一起时的光焰和光焰之下通彻照亮的日子"②。"只有不缺少自转的女人,才能活得魅力十足、风情万种。"③如此,可见顾艳笔下的女性人生和爱情模式正在往情人制上走,而传统概念上的家庭则经受着深层次的冲击。这一点,以往的文学总是带有过多的悲凉意味来书写,或者将这种爱情书写作为某种人生思想情感状态的抽象的象征性表达,而顾艳小说则作为常态来书写了。20世纪40年代上海文坛另一浙江籍著名女作家施济美笔下女主人公虽绝望于人生、爱情的过分世俗化、物质化,追求人生、爱情的精神性、纯洁性、灵魂性,但女主人公对单身生活的深长喟叹,对精神废园

---

① 顾艳:《灵魂的舞蹈》,北京:作家出版社2005年版,第147页。
② 顾艳:《我的夏威夷之恋》,南京:江苏文艺出版社2001年版,第22页。
③ 顾艳:《我的夏威夷之恋》,南京:江苏文艺出版社2001年版,第32页。

的固执守护,反过来表达一个潜意识,即还是渴望一个家,一个有爱有温暖的家;张爱玲笔下的王娇蕊想走出家庭,而不能,后来陷入更大的世俗家庭泥沼中,而顾艳小说中女主人公则以常态来对待自己的孤独、自守了。她们也在寻找精神家园,但她们时刻均"在路上",能进则进,否则退。退,也是自由意志的表达,退是另外一种进,进退之间始终维护的是对自我和爱情的忠诚。"寻找精神家园,就是寻找失落的生命力。"①目的不在家,而在生命力。因为主人公们有失败的准备和强烈的担当、支撑意识,所以她们并不走向生命、心理、情感的疯狂与变态,而是将生命中这一份凄苦慢慢地咀嚼下去,使这份凄苦在生命深处慢慢融化,然后使爱情和生命都得到升华。这是世纪之交的好处,也是世纪之交的希望,现代与后现代纠缠转换的年代,以往文学中总以荡妇淫娃身份出现的女性情感探索者,在我们的女作家笔下终于正面化为女性生命、爱情解放和自由的"超人"。

另外,顾艳小说中还有两个方面的书写也可以说明其创作的精神性、古典性追求。(一)张扬女性的母性。当年,苏青急于摆脱男性中心社会的束缚,大声疾呼天下女人只有两种:一种是娼妓型,一种是母亲型,是因为做不成娼妓型,才退而求其次做母亲型的。张爱玲说冰心是没有什么可示于人的,才口口声声强调母爱。20世纪90年代以来,不少女作家创作也是急于摆脱做母亲的不自由困境,将母爱与性爱对立,张后者而抑前者,可以说这些都走入了误区,而顾艳小说从来不这样,相反,她一再强调"母性是人类的骄傲",母性是女性的"天性"之一。所谓:"你想要孩子,也就是说你要尽女人的责任、尽母亲的责任了。

---

① 顾艳:《我的夏威夷之恋》,南京:江苏文艺出版社2001年版,第159页。

女人养育孩子与男人上前线打仗一样,功不可没。"①有此思想意识,所以,其作品构思中,离婚后女主人公总是坚持无论有多少困难都要将孩子养育成人。(二)强调女性与自然的亲密关系。因为作家生在杭州,长在杭州,家就在美丽的西子湖附近,如她所言,是西湖使她成为美丽而聪慧的女子,所以,其作品中的西湖情结非常强烈。作家也总是最后将她笔下的人物送回到西子湖畔。如《灵魂的舞蹈》,叙述阿芒在法国因去寻找一个失踪的同胞遇车祸而亡,料理完他的丧事后,凯瑞又回到中国,回到西子湖畔,"她的所有欢乐和忧愁、相思与痛苦都浸透在湖里。湖是她唯一能倾吐真情的地方,湖也是她长途飞翔之后,真正停泊的港湾"。《疼痛的飞翔》开章就是"魂归西湖"。《我的夏威夷之恋》更是将脱俗的爱情放置在充满原始蓬勃生机、展示美丽自然风貌的太平洋岛屿夏威夷上发生。

三 诗性与知性的统一:独特的艺术风格

顾艳知识女性题材小说的艺术风格,细分起来,也是不一样的。《夜上海》是较成功的第三人称叙事,但作家显然不太了解笔下人物的生活,特别是企图接续20世纪40年代海派文学的传统而力不足,所以,虽然小说发表后引起轰动,上海《新民晚报》和深圳《特区文学》几乎同时连载,美国、台湾和大陆三地同时出书,但深入人物内心并不够,语言也太流丽了些,所以之后影响反而沉落。短篇小说《走出荒原》和长篇小说《冷酷杀手》也都是第三人称叙事,但作家笔触探及人物内心世界已很深入,人

---

① 顾艳:《灵魂的舞蹈》,北京:作家出版社2005年版,第107页。

物情绪均有世界图景分裂中所产生的深层困惑和迷茫，叙述口气上带有阴郁的心理成分、思索的成分，也就是与隐含作者的内心世界贴得近了，与生命的根处粘合近了，所以作品艺术可读性并不差。特别是《真情颤动》，作家努力"从'本色演员'过渡到'角色演员'"①，但隐含作者还是自觉不自觉地向女主人公夏虹靠拢，叙述基本上还是借她的身份以"我"的口吻和眼光叙述。甚至很多从总的情况看，她不该知道的事情，她均提前知道，经她的口叙述出来，有时还会提醒一句当时她并不知道。第一人称与第三人称碰撞，限制性叙述与全知性叙述碰撞。这是一种转换不到位的迹象，但是作家无意中却将女主人公内在生命的需要强化了，人物形象因此写活了。

与作家生活限制有关，也与作家秉性、气质有关，作家最擅长的写作方式应该还是第一人称内倾叙事。《杭州女人》就人物设置讲是第三人称，但叙述是第一人称，整部小说是迟青青、苏艺成和迟青青女儿等几个人物的内心剖白和流动。主人公都是知识人，作家对这类人的内心世界了解较多，较好驾驭，所以写来得心应手，这种写法也比较容易进入人物内心世界，所以作家要抒发的情感，要表达的人物对生活的深层心理感受及哲理思考等都来得细腻、真实、自然。《疼痛的飞翔》也是第一人称叙事，近乎作家日常生活自传，有平铺直叙之感，所以感染力不够。这一缺陷，到短篇小说《无家可归》和长篇小说《我的夏威夷之恋》等，即有很大改观。《无家可归》写女主人公到处漂泊，寻找精神家园，但是难以找到，于是来到美丽的富春江畔。虽还是第

---

① 顾艳：《真情颤动·后记》，见顾艳《真情颤动》，昆明：云南人民出版社 2000 年版，第 234 页。

一人称叙事，但女主人公离开了繁琐的日常生活场景，而走向对人生归宿的寻找，对世纪末人生痛苦、迷茫、失落、惆怅等状况的深层体验，所以小说写得细腻、婉转、飘逸，风情备至。《我的夏威夷之恋》利用第一人称叙事的便利，将女主人公的生活和内心世界都做了很大程度的思想化、激情化、浪漫化，艺术的轻盈之处出来了，艺术的厚重处也出来了。而将以上叙事技巧综合起来，使顾艳女性小说创作风格定型的是《灵魂的舞蹈》。

这部作品是第一人称叙事与第三人称叙事的结合，思想的分量更重，压抑的激情表达也更深远。经过有年积累，作家好像真的成了激情哲学作家，小说自然也有了相应的艺术风格。主要一点，小说叙述强度大大弱化，而在故事框架中塞进去大量古今中外哲学家、艺术家、文学家的观点、思想和作品的引用、评介。小说不足 16 万字的篇幅，引介的中外哲学家、艺术家、文学家就有 60 人之多。约略统计，哲学家、思想家有孔子、庄子、苏格拉底、柏拉图、狄德罗、伏尔泰、卢梭、歌德、康德、尼采、圣西门、拉法格、德勒兹、利奥塔德、布迪厄、海德格尔、福柯、德里达、罗兰·巴特、拉康等，艺术家有毕加索、马蒂斯、塞尚、梵高、贝多芬、海顿、舒伯特、巴顿、达芬奇等，作家、诗人有乔伊斯、菲茨杰拉德、海明威、罗布·格里耶、莫里哀、雨果、左拉、史蒂文森、歌德、索尔仁尼琴、昆德拉、里尔克、博尔卡斯、杜拉斯、伍尔芙、萨福、格特鲁德·斯泰因、李白、白居易、柳宗元、鲁迅、李清照、朱淑真等。此外，还有不少宗教、哲学、文学、艺术作品的介绍，如《圣经》《白话易经》、海德格尔《荷尔德林诗的阐释》、尼采《悲剧的诞生》、波兰人维斯拉夫·基拉尔《死亡的回忆》；《战争与和平》《安娜·卡列尼娜》《红字》《红与黑》《罪与罚》《巴黎圣母院》《廊桥遗梦》、歌德《流浪者之歌》、斯蒂文森《骑驴旅行记》、格特鲁德·斯泰因《三个女人》、艾略特《四个四重奏》、罗布·格里耶《嫉妒》、索尔仁尼琴《古格拉群岛》、《红楼梦》《金瓶梅》《琵琶行》、柳宗元《江雪》、凡高《向日葵》、达利《面包》、达芬奇《蒙娜丽莎》、贝多芬《命运》、海顿《鸟儿四重奏》《云雀四重奏》《降E大调第一小号协奏曲》;中国寓言故事《愚公移山》《精卫填海》《夸父逐日》等。这本应是写作的大忌,容易造成食而不化,挤压了小说容量,造成具体的活生生的生活表现的不足,影响小说质量,事实上也确实影响了小说的可读性,但是,对于作家而言,这种写作的方式和内容景观也未尝不是其有意追求。作家的定位显然是拒绝世俗读者,而与高雅之士交流、对话。正因为有此精神性定位,所以,其作品主人公以拒绝世俗的姿态出现在读者面前,并且大谈哲学这一令一般女性作者望而生畏的东西。《灵魂的舞蹈》里,凯瑞言:"哲学家是痛苦的。……可如果普通人在生活中有哲思,那么生活质量就会提高。尤其是女人,容易被家庭琐事纠缠着变得庸常和不可理喻。这时候,哲学对她们非常重要。一个有哲思的女人,生活中随处都会出现智慧的闪光。""有这哲理思索的女人,女人的力量是无穷的。"[1]"知识可以传授,智慧却无法转让。尊敬哲学,就是尊敬人类最美好的东西。"[2]充分体现了"生活即思想"[3]的倾向。

难能可贵的是,作品一方面引介哲学、思想类资源,一方面化解文学家、艺术家作品的资源,经主人公生命的孕育、情感的激化而成为小说有机的内涵。《我的夏威夷之恋》里,米鲁言:"我的写作源于血液的沸腾。只有写,血液才能流淌得哗啦啦,

---

[1] 顾艳:《灵魂的舞蹈》,北京:作家出版社2005年版,第124页。

[2] 顾艳:《灵魂的舞蹈》,北京:作家出版社2005年版,第125页。

[3] 顾艳:《灵魂的舞蹈》,北京:作家出版社2005年版,第124页。

生命才能孕育出浩然之气。"①《灵魂的舞蹈》里,凯瑞言:"我时常在寂静的房间里,倾听自己血管里的涌动声。它彷佛告诉我:延续激情、延续激情。激情对一个创作者是多么重要。它就像闪电一样。"②由于激情的化育,思想也成了诗意的,所以,"思想是火焰"③。"我在火焰中思考、漫步。"④"思想像鸟般高高飞翔。"⑤所以,小说也成了"流动"的有生命的"哲学书"⑥。如此,小说达到了诗性与知性的统一,如小说出版时王岳川所评述的:"在生命本体论下移的世界性过程中,不少艺术家被是否应取消价值判断所困惑。同时在功利主义和蒙昧主义盛行的时代,在人性深度和自由地平线日益模糊的语境中,以及权力市场化几何增长的情况下,大胆地在作品中表明自己的价值判断,无疑是一种精神冒险。但又是一种值得冒险的艺术冒险!我欣慰地看到,顾艳没有空洞地诠释自己的日常审美观,而是用诗性的语言、哲理的思辨,使小说构架既厚重又空灵。在大胆展示不同于西方话语的中国经验式的意识流中,使小说人物于逼真中,具有了时代普世的象征性。小说在语言的弹性、内容的丰厚、人的精神层面、意识的流动和氛围、气场等方面,分寸把握得相当好。那意识流中的气场,那浓郁的精神性和厚重深邃的内容,不断点染烘

---

①　顾艳:《我的夏威夷之恋》,南京:江苏文艺出版社 2001 年版,第 106 页。

②　顾艳:《灵魂的舞蹈》,北京:作家出版社 2005 年版,第 131 页。

③　顾艳:《灵魂的舞蹈》,北京:作家出版社 2005 年版,第 4 页。

④　顾艳:《流浪者之歌》,见顾艳《艺术生涯》(小说集),北京:中国文联出版社 2002 年版,第 89 页。

⑤　顾艳:《灵魂的舞蹈》,北京:作家出版社 2005 年版,第 14 页。

⑥　顾艳:《灵魂的舞蹈》,北京:作家出版社 2005 年版,第 70 页。

托出某种当代人在沉重的肉身中的渴望——灵魂的舞蹈。"①

四　作家创作风貌之形成：人文、地理、家庭、社会多重背景资源之创化

顾艳这样一个相貌出众、才华不同凡响的作家，在世纪末众声喧哗的文化文学语境里，不去走"美女作家"的道路，反而走"纯文学"道路，走与大众世俗保持距离，张扬精神、灵魂的少数人道路，初来令人惊讶，想想也顺理成章。

一个作家要成为、能成为什么样的作家，除主观原因外，还有不少客观外在原因。

1. 文史哲、艺术资源。从作家作品看，她创作前，读过大量的古今中外文史哲、艺术各方面的经典名著，并且有多方面的艺术兴趣和修养，如音乐、绘画等。古典的，现代的，后现代的，很杂驳，也说明视野很宽广，所以，暂不论其作品艺术价值如何，仅就其艺术的气度而言，在当代作家特别是女作家里，已非同凡响。令人惊奇的是，作家说，"我一开始就没有刻意住'草庵'，也没有追求住'宫殿'。我只是顺其自然，……"②在中外哲学家、思想家和艺术家中，第欧根尼的"犬儒主义"生存哲学，里尔克的现代生存哲学意识，康德的道德律，尼采的超人学说，贝多芬的伟大创造精神，凡高的激情似火，鲁迅的向绝望抗战精神，李清照的哀怨，朱淑真的清婉等均在精神上给她以丰富的营养；在小说

---

① 顾艳：《灵魂的舞蹈·"灵之舞（序）"》，北京：作家出版社2005年版，第3—4页。

② 顾艳：《在草庵里支撑人生》，见顾艳《蜘蛛人》（散文集），上海：文汇出版社2004年版，第60页。

艺术上给她最大启发的应该是法国小说家杜拉斯、英国小说家伍尔芙和捷克小说家米兰·昆德拉。米兰·昆德拉将小说分为三类："叙事的小说（如巴尔扎克、大仲马），描绘的小说（如福楼拜）和思索的小说。"显然他自己的小说属于第三类——"叙述者即思想的人，提出问题的人，整个叙事服从于思索。"①不待言，顾艳最有代表性的长篇小说《杭州女人》和《灵魂的舞蹈》也应属于"思索的小说"。顾艳这类小说与米兰·昆德拉小说一样成为对"存在的探究"②。就女性与人生真义的关系，女性与小说艺术的关系上，顾艳又特别倾心于杜拉斯和伍尔芙。《杭州女人》里："我说我读杜拉与伍尔芙，我就会变得越来越美丽。"③"我告诉他我喜欢杜拉，并想做一个杜拉式的女作家。"④《灵魂的舞蹈》里描写凯瑞阅读杜拉斯和伍尔芙作品时的感受："她读着她们的作品，就好像是她生命本身中一种血液的需要。她一遍又一遍地重温那些片段与章节。她被她们的忧伤笼罩在美丽的阴影中。她们都是女人，彼此的心灵可以用感觉去触摸、沟通、接近。"⑤"凯瑞读过法国女作家杜拉的许多作品。她极力把庞德想象成杜拉某一作品中的男主人公。尤其是那个湄公河畔的中国情人。"⑥《阿尔泰的小屋》里直接给主人公取名"杜拉"，言："我姓

① （英）乔·艾略特等：《小说的艺术》，张玲等译，北京：社会科学文献出版社1999年版，第81页。转自曹文轩：《小说门》，北京：作家出版社2002年版，第226页。

② （法）米兰·昆德拉在其《小说的艺术》一书中，指出："小说家既非历史学家，又非预言家：他是存在的探究者。"笔者以为顾艳小说也有"存在的探究"的特点。昆德拉言说，见董强译《小说的艺术》，上海译文出版社2004年版，第56页。

③ 顾艳：《杭州女人》，北京：作家出版社1998年版，第56页。

④ 顾艳：《杭州女人》，北京：作家出版社1998年版，第55页。

⑤ 顾艳：《灵魂的舞蹈》，北京：作家出版社2005年版，第86页

⑥ 顾艳：《灵魂的舞蹈》，北京：作家出版社2005年版，第91页。

杜,叫杜拉。这是一个法国女作家的名字,它同样适合我。我的灵魂四处漂泊,常常寻找友谊和爱情。我也是一个写小说的女人,我的作品全是关于女人的故事。它们属于我孜孜不倦回味后的往事,属于白天和思索。"①客观而论,顾艳小说还达不到杜拉斯小说的思想深度和艺术深度,但意识的流动,人物内心展览式的写法,语言的晦涩,沉思分量的加重,却庶几近之。如《灵魂的舞蹈》开头:"凯瑞趴在窗前,晚霞所勾勒的剪影转瞬即逝。凯瑞已经一个星期没有出门了。冬季的街道因此在她视野中,变得神秘而又神圣起来。她知道这一个星期,她成了幽闭症患者。除了一个精神世界,别的似乎都不存在。灵魂中的哭泣之神,在幽暗的烛光中舞蹈。"这就形成其小说较典型的现代风:深沉的思虑,硬性的表达。

2. 家庭和时代的原因。

顾艳出身高级知识分子家庭,外祖父是美国留学生,20 世纪 30 年代与章太炎等人均是好朋友,父亲也是美国留学生,大学教授,中文专业,母亲自然也是高级知识分子。还有一个姨妈在香港某大学教中国古典文学。这样文学艺术氛围浓郁的高层次家庭自然有特立独出、才华横溢的女子生成。自己的自然条件又很好,大学中文专业毕业,心理有优越感,自然助成她傲世的情怀和个性。孤芳自赏而又落落大方,拿得起,放得下,一份生命的满足感。但这样的家庭出身、个人条件也容易产生完美主义、理想主义的人生理想和追求,如此,一旦家庭和个人生活出现阻遏和打击,"不是极精湛的完成,就是完全的毁坏"(施济美语)。作为生者来讲,会被激起更彻底、决绝的抗争。而事实上,顾艳

---

① 顾艳:《艺术生涯》(小说集),北京:中国文联出版社 2002 年版,第 159 页。

的家庭在她小时候,就遭到时代厄运。父亲被打成反革命,母亲也靠边站,自己呢?还在听从召唤,早晚跳忠字舞。虽然后来平反昭雪,恢复名誉,但美好的家庭生活被破坏了,自己的生命世界里也早留下一份抚不去的疼。20世纪70年代末80年代初,给这样的青年提供反思历史、生活包括人的爱情生活的空间和机会,许多作家就从这时走上创作的道路。顾艳也应该是其中一员。只是她正式走上文学创作道路已是80年代后期了,这时,伤痕文学、反思文学、改革文学都已过去,新的对历史、人生、感情的感悟、认识及艺术表现与现代派、后现代派文化思潮同时崛起,她要表达人生的哀感,生为女人的哀感,她不能不求灵感于西方现代派文学艺术包括一些后现代文学艺术,但她的家庭情结和80年代情结却挥之不去,作为潜在因素一直发挥着重要影响。因为她是在80年代前期大学毕业的,那么她作为一个人、一个女人的生命构成也基本上在80年代前期完成。一个人生存的年轮实在不敢忽视,人往往活在她的童年、青少年时代,此前是乘除法,今后恐怕主要是加减法了。作为生命的基因和原型在此时定型,所以顾艳作品虽基本上可归为现代风之类,但又明显有80年代文学张扬精神、灵魂的痕迹。作品中也有不少这样的言语:"人是需要有德行的。……我相信德行是人生中最至关重要的东西。"[1]"我不能忘记,作家的责任在于写出祖国人民的苦乐和时代的声音,写出人的血性和人格力量来。"[2]"'文革'之后的不少中国人,他们已不再相信'品格的力量',而膜拜'物质利益'。只有少数人仍在精神世界里坚守着。凯瑞觉得自

---

[1] 顾艳:《醒之歌》,见顾艳《艺术生涯》(小说集),北京:中国文联出版社2002年版,第9页。

[2] 顾艳:《我的夏威夷之恋》,南京:江苏文艺出版社2001年版,第72页。

己是一个固执的坚守者。在没来巴黎前,她便是个最艺术最虔诚的信徒。那堆满古代圣贤经卷和世界名著的书屋里,有她按部就班一日三匝的功课。每当孤独到极点的时候,她就宛如一朵遗世独立的灿烂莲花。智慧是她的星座、她的姓氏,而孤独则是她的血型。血型是不可改变的。"①由此,我们看出顾艳作品中人物的孤独是 80 年代情结与 90 年代时代、社会、艺术风气交叉结合的结果。这种孤独是有积极建构的内涵的,所以,怎样孤独作家都不觉得痛苦,都不舍得放弃。那么遗世独立自然而来,自恋也随之而来。这是其人格和创作成功之处,避免了干瘪和庸俗,但也少些充实、细腻和丰厚。

3.浙江区域文化的熏染。

浙江这片土地的文化根性是怎样的呢? 一时不好说清楚,但大家熟悉的是浙东的坚实精神,浙西的审美意向。一可称为"山"文化,一可称为"水"文化。无论"山"文化还是"水"文化都是自然文化。这就与内地平原文化和以上海为代表的典型海洋文化有别。平原文化平坦流利无所依傍,形成单调而坦率;以上海为代表典型海洋文化易动易变、波澜壮阔,开放而充满欲望。浙江"山水"文化有山有水,有开有合,有刚有柔,有开放有封闭,有平原大陆文化的沉实也有沿海文化飘飞的遐想。趋向于理想化,智慧灵巧,爱美而有担当。这些应该说在顾艳作品中都有表现,虽然各种因素结合并不一定完好。突出的表现:(一)爱自然,爱美。顾艳祖籍海宁,生长生活于杭州,也就是生长生活在浙西这片生机蓬勃而又平静爱美的土地。西湖应该是浙江"水"文化的象征,而顾艳小说中主人公认为:"美丽的西子湖畔。湖

---

① 顾艳:《灵魂的舞蹈》,北京:作家出版社 2005 年版,第 177 页。

畔是她从小生长的摇篮。她的所有欢乐和忧愁、相思与痛苦都浸透在湖里。湖是她唯一能倾吐真情的地方,湖也是她长途飞翔之后,真正停泊的港湾。"这种自然根性使人物更适合于一种率真任性、简单淳朴的生活,所以她最好的恋爱只能是在"原始之家"夏威夷,最好的归宿是"犬儒主义"者的生活,"草庵里"的生活。这就与当下那种过分嚣张的欲望世俗生活拉开了距离。我们看浙江当下几位创作力很旺盛的女作家,她们笔下的生活和人物距离那种欲望嚣张的创作都很远。都有一种水的柔情和灵气。也让我们想起施济美对理想主义、完美主义人生的追求和创作。她的创作也是写现代知识女性对欲望化、物质化人生和爱情的拒绝和超越,带有明显唯美的倾向。特别是她的《风仪园》,刻意要将这一精神废园打造成一个美的所在,一个灵魂的归宿,现代意义、女性意义和美学意义都意味深长。她1948年写散文《岸》,也像顾艳这样,在欲望化、世俗化人生中选择自尊、自傲、退守的姿态。她给自己描写的"最后"的人生姿态是:"我要在这岸上,这花房的外面,乐园的背后,苦海的边缘,仆仆风尘的途中,筑起几间躲避风雨的小屋,窗前种着茑萝,屋后栽着芭蕉,小屋里有读不完的好书,红泥小火炉,正烧着茶,案头供着鲜花,欢迎所有志同道合的朋友们来,我忘记嘱咐你,记得带一支蜡烛来,白的也好,绿的也好,我要拿它插在我心爱的蜡台上,好在它晦淡的光辉里,背诵李商隐的名句:'何当共剪西窗烛,却话巴山夜雨时'……"①或者这样说,经过半个多世纪的否定之否定,施济美创作的流风余韵终于在顾艳身上显现?当然隔着半个多世纪的世事沧桑,文学艺术、时代风气也早有了几番折腾和

---

① 施济美(署名薛采蘩):《岸》,上海:《幸福》第2年10期,1948年10月30日。

变化,二者不可能完全一样,顾艳的更刚性或者更粗糙,而施济美的更细腻更柔性。施济美的不如顾艳的广阔,生活也不如顾艳的丰富,但艺术上更精美一些。如果林徽因也算在浙江文学范围内,那么更高层次更完美的艺术和人生追求就更典型了。

(二)对生活勇敢的担当意识。这应该说浙东"山"文化最典型。坚忍不拔,傲视磨难。鲁迅是最突出的代表。现代以来的作家很少不被鲁迅这种精神感染的,浙江作家更甚。浙江女性文学作为一个整体呈多元化发展趋向,但继承鲁迅精神方面却出乎意料的相同或相近。陈学昭《工作着是美丽的》及其续集,写出一个现代知识女性面对人生的艰难选择和对人生苦难的勇敢担当。施济美为了爱和美,为了对生活更高的追求,终身独身,并且说:"能够担当痛苦,就是最美的人生;怎能不因这一缕凄凉的况味而歌唱呢? 悲哀能将人的情感,锻炼得更纯洁、高尚。——亲爱的朋友! 又何需我来祝福快乐?"顾艳也不例外。顾艳的外祖母家就在绍兴,"我从小接受外祖母这个绍兴女人的教育,绍兴便刻在我心中了"。"绍兴不像其他江南城市那样柔美,绍兴有一种刚劲豪迈的气概。那里是我们坚毅勇敢的先祖大禹的故乡,是卧薪尝胆越王勾践的故乡,也是现代女杰秋瑾和文豪鲁迅的故乡,这些在中国历史上最有风骨的人物,都裹挟着勃勃英气。"①绍兴的这种精神无疑对顾艳及其创作都产生了深入骨髓的影响。《灵魂的舞蹈》里,"凯瑞对鲁迅敬重备至。她知道独立着的人生,总是有所为而有所不为的。正如先生决绝抗争的另一面,……"②短篇小说《逝去的岁月》主人公名字叫"米鲁",《我

---

① 顾艳:《绍兴精神》,见顾艳《蜘蛛人》(散文集),上海:文汇出版社 2004 年版,第 83 页。

② 顾艳:《灵魂的舞蹈》,北京:作家出版社 2005 年版,第 178 页。

的夏威夷之恋》和《疼痛的飞翔》主人公也叫米鲁。短篇小说《米鲁》就直接以主人公米鲁的名字命名。这是否可以解释为"迷鲁"?"米鲁一谈到鲁迅就精神十足,眼里闪烁着光芒。"认为"鲁迅是中国最伟大最深邃最独特的作家"[①]。面对生活的磨难,米鲁要"像骆驼一样","乐观沉毅地……走在一望无际的沙漠上,一直到看见绿洲"[②]。显然,从米鲁身上我们能看到鲁迅这一"中国的尼采"的影子。

结 论

顾艳显然是一个对创作异常执着、勤奋的作家。其为艺术献身的精神深为我们尊敬。其艺术视野也很开阔。她形成了自己独特的艺术风格,彰显了自己创作的风致和魅力,以致笔者一旦接触她的作品,就难以放手。作家是中国作家协会会员,多次参加全国性女性文学创作研讨会,并应邀到美国大学去讲学,进行写作交流;就其小说而言,部分作品获得各种奖项,部分作品被译成外国文字在海外发表,著名批评家和学者陈骏涛、王岳川、叶楠、洪志刚、盛子潮、钟本康、王侃等都对其创作成绩做出充分肯定,浙江文坛和研究批评界也多次组织专门研讨会对其小说进行研讨。无疑,其创作有广阔的前景。特别是作家早就意识到一个作家不能"老是自我重复"[③],要企图实现自我突破,通过自我突破实现创作突破。事实上作家也在做多方面的努力。如 2008 年出版的长篇小说《获港村》就是作家企图实现自我创作突破的一大成果。我们期待作家取得更大的成绩。

---

① 顾艳:《我的夏威夷之恋》,南京:江苏文艺出版社 2001 年版,第 146 页。
② 顾艳:《我的夏威夷之恋》,南京:江苏文艺出版社 2001 年版,第 150 页。
③ 顾艳:《我的夏威夷之恋》,南京:江苏文艺出版社 2001 年版,第 177 页。

庄子自然观与中国现当代女性文学

现代以来,中国文化思想由于西化的强烈震颤,历史的轨道开始变裂。就总体精神上讲,向西方式科学靠拢;就社会制度和组织上讲,提倡西方式法治,崇信西方式民主;就个人生存来讲,推崇西方式个性解放,个人独立。应该说,西方文化文明给中国的老大机体上注入了新鲜的血液和生机,使在世界格局中竟被挤到了边缘,饱受压迫、摧残和剥削的中国人有了新生、奋起搏斗和抗争的思想动力、心理动力和现实物质动力。今天的中国正以加速度的步伐追赶世界最现代的国家、民族,力争挤入世界强盛之林。亦即言现代以来百年,中国由于力争与世界接轨,确实取得了传统中国从来也没有取得的成绩。但是毋庸讳言,西方现代化的弊端暴露越来越充分,到了现代之后,西方自己的先知先觉者已大声疾呼要求解构西方神话,向东方索取新生、更生的思想文化资源。在此背景下,西方生态学说从自然科学领域向人文社会科学领域弥散开来。在此背景下,中国人才真正开始重新审视、反思我们的传统,反思的结果便是新儒家和道家都重新被提到问题的层面上来。也就是说,被压抑了百年的中国传统学说、思想文化有了重新被肯定、发扬、发挥的机遇。我们的问题也正是在此背景下提出。

众所周知,20 世纪八九十年代以来,对百年文学的研究已呈繁复的多元化局面,不仅它的西方意义上的现代质被不断挖掘和阐释,而且它内在的传统的质也在被重新挖掘和审视。如"百年文学与传统文化""道家文化与中国现当代文学""佛教文化与中国现当代文学""中国现当代文学中的古典因素"等论题已早为学者们所关注,并取得了一批可喜的成果。即便是现代以来的女性文学,其隐藏的传统文化因素也越来越被人们重视。如今天如何看待 20 世纪 40 年代上海的女性文学?难道仅仅是张爱玲、苏青一维和赵清阁、罗洪一维吗?以施济美为代表的"东吴派女作家群"的创作究竟该怎么看?这实在是一个重要的问题,不解决这个问题,就无法打破目前对 20 世纪 40 年代上海女性文学想象的僵化格局,无法将研究引向深入,如此 20 世纪 40 年代上海女性文学的真实面貌仍然会被遮蔽。正是在此背景下,我们特别看重张曦在长沙《书屋》2002 年第 9 期发表的《古典的余韵:"东吴系"女作家》、王丽娟在《上海师范大学学报》2003 年第 5 期发表的《施济美爱情小说论》、王羽 2007 年博士论文《"东吴系女作家"研究》(1938—1949)这类论文。不是说这些文章能解决多少问题,而是说,这些文章给我们以启发,看待历史和文学还有一种眼光——对现代化质疑的眼光。当然这种现代化表现在社会属性上即社会现代性。当我们站在社会现代性的对面看的时候,就发现我们不自觉地与西方意义上的审美现代性站在了一起。实际上,现代以来中国文学包括女性文学,凡是优秀之作,均应是社会现代性与审美现代性的矛盾统一体,从中国传统一面讲,应是儒家精神与道家精神的矛盾统一体。当然这种矛盾统一体的说法似乎容易产生误会,以为它又陷入了庸俗辩证法的泥潭，其实，不是。我们在将矛盾的各方做表述的统一整合时，始终警惕陷入本质主义的窠臼。我们想强调，现时代背景下，中国传统文化与中国现当代文学的内在关系研究尚不足，我们企图通过我们的研究来丰富它，促进它。

一 庄子自然观的基本内涵

这里，所谓"庄子的自然观"主要指《庄子》里的自然观。按照刘文典《庄子补正》和曹础基《庄子浅注》的版本，《庄子》中直接用到"自然"一词有七处，现抄录于下①：

（1）《内篇·德充符》："吾所谓无情者，言人之不以好恶内伤其身，常因自然而不益生也。"

（2）《内篇·应帝王》："汝游心于淡，合气于漠，顺物自然而无容私焉，而天下治矣。"

（3）《外篇·天运》："四时迭起，万物循生。一盛一衰，文武伦经。……吾又奏之以无怠之声，调之以自然之命。故若混逐丛生，林乐而无形，布挥而不曳，幽昏而无声。"

（4）《外篇·缮性》："古之人，在混芒之中，与一世而得淡漠焉。当是时也，阴阳和静，鬼神不扰，四时得节，万物不伤，群生不夭，人虽有知，无所用之，此之谓至一。当是时也，莫之为而常自然。"

（5）《外篇·秋水》："以趣观之，因其所然而然之，则万物莫不然；因其所非而非之，则万物莫不非。知尧、桀之自然而相非，则趣操睹矣。"

---

① 本文所引《庄子》中语，均来自曹础基《庄子浅注》，中华书局 1982 年版。

(6)《外篇·田子方》:"夫水之于汋也,无为而才自然矣"。

(7)《杂篇·渔父》:"真者,所以受于天也,自然不可易也。"

这七处除《秋水》篇中的是"自以为然"的意思,剩下的六处均为一个意思:自自然然。也就是天地万物之所以是那样子的本性、道理、状态。《老子》言:"人法地,地法天,天法道,道法自然。"刘笑敢在《老子之自然与无为概念新诠》一文中阐释道:"道是最高的实体,而自然则是最高的实体所体现的最高的价值或原则……所谓法地、法天、法道都不过是逐层铺垫、加强论证的需要。人类社会应该自然发展,这才是老子要说的关键性的结论。换言之,自然……推崇道其实还是为了突出自然的价值和原则。"①《庄子》中没有"人法地,地法天,天法道,道法自然"这样明确分层表述"自然"的最高含义和价值的言辞,但是全书各篇无不体现它的精神。《庄子》论述最多的是"道",下面一段文字是学者们所常引用的:"夫道有情有信,无为无形;可传而不可受,可得而不可见;自本自根,未有天地,自古以固存;神鬼神帝,生天生地;在太极之先而不为高,在六极之下而不为深,先天地生而不为久,长于上古而不为老。"(《内篇·大宗师》)这里,"道"显然是"无为无形"的,先于天地而生的,无始无终、无所不在的。不仅如此,它"神鬼神帝,生天生地",可知能化育天地万物生灵。实现"道"的方式是"无为","无为"的结果是"常自然","常自然"表现在万物包括人类生存的具体属性上就是"朴"和"真"。为了实现这"朴"和"真",《庄子》在不少方面做了阐释和发挥。

第一,推崇天地万物生存的原生态。

---

① 刘笑敢:《老子之自然与无为概念新诠》,北京:《中国社会科学》,1996 年第 6 期。

原生态就是天地万物生存处于无知无觉无欲、不分你我,浑然一片时的"混沌"状态。这时,"天地"未开化,"宇宙"还保持着它原始的"精神",无疑是生命最和谐的,生命力最大的。为此《内篇·应帝王》构写了这样一则寓言:

郑有神巫曰季咸,知人之死生、存亡、祸福、寿夭,期以岁月旬日若神。郑人见之,皆弃而走。列子见之而心醉,归,以告壶子,曰:"始吾以夫子之道为至矣,则又有至焉者矣。"壶子曰:"吾与汝既其文,未既其实,而固得道与?众雌而无雄,而又奚卵焉!而以道与世亢,必信,夫故使人得而相汝。尝试与来,以予示之。"

明日,列子与之见壶子。出而谓列子曰:"嘻!子之先生死矣!弗活矣!不以旬数矣!吾见怪焉,见湿灰焉。"列子入,泣涕沾襟以告壶子。壶子曰:"乡吾示之以地文,萌乎不震不正,是殆见吾杜德机也。尝又与来。"

明日,又与之见壶子。出而谓列子曰:"幸矣!子之先生遇我也,有瘳矣!全然有生矣!吾见其杜权矣!"列子入,以告壶子。壶子曰:"乡吾示之以天壤,名实不入,而机发于踵。是殆见吾善者机也。尝又与来。"

明日,又与之见壶子。出而谓列子曰:"子之先生不齐,吾无得而相焉。试齐,且复相之。"列子入,以告壶子。壶子曰:"乡吾示之以太冲莫胜,是殆见吾衡气机也。鲵桓之审为渊,止水之审为渊,流水之审为渊。渊有九名,此处三焉。尝又与来。"

明日,又与之见壶子。立未定,自失而走。壶子曰:"追之!"列子追之不及。反,以报壶子曰:"已灭矣,已失矣,吾弗及已。"壶子曰:"乡吾示之以未始出吾宗。吾与之虚而委蛇,不知其谁何,因以为弟靡,因以为波流,故逃也。"

寓言故事里,季子自信他已掌握了生命的玄机,但是在壶子面前,显出败相,最后狼狈而逃,原因就在于季子虽然掌握了人生命的一定玄机,但是人的生命与天地"混沌"状态之间的密切关联,他还没有参透。

天地万物生存的"混沌"状态其实就是天地万物生存处于"根"的状态时的状态。对于人来讲,这个"根"的生理归属即"子宫",社会归属即"家"。为此,《庄子》倡导寻"根"归"家",倡导人重回"混沌"状态。要求人有"儿子"之心,"赤子"之心。人要有不断的"归去"意识。而事实上,《庄子》看到,天地万物生存的这个"混沌"状态被人类的自作聪明("好知")毁坏了。《内篇·应帝王》另一则寓言:"南海之帝为儵,北海之帝为忽,中央之帝为浑沌。儵与忽时相与遇于浑沌之地,浑沌待之甚善。儵与忽谋报浑沌之德,曰:'人皆有七窍以视听食息,此独无有,尝试凿之。'日凿一窍,七日而浑沌死。"即是说,天地万物生存处于"混沌"状态,这并非是"混沌"对于人类有意抱善,而是根据至高无上的"道"的法则和精神,本该如此,只能如此,所以"混沌"无意于人类的报答,而事实上,人类根据自己可怜的视野、胸襟和"知"去报答了,报答的结果是"混沌死"。这个教训无疑是人类创世神话中最具有悲喜剧性的。

第二,推崇天地万物生存的本性、自由和权利。

在《庄子》看来,天地之间任何一种"物"的存在都是创生的"道"的精神的体现,都有体现"道"的价值和光辉。所谓"夫道,覆载万物者也。"《外篇·知北游》记载这样一则寓言:"东郭子问于庄子曰:'所谓道,恶乎在?'庄子曰:'无所不在。'东郭子曰:'期而后可。'庄子曰:'在蝼蚁。'曰:'何其下邪?'曰:'在稊稗。'

曰:'何其愈下邪?'曰:'在瓦甓。'曰:'何其愈甚邪?'曰:'在屎溺。'东郭子不应。庄子曰:'夫子之问也,固不及质。正、获之问于监市履狶也,每下愈况。汝唯莫必,无乎逃物。至道若是,大言亦然。周遍咸三者,异名同实,其指一也。'"所以,《外篇·秋水》言:"物无贵贱。"《内篇·齐物论》亦言:"天地与我并生,而万物与我为一。"即是说,"我"与天地万物都是"道"的表现,最后都归于"一",并无高低贵贱之别。所以,《庄子》要求人友爱、善待其他生存物。所谓"同与禽兽居,族与万物并"(《外篇·马蹄》)。人要知道尊重万物生存的本性、自由和权利。所谓"鱼不可脱于渊"(《外篇·胠箧》)。"泉涸,鱼相与处于陆,相呴以湿,相濡以沫,不如相忘于江湖。"(《内篇·大宗师》)《外篇·天道》言:"天地固有常矣,日月固有明矣,星辰固有列矣,禽兽固有群矣,树木固有立矣。""是故凫胫虽短,续之则忧,鹤胫虽长,断之则悲。故性长非所断,性短非所续,无所去忧也。"(《外篇·骈拇》)

反之,站在它物的角度看,人类之所是所非所喜所悲所适所不适等亦未必适合其他生存物,所谓:"鸡鸣狗吠,是人之所知;虽有大知,不能以言读其所自化,又不能以意其所将为。"(《杂篇·则阳》)《外篇·至乐》言:"且女独不闻邪?昔者海鸟止于鲁郊,鲁侯御而觞之于庙,奏九韶以为乐,具太牢以为膳。鸟乃眩视忧悲,不敢食一脔,不敢饮一杯,三日而死。此以己养养鸟也,非以鸟养养鸟也。夫以鸟养养鸟者,宜栖之深林,游之坛陆,浮之江湖,食之鳅鲦,随行列而止,委蛇而处。彼唯人言之恶闻,奚以夫谣谣为乎!咸池九韶之乐,张之洞庭之野,鸟闻之而飞,兽闻之而走,鱼闻之而下入,……鱼处水而生,人处水而死。"《内篇·齐物论》言:"民湿寝则腰疾偏死,鳅然乎哉?木处则惴栗恂惧,猿猴然乎哉?三者孰知正处?民食刍豢,麋鹿食荐,蝍蛆甘带,鸱鸦耆鼠,四者孰知正味?猨猵狙以为雌,麋与鹿交,鳅与鱼游。毛嫱丽姬,人之所美也;鱼见之深入,鸟见之高飞,麋鹿见之决骤,四者孰知天下之正色哉?"

显然,《庄子》的意思是"寸有所长,尺有所短",天地万物均有其"自见""自闻""自适""自性""自得""自喜""自化""自生""自壮"的优胜之处和条件,而人类是不能也不应该以自己的标准、眼光来评判的,也不能以人类生存的优胜之处和条件来代替、扭曲其他生存物生存的优胜之处和条件。《内篇·齐物论》言:"物固有所然,物固有所可。无物不然,无物不可。""子游曰:'地籁则众窍是已,人籁则比竹是已,敢问天籁。'子綦曰:'夫吹万不同,而使其自已也。咸其自取,怒者其谁邪?'"

为此,《庄子》主张人与万物生息相通。《内篇·齐物论》如此描述:"昔者庄周梦为胡蝶,栩栩然胡蝶也。自喻适志与!不知周也。俄然觉,则蘧蘧然周也。不知周之梦为胡蝶与,胡蝶之梦为周与?周与胡蝶则必有分矣。此之谓物化。"而严厉质疑和批判人类对自然万物的任意扭曲和伤害。《外篇·秋水》记载河伯向北海若请教"何谓天?何谓人?",北海若曰:"牛马四足,是谓天;落马首,穿牛鼻,是谓人。"《外篇·马蹄》:"马,蹄可以践霜雪,毛可以御风寒。龁草饮水,翘足而陆,此马之真性也。虽有义台路寝,无所用之。及至伯乐,曰:'我善治马。'烧之,剔之,刻之,雒之。连之以羁縶,编之以皂栈,马之死者十二三矣!饥之渴之,驰之骤之,整之齐之,前有橛饰之患,而后有鞭筴之威,而马之死者已过半矣!陶者曰:'我善治埴。'圆者中规,方者中矩。匠人曰:'我善治木。'曲者中钩,直者应绳。夫埴木之性,岂欲中规矩钩绳哉!然且世世称之曰'伯乐善治马'而'陶匠善治埴木'",这难道不是很荒唐的事吗?

显然，《庄子》这种从最高的"道"出发，尊重万物生存的本性、自由和权利，"各复其根"，使"物固自生"（《外篇·在宥》）、"自喜"（《内篇·应帝》）的思想认识既突破了当时以儒家为代表的人文主义思想窠臼，也对今后愈演愈烈的全球化的人类中心主义思想学说起到肢解、对抗作用，深具今天所谓生态伦理和生态美学内涵。

第三，就人的生存来讲，提倡无己无知无欲无情无为无用无功无名，与天随，不与天胜，也就是顺应自然"天运""天道"的支配和召唤。认为只有这样才能达到"人与天一"（《外篇·山木》），达到返"朴"归"真"，从而实现"天性""天德""天和""天乐"。

如前所述，《庄子》提倡人回到生存的原始状态，即"与天和""与天一"的状态，认为只有这样才能使人"各复其根"。人"复其根"即为得"天德"，有"天德"的人才能有"天乐"。为此，《庄子》提倡人要做"真人""至人""神人"。何为"真"？《杂篇·渔父》记载孔子向渔父请教，渔父对之曰："真者，精诚之至也。不精不诚，不能动人。故强哭者，虽悲不哀；强怒者，虽严不威；强亲者，虽笑不和。真悲无声而哀，真怒未发而威，真亲未笑而和。真在内者，神动于外，是所以贵真也。其用于人理也，事亲则慈孝，事君则忠贞，饮酒则欢乐，处丧则悲哀。忠贞以功为主，饮酒以乐为主，处丧以哀为主，事亲以适为主。功成之美，无一其迹矣；事亲以适，不论所以矣；饮酒以乐，不选其具矣；处丧以哀，无问其礼矣。礼者，世俗之所为也；真者，所以受于天也，自然不可易也。"何谓"素纯"？"素也者，谓其无所与杂也；纯也者，谓其不亏其神也。"（《外篇·刻意》）"何谓素朴？同乎无知，其德不离；同乎无欲，是谓素朴。"（《外篇·马蹄》）何谓"真人"？即"能体纯素"之人，能"谨修其身，慎守其真，还以物与人，则无所累"之人（《杂篇·渔父》），"以天待天，不以人入天"之人（《杂篇·徐无鬼》）。《内篇·大宗师》做详尽解释："古之真人，不逆寡，不雄成，不谟士。若然者，过而弗悔，当而不自得也。若然者，登高不栗，入水不濡，入火不热，是知之能登假于道者也若此。古之真人，其寝不梦，其觉无忧，其食不甘，其息深深。真人之息以踵，众人之息以喉。屈服者，其嗌言若哇。其耆欲深者，其天机浅。

古之真人，不知说生，不知恶死。其出不䜣，其入不距。翛然而往，翛然而来而已矣。不忘其所始，不求其所终。受而喜之，忘而复之。是之谓不以心捐道，不以人助天，是之谓真人。若然者，其心志，其容寂，其颡頯。凄然似秋，暖然似春，喜怒通四时，与物有宜而莫知其极。……古之真人，其状义而不朋，若不足而不承；与乎其觚而不坚也，张乎其虚而不华也；邴邴乎其似喜也，崔崔乎其不得已也，滀乎进我色也，与乎止我德也，广乎其似世也，謷乎其未可制也，连乎其似好闭也，悗乎忘其言也。以刑为体，以礼为翼，以知为时，以德为循。以刑为体者，绰乎其杀也；以礼为翼者，所以行于世也；以知为时者，不得已于事也；以德为循者，言其与有足者至于丘也，而人真以为勤行者也。故其好之也一，其弗好之也一。其一也一，其不一也一。其一与天为徒，其不一与人为徒，天与人不相胜也，是之谓真人。"按照这一标准，《杂篇·天下》认为关尹、老聃就是"古之博大真人"。

何谓"至人""神人"？"至人"也就是"神人"。都是指"真人"的高级状态。《内篇·齐物论》解释："至人神矣！大泽焚而不能热，河汉沍而不能寒，疾雷破山、飘风振海而不能惊。若然者，乘云气，骑日月，而游乎四海之外，死生无变于己，而况利害之端乎!"也就是能做"逍遥游"的人。何谓"逍遥游"？就是能顺应自然大化，虚己"丧我"、无为无用、无功无名，随天地而游的人的一种精神状态。关于这一点，《内篇·逍遥游》已有较集中的形象描述。首先，它认为"逍遥游"是一种完全自由的"游"。因为它"游"于世俗之外，"游乎四海之外"，"游于尘垢之外"，"游方之外"。文章里说列子为追求幸福，"御风而行，泠然善也，旬有五日而后反"。这样的人在人世中已经很少了，但因为他还有世俗之心，境界还是低了。"此虽免乎行，犹有所待也。"而"藐姑射之山，有神人居焉。肌肤若冰雪，淖约若处子；不食五谷，吸风饮露；乘云气，御飞龙，而游乎四海之外；其神凝，使物不疵疠而年谷熟"。《庄子》认为这样的"游"才是完全自由的"游"，"无所待"的"游"，所谓"若夫乘天地之正，而御六气之辩，以游无穷者，彼且恶乎待哉!"其次，"逍遥游"是一种大境界、大时空的"游"。这种境界，通天入地，无所顾及，不计利害得失，世俗中人未必能理解其意义，然这正是它的特异之处。作品中，蜩、学鸠即斑鸠和鸴对其大"不知几千里"的鲲鹏"怒而飞，其翼若垂天之云"的"游"进行嘲笑，而作者通过他们对鲲鹏的嘲笑来对他们进行了嘲笑。

为了做"真人""至人""神人"，《庄子》反对人"好知"、有"机心"。"好知"源于"嗜欲"，而"嗜欲深者，其天机浅"。如此，"嗜欲""失性"，"好知"则迷失人生的正确方向。《外篇·骈拇》言："自三代以下者，天下莫不以物易其性矣!"《外篇·胠箧》言："天下每每大乱，罪在于好知。故天下皆知求其所不知而莫知求其所已知者，皆知非其所不善而莫知非其所已善者，是以大乱。故上悖日月之明，下烁山川之精，中堕四时之施，惴耎之虫，肖翘之物，莫不失其性。甚矣，夫好知之乱天下也！自三代以下者是已！舍夫种种之民而悦夫役役之佞；释夫恬淡无为而悦夫哼哼之意，哼哼已乱天下矣。""天下皆知求其所不知而莫知求其所已知者，皆知非其所不善而莫知非其所已善者"，意为天下人都只知道追求他所不知道的，却不知道探索他所已经知道的；都知道非难他所认为不好的，却不知道否定他所已经赞同的。即言天下人的"知"皆为"小知"，都是违背天地万物生存本性的"知"。所以，这样的"知"积累越多，发挥越充分，对天地万物包括人自身生存的危害也越充分。

"好知"激发人群分类分层，社会分形，于是所谓"仁义礼"等立焉。而"仁义礼"的提倡和推行不仅没有使天下走上正道，反而使天下更加混乱。因为所谓"仁义礼"的建立，距离人生之"本根"更加遥远了。《内篇·逍遥游》曰："名者，实之宾也"。即这些所谓礼仪名教均是"实"的宾客，而不是"实"本身。所以，《内篇·人间世》言："名也者，相轧也；知也者，争之器也。"《外篇·知北游》借黄帝之口道："无思无虑始知道，无处无服始安道，无从无道始得道。"而事实上，人世间因"思、虑、处、服、从、道"而将"道"丢失了。""失道而后德，失德而后仁，失仁而后义，失义而后礼。'礼者，道之华而乱之首也。"《外篇·天道》记载老聃问孔子："何谓仁义？"孔子曰："中心物恺，兼爱无私，此仁义之情也。"老聃曰："意，几乎后言！夫兼爱，不亦迂乎！无私焉，乃私也。夫子若欲使天下无失其牧乎？则天地固有常矣，日月固有明矣，星辰固有列矣，禽兽固有群矣，树木固有立矣。夫子亦放德而行，循道而趋，已至矣！又何偈偈乎揭仁义，若击鼓而求亡子焉！意，夫子乱人之性也。"《外篇·天运》也有相近的记载："孔子见老聃而语仁义。老聃曰：'夫播穅眯目，则天地四方易位矣；蚊虻噆肤，则通昔不寐矣。夫仁义憯然，乃愤吾心，乱莫大焉。吾子使天下无失其朴,吾子亦放风而动,总德而立矣！又奚杰杰然若负建鼓而求亡子者邪！夫鹄不日浴而白,乌不日黔而黑。黑白之朴,不足以为辩；名誉之观,不足以为广。泉涸,鱼相与处于陆,相呴以湿,相濡以沫,不若相忘于江湖。"《外篇·在宥》言:"昔者……儒墨毕起。于是乎喜怒相疑,愚知相欺,善否相非,诞信相讥,而天下衰矣；大德不同,而性命烂漫矣；天下好知,而百姓求竭矣。于是乎锯锯制焉,绳墨杀焉,椎凿决焉。天下脊脊大乱,罪在撄人心。故贤者伏处大山嵁岩之下,而万乘之君忧栗乎庙堂之上。今世殊死者相枕也,桁杨者相推也,刑戮者相望也,而儒墨乃始离跂攘臂乎桎梏之间。意,甚矣哉！其无愧而不知耻也甚矣！吾未知圣知之不为桁杨椄槢也,仁义之不为桎梏凿枘也,焉知曾、史之不为桀、跖嚆矢也！"

《杂篇·庚桑楚》指出,人类施行"仁义礼"的结果是"民之于利其勤,子有杀父,臣有杀君；正昼为盗,日中穴阫。……大乱之本,必生于尧、舜之间,其末存乎千世之后。千世之后,其必有人与人相食者也。"《杂篇·徐无鬼》亦言:"后世其人与人相食与！"那么提倡和推行这种"仁义礼"的所谓"圣人"自然就成了千古罪人。《外篇·胠箧》认为:"天下之善人少而不善人多,则圣人之利天下也少而害天下也多。"惊人之语是:"圣人"是另一种形式的"大盗"。"彼窃钩者诛,窃国者为诸侯,诸侯之门而仁义存焉,则是非窃仁义圣知邪?"由此得出结论:"圣人生而大盗起。""圣人不死,大盗不止。""弃圣绝智,大盗乃止。""掊击圣人,纵舍盗贼,而天下始治矣！"《外篇·在宥》亦言:"绝圣弃知而天下大治。"应该说,这种揭露和批判是深中肯綮的,因此对后世的启发和影响也是深远的、无法估量的。

为了做"真人""至人""神人",《庄子》还反对人有"机心",即反对人为了满足自己的私欲，而发挥"好知"的"特长"，制造机器，任意向自然界索取。认为这样人就丧失了"纯白"之心。《外篇·天地》记载："子贡南游于楚，反于晋，过汉阴，见一丈人方将为圃畦，凿隧而入井，抱瓮而出灌，搰搰然用力甚多而见功寡。子贡曰：'有械于此，一日浸百畦，用力甚寡而见功多，夫子不欲乎？'为圃者卬而视之曰：'奈何？'曰：'凿木为机，后重前轻，挈水若抽，数如泆汤，其名为槔。'为圃者忿然作色而笑曰：'吾闻之吾师，有机械者必有机事，有机事者必有机心。机心存于胸中则纯白不备。纯白不备则神生不定，神生不定者，道之所不载也。吾非不知，羞而不为也。'"《庄子》为了说明自己的思想见解，很多地方都是与儒家及其人徒相对相反而言的，这一篇也不例外。接下去是："子贡瞒然惭，俯而不对。有间，为圃者曰：'子奚为者邪？'曰：'孔丘之徒也。'为圃者曰：'子非夫博学以拟圣，於于以盖众，独弦哀歌以卖名声于天下者乎？汝方将忘汝神气，堕汝形骸，而庶几乎！而身之不能治，而何暇治天下乎！子往矣，无乏吾事！"意为儒家人徒等均是"博学以拟圣，於于以盖众，独弦哀歌以卖名声于天下"的"拟圣""伪圣"，自己之身尚不能治，怎么治理天下，不是很荒唐的事么？

为了实现做"真人""至人""神人"的目标，《庄子》主张人要知道守"静"、守"常"。《外篇·在宥》言："至道之精，窈窈冥冥；至道之极，昏昏默默。无视无听，抱神以静，形将自正。必静必清，无劳女形，无摇女精，乃可以长生。目无所见，耳无所闻，心无所知，女神将守形，形乃长生。……天地有官，阴阳有藏。慎守女身，物将自壮。""常"即天地万物生存之不易的道理、常识，是"道"的一种反映。因此，人要能穿透世俗人生的壁障，从喧嚷的世俗人生中看到人生最需要的"真"和"纯"的东西，而不能被其所蒙骗、左右。《庄子》从不同的角度来强调它，如人要"知常"，要有"常心""常德""常性""常情""常声"等等。《外篇·在宥》言："吾与日月参光，吾与天地为常"，则是其最佳境界。

与此相应，《庄子》强调"无己无欲无情无知无用无为无功无名"。

首先，是"无己"。《内篇·逍遥游》言："至人无己。"相近的说法还有"吾丧我"。《庄子》不是否定人有己，而是在更高层次上肯定人有己；《庄子》要否定的是世俗的"小我"，要肯定的是超越世俗的"大我"。为此，《庄子》提出"忘己""诚忘""坐忘""心斋""无情"等概念。"忘己"即"忘乎物"，"入于天"（《外篇·天地》）。即人要忘记自己作为一个世俗的存在，而要向往与"天"即"道"的统一，人要将自己的生命完全融入自然大化的运行中去。"诚忘"即"人不忘其所忘而忘其所不忘"（《内篇·德充符》），即把世人忽略和丢掉的"自然无为"重拾起来，而将人们孜孜求的世俗的"好知好为功名利禄"忘掉。"坐忘"即"堕肢体，黜聪明，离形去知，同于大通"（《内篇·大宗师》），意为解除世间所谓聪明才智，忘掉自己在世间所孜孜以求的形象塑造，归于与万物和谐的境界。"心斋"即"若一志，无听之以耳而听之以心；无听之以心而听之以气。听止于耳，心止于符。气也者，虚而待物者也。唯道集虚。虚者，心斋也"（《内篇·人间世》），即超越人世间功名利禄的干扰和羁绊，而使心灵有所敬畏，有所拒斥，有所虚位，有所静化。"所谓无情者，言人之不以好恶内伤其身，常因自然而不益生也。"（《内篇·德充符》）

"无欲"也应做如是解。《庄子》不主张人将自己生命的价值集中在世俗欲望的满足上，而只要能达到"常""平"即够，即所谓"不为福先，不为祸始"。《杂篇·盗跖》结构独特，它让盗跖反过

来质疑和责难孔子,表显儒家学说的"伪"和"反常",并且道出人
在世对财富、欲望应有的态度和看法,言:

> 平为福,有余为害者,物莫不然,而财其甚者也。今富
> 人,耳营钟鼓管箫之声,口嗛于刍豢醪醴之味,以感其意,遗
> 忘其业,可谓乱矣;侅溺于冯气,若负重行而上阪,可谓苦
> 矣;贪财而取慰,贪权而取竭,静居则溺,体泽而冯,可谓疾
> 矣;为欲富就利,故满若堵耳而不知避,且冯而不舍,可谓辱
> 矣;财积而无用,服膺而不舍,满心戚醮,求益而不止,可谓
> 忧矣;内则疑劫请之贼,外则畏寇盗之害,内周楼疏,外不敢
> 独行,可谓畏矣。此六者,天下之至害也,皆遗忘而不知察。
> 及其患至,求尽性竭财单以反一日之无故而不可得也。

为了去人生"知"之弊,《庄子》主张"大智若愚","大巧若
拙"。"真知"乃"知天之所为,知人之所为者,至矣! 知天之所为
者,天而生也;知人之所为者,以其知其所知以养其知之所不知,
终其天年而不中道夭者,是知之盛也"(《内篇·大宗师》)。

为了去人生"用"之弊,强调"无用之用"。感慨:"人皆知有
用之用,而莫知无用之用也。"(《内篇·人间世》)"无用之用"才
是"大用"。对此,《逍遥游》借庄子与惠子的对话形象说明之。
庄子谓惠子曰:"夫子固拙于用大矣。宋人有善为不龟手之药
者,世世以洴澼絖为事。客闻之,请买其方百金。聚族而谋曰:
'我世世为洴澼絖,不过数金。今一朝而鬻技百金,请与之。'客
得之,以说吴王。越有难,吴王使之将。冬,与越人水战,大败越
人,裂地而封。能不龟手一也,或以封,或不免于洴澼絖,则所
用之异也。今子有五石之瓠,何不虑以为大樽而浮乎江湖,而忧
其瓠落无所容? 则夫子犹有蓬之心也夫!""蓬之心"即蓬草闭塞

的心,意指惠子的心还被世俗蒙蔽着。接下来一段是:"惠子谓庄子曰:'吾有大树,人谓之樗。其大本拥肿而不中绳墨,其小枝卷曲而不中规矩。立之涂,匠人不顾。今子之言,大而无用,众所同去也。'庄子曰:'子独不见狸狌乎?卑身而伏,以候敖者;东西跳梁,不辟高下;中于机辟,死于罔罟。今夫斄牛,其大若垂天之云。此能为大矣,而不能执鼠。今子有大树,患其无用,何不树之于无何有之乡,广莫之野,彷徨乎无为其侧,逍遥乎寝卧其下。不夭斤斧,物无害者,无所可用,安所困苦哉!'"

"无用之用"转换成社会行为,就是"无为"之为。为此,《庄子》强调"虚静恬淡寂漠无为"。《外篇·天道》言:

> 夫虚静恬淡寂漠无为者,天地之平而道德之至也。故帝王圣人休焉。休则虚,虚则实,实则伦矣。虚则静,静则动,动则得矣。静则无为,无为也,则任事者责矣。无为则俞俞。俞俞者,忧患不能处,年寿长矣。夫虚静恬淡寂漠无为者,万物之本也。明此以南乡,尧之为君也;明此以北面,舜之为臣也。以此处上,帝王天子之德也;以此处下,玄圣素王之道也。以此退居而闲游,江海山林之士服;以此进为而抚世,则功大名显而天下一也。静而圣,动而王,无为也而尊,朴素而天下莫能与之争美。

《外篇·刻意》亦言:

> 故曰:夫恬惔寂漠,虚无无为,此天地之平而道德之质也。故曰:圣人休休焉则平易矣,平易则恬惔矣。平易恬惔,则忧患不能入,邪气不能袭,故其德全而神不亏。故曰:圣人之生也天行,其死也物化。静而与阴同德,动而与阳同波。不为福先,不为祸始。感而后应,迫而后动,不得已而

后起。去知与故,循天之理。故无天灾,无物累,无人非,无鬼责。其生若浮,其死若休。不思虑,不豫谋。光矣而不耀,信矣而不期。其寝不梦,其觉无忧。其神纯粹,其魂不罢。虚无恬惔,乃合天德。故曰:悲乐者,德之邪也;喜怒者,道之过也;好恶者,德之失也。故心不忧乐,德之至也;一而不变,静之至也;无所于忤,虚之至也;不与物交,惔之至也;无所于逆,粹之至也。故曰:形劳而不休则弊,精用而不已则劳,劳则竭。水之性,不杂则清,莫动则平;郁闭而不流,亦不能清;天德之象也。故曰:纯粹而不杂,静一而不变,惔而无为,动而以天行,此养神之道也。

"无为"的极致是"无为而无所不为"。《杂篇·庚桑楚》言:"贵富显严名利六者,勃志也;容动色理气意六者,谬心也;恶欲喜怒哀乐六者,累德也;去就取与知能六者,塞道也。此四六者,不荡胸中则正,正则静,静则明,明则虚,虚则无为而无不为也。"《外篇·至乐》言:"'至乐无乐,至誉无誉。'……天无为以之清,地无为以之宁。故两无为相合,万物皆化生。芒乎芴乎,而无从出乎!芴乎芒乎,而无有象乎!万物职职,皆从无为殖。故曰:'天地无为也而无不为也。'"《外篇·知北游》亦言:"'失道而后德,失德而后仁,失仁而后义,失义而后礼。'礼者,道之华而乱之首也。故曰:'为道者日损,损之又损之,以至于无为。无为而无不为也。'"《外篇·缮性》描绘"无为而无不为"之后群生和谐共处的效果:"当是时也,阴阳和静,鬼神不扰,四时得节,万物不伤,群生不夭,人虽有知,无所用之,此之谓至一。当是时也,莫之为而常自然。"《外篇·马蹄》亦言:"当是时也,山无蹊隧,泽无舟梁;万物群生,连属其乡;禽兽成群,草木遂长。是故禽兽可系羁而游,鸟鹊之巢可攀援而窥。……同乎无知,其德不离;同乎无欲,是谓素朴。素朴而民性得矣。"所谓"无欲而自足,无为而自化,渊默而百姓定"。无疑,这是中国文化中所能想像和描画的最佳用世之境界。有了这种境界即为得了"天德"、"德全",也就有了"天和",而"与天和者,谓之天乐"。

《庄子》不仅关心生,而且关心死。在它看来,"死生一条",且可以相互转化,所谓:"生也死之徒,死也生之始,……万物一也。是其所美者为神奇,其所恶者为臭腐。臭腐复化为神奇,神奇复化为臭腐。故曰:'通天下一气耳。'"(《外篇·知北游》)"知天乐者,其生也天行,其死也物化。"(《外篇·天道》)既然"死"与"生"一样都是"天道""命"的体现和安排,面对"死",人也就可以取超越悲喜的态度。乃至可以积极的态度迎取之。所谓:"善吾生者,乃所以善吾死也。"(《内篇·大宗师》)《内篇·养生主》记载老聃死,秦失去吊丧,哭三声就不哭了,表示得很淡漠,弟子奇怪之,曰:"非夫子之友邪?"曰:"然。""然则吊焉若此,可乎?"曰:"然。始也吾以为其人也,而今非也。向吾入而吊焉,有老者哭之,如哭其子;少者哭之,如哭其母。彼其所以会之,必有不蕲言而言,不蕲哭而哭者。是遁天倍情,忘其所受,古者谓之遁天之刑。适来,夫子时也;适去,夫子顺也。安时而处顺,哀乐不能入也,古者谓是帝之县解。""帝"即天,"县解"即悬解,合在一起意为"天的约束解除了"。所以,秦失只哭三声就不哭了。《外篇·至乐》篇记载:"庄子妻死,惠子吊之,庄子则方箕踞鼓盆而歌。惠子曰:'与人居,长子、老、身死,不哭亦足矣,又鼓盆而歌,不亦甚乎!'庄子曰:'不然。是其始死也,我独何能无概!察其始而本无生;非徒无生也,而本无形;非徒无形也,而本无气。杂乎芒芴之间,变而有气,气变而有形,形变而有生。今又变而之死。是相与为春秋冬夏四时行也。人且偃然寝于巨室,而我噭噭然

随而哭之,自以为不通乎命,故止也.'"《杂篇·列御寇》记载:
"庄子将死,弟子欲厚葬之.庄子曰:'吾以天地为棺椁,以日月
为连璧,星辰为珠玑,万物为赍送.吾葬具岂不备邪?何以加
此!'弟子曰:'吾恐乌鸢之食夫子也.'庄子曰:'在上为乌鸢食,
在下为蝼蚁食,夺彼与此,何其偏也.'以不平平,其平也不平;以
不徵徵,其徵也不徵.明者唯为之使,神者徵之.夫明之不胜神
也久矣,而愚者恃其所见入于人,其功外也,不亦悲乎!"一个极
端的例子是《至乐》篇里,记载一个骷髅对人间"生"的厌弃."庄
子之楚,见空髑髅,髐然有形.撽以马捶,因而问之,曰:'夫子贪
生失理而为此乎?将子有亡国之事、斧钺之诛而为此乎?将子
有不善之行,愧遗父母妻子之丑而为此乎?将子有冻馁之患而
为此乎?将子之春秋故及此乎?'于是语卒,援髑髅,枕而卧.夜
半,髑髅见梦曰:'向子之谈者似辩士,视子所言,皆生人之累也,
死则无此矣.子欲闻死之说乎?'庄子曰:'然.'髑髅曰:'死,无
君于上,无臣于下,亦无四时之事,从然以天地为春秋,虽南面王
乐,不能过也.'庄子不信,曰:'吾使司命复生子形,为子骨肉肌
肤,反子父母、妻子、闾里、知识,子欲之乎?'髑髅深矉蹙頞曰:
'吾安能弃南面王乐而复为人间之劳乎!'"这显然是在说"死"比
"生"快乐了.

第四,人生作为一种表达,主张无符之符,无言之言,得意而
忘言.

《庄子》不仅是一部哲学著作,而且是一部艺术之作.它不
仅追求天地万物生存的"混芒"状态,和谐状态,而且追求语言与
对这种生存表达之间的"混芒"状态,和谐状态.同时它又看到
这是很难实现的境界.考其原因有三:(一)是人的"好知"使天
地分形,"混沌"不再,人也就从最初的"根"处、"家"园离开,人要

再想"归去",实际很难。（二）是人的"好知"使人有了言语,言语是表达了生存的,但不是生存本身,所谓"名者,实之宾也","道不当名"（《外篇·知北游》）,即指此种状态。《外篇·天运》记载孔子向老子请教对六经的看法,老子言:"夫六经,先王之陈迹也,岂其所以迹哉!今子之所言,犹迹也。夫迹,履之所出,而迹岂履哉!"如此,人离开"混芒"世界、离开"一"即"道"就更远。（三）是人的"好知"使人有了书写,书写的语言与口头表达的言语相比,距离生存本身更远,因为书写离开了生存的具体场景,丧失了生存的具体气氛、具体味道,那种不可剥离的生存实感。所以,言:"世之所贵道者,书也。书不过语,语有贵也。语之所贵者,意也,意有所随。意之所随者,不可言传也,而世因贵言传书。世虽贵之,我犹不足贵也,为其贵非其贵也。"（《外篇·天道》）因此,为了使表达返回生存的原始状态,《庄子》主张超越后天人为的语言、言语,而直达生存本身。所谓"天地有大美而不言"（《外篇·知北游》）。"大道不称,大辩不言","知者不言,言者不知"（《内篇·齐物论》）。所谓"荃者所以在鱼,得鱼而忘荃;蹄者所以在兔,得兔而忘蹄;言者所以在意,得意而忘言"。接着,文章曰:"吾安得夫忘言之人而与之言哉!"（《杂篇·外物》）就是说,我哪里能得到忘记了语言的人与他言呢!实际追求无言之言、无符之符的效果。另外一种指称是"目击而道存"（《外篇·田子方》）。

　　《庄子》这种语言之与生存关系的见解及处理意见,必然将其自身对生存的表达推向一个看似矛盾而实则更高的言说境界。这个境界就是更贴近"道",即更贴近自然。这种语言表达很大程度上偏离了世俗语言规范和语言运行轨道,而走向独特,走向个性,走向神秘。具体而言,应有以下三点。

　　首先，强烈的辩论性。《庄子》的出现有它具体的语境，战国后期，天下大乱，给人以"末世"的味道。这时，《庄子》出现了，它是对人世间整个价值体系的深刻质疑和反拨。为了矫正人们的价值观、宇宙观、审美观，它有意说了很多看似狡辩的话，其实，这是人"大知"之表征。这是追求"真""朴""纯素""纯白"的表现。《庄子》行文看似有点偏，有点怪，甚至有点狂，但是不如此，不足于矫正时弊。

　　其次，强烈的情感性和鲜明的形象性——文学性之一。《庄子》具有强烈的情感性。其喜怒哀乐、爱憎等，都可在它自由活泼潇洒的行文中看得出来，即是说《庄子》并不隐讳自己的情感色彩。这是其"真""纯""朴素"的生存风格和文体风格的重要表现。它通过这种方式实现"与天一"。《庄子》要张扬一种道理，要批驳一种世俗偏见，并不仅仅直接说理，而是让生动具体的形象说话。如它要张扬精神自由、不为世俗牵绊的人生状态，它塑造展翅飞翔几千里、"死生一条"的鲲鹏形象；它要展示天地"混沌"的元气魅力，它虚构列子、季子和壶子的形象及故事；它要写人的"好知"是怎样毁坏天地万物生存的"混沌"状态的，它虚构"南海之帝儵，北海之帝忽，中央之帝浑沌"三者的形象及它们之间的故事；它要表达人与天地万物之间生命的息息相通，它造一个"不知周之梦为胡蝶与，胡蝶之梦为周与"的美妙梦境，等。《庄子》文体上最大特点之一就是好用"寓言"，而且"杂篇"里专有一章《寓言》，阐释寓言的基本内涵及其在语言表达上的意义。这种形象性表达，不仅仅是手法，而且是对天地万物生存本身的抵达、昭示和敞开。

　　再次，豪壮的气势，浪漫的气氛和含蓄的风格——文学性之二。《庄子》行文之汪洋恣肆的艺术风格，早为历来诗文家、批评家和学者们公认。如首篇《逍遥游》开头："其大不知几千里也。……怒而飞,其翼若垂天之云。"这种恢弘的气势,神奇的想像,夸张的手法,自然就形成其浪漫的风格。以上所举列子、季子和壶子的故事,和"不知周之梦为胡蝶与,胡蝶之梦为周与"的梦境描画,也很能说明这一特点。同时,由于它的表达具有强烈的辩难性、鲜明的形象性,浪漫、夸张的气息,强烈的情感性,是对天地万物生存本身的直接抵达,所以,其行文虽酣畅淋漓,奔放千里而不能止,却仍然具有含蓄的风格。何况它的行文之奔放并非心智之泛滥,而是当行则行,当止则止。说到底,这是一种"诗性的表达"。

无疑,《庄子》自然观内涵之丰赡是无法用有限的语言穷尽的,我们这里只能就其大者论之。它对后世道德、思想文化、哲学、宗教、文学艺术的影响也是无法估量的。下面,我们就自己的课题进行分析、论述之。

二　庄子自然观文化精神在中国现当代女性文学中的表现

如上所述,中国现当代女性文学与整个中国现当代文学一样,首先是在西方文化、文学影响下产生的。为补中国女性生存传统"柔弱""虚娇""愚昧"之弊,中国现当代女性生命历程之开拓者如秋瑾等就非常强调女性要与男儿一样关心国家、民族命运,并与男儿一样抛头颅、洒热血,共赴国难。自尊、自强、自爱、自立,可说是整个 20 世纪中国女性共同的心声。在这一过程中,女性生存发生两大变化:一是模糊自己作为女性的特征,甚至男性化;二是崇尚西方科学、民主、自由、独立等思想价值观念,而对中国几千年来传统文化文学包括《庄子》等的遗产进行质疑和清算。即言,中国现代女性生命历程开始之时与中国现代男性生命历程一样,主导方向是向西方社会现代性倾斜。在西方的现代时段,文学的表现内涵和表现形式往往是审美现代性的,即往往是对社会现代性的质疑、批判和超越,而在中国现代,文学对社会现代性既恐惧、批判,又沉醉、迷恋。因为中国过去没有这种社会现代性,对社会现代性的质疑和批判就无基础和起点。建立在此基础和起点之上的审美现代性自然也不彰显和充分。包括女作家的创作,始终处于社会现代性与审美现代性的矛盾纠葛之中。如丁玲的创作,它的价值恐怕还主要在对社会现代性的追求上。那些以书写革命情怀为主的女性文学如杨沫的《青春之歌》则更不必说了。尽管如此,我们还是能看得出现代女性作家创作与男性作家创作有很大不同,最重要的表征是,它无论如何要打上女性生命生存不同于男性生命生存的印痕,包括女性特有的生理特征、心理特征、精神特征、气质特征、行为特征等等。在此基础上,女性的宇宙观、生命观、审美观等各种价值观也都不会一样。这就为人们窥探现当代男女生命生存之间的差异和缝隙提供了有效根据。同理,考察现当代女性文学也应如是观。即使同为女性文学,各位作家具体出身不一,遭遇不一,社会地位不一,文化教养不一,宇宙观、人生观等各价值观也不一,文学创作也不能以一概之。这也就为我们考察现当代女性文学与庄子自然观之关系,窥探庄子自然观所体现的文化精神在现当代女性文学中的反映和回响提供了有效前提。

第一,肯定自然万物有灵,在此基础上,对自然界万物独立、自由生存本性和权利表示认同和尊重。

《庄子》言:"天地,乃万物之母。"这里,"天地"即指作为实体的自然。自然是有灵的,可以生"万物",所以,"万物"也都是有灵的,也都是"道"的精神体现。由此出发,人要尊重其他生存物生存的本性、自由和权利。这一点,现当代女性文学的开拓者之一陈衡哲几乎从开始走上文学创作道路就注意到了,其短篇小说《小雨点》显然受《庄子》寓言式写法的影响,通过一个小雨点被大风吹到尘间历尽艰难,回到家才感到生命的喜悦和安泰,才"自然喜欢得说不话来",来表达物各有灵,物各有家,物各有"根",万物只有各归其家,"各复其根",才是生命的真正归宿。到了当代,叶广芩强调:"人类不是万物之灵,对动物,对一切生物,我们要有爱怜之心,要有自省精神。我们不妨换一下位置,把自己设想为一只野兔,一个小鹿,我们不妨以它们的眼光来看待世界……"①"能感受快乐和痛苦的不仅仅是人,动物也一样,它们的生命是极有灵性的,有它们自己的高贵与尊严。我们应该给予理解和尊重。"②其小说主要写人类怎样陷入人类中心主义的迷误,对自然界各生灵进行伤害。迟子建在与方守金的对话录"自然化育文学精灵"里言:"我觉得自然对人的影响是非常大的。我一直认为,大自然是这世界上真正不朽的东西。它有呼吸,有灵性,往往会使你与它产生共鸣。"③"我崇尚自然。"④所以,她说,在她的作品中,出现最多的除故乡的亲人外,就是那些在她脑海里挥之不去的动物,如《逝川》中会流泪的鱼,《雾月牛

① 叶广芩:《老县城》(纪实文学),北京:中国工人出版社 2004 年版,第 231 页。
② 叶广芩:《老虎大福》(小说集),西安:太白文艺出版社 2004 年版,第 102 页。
③ 方守金、迟子建对话录:《自然化育文学精灵》,见迟子建《疯人院的小磨盘》(小说选集),北京:新世界出版社 2002 年版,第 404、414 页。
④ 迟子建:《把哭声放轻些》,见迟子建《北方的盐》(散文集),南京:江苏文艺出版社 2006 年版,第 197 页。

栏》里因为初次见到阳光、怕自己的蹄子把阳光踩碎了而缩着身子走路的牛,《北极村童话》里如花似玉的鸭子等。另外,铺天盖地的大雪、轰轰烈烈的晚霞、波光荡漾的河水、开满了花朵的土豆地、秋后雨中出现的像繁星一样多的蘑菇、千年不遇的日全食等等,在她笔下也都成为有本性、有灵性的。①

第二,肯定自然"美善"的价值意义,在此基础上,歌颂大自然的伟大、神秘和美丽,表达人与自然和谐、人融入自然的良好愿望。

这里所说的"自然"依然指万物构成的自然界。《庄子》曰:"天地有大美而不言。""大道不称,大辩不言。"《庄子》看来,"物各有主",各物统一和谐,就构成"天地"之间的"大美"。这种对自然的认识,对人与自然关系的见解和表达,在现当代女性文学中有极为突出的表现。众所周知,无论就生理性别和社会性别言,女性都是最接近自然、亲缘自然的。某种意义上讲,女性代表自然,女性就是自然。"道"生"天地","天地"生"万物",而人的生息繁衍靠女性。所以,古今中外均有将大地比作母亲的说法。荷马曾在他的《颂歌》里这样歌咏:"我要歌颂大地、万物之母、牢靠的根基、最最年长的生物。她孕育一切在神圣的土地上行走、在海里漂游、在天上飞翔的创造物。它们全都靠着她的丰饶来获取生存的幸福。"《老子》第六章:"谷神不死,是谓玄牝。玄牝之门,是谓天地根。绵绵若存,用之不勤"。意谓"道"生"天地","天地"又生育人类及万物,故谓"绵绵若存,用之不勤"。《老子》将这种"道"化育天地万物包括人的状态称为"大音希

---

① 迟子建:《雾月牛栏》(小说集)"自序:寒冷的高纬度——我的梦开始的地方",北京:华文出版社 2002 年版。

声","大象无形",称为"柔""静",而天地为万物包括人之"母"。所谓:"道,可道,非常道;名,可名,非常名。无名,万物之始;有名,万物之母。"《庄子》亦言:"天地,乃万物之母。"它认为天地万物生存化育的最佳状态是"抱神守静","虚静无为"。《庄子》描述它心中的"神人"形象:"肌肤若冰雪,淖约若处子。"学者们早指出,中国文化是阴柔有余,阳刚不足,属"雌性文化",而这一传统的开创无疑属于老庄。不待说,这一文化传统对中国现当代女性文学创作产生了深刻的启发和影响。打开现当代女性文学史,可以看出,除丁玲、沉樱、张爱玲、苏青、陈染、林白、徐坤、海男、池莉、张欣、卫慧、棉棉等一批以表现现代人生存的欲望张扬为主的作家外,还有大批作家将表现现代人对自然的寻求、渴望与自然合二为一,借此达到对生命的净化和对世俗人生的超越为主的作家,有冰心、陈衡哲、庐隐、苏雪林、石评梅、濮舜卿、林徽因、沈祖棻、萧红、施济美(及东吴派其他女作家)、陈学昭、茹志娟、叶文玲、迟子建、王旭烽、黄蓓佳、范小青、顾艳,等等。还有一些作家创作介于这二者之间,如凌叔华、梅娘、张洁、王安忆、残雪、张抗抗等。

　　女作家们爱写大海。冰心一生与海结下不解之缘。其《山中杂记·说几句爱海的孩气的话》将大海的美丽、生动和胸次写得活灵活现。一生就想做一个"海化"的人①。这个"海化"自然与张爱玲、苏青为代表的"海派"南辕北辙。《繁星》二八:"故乡的海波呵!你那飞溅的浪花,从前怎样一滴滴的敲我的盘石,现在也怎样一滴滴的敲我的心弦。"可见作家对大海感情之深。顾

----

　　①　冰心《往事(一)之十四》,见浦漫汀主编《冰心名作欣赏》,北京:中国华侨出版社1993年版,第15页。

艳、叶文玲、施济美等均发表过讴歌大海的作品。在女作家们的笔下,大海固然是独立的自然存在物,但也与《庄子》"秋水"篇中对更高人生境界、更大人生胸次讴歌和肯定的寓意相通。大海也有比喻义。《庄子》所谓"陆沉",苏东坡引申为"万人如海一身藏"。女作家们显然通过对大海的讴歌澡雪了精神,正确对待人与自然、自我与社会的关系,从而避免了精神危机。

女作家们爱仰望星空,深感宇宙自然的深邃、神秘。张海迪的散文集《天长地久》,在"前面的话"里,她深有感慨地言之:"现在我发现城市的天空越来越朦胧了,一年中很少有清澈透明的日子。城市的楼房越来越多,夜晚,楼房的灯光阻碍了仰望星空的视线,一些人不再像少年时代那样对于天空好奇了,因为云朵不再那么洁白,星星也不再那样晶亮地闪耀了。"但是,"我喜欢看天空,所有的景象都吸引着我"。"在苍穹下人实在太渺小了,因为天空无限的高,无限的远,……"①冰心的第一部诗集是《繁星》,《繁星》开篇即是:"繁星闪烁着——/深蓝的太空,/何曾听得见它们的对语?/沉默中,/微光里,/它们深深的互相赞颂了。"将"繁星"之间的关系伦理化,同时写出"繁星"独立存在的高远、神秘,连"太空"也难"听得见它们对语"。施济美散文《青山绿水》歌咏:人生是短暂的,天空、大地的生命是长久的,人是渺小的,而自然是伟大无比的。由此感到人在世时光的可贵。

女作家们爱写晚霞与虹霓。女性对时光匆匆、韶华不再特别敏感,所以对夕阳西下时的晚霞特别有体会和身世认同感。施济美《风仪园》将女主人公最美丽的塑像放在晚霞满天的时候完成。"太阳下山的时候,他们在荷花池畔,阴历七月初,满池的

---

① 张海迪:《天长地久·前面的话》,北京:人民文学出版社 2007 年版,第 3 页。

花全都开了，红荷带咨含羞的酡颜，白莲妖媚的娇笑，西天的云霞，金黄，淡紫，浓红……从来不曾有过的美丽，从来不曾有过的绚烂，啊！太阳下山的时候……"这"金碧辉煌的太阳下山的时候，瑰丽的黄昏，这神奇的一刹那……"①萧红《呼兰河传》对夕阳西下时东北特有的火烧云景观的描写已经成为人对自然审美感知的经典文字。庐隐这样描摹杭州西湖的美景："这时日影已经西斜了，不能再流连风景。不过黄昏的山色特别富丽，彩霞如垂幔般的垂在西方的天际，青翠的山岗笼罩着一层干绡似的烟雾，新月已从东山冉冉上升，远远如弓形的白堤和明净的西湖都笼在沉沉暮霭中。我们的心灵浸醉于自然的美景里，永远不想回到热闹的城市去，……"②叶文玲长篇小说《三生爱》赞美夏威夷的彩虹谷："夏威夷最妙不可言的，是那个几乎天天都会出现彩虹的彩虹谷，老天爷一高兴，一架又一架的彩虹，会从山巅直挂到海边的怀基基。"③小说借人物之口言："哎，我简直不知道怎样形容才好。阿姨，……关于这里的景致和海色，我不说你也知道，你说得对，那真是上帝为人类造设的一个最美丽的梦境和仙境啊！我就在梦游般的心境中，靠在窗口，向大海凝望了整整一个多小时，在梦游般的心境中走出旅馆大门，走向彩虹谷……"④顾艳散文《夏威夷火奴鲁鲁》这样描写夏威夷的彩虹花："倘若你到夏威夷，最先入目的就是木槿花。它被当地人称作：彩虹花。如果你从一片绿色的草坪走向路尽头的金色丛林，路边开得最

① 施济美：《风仪园》（小说集），上海：大众出版社 1947 年版，第 215 页。
② 庐隐：《秋光中的西湖》，见《庐隐散文集》，北京：西苑出版社 2006 年版，第 317 页。
③ 叶文玲：《三生爱》，上海：上海文艺出版社 2006 年版，第 461 页。
④ 叶文玲：《三生爱》，上海：上海文艺出版社 2006 年版，第 492 页。

艳的就是彩虹花。它虽没有日本樱花夹道的幽情氛围,但它每一朵如一位仪态万方的美人。她们或端庄雍容,或高贵冷傲,或妖媚艳丽,或沉静优雅,或甜美可人……在这些女性美中,我独迷恋空谷幽兰般沉静的女性。她们如紫罗兰在星夜下迷离的露光,让我体味戴维·梭罗远离尘嚣回归自然的快感。"[1]施济美散文《黄昏之忆》描摹两幅黄昏时的图画,其中一幅就是描画初秋的黄昏"新霁的雨后","一弯彩色的长虹"辉映下,一对农家儿女在"一家茅舍的门"前轻松欢快、两小无猜的情景。

　　冰心对"童心、母爱、大自然"的讴歌具有更鲜明的道家文化精神印痕。《春水》六四:"婴儿,/在他颤动的啼声中/有无限神秘的言语,/从最初灵魂里带来/要告诉世界。"此乃《庄子》所谓"天籁"。《春水》一八〇:"婴儿!/谁像他天真的颂赞?/当他呢喃的/对着天末的晚霞,/无力的笔儿,/真当抛弃了。"此乃《庄子》所谓"人籁"不如"天籁"。《繁星》一四:"我们都是自然的婴儿,卧在宇宙的摇篮里。"《庄子·杂篇·庚桑楚》里言:"有实而无处乎者,宇也;有长而无本剽者,宙也。"宇宙即自然。《春水》一〇五:"造物者——/倘若在永久的生命中/只容有一次极乐的应许。/我要至诚地求着:/'我在母亲的怀里,/母亲在小舟里,/小舟在月明的大海里。'"在这里,"天地与我并生,而万物与我为一"的境界自然化出。《春水》三一:"诗人!/自然命令着你呢,/静下心潮/听它呼唤!"《繁星》六八:"诗人啊!/缄默罢;/写不出来的,/是绝对的美。"六五:"造物者呵!/谁能追踪你的笔意呢?/百千万幅图画,/每晚窗外的落日。"《春水》一二二:"自然的话语/太深微了,/聪明人的心/却是如何的简单呵!"这自然又

---

　　① 顾艳:《一个人的岁月》(散文集),上海:学林出版社 2007 年版,第 184 页。

可以理解为《老子》谓"大象无形""大音希声",《庄子》谓"天地有大美而不言","大道不称,大辩不言"的现代版。

自然是美好的,女性的心灵也是美好的,因此不少女性文学创作均将美好的大自然与美好的女性心灵和生命连结在一起写,双方相得益彰,构成现当代女性文学中甚为亮丽的风景线。这方面创作除冰心外,茹志娟、叶文玲、王旭烽等可为代表。

茹志娟的创作历来以写出了战争年代普通人美好的心灵与自然的和谐而著称。《百合花》总地来看,仿佛并无我们命题里所谓道家文化精神影响的气息,但是这也不是绝对的。为什么20世纪60年代茹志娟写出了那样的作品,而其他地方作家就没有写出来?这与茹志娟所在浙江地域文化背景有关系。浙江一带属于典型的江南,江南物产富足,山清水秀,人文荟萃,且道家、佛家思想文化影响深远,人们精神、审美趣味上历来重和谐,重完美,重幻想,当然包括人与自然的和谐、统一。所以,在那肃杀的时代气氛里,写那狼烟四起、血肉纷飞的战争生活,她竟还能忙里偷闲,虚实结合,正笔与侧笔相辉映,写出小战士对自然美的喜爱和欣赏,写出新媳妇与百合花一样充满爱意、圣洁、温馨的心灵!她在国家政治叙述中,及时巧妙地插进去人与自然、人与日常生活情感亲缘、融洽的小叙事,在国家民族的政治现代化想象中,插进游离于国家民族政治现代化想象之外的日常审美叙事,这既是作家所处江浙一带文化精神的胜利,也是作家作为一位女作家创作的胜利。

浙江当下女作家中,有两位女作家创作在表现自然的美,表现女性心灵、生命的美方面最具代表性,一位是叶文玲,一位是王旭烽。叶文玲的创作正像她笔下的"九溪十八弯",开阔、清澈、明丽、美艳,人与自然也有相背的书写,但更多是写美的自然中有美的心灵,美的生命,而且多以女性为代表。其 20 世纪 50 年代写的《春倩的心事》就深具自然文化精神。一个城里的女青年"春倩"去乡下看自己心爱的男朋友"锦帆",路上碰上赶车回九龙溪的老汉"老弥勒"。老弥勒给她诉说锦帆在村里多有道德、有人品,生产上多能吃苦,爱钻研,把春倩说得心花怒放,但老弥勒也给她说锦帆被很多姑娘家看上,最近还迷上了一个"妖精",又让春倩心悬异惊。事实证明,锦帆对春倩是专一的,是负责的,他迷上的所谓"妖精"原来不是女人,是一个科学实验。春倩没好意思说自己是锦帆的女朋友,只说是锦帆的妹妹,老弥勒信以为真,真相大白后大家一片欢乐。这样洋溢着和谐气氛、青春气息而又让人深感宅心淳厚的人生图画真是难得作家用诗一般的笔触描画出来,自然美与人情人性美交相辉映,相得益彰,实在是妙不可言,余味无穷。到其成名作《心香》,就凸显了自然美与女性心灵美、生命美的神圣和谐。写主人公老岩 20 年前,为毕业创作,来到江南一个叫大龙溪的乡村寻找绘画素材,刚到村边,就被一幅天然的少女溪边汲水图深深打动了。青山绿水,溪流潺潺,而又宁静和谐。老岩后来给"我"这个年轻人说:"这时,我简直惊呆住了。真的,我敢发誓,就是精心安排的场景和最老练的模特儿,也决不会有这样美妙无比、真切自然的一刹那!"然而小说安排这个姑娘竟然无法说话!但她嘴哑心不哑、灵魂不哑、生命不哑,相反,她具有最善良、最勤劳、最聪慧、最美丽的心灵和生命。她父母双亡,带着一个弟弟,不为生活压倒,还坚持每天为朱老太太打扫院落,到河边汲水。她心灵手巧,看见什么好的图画,就会比着描绣。她心地善良,在那因运动而饥荒的年月里,她想方设法为那时还年轻的老岩弄吃的。她是全村长得最美丽的女孩。作家这种构思和叙述,显然与《庄子》对身残而天性不残的人的推崇大有关联。《庄子》认为天地万物的生命形式和生存状态都是多元的,不能以一化之的,然而又统一于"道"即"一"。即只要是处于天性的,都是"道"的体现,都呈现体现"道"的价值和光辉,不分高低,无有贵贱。为此,《庄子·内篇·德充符》里描写了多个身残而志不残、德不残、天性不残的人的精神形态和生命形态。这实在是提醒人们正视人生命形式的残缺。照此理推断,《心香》中这一年轻、不能说话的女孩自然也是生命最"真"最"美"的体现。与此相近,叶文玲还有一中篇《井旁的柚子树》,写一贫穷、外表肮脏而心灵不脏,身残腿残而心灵不残的乡村男子对生命的一份"真",一份"虔诚"。

王旭烽的创作则更具有文化自觉性。其散文集中写以杭州为中心的山川、风俗、人物传说、历史变革等,其中对杭州为代表的江南自然文化风景的美丽神韵进行了深层次的描绘和歌颂。如散文集《英雄美人》第一篇《等花落下来》:

> 桂花时节,不单单是闻那花朵儿香的,也是听那花子儿声的。
>
> 我家离植物园近,那里有桂秋无数压枝,引得蜂狂蝶舞。日间,人面桃花相映黄(或者相映金、相映丹——视花色为定);夜间没有光了,声音便升了上来。
>
> 已经有好几年了,秋日,只在夜间与花魂相会,听听她走近我的声音,那是天籁。
>
> 花再闹,夜里访家终究少。比如睡美人,能见到的毕竟只有那特别亲密的几个,带着幽会性质,所以是要单独出发的。
>
> 植物园的桂花侍者们却不明白。每次我去,她们总问:你一个人?

　　我说，我一个人。她们便大有深意地看我一眼，以为我在失恋，模拟林黛玉，做寻花葬花状，却不知我正被那天香熏得陶醉。

　　花香，是在未见到花时才闻得到的。比如自己的妻子，是在未成为自己的妻子时才赛过西施的。因此，坐在了花下，未闻到花香时，你千万不要以为花不香了。

　　要有惜香怜玉之感，这一点非常重要。因为此时花儿已铺了那桌儿凳儿一片，你就坐在那花床之上。你的脚上也是花，头上也是花，肘上手上也是花。你身后没有光，花在暗中，于想象中重叠成无数。

　　奇怪，花世界一片，却没有一点声音，蜂与蝶儿都不来了。夜的桂花，门前冷落鞍马稀了。

　　而花的声音是要听出来的，这和美是需要人发现出来的一模一样。……

　　现在，请你泡上一杯龙井茶，在黄色的花天花地中，它就是"绿马王子"——如果世界真的会有绿马的话。然后，你把茶杯放到桌上，静下心来，倾听，倾听……

　　然后，夜再深至于极处了，人去花空了，我与桂花侍者两两相对了。她打着呵欠，耐心地等待着我。她问我：你在等谁？

　　我说，我在等花。

　　等花干什么？

　　等它落下来……

这篇小文章算不上多么深厚圆熟，但它的清新、含蓄，特别是人对自然的美（美的自然）的呼唤，对人与自然与时令的关系的微妙的深思，对无言的花的"天籁"般的声音的倾听和向往，给人无尽的美感和思之深味。

这几乎是个象征，它意味着作家的创作将从两个主要方面展开：一是尽情讴歌自然的美，寻求人与自然的和谐统一；一是在寻求人与自然的和谐统一中思考感味人生的价值和归宿。事实上也是这样。作家深感自己的笔无力把握自然神秘、神圣的美，而自然最高的美又往往是无法用语言来把握、确定的，如另一短文《家在西子湖上》所言："西湖是这样的所在，你会因为找不到最恰当的词语来描述她——陷入幸福的彷徨。……春夏秋冬，日月星光，柳风桂雨，晨钟暮鼓；悲欢离合，长歌短吟；英雄美女，高僧士子；行侠游客，浪子孤魂；阳春白雪，下里巴人……西湖太丰富了，层面太多了，她的确仿佛是太密集了。……齐全的和谐归于一身，完整的美均匀着通体，几乎接近伊甸园。面对造化的最高形式，你将能如何？你惟有静默啊……"这就是《庄子》所谓"天地有大美而不言"的境界。是不言之言，无符之符。作家背靠着这样的自然文化精神，在写她的人物时，自然是极力捕捉她（他）们贴近自然、贴近"道"的神韵。

王旭烽的创作更多佛教文化色彩、茶道文化色彩。但这些文化怎可与老庄为代表的道家文化隔离开来？佛教之所以能在中国扎根，而基督教则没成功，不就是因为中国有道家思想文化在做根基么？茶道文化则是佛道文化结合衍生出来的一种文化形式而已。所以，王旭烽这类小说创作与道家文化的密切关联也是可想而知的。如中篇《曲院风荷》，写男主人公郝明大学历史系毕业，分配到杭州宗教事物管理局，本对佛教也没多大兴趣，但置身在佛教寺刹密集的青山绿水之中，耳闻目染，一颗世俗之心渐远，而与佛家的"从本以来，性自满足"渐近。在参与扩建灵隐寺的工作中，他结识了一对姐妹，姐姐是虔诚的佛家弟子,妹妹则像是一个世俗欲望张扬的人。妹妹深爱着郝明,但妹妹知道郝明爱的不是她,而是姐姐,就自暴自弃,破罐子破摔,与一个自己本不爱的同事海庚同居。郝明心知肚明,但亦无法,他不能因此而丧失了自己对世俗欲望的一份超脱心情。他爱的是姐姐,但姐姐是佛中人,姐姐并非芳心不动,但她也不能因此而丢失了自己对世俗欲望的一份超脱心情。如此,这份爱就成为没有结果的。关键是作家对这一题材处理的态度。在作家看来,人性显然分为三种:一种是妹妹所代表的,那是人性中最低的层次,多的是躯体性,少的是精神性,即还不是正常的人性。一种是郝明代表的,渴望灵魂与肉体和谐、统一。扩展开去,渴望人与外界包括自然和谐、统一。这才是正常的人性,而要做到这一点,就必须学会去掉"妄念",学会抛丢,而不是一味占有。而姐姐就正好代表人性的这一方面。小说中,姐姐形象着墨不多,但给人印象深刻。因为她已深得佛家真谛,达到了对尘世人性的超越。她的名字叫"聊无",她对生之态度是抛却"妄念",接近天国。佛家思想文化虽说与道家思想文化不能同日而语,二者之间关碍甚多,但有一点是相同的,即都主张接近自然。所以,小说这样写郝明的梦境:"聊无明白了他的意思,用并温柔的带着怜悯与热情的吻来作为回答。她的呵气如荷,既干净又性感。一切自然,水到渠成,……"郝明这样表白自己的人生态度:"比如走过一条小溪,看溪水清清,忍不住就掬一捧饮之,没想到手掌里就游弋着一条五彩鲤鱼,这虽然是意外的,但又是顺其自然的,是谦恭带来的契机,用不着刻意为之。佛和老子都把这称为无为,可无为实际上是一种上天的恩赐啊!无为而有为,……"另一中篇《花港观鱼》,写一年轻女性那欢出身于一国民党军官家庭,国民党与共产党的较量以失败而告终,那欢的父亲成了新中国的俘虏和改造对象,20世纪50年代政治运动中,更是被撵出了家园,流浪乡下。那欢的腿还跛了一只。但就这样的时代和家庭背景,这样的自身条件,那欢硬是一路欢快和大胆地迎着生活。作家不在时代怎样迫害她的家庭、贫苦怎样折磨着她的生命这些方面下工夫,而是集中写那欢出自天性的活泼、开朗、好动,敢于迎接困难,创造生活。为了彰显人物生命中这份自然天性,作家特意写道,那欢爱养鱼,那欢一家人均爱养鱼。那欢少年时代就从上辈人那里得到一个大铁瓷杯,里面养着一条叫"五花龙睛"的金鲫鱼,只要遇到生命中有大的关口,她就手捧这养着"五花龙睛"的大铁瓷杯出现在人们面前,而且事情也往往能逢凶化吉。她有一个梦想,在杭州开一个世界观赏鱼会馆,让杭州的金鱼生遍全世界,观赏到全世界。她因此而有了个"鱼儿那"的美称。为了暗示那欢与鱼(自然的象征)密不可分的关系,作品多次将那欢比成鱼,如"她细细地撒着面包屑,我不知道她在想什么,她像一条金鱼一样不可捉摸,她生活在水里"。"她像一条鱼一样地开始吻起我来,我很快就被她弄迷糊了,……""她一句话也没有说,但我能够感受到她的呼吸,我想象一条五花龙睛正游过她脸的下半部,封住了她的嘴。"那欢可谓与鱼即自然完美地融合在一起了。难怪作家对这样的人性、人格表示由衷的赞叹!当然作品也写到新时期改革开放以来,经济大潮对人思想观念的冲击,包括对那欢思想观念的冲击。最后,那欢在朋友的误导和愚弄中,也跌入犯罪的泥坑。对此,作品中的"我""沈二傻"是深表惋惜的。

《庄子》言:"天地,乃万物之母。"女作家创作主人公生命存在多以自然为归宿就深具自然文化意蕴。庐隐的小说《海滨故人》多次借主人公之口言:"知识误我",并将露莎的人生归宿安排于消失在神秘的大海边。苏雪林说,"我们本是自然的女儿",当然还要回到自然中去。顾艳的小说几乎每一篇都要写到西湖对人生的意义,并且主人公人生场上伤痕累累之时必要回到美丽的西子湖边,因为那才是他(她)梦魂神绕的地方,唯一可靠的"精神家园"。如其长篇小说《灵魂的舞蹈》最后一章,开头即是:"从巴黎飞回祖国的那天,凯瑞就回到了美丽的西子湖畔。湖畔是她从小生长的摇篮。她的所有欢乐和忧愁、相思与痛苦都浸透在湖里。湖是她唯一能倾吐真情的地方,湖也是她长途飞翔之后,真正停泊的港湾。"王旭烽《我家在西子湖上》里也深情地歌唱:"西湖像所有的家园一样,人们通过告别与她重逢。你只要离开她一步,就会百感交集地发现,她是世界上最动人的地方",也是世界上最能安慰人的地方。林徽因小说《钟绿》,最后给人物安排的生命、灵魂归宿地是一条象征着自然的小河上。

第三,肯定人性之"真",渴望自由飞翔,坚守人德之"常",渴求清平、和谐、美丽的人间乐园的实现。由此出发,对压抑、摧残、扭曲人性,破坏人生幸福、和谐的历史、社会进行质疑和批判。

庄子自然观最主要人文内涵就是要求人们超尘拔俗、率真任性,做"真人""真我",能不受拘束、自由飞翔存在。女性离人类文明(实即男性文明)较远,还保持着最大的人性之真,因此,女性往往是与大自然最接近的人,最有"赤子之心"的人,也是最渴望自由飞翔、自由生活的人。表现在现当代女性文学中,不少作品均有女性流浪意识和飞翔意识。流浪来自对现存社会人生的质疑、疏离和对更加自由、美好人生的寻找。流浪既是被迫的,也有主动选择的成分。诚如丁玲小说《梦珂》中对主人公梦珂心灵世界的描绘:"她整天躺在床上,像回忆小说一样去想她

未来的生活,不断的幻想,竟体悟出自己的个性,认定:'无拘无
束的流浪,便是我所需要的生命。'"①而飞翔则是更高层次的自
觉流浪,亦即更高层次的生命理想寻找。顾艳创作中到处渲染
"女性能自由飞翔真好"的感觉。她有大批散文、小说张扬女性
流浪意识、自由飞翔意识。如其小说《灵魂的舞蹈》将女性称为
"飞翔着的自由精灵",张扬女性的"思想如鸟般高高飞翔,飞翔
到一个永不匮乏的境界之中"②,女性在性爱高潮来到时生命"腾
地一下飞升了"③。《疼痛的飞翔》直接以"飞翔"给小说命名。
《我的夏威夷之恋》言:"我们的秉性都是雁,而不是温柔的鸽子。
我们要飞翔,而且要飞得高。只有飞得高、飞得畅快的灵魂,才
能满足我们飞翔的欲望。"④与我们的论题有关的是,顾艳这种飞
翔意识的形成显然一定程度上来自庄子鲲鹏展翅飞翔意象和
"逍遥游"神思的影响。如散文《飞翔的庄子》言:"我喜欢庄子哲
学。……《庄子》犹如一部成人的寓言或童话,每次阅读都让我
心醉神迷。那是在一个遥远的社会现实中,一个智者天马行空
特立独行的幻想与自我陶醉。庄子告诉了他以后的中国士大
夫,一种在苦难和不幸的地基上构建乐园的技巧。……读庄子
的《逍遥游》,首句突兀而起:'北冥有鱼,其名为鲲,鲲之大,不知
其几千里也。化而为鸟,其名为鹏,鹏之背不知其几千里也。'庄
子的思绪,一开始就能上九天、下九渊。他的笔墨华章,仿佛是
梦境中的飞翔,窈兮冥兮,创造出超现实的幻觉氛围来。"⑤顾艳

① 《丁玲选集》第二卷,成都:四川文艺出版社1995年,第27页。
② 顾艳:《灵魂的舞蹈》,北京:作家出版社2005年版,第14页。
③ 顾艳:《灵魂的舞蹈》,北京:作家出版社2005年版,第187页。
④ 顾艳:《我的夏威夷之恋》,南京:江苏文艺出版社2001年版,第79页。
⑤ 顾艳:《一个人的岁月》(散文集),上海:学林出版社2007年版,第69—71
页。

受庄子影响,显然也想做一个"独与天地精神往来"(《庄子·天下》)的"飞翔"的作家,那么她笔下的人物也往往成为"独与天地精神往来"的"飞翔"的人物。

另一方面,女性又代表日常生活中人性之"真",人德之"常"。女性是情感的出发点,也是情感的归宿地,女性是人生的安慰,女性是家,女性代表基本的人伦。很多日常生活中人性的"真善美",男性文学不屑于写、不能写,而女性文学则将它们作为重要的人生课题对待,将它们写得意义非凡,光彩照人,如泣如诉,如怨如慕,扣人心弦,动人心扉。

首先,朴素的人伦关系之描写。在这方面,要想有意识地举出几位作家创作做代表是难的,因为谁能指出哪一位女作家创作不表现这种最朴素最温馨动人的人伦常德之关心、帮助、爱戴或疼爱,或写朴素的上下辈之间的关心、理解、疼爱或爱戴:上辈对下辈(往往是幼、童、少年时代)的呵护、教育、帮助和疼爱,下辈对上辈的感激、爱戴、尊敬和怀念?如萧红《呼兰河传》写祖父与孙女之相处,迟子建《北极村童话》写外祖母、外祖母邻居也是奶奶辈"老苏联"之间的相处,陈衡哲《纪念一位老姑母》写侄女与老姑母之间的相处,《我幼时求学的经过》写外甥女与老舅舅之间的相处,施济美《古屋梦寻》写幼时一家人的相处,其《柳妈》写幼时"我"和弟妹们与仆人柳妈的真诚相处,《别》写两个大学一年级女同学真诚的相处。而冰心《关于女人》和《关于男人》是这一类创作的集大成者。其中忆念的有"我的母亲""我的教师""请我自己想法子的弟妇""叫我老头子的弟妇""我的奶娘""我的同班""我的同学""我的朋友的太太""我的学生""我的房东""我的邻居""张嫂""我的朋友的母亲";"我的祖父""我的父亲""我的小舅舅""我的老师——管叶羽先生""我的表兄们""我的老伴吴文藻""我的三个弟弟""一位最可爱可佩的作家"等等。可说无所不包。冰心在《关于女人》"抄书代记"里引《红楼梦》第一回那段著名的"忽念及当日所有之女子,一一细考校去,觉其行止见识,皆出我之上。……闺阁中历历有人,万不可因我之不肖,自护己短,一并使其泯灭也"的话代为序,可见作家对自己所写的生活和人物之喜爱和重视。在《关于男人》"序"里,作家说:"这些记下的都是真人真事,也许都是凡人小事。(也许会有些为人大事!)但这些小事轶事,总使我永志不忘,我愿意把这些轶事自由酣畅地写了出来,只为怡悦自己。但从我作为读者经验来说,当作者用自己的真情实感,写出来的怡悦自己的文字,也往往会怡悦读者的。"①显然,冰心并不认为她写的人物和事件"小",相反她认为这就是"大",并且相信读者会与她有相同见解的。这不是《庄子》那样的"大小"之辩么?不就是《庄子》所倡导的那种能抱常守真,有纯白之心的人及他(她)们的事么?《庄子》给这样的人和事以崇高评价,冰心当然也不例外。

与此相应,现当代女性文学对那些违背天常人伦的人和事则给以多方面多角度的揭露、展示、质疑和批判。如萧红的《小城三月》写封建宗法思想制度对青年男女自由爱情的禁锢和约束,《呼兰河传》写封建宗法思想制度对天真少女生命"自性""自适""自得"的扼杀。叶文玲《心香》写封建霸权思想制度对柔弱女性纯真生命的肆意占有。王旭烽《花港观鱼》写经济大潮对女性朴素人生观的冲击。

在众多此类女性创作中,有四个作家的创作尤值得注意:一

---

① 冰心:《〈关于男人〉序》,见冰心《关于女人和男人》,桂林:广西师范大学出版社 2002 年版,第 208 页。

是林海音创作,二是迟子建创作,三是林徽因创作,四是施济美创作。

　　林海音的小说《城南旧事》视角算不得独特,也是女作家惯用的儿童视角,但它通过儿童的交往、儿童的眼光提出的问题是非常独特的。譬如,小英子与那个被人们称为"疯子"的女人的交往。世人眼里看,她是疯子,无可救药了,但在英子心目中不是这么回事。而事实上,英子是对的。英子善良、好奇,喜欢与那"疯子"打交道,过程中就发现,那女人其实不是一般所谓疯子,而是想念自己所爱的那个男人和他生的女儿所致。最后,英子发现,平常爱与自己玩乐的妞儿就是那女人的女儿小桂子,并且想尽办法帮助她母女逃走。不是说那女人精神上一点毛病也没有,她确实受到了刺激,精神上有时不正常,但大部分时间都是正常的,不正常只是想念刺激了她的时候。这就留下两个问题:一是什么让她不正常的? 小说交代,她与她爱的那个青年社会地位不一致。但当初为什么不顾及这些呢? 显然这里在质疑当今青年爱的真纯度。二是究竟该怎样看待那女人的"疯"? 世人说那女人疯了,但对比发现,谁也没有她懂得真情真爱,不仅是男女之爱,而且有母女之爱。不是她有多少爱的理论,而是天性使然。那么,这样有天性的人的爱的举动难道竟是疯狂么? 究竟什么才是疯狂,什么是不疯狂? 正如鲁迅在《狂人日记》里昭示的:究竟谁病了? 是社会文明习惯病了,还是自然人性病了? 显然,鲁迅的结论是不言自明的,同理,《城南旧事》里如此的人物描写和事件的叙述也应如此解。此外,还有的段落写究竟谁是"贼",小说借儿童之口说出:"我不懂什么好人,坏人,人太多了,很难分。"小说提醒人们,世人习以为常的指认的"坏人"未必就是坏人,世人习以为常的指认的"好人"也未必就是好人。

这使我们想起《庄子》里对"圣人"的诘难：真正的"贼"——"大盗"就在他们中间。

　　迟子建曾说："我喜欢朴素的生活，因为生活中的真正诗意是浸润在朴素的生活中的。"①其中篇小说《雾月牛拦》就是写伪张的人生与朴素天真的人生怎样发生错误，伪张的人生怎样在朴素天真的人生面前黯淡下去。东北每逢六月是雾月，此时段，每天从早到晚，除正午时分有些阳光外，其他时间都是雾气缭绕，给人生活很压抑的感觉，同时也是男女性欲生活亢奋的时刻。宝坠的继父与其生母此时正在夜里做爱，不想两人声音太大了，把睡在旁边的宝坠惊醒了，并且看到他们不雅的一幕。继父一下子没了兴致。第二天，继父去牛屋审问宝坠都看见什么了，宝坠说看见爸爸与妈妈叠在一起。并且问："你们弄出的动静怎么与牛倒嚼的声音一样？"一下子继父将宝坠打得碰在牛槽上，意外地，宝坠从此失去了过去的记忆，从以往"人"的状态中游离出来了。他本来就是孩子，爱与牛在一起，这下子就更愿与牛在一起。小说写他与牛在一起亲爱、和谐的样子很动人，而与其父母反疏远了。继父很后悔，从此对宝坠疼爱有加。但其母并不知真情，反以为其夫对自己孩子太好了。后来，继父要死了，母亲让宝坠去看他谢他，宝坠说："我不回人住的屋。""谢他，他也记不住多一会了，还累脑子。"说着走出。后来，继父真的死去，宝坠也哭了，但很快又牵着他的几头牛到草地去了。小说的独特之处在于，宝坠对父母的态度不是因为继父将他的脑子碰坏了，他记仇报复，而是从此失去以往世俗人生中"人"的记忆，

---

　　①　方守金、迟子建对话录：《自然化育文学精灵》，见迟子建《疯人院的小磨盘》（小说选集），北京：新世界出版社2002年版，第414页。

而进入一个"等生死、齐万物"的境界。其中寓意非常明显,即人的自然天性的复归,必须以去"人"之弊为提前。人之弊即人"好知"之弊;宝坠看起来呆傻了,但因此寻到了生命的"本根",大有"大智若愚""大巧若拙"的意味。

　　林徽因创作坚持现代与古典结合、乡村视野与都市视野结合,走理想主义、完美主义的路子,然其理想主义、完美主义思想关照下,所写人生往往又是残缺不全的,充满遗憾的,在作家看来充满现代式荒诞意味。其诗歌《莲灯》表明作家是中国传统文化的继承者,特别是对佛道两家文化精神的继承。诗言:"如果我的心是一朵莲花/正中擎出一枝点亮的蜡,/荧荧虽则单是那一剪光,/我也要它骄傲的捧出辉煌。/不怕它只是我个人的莲灯,/照不见前后崎岖的人生——/浮沉它依附着人海的浪涛/明暗自成了它内心的秘奥/单是那光一闪花一朵——/像一叶轻舸驶出了江河——/婉转它飘随命运的波涌/等候那阵阵风向远处推送。/算做一次过客在宇宙里,/认识这玲珑的生从容的死,/这飘忽的旅程也就是个——/也就是个美丽美丽的梦。"显然,这诗里有《庄子》的"过客"意识,有《庄子》般对生死的从容看法。由于作家的心能从有限的时空中解脱(充满"宇宙"),所以,她的心是自由的,可"逍遥游"的,自然对尘世也有了超越、质疑和批判态度。典型作品是短篇小说《钟绿》,写一个生长在现代都市环境里却具有一颗古典的即朴素、纯真的心的青年女性对生命归宿的体悟和寻找。她长得不能再美丽了,是"我""一生中见不到几个真正负得起'美人'这称呼的人物"。但又有"一种纯朴,城市中的味道在她身上总那样地不沾着她本身的天真!那一天,我那个热情的同房朋友在楼窗上也发现了钟绿在雨里,像顽皮的村姑,没有笼头的野马,便用劲地喊。钟绿听到,俯下身子,

一闪,立刻就跑了。上边劈空的雷电,四围纷披的狂雨,一会儿
工夫她就消失在那水雾迷漫之中了"。"不管谁说什么,我总忘
不了在那狂风暴雨中,她那样扭头一笑,村姑似的包着三角的头
巾。"钟绿是理想主义、完美主义的,所以她嘲笑现代工业文明:

> "所谓工业艺术你可曾领教过?"她信里发出嘲笑,"你
> 从前常常苦心教我调颜色,一根一根地描出理想的线条,做
> 什么你知道么?……我想你决不能猜到两三星期以来,我
> 跟十几个本来都很活泼的女孩子,低下头都画一些什么,
> ……你闭上眼睛,喘口气,我告诉你!墙上的花纸,好朋友!
> 你能相信么?一束一束的粉红玫瑰花由我们手中散下来,
> 整朵的,半朵的——因为有人开了工厂专为制造这种的美
> 丽!……
>
> ………
>
> "好了,这已经是秋天,谢谢上帝,人工的玫瑰也会凋零
> 的。这回任何一束什么花,我也决意不再制造了,那种逼迫
> 人家眼睛堕落的差事,需要我所没有的勇敢,我失败了,不
> 知道在心里哪一部分也受了点伤。……
>
> "我到乡村里来了,这回是散布知识给村里朴实的
> 人!……
>
> "乡间的老太太都是我理想的母亲,我平生没有吃过更
> 多的牛奶,睡过更软的鸭绒被,原来手里提着锄头的农人,
> 都是这样母亲的温柔给培养出来的力量。我爱他们那简单
> 的情绪和生活,好象日和夜,太阳和影子,农作和食睡,夫和
> 妇,幸福和辛苦都那样均匀地放在天称的两头。……
>
> "这农村的妩媚,溪流树荫全和了我的意,你更想不到
> 我屋后有个什么宝贝?一口井,老老实实一口旧时的井,早

111

晚我都出去替老太太打水。真的,这样才是日子,虽然山边
没有橄榄树,晚上也缺个织布的机杼,不然什么都回到我理
想的已往里去。……

　　"到井边去汲水,你懂得那滋味么?天呀,我的衣裙让
风吹得松散,红叶在我头上飞旋,这是秋天,不瞎说,我到井
边去汲水去。回来时你看着我把水罐扛在肩上回来!"

　　钟绿的追求就是最接近"道"、接近"真"的追求,然而在现代
工业文明时代,又是注定没出路的追求,所以,她最后死在一条
象征着自然、漂泊的小帆船上。

　　施济美的创作在质疑、批判现代工业文明以来社会各种不
正之风对自然人性的摧残和打击方面更深刻、全面。其短篇小
说《小三的惆怅》写"我"的三妹"小三"喜欢养小动物,先是养小
狗,后来养小猫,但因是战争年代,生活困难,人尚无食物吃,怎
么喂养狗猫?而且兵荒马乱,谁还有心情伺候它们?小说写小
三以百折不挠的精神对抗时流,但最后,在艰难困苦下,一家人
的反对下,还是以失败告终。小说对小三以委婉的讽刺的调子
写来,实际表达的是心伤,是对小三的同情,对战争的谴责,对日
益都市化、欲望化的现代社会人生的批判和否定。中篇小说《十
二金钗》(原名《群莺乱飞》)主要写一群灵魂被扭曲的都市男女
的生活。一切围着"钱"转,一切为着欲望嚣张转。风流绅士"赵
缺德"为追逐和网罗女人花钱、挣钱;傅安妮、李楠孙为成为"上
海的女人"而丧失本性扭曲自己,变卖自己;特别是当年那么超
世俗、崇奉神圣爱情的王湘君、今日已有两个孩子的媚妇胡太
太,在严酷的生存事实面前得出一个可怕的现代"真理":"名誉,
事业,志向,人格,学问,爱情,理想……全是假的,书呆子骗人的
鬼话,一点儿用处都没有,如果有,也不过是可以用来换较多的

金钱而已。"胡太太要女儿艳珠接受自己的教训,坚决不再嫁给
爱情,而要嫁给金钱,"人活在世上,只有钱才靠得住,尤其在这
种年头儿"。她仇视一切比她有钱的人,而又巴结一切比她有钱
的人。她让女儿吊住风流绅士"赵缺德"。她一方面痛骂昔日同
学韩叔慧也不是什么好人,一方面又为了钱而替她写关于妇女
参政的论文:"写、写、写,胡太太的手越写越冷,想、想、想,胡太
太的心越想越热。"胡太太人越来越瘦,心却越来越疯狂了。胡
太太这一人物形象不仅在施济美小说中是个创造,就是放在整
个现代文学人物画廊里也不逊色。她的贫穷与干瘦是对当时金
钱社会的有力控诉,她对金钱的疯狂追求又是她精神趋于崩溃、
人格异化的绝好表现。《痴人的喜悦》通过一个挣扎在死亡线上
的下层读书人眼光,写出整个大都市的浮华与堕落:"那所房子,
那个醉汉住过的房子,早不是当年狼狈的模样,现在是一家新型
的咖啡馆,富丽、精巧、而又陆离光怪,黑亮的瓷砖上,嵌着玲珑
的银质的艺术字'绿叶咖啡馆';门前,'车如流水马如龙',门内:
有动人的歌,迷人的舞,诱人的灯光,醉人的酒杯,媚人的眼波与
红唇……还有那进进出出川流不息的红男绿女,都那么漂亮,那
么快乐,那么兴奋,男的挽着女的,女的倚着男的,他们谈着,笑
着,歌着,舞着,高高的举起酒杯互相祝福着;……"施济美小说
深感现代都市社会里,人的尊严、人格、自由、爱情等自然、健康
人性的扭曲和毁灭。因此,她小说中另一类主人公即坚持精神
独立的知识女性拒绝欲望张扬,拒绝灵魂堕落,有意站在与现代
都市文明不入格、不入流的边缘地带,以自然朴素的人格追求和
人生定位来与都市对抗:"——你为什么总拒人于千里之外?因
为我始终站于你千里之外。"施济美最后的人生定位是:"我要在
这岸上,这花房的外面,乐园的背后,苦海的边缘,仆仆风尘的途

中,筑起几间躲避风雨的小屋,窗前种着茑萝,屋后栽着芭蕉,小屋里有读不完的好书,红泥小火炉,正烧着茶,案头供着鲜花,欢迎所有志同道合的朋友们来,我忘记嘱咐你,记得带一支蜡烛来,白的也好,绿的也好,我要拿它插在我心爱的蜡台上,好在它晦淡的光辉里,背诵李商隐的名句:'何当共剪西窗烛,却话巴山夜雨时'……"显然,这里面又灌注着《庄子》"隐"的文化精神。

现当代女性文学追求的人生理想是人与自然、与他人、与社会、与自我的和谐。20世纪20年代濮舜卿的剧作《人间的乐园》充分显示了这一点。作家作为"西湖的女儿",其创作明显打上道家自然文化精神的烙印。

第四,追求人生的"大智慧"。

现当代女性文学中,杨绛创作以审智著名。而且她追求的是《庄子》里所谓"大知",即"大智慧"。特别是她新中国成立后的创作。20世纪50年代的政治改造运动已让她深感人生之"乱人之性",文化大革命则让她进一步感到"长恨此身非我有",于是就有身体与精神两分的现象发生。如《将饮茶·丙午丁未年纪事》篇里记载自己在"文革"中被打成"资产阶级知识分子",被游街批斗,游街时自己要喊"我是资产阶级知识分子",作品写:"当时虽然没有照相摄入镜头,我却能学孙悟空让'元神'跳在半空中,观看自己那副怪模样,背后还跟着七长八短一队戴高帽子的'牛鬼蛇神'。"这里,作者已开始其精神上消极意义上的"逍遥游"。等到作者为此本散文集写"后记",作者心理早已平静下来。这时,作者开始正视人生的"显"与"隐"、"身"与"心"的问题。这篇"后记"题名为"隐身衣"。要求自己要处以"隐",而不是"显",要学会"隐身"。"隐身"不是苟且偷生,而是在更高意义上超越世俗人生牵挂。"这种隐身衣的料子是卑微",人们"视而

不见，见而无睹"，可作者看来这是最明智的生存法。因为只有
"隐身"，即减少人的世俗欲望身体要求，人才能做到精神不受羁
绊达到自由——真正的"逍遥游"。正如这篇"后记"所言："我爱
读东坡'万人如海一身藏'之句，也企慕庄子所谓'陆沉'，社会可
以比作'蛇阱'，但'蛇阱'之上，天空还有飞鸟；'蛇阱'之旁，池沼
里也有游鱼。古往今来，自有人避开'蛇阱'而'藏身'或'陆沉'，
消失于众人之中，如水珠包孕于海水之内，如细小的野花隐藏在
草丛里，不求'勿忘我'，不求'赛牡丹'，安闲舒适，得其所哉。一
个人不想高攀就不怕下跌，也不用倾轧排挤，可以保其天真，成
其自然，潜心一志完成自己能做的事。"①集中体现这种"隐身"精
神的创作就是长篇小说《洗澡》。如学者言，这部小说的女主人
公姚宓小姐就是这种"隐身"精神的结晶。姚小姐"玉洁冰清，蕙
心纨质"，"新文学中，自冰心、庐隐而后，丁玲出世以来，少见或
竟未见这样的淑女（金克木先生语）"，学问也好，但她：一，安守
本分，聪明谦逊，始终注意不显山露水；二，娴静端庄，外柔内刚，
有胆有识；三，慈悲善良，菩萨心肠。最动人之处在于与男主人
公许彦成的一场无结果之爱。许彦成是有妻室之人，妻子是那
时代所谓资产阶级小姐，大学毕业，在许彦成的人生路途上付出
过很多帮助。但许彦成与姚宓一见，还是深感心神震惊。两人
似乎前世已有了因缘。之后，两人借工作之便秘密约会。了解
更深，感情更深。但也只是精神上的"逍遥游"，从来没有过世俗
中那种爱的举动。他们不敢，怕毁坏了这份美好的梦境。更心
照不宣的是，两人都知道，爱情达到顶点，再往前走，就是世俗之
所求了。姚宓说："'月盈则亏'，我们已经到顶了，满了，再下去

---

① 《杨绛作品集》第 2 卷，北京：中国社会科学出版社 1993 年版，第 187 页。

就是下坡了，就亏了。"人生本是不圆满的，人生之所有，应该"顺化自然"，知足常乐，即应该知道人生实有边界。他们就循边界而自觉后退了。以后，革命运动中，人人都要"洗澡"，两人单位也分开了，他们还有无聚合的可能？不会了，即使有机会，也不会了。这就是作者要告诉我们的"隐身"与"逍遥游"的真谛。

第五，追求诗化、空灵的艺术风格。

《庄子》是一部哲学著作，也是一部稀有的文学著作，其强烈的抒情性、浪漫空灵的风格、诗意化的语言、散文化和寓言体相结合的文体等历来为文学家们所激赏。现当代女性文学从情感内涵、思想趣味上近之，从艺术表现、艺术风格上也近之。女性是最接近庄子所谓"本根"之人，她们心灵纯洁，心理敏感，情感丰富、细腻，头脑也不缺乏灵活，"登山则情满于山，观海则意溢于海"，"视通万里，思接千载"，特别能感受人间真善美与假恶丑之分野，感受"童心、母爱、大自然"之美；作为其生命存在和精神世界的表征，女性文学绝大多数均以抒情为主，以想象为主，以写意为主，叙事上不太在意情节的完整性，结构上多散文化倾向，语言清新、自然、优美。表现在具体创作中，女性文学往往善于写景，而且女作家笔下的自然往往具有独立性，有自己的生命和情感。如此，人与自然打成一片，自然幻化成一个美丽、清新的艺术世界。女性文学也写现世人生，也不回避现世人生中的假恶丑，对于这些假恶丑也能进行多角度多层次地讽刺和批判，现实性也很强，但同时，女性文学总是善于通过想象再创造一个更合理、更美丽也更虚幻的理想境界，或曰幻想世界。林徽因诗歌如她笔下的"人间四月天"，充满春的明媚和变幻。小说《钟绿》将古典和现代打成一片，写景与叙事打成一片，诗歌与小说打成一片，将钟绿这一女性形象写得神秘、空灵，有深切的人间味又远非世俗所能追及，真如人间的一道彩虹，成为女性形象美、精神美的永恒界碑。濮舜卿的剧本《人间的乐园》名为"人间的乐园"，实际是人间的天上乐园，或曰人间的理想乐园，整个剧本站在女性主义和理想主义的角度改写《圣经》中夏娃与亚当受蛇引诱偷吃禁果被上帝赶出伊甸园、遭受人间惩罚的故事，张扬女性人与自然和谐、人与人和谐、天下地上一个和谐的大花园的美好憧憬。剧本写得也很清洁、雅致、空灵，如一道人间彩虹。当代女性文学中，叶文玲长篇小说《三生爱》和顾艳长篇小说《我的夏威夷之恋》都将人间最美好的情感放在夏威夷的彩虹谷那样美好、空灵的地方完成；张抗抗长篇小说《情爱画廊》书写发生在有"天堂"之称的苏州的一段爱情奇遇，两个女主人公，妈妈名"秦水虹"，女儿名"阿霓"。另外，顾艳长篇小说《真情颤动》里女主人公也名"虹"——"夏虹"。弗洛伊德说："文学是作家的白日梦。"《庄子》整篇无异于梦（杨义称之为有"梦幻思维"[1]），浸润着庄子自然观文化精神的女性文学也莫不如此。诚如顾艳所言："幻觉中的世界，让我的写作状态饱满、充实，富有激情和创造性。"[2]"梦总要比平淡无味的现实生活有味道的多，梦也是让人类减少兽性，安定社会的一个重要因素。庄子老先生早就说：'至乐无乐。'我们在梦里最容易做到这一点。梦里最大的快乐也就是无所谓快乐，最大的智慧也就是无所谓智慧。"[3]这种书写势必强化女性文学诗化、理想化、浪漫化、空灵化的艺术风致，从

---

①　杨义：《〈庄子〉还原》，北京：《文学评论》，2009年第2期。

②　顾艳语，见朱育颖《灵魂的漫游：与顾艳的对话》，南宁：《红豆》，2006年第9期。

③　顾艳：《流浪者之歌》，见顾艳《艺术生涯》（小说集），北京：中国文联出版社2002年版，第97页。

而彰显其独特价值。

结 论

现当代女性文学研究随着时代思想、审美空间的不断扩展，必有新的启示，新的开端。特别是今天人类第三个时代——"生态"时代（绿色文明时代）的来临，促使人们重新认识女性生命存在的价值，认识女性生命存在与自然的对应关系，认识现当代女性文学与中国传统文化特别是道家自然文化精神的关系，进一步打破男性理性中心神话、人类中心神话、西方中心神话，为和谐社会文化建设、思想建设、文学建设、文学研究和批评建设提供思想资源和方法论上的帮助。在这一过程中，《庄子》自然观文化精神在现当代女性文学中的潜在影响和渗透，就值得人们去进一步摸索、研究。事实上，世界学者也普遍认识到《老子》《庄子》道家文化思想和精神对于去现代性之弊、绿色文明建设的价值和作用。在此基础和框架中言，我们的研究就不无意义。只是限于时间和能力，这一工作的完成还有待具体和深入。

第二辑　都市与文学

论都市与中国现代都市文学

20世纪90年代以来,中国都市文化再次崛起,中国现代文学中的都市文学部分再次受到研究者的重视。目前为止,中国现代都市文学研究专著已达五十余部,发表过的相关论文数量已难以统计清楚,此外还有大量硕士和博士学位论文也以中国现代都市文学为研究对象。应该说,中国现代都市文学研究几近"显学"。可是,究竟什么是都市和中国现代都市文学?中国现代都市文学中之"都市审美"究竟具有哪些本质性内涵?对于这些基本的理论问题,人们重视远远不够。人们更多的是直接运用现代都市文学的概念,直接研究中国现代某些都市文学或某些都市文学现象。为了将问题的探讨引向深入,笔者撰写此文,不足之处,敬请方家指正。

一　都市与现代都市

平时人们所谓都市,可以作广义与狭义两种理解。广义的都市就是指人口多的大城市,它一般情况下都是一个国家、民族或地区的首都,即政治、经济、文化中心,如唐代的长安,两宋的

东京、临安,明代的大都等。这些城市在当时都是世界上人口最
多的城市,也是当时世界上最大的都城。但正如众多学者所指
出的,中国传统的都城更多体现"城"的意义,而很少体现"市"的
作用。《墨子·七患》言:"城,所以守也。"《管子·度地》曰:"内
之为城,外之为郭。"《吕氏春秋》解释:"筑城以卫君,造廓以卫
民。"也就是说,中国古代的都市,其主要功能在于政治军事需
求。《易·系辞(下)》中已有"市"的说法,所谓:"日中为市,致天
下之民,聚天下之货,交易而退,各得其所。"到《汉书·食货志》
上"晁错论贵粟疏"里,开始出现"都市"的名词,所谓:"而商贾大
者积贮倍息,小者坐列贩卖,操其奇赢,日游都市,乘上之急,所
卖必备。"这里,"都市"即都中之市,指都城中大小商人活动于其
间的市场。德国学者马克斯·韦伯在《儒教与道教》中认为中国
古代的商业已相当发达,但是中国的政治制度、社会组织和文化
诉求决定中国没有产生资本主义(现代性)的条件[1],即中国没有
独立的商业经济,没有独立的市民社会,更不是工业革命中心,
所以中国也不可能出现西方那样的以现代性为核心内容的
都市。

所谓现代都市,就是指现代性特强的大城市。我们无法说
现代都市之"现代"完全等同于西方的"现代",换言之,现代不等
于西方,但是考虑到现代都市的起源,我们又无法否认,要想真
正界定现代都市,还必须从西方说起。张英进在《中国现代文学
和电影中的城市》一书中解释:英文中"city"来自法语的 cité,后
者又源自拉丁文 civitas,意为"城邦",本来指"罗马公民(civis)的

---

[1] (美)马克斯·韦伯:《儒教与道教》,洪天富译,南京:江苏人民出版社 2010
年版,第 87 页。

权利和特权,扩展而言,就指把一个社会组织起来,并让其具备某种'品质'的社会原则的总和"。而"城市"一词又进一步与"文明"(civilization)联系在一起,表明"city"不仅指物理的城市,还指西方市民社会的组织原则和市民精神。"'都市'(metropolis)一词来自 meter(母亲)和 polis(城市,在 16 世纪本指主教的治所,现在则指国家、州或地区的大城市或首府)。"①英国学者 M. L. 芬利在《古代城市:从普斯特尔·德·古郎日到马克斯·韦伯及其他人》一文中辨析:"在古代,单词 polis 既指狭义的'城镇',也指政治意义上的'城市国家'。当亚里士多德考察定位城镇的正确条件时,他提到了 polis,他在《政治学》中为了他的中心主题而几百次地使用这个词,这个词在这里的意思是城市国家,而不是城镇。"②我国学者马长山的《国家、市民社会与法治》也有相应的说法,言:"polis 原意即为'公民之家',希腊人的日常生活与其他公民是时时发生关系的,而没有现代人那种各自分离的家庭生活。他们的日常生活中心——市场就犹如一个大家庭。因此'对全希腊人来说,城邦就是一种共同生活','城邦的宪法是一种生活方式'而不是一种法律结构。"③言中之意,在西方,城市同时就是市民、市场,城市发达成熟,市场和市民社会也发达成熟,二者互为因果。所以,西方城市是"以市、市民为主"的城市,到现代历史阶段,就发展成现代性(modernity)特强的大都市。与本论题关系密切的有以下几个方面:

---

① (美)张英进:《中国现代文学与电影中的城市——空间、时间与性别构形》,秦立彦译,南京:江苏人民出版社 2007 年版,第 6—7 页。

② 孙逊、杨剑龙主编:《阅读城市:作为一种生活方式的都市生活》,上海:上海三联书店 2007 年,第 87—88 页。

③ 马长山:《国家、市民社会与法治》,北京:商务印书馆 2005 年版,第 17 页。

首先，移民化、口岸化。现代都市的人口规模往往很大，从历史发展进程看，基本上都在两百万人以上，但是人口规模还不能从根本上凸显现代都市的内在属性，其内在属性应该首先从移民化、口岸化寻找。与传统都市相比，现代都市无不赖大量外来移民在短时间内流入都市而使都市的人口规模和社会成分发生巨大变化。"伦敦……1800 年时，成为世界上第一个居民达到百万的大城市。"①到 1900 年，伦敦人口已达 600 多万，是当时世界上最大的都市。巴黎的人口"1800 年大约有五十五万，而后的增长速度骤然加快，1830 年是七十万，1846 年是一百万，1856 年是一百二十万，1872 年是一百八十万，而 1896 年达到了二百五十万"②。"巴黎的人口在整个 19 世纪中已经全国化了；到 1867 年，几乎三分之二的巴黎人出生在外省。"③此外，当然还有大量国外移民。纽约，"早在 1643 年，新阿姆斯特丹的五百个居民就已经讲十八种语言。从 1820 年至 1920 年，三千三百万移民从纽约港进入了美国。……1890 年，纽约五个行政区划中的人口，有百分之七十是由移民或移民的子女组成，到了大约 1910 年，纽约俨然是一座'无国籍的'城市"④，"从 1900 年到 1940 年，城市人口从 350 万增加到 750 万"⑤。"20 世纪初期，近四分之三

---

① （法）帕特里斯·伊戈内：《巴黎神话——从启蒙运动到超现实主义》，喇卫国译，北京：商务印书馆 2012 年版，第 236 页。

② （法）帕特里斯·伊戈内：《巴黎神话——从启蒙运动到超现实主义》，喇卫国译，北京：商务印书馆 2012 年版，第 184 页。

③ （法）帕特里斯·伊戈内：《巴黎神话——从启蒙运动到超现实主义》，喇卫国译，北京：商务印书馆 2012 年版，第 302 页。

④ （法）帕特里斯·伊戈内：《巴黎神话——从启蒙运动到超现实主义》，喇卫国译，北京：商务印书馆 2012 年版，第 240 页。

⑤ （法）弗朗索瓦·维耶：《纽约史》，吴瑶译，北京：社会科学文献出版社 2016 年，第 207 页。

的上海居民不是在上海出生的：他们来自中国各省、欧洲、美国和日本。上海居民之间分割成各自的社区，……"①之后，当然还有更多的外国移民，如 1917 年苏联"十月革命"之后，大批俄国人流亡到上海。"1865 年上海人口有 70 万左右。以后，大批移民又不断涌入，到 1910 年时，上海的人口已达上 130 万"②，到 1930 年，达 300 多万，到 20 世纪 40 年代，一度高达 600 多万。移民与移民之间没有血缘关系，只有合作关系，呈现原子化、无机化，同时移民又携带多种语言、文化、风俗，为都市带来"新鲜、陌生、神秘而丰富"。这是导致人在都市备感孤独、寂寞而又不乏人生"传奇"机遇的主要原因之一。再一点，世界上的现代都市，如伦敦、巴黎、纽约、东京和上海等无不坐落在海陆交通方便的地方，都面向世界，面向海洋，面向全球，都是世界政治、经济、文化一体化的产物；所有现代都市都先后推倒了传统的带有封闭性征的围墙，就其内部建构言，也都铲除各种障碍和缠绕，使街区宽广通畅、建筑简洁明亮，显现出鲜明的现代性的开放特征。

其次，现代工商业发达。现代工商业的发达基于现代科技的发明和运用，而现代科技的发明和运用深刻改变了人类生存其中的时间和空间，改变了人类生存（生产和生活）的自然方式和自然节律。从此一个机械工业和电气工业时代到来，都市"空间内的生产"变成了"空间本身的生产"，都市变成了"不夜城"。1783 年左右瓦特蒸汽机正式被发明出来，人类生产和生活的速

---

① （法）白吉尔：《上海史——走向现代之路》，王菊、赵念国译，上海：上海人民出版社，2014 年，第 61 页。

② （法）白吉尔：《上海史——走向现代之路》，王菊、赵念国译，上海：上海人民出版社，2014 年，第 72 页。

度就开始加快。之后,规模大、速度快(节奏快)就越来越成为都市乃至整个人类生产和生活的特点——大机器工业生产:巨型工厂,先进机器;最先进的交通运输:火车、汽车、巨轮、飞机等;最先进的信息交流传播:电报、电话、收音机、电影、电视等。动作快(节奏快),效率高,时空自由,产品丰富能满足更多元的要求,给人类带来方便和幸福,同时也导致人类生存新的灾难和困境。一方面,建筑的巨型、机械的巨型与劳动者的细致分工使每一个人感到自己的无奈、渺小;机械的高速运转使每一个人神经高度紧张,精神几近崩溃;整齐划一的机械操作面前,久而久之,人又变得麻木不仁,毫无个性。另一方面,无限追求金钱和财富,一切价值均用金钱衡量。那么,人一方面享受"金钱民主"的自由,一方面成为金钱的奴隶,所以如马克思所说,资本主义即现代历史阶段,人类出现了拜物教,必然导致人性的异化!20世纪三四十年代的上海,作为西方现代性的垦殖场,虽然现代性不如西方都市那样全面、成熟,但也已经被西方观察者称为"东方的巴黎,西方的纽约"。

再次,法治社会和科层组织。以现代市民为主体的都市社会是在法治保障下的自由、民主社会,它有极其完备的政治、经济管理制度及相关团体、机构和组织,其实质是张扬现代市民政治自然权益上的平等主义和经济事实生存上的自由主义(不平等主义)。这是现代都市最文明和最有魅力的地方,也是现代都市最残忍和最不人道的地方。德国学者西美尔曾经说,伦敦从来都是英格兰的智囊、钱袋,而从没有成为英格兰的心脏①,其中

---

① (德)西美尔:《大都会与精神生活》,费勇译,见汪民安、陈永国、马海良主编《城市文化读本》,北京:北京大学出版社2008年版,第134页。

就涉及伦敦所代表的现代都市的法治、自由精神和新的危机。能赚钱就是上帝最好的选民,一切以法律为准绳,利益至上,理性至上,层层精密组织起来的社会架构在保证每个人的自然权益(生存自由)和社会权益的同时又压抑每个人的个性、情感。结果,平等中寄寓着极大的不平等,自由中蕴含着极大的不自由;一方面导致贫富悬殊、阶级区隔,一方面导致人性的荒漠。20世纪三四十年代的上海,虽然还没有西方都市那样健全的法制和那样精密的现代科层组织,但是租界内的洋人社会又确实体现了一定的西方现代政治和社会风气,从而给传统中国带来示范作用,当然现代社会组织的某些危机如贫富悬殊、阶级区隔等也同时出现。

又次,世俗消费、享乐之风日盛。现代社会发展的后果之一就是人类生存的日益世俗化、物质化、欲望化、大众化。诸神远去、物质丰富、生存压力巨大、民主空间的开拓、生产的刺激,这些都是筑成这种后果的原因。梁漱溟就曾说,西方社会文化是"欲望本位的文化"①。这在现代都市里也最兴盛。欲望的内涵很宽泛,对于现代都市来言,最突出的有两种:物欲和性欲。物欲支配下,现代都市成为人类生存的第二自然空间,购物天堂代替自然天堂,如本雅明笔下巴黎著名的拱廊街。左拉说,在巴黎,只要唤起女人新的欲望,什么东西都可以销售出去②。巴黎从18世纪末就开始成为世界的不夜城。时尚,最初的意义就是指巴黎女人的服饰。德国学者桑巴特引用孟德斯鸠的一个惊人

---

① 梁漱溟:《东西文化及其哲学》,北京:商务印书馆2005年版,第244页。

② (法)左拉:《妇女乐园》,侍桁译,上海:上海译文出版社,1994年版,第58页。

论点："富人不挥霍,穷人将饿死。"①都市富人的物欲、性欲挥霍,使英美清教伦理被突破;具有天主教传统、罗马传统的巴黎更加自由、开放,女人情色与艺术美结合成为全世界最迷人的风景。现在看看19世纪末巴黎埃菲尔铁塔和红磨坊结合起来做背景的情色女郎的广告,一份辉煌而又淫靡的现代风情扑面而来,仍然能给人以强劲的现代性刺激感受。②关键是这种性欲的开放拓展了现代自由的幅度,具有了现代消费的内涵,其性质与传统的被迫卖淫有了很大区别。美国学者罗兹·墨菲《上海——现代中国的钥匙》里披露了一个记载:"1934年,(上海)一家当地中文报纸估计:就卖淫业作为一种特色而论,上海走在全世界城市的最前列;在伦敦960人中有一人当娼妓,即娼妓占总人口的九百六十分之一;在柏林,娼妓占总人口的五百八十分之一;在巴黎,占四百八十一分之一;在芝加哥,占四百三十分之一,在东京,占二百五十分之一;在上海,占一百三十分之一。"③这里,娼妓的形成仍然是以生存逼迫为主要原因,但是这样大规模、全覆盖的卖淫现象,就不是一般的道德评判所能解决的。

最后,必须指出,现代社会两种现代性的冲突在现代都市也最典型。所谓社会现代性,通俗地讲,可以称为法治现代性、科层现代性、科技现代性、理性现代性、商业现代性、金钱现代性等,属于法律建构、政府建构、资本建构等。如美国学者卡林内斯库在《现代性的五副面孔》里概括:"作为文明史阶段的现代性

① (德)维尔纳·桑巴特:《奢侈与资本主义》,王燕平、侯小河译,上海:上海人民出版社2005年版,第161页。
② 李政亮:《光影巴黎》,南京:南京大学出版社2011年版,第81—82页。
③ (美)罗兹·墨菲:《上海——现代中国的钥匙》,上海社会科学院历史研究所编译,上海:上海人民出版社198 年版,第8页。

是科学进步、工业革命和资本主义带来的全面经济社会变化的产物。"①社会现代性推动社会科学化、规范化、高效率发展、社会财富极大丰富的同时导致人性的压抑、扭曲、变态,人的美好情感也渐趋干枯和丧失。它在文学、文化上的反映便是大众化、商品化、欲望化。如美国学者丹尼尔·贝尔在《资本主义文化矛盾》里解释,在现代的初期,企业家和艺术家同是时代的新人,对于现代的开拓同样起先锋作用,但是在以后的发展中,企业家占了过多的生存空间,导致了人类精神的偏执,于是真正的艺术家便与之分道扬镳,并对之所代表的人类精神的偏向进行积极的抵抗和颠覆。② 这也就是审美现代性的发生。所谓审美现代性,就是对社会现代性反抗和颠覆在美学意识上的反映,对应在文学上,就是浪漫主义、现实主义和现代主义纯文学艺术思潮的产生。而现代都市文学,就其内在审美属性上讲,即在社会现代性与审美现代性的交叉地带产生。20世纪三四十年代的上海,两种现代性都不如西方现代都市发展成熟,但是全球化语境下,它还是显示了某些典型征兆,所以也有了中国的现代都市文学。

二　现代都市审美意识与都市文学

广义地看,都市有两种,那么都市文学也应该有两种。这是今天中国古代文学研究界也要研究中国古代都市文学的理论前提。但显而易见,中国古代都市文学的内涵与现代都市文学的

---

① （美）卡林内斯库:《现代性的五副面孔》,顾爱彬、李瑞华译,北京:商务印书馆,2002年,第41页。

② （美）丹尼尔·贝尔:《资本主义文化矛盾》,严蓓雯译,南京:江苏人民出版社,2007年,第16页。

内涵有着多方面的质的差异性。中国古代都市文学相当于今天我们所谓一般意义上的城市文学,它只表明文学题材的分界,而不具有或极少有新的立场、观点和审美意识在其中。20世纪80年代初期,人们运用城市文学这一概念时,还主要是从题材的角度来考虑的。如1983年在北戴河召开的我国首届城市文学理论笔会给出城市文学的初步定义:"凡以写城市人,城市生活为主,传达城市之风味,城市之意识的作品,都可以称作城市文学。"①但到80年代后期,研究者们就认为,只有具备"现代都市意识"的文学才是真正的城市文学,只有"现代都市意识(才)是城市文学的灵魂"②。这时,城市文学的概念已经与中国古代城市文学包括中国古代都市文学区别开来。现代城市文学的概念向现代都市文学的概念转移,人们更多认识到现代"都市文学"是更接近于现代"城市文学的理想性概念"③,只有具备现代都市审美意识的现代都市题材文学才可以称为现代都市文学④。这是目前最严谨、最能得到人们普遍认可的现代都市文学概念。在此语境下,中国现代都市文学研究与中国古代都市文学研究也拉开一定距离。另外,笔者认为,现代都市文学不一定是现代都市题材的。无论写什么题材,只要具备现代都市审美意识就可以称为现代都市文学,如历史题材的、乡镇题材的,等等。因

---

① 幽渊:《城市文学理论笔谈会在北戴河举行》,北京:《光明日报》1983年9月15日,转自张惠苑《囚禁在现代性下的城市文学——对20世纪80年代以来城市文学研究的反思》,银川:《宁夏大学学报》(人文社科版)2013年第3期。

② 张韧:《现代都市意识与城市文学》,上海:《开拓》1988年第1期,也转自张惠苑上文。

③ 陈晓明:《城市文学:无法现身的"大他者"》,见杨宏海编《全球化语境下的当代都市文学》,北京:社会科学文献出版社2007年版,第3页。

④ 王卫平、张英:《90年代都市文学的缺失》,沈阳:《艺术广角》2004年第1期。

为如美国学者路易斯·沃斯所说,"作为一种生活方式的都会主义"①不一定非要在典型的现代都市里才能发生,在历史上的城市里、在城乡结合部也可能发生,更重要的是作家在创作时选择什么样的生活内容,全在他采取什么样的价值立场和审美态度,是这种价值立场和审美态度决定作品的性质,而这种价值立场和审美态度就是作家的审美意识,表征在现代都市文学这里,就是现代都市审美意识(简称都市意识)。换言之,现代都市审美意识支配下的创作必然具有现代都市文学的质素,一定程度上就可以称为现代都市文学。中国现代文学史上,邵洵美的诗《花一般的罪恶》《蛇》,李劫人小说《死水微澜》、丁玲小说《阿毛姑娘》和施蛰存小说《石秀》等就属于后一种情况。

那么,什么又是现代都市审美意识? 换言之,现代都市审美意识包括哪些具体内涵? 至今为止,笔者很少见到这方面的专论。著名都市文学研究专家李俊国在其最近出版的《都市审美:海派文学叙事方式研究》的"前言"中较为具体地探讨了现代文学的都市审美转型问题,认为:"伴随着 20 世纪中国社会的'现代性转型','都市化'已经或正在成为我们的社会物化形态和生命存在的经验事实",那么,文学的审美也需要发生三个转向——"由农耕时代的'自然态审美'到'都市物态化审美'"的转向,即对作为第二自然的都市时空进行审美,包括物质审美、技术审美、速度审美、消费审美、情色审美、阶级区隔审美等;"从传统的道德性审美"向现代的人性化审美的转向,正视人性在超道德前提下的多元性与丰富性;从"都市恶"审美向都市"真"审美

---

① 汪民安、陈永国、马海良主编:《城市文化读本》,北京:北京大学出版社,2008 年,第 142 页。

的转向,打破以往对都市审美"本质化的、单向度的思维方式"①。总而言之,现代都市审美意识,就是要承认现代都市是人类文明的高级形态,是人类聪明才智的创造物,是人类美好生活愿望和思想情感在高一级历史阶段寄托之所在,无论它有多少弊端和缺陷,都只能是在肯定的同时质疑、批判,而不是站在传统价值标准特别是传统道德标准进行简单质疑、批判甚至否定。如西方现代主义文学艺术的先驱波德莱尔之所以也是现代都市文学的先驱,就因为他在对 19 世纪中期的巴黎进行质疑、批判时也在对它表示肯定和迷恋。他是第一个提出审美现代性概念的文学艺术家,言:所谓审美现代性,"就是过渡、短暂、偶然,就是艺术的一半,另一半是永恒和不变"②。他特别强调现时、当下,实际上就是对现代都市快速变幻人生给审美上带来的新鲜、刺激、创造性、即时性的肯定。他的《恶之花》虽然揭示现代都市"恶"的一面,但是他要在"恶"中看出善来,在"丑"中看出美来,他在对巴黎批判的同时看出它的历史合法性。所以,他认为真正的现代(都市)诗人,不是远离都市人群,而是就生活在都市人群之中。另外,刘士林等著的《都市美学》在探讨"都市美感的内涵流变与生产机制"时,提出三个方面:"一、都市快感的流变:从美感、丑感到欲望快感";"二、都市审美信息接收系统的演变:从听觉、符号到视觉";"三、都市美感的生产机制:从心意机能的协调、象征到肉体狂欢"③。刘士林等学者的探讨对象已大大偏向

---

① 李俊国:《都市审美:海派文学叙事方式研究·前言》,北京:中国社会科学出版社 2017 年版,第 5 页。

② 郭宏安编译:《波德莱尔美学论文选》,北京:人民文学出版社 2008 年版,第439—440 页。

③ 刘士林等:《都市美学》,上海:上海交通大学出版社 2016 年版,第 85—111页。

于后现代都市(都市群),但是他们的概括对于人们认识现代都市审美及其意识形成也具有借鉴价值。

如上所述,现代都市文学与一般城市文学有很大不同。现代都市文学本是城市文学之一种,但是比其他城市文学具有更强烈、更典型的现代都市审美意识。在西方,广义的城市文学可以指所有以城市生活为题材的文学,狭义的则指中世纪的市民浪漫传奇。由于现代都市文学与发源于西方的现代性之特殊关联,西方城市文学现代性萌芽较早,现代都市审美意识发育也较早,但是其成型的现代都市文学也只能于19世纪中叶波德莱尔和巴尔扎克等作家手中出现。中国本缺乏产生现代性的土壤,所以所有城市文学包括都市文学(如李庚的《两都赋》、柳永的词、曹雪芹的《红楼梦》、历代宫体诗、艳情小说等等)也基本上不脱传统审美范围。到了现代,随着时代的变迁,张恨水、包笑天和秦瘦鸥等鸳鸯蝴蝶派市井小说作家的创作在审美意识上有了较明显的进步,描写了一些新的城市景观和生活,体现了一定的平民主义和人道主义内涵,甚至彰显某些唯美主义特质,但是,道德劝诫、情感呼唤、文化守常依然是它们最主要的审美旨归。而现代都市文学则以全球意识、传统道德破解、人性释放、欲望张扬、新的人格和新的文化精神重构、新的人生困境探索等为特色。归根结底,现代都市文学既是审美现代性的体现,也是对社会现代性的一种曲折呼应。

现代都市文学与现代通俗文学同中有异。同,在于与现代商业文化语境都有千丝万缕的联系,不少现代都市文学与现代通俗文学一样都有明显的商业功利需求,有些通俗文学可能也以现代都市生活的某些侧面作为审美对象,显现一定的现代都市审美意识(如英国作家达夫妮·杜穆里埃的小说《蝴蝶梦》,美国作家罗伯特·詹姆斯·沃勒的小说《廊桥遗梦》等）；异，在于现代通俗文学并不都以现代都市或现代都市性人生为审美对象，还有大量作品属于乡村、历史、神怪等题材，而且没有自觉的现代都市审美意识笼罩，甚至与现代都市毫无审美关系。如中国现代武侠小说，除了在现代都市商业语境中写作、发表、出版、传播外，其审美对象、审美趣味与现代都市文学有多少关联呢？与现代都市有关联，但与现代都市文学基本上没有关联。

　　与浪漫主义和现实主义文学相比，现代主义文学与现代都市的关系更加密切[①]，因为现代主义文学产生于西方社会现代性的鼎盛时代，也是西方都市最发达的时代，作为批判性的文学，它对西方发达的都市文明和都市人生产生了更多更及时的审美反应。中国的现代主义文学虽然带有本土的特点，但也呈现大致相当的情况。尽管如此，并非所有现代主义文学都可称为现代都市文学，这二者之间也是同中有异。同，在于确有不少现代主义文学（如波德莱尔的《恶之花》、艾略特的《荒原》、乔伊斯的《尤利西斯》等）与现代都市文学一样都是对现代都市人生的审美反映；异，在于现代主义文学并非都是以现代都市人生为审美对象，它也可能以乡村、城镇或历史为审美对象；更重要的区别在于现代都市文学都有较自觉的都市审美意识，而现代主义文学只要对世界、人生有现代主义感受和理解或有现代主义艺术表现和艺术风尚即可。国外如卡夫卡的小说《地洞》、梅特林克

---

　　① 英国学者马尔-科姆·布雷德伯里在《现代主义的城市》一文中就说："十九世界兴起并发展到今天的实验性现代主义文学，从许多方面来看都是城市的艺术。""现代主义倾向深深根植于欧洲的文化都市。""现代主义是大城市的艺术。"见（英）马尔科姆·布雷德伯里、詹·麦克法兰编《现代主义》，上海：上海外语教育出版社1992年版，第76—83页。

的剧作《青鸟》、福克纳的小说《喧哗与骚动》,国内如鲁迅的散文诗《野草》、戴望舒和冯至及穆旦的大部分诗歌等,它们是现代主义的,但不一定是现代都市题材,更不将自己的审美目的仅归结在现代都市上——它们有更高远更独特的审美诉求。

新世纪初以来,不少学者强调"文学中的城市"从客观存在向主观存在的转向,相应地,文学研究也从"城市文学"研究转向"文学中的城市"研究。由于学者们所探讨的"文学中的城市"主要以"文学中的上海"等现代性强的都市为对象的①,所以可以断言,他们所谓"文学中的城市"主要指"文学中的现代都市"。这种研究范式表明现代都市文学研究的深入,但不能代替现代都市文学的概念,因为现代都市文学的概念不仅具有主题学和形象学等之审美内涵,而且有艺术风格、艺术语言和艺术形式等之审美旨归。

三　中国现代都市文学的基本类型

洞晓了什么是现代都市文学,也就理解了什么是中国现代都市文学,即具有现代都市审美意识的中国现代文学。赵炎秋表述为:表现了现代"质的规定性的都市生活"的文学②。近些年来,不少人对现代性发起质疑,而更多地强调中国现代都市文学的本土性、民族性,这无可厚非,对于矫正以往研究的偏执具有

---

① 　新世纪以来,陈平原、陈思和、陈晓兰、张鸿声等都提出"词语城市"、"想象城市"、"文学中的城市"等概念及相应研究转向问题,同时,美国学者理查德·利罕的《文学中的城市——知识与文化的历史》也翻译介绍到国内。集中探讨其理论意义的论文可参张鸿声《"文学中的城市"与"城市想象"研究》,北京:《文学评论》2007年第 1 期。

② 　赵炎秋:《试论都市与都市文学》,沈阳:《社会科学辑刊》2005 年第 2 期。

警示意义，但是这并不意味着可以改变中国现代都市文学的内在属性；相反，有一种趋势颇值得注意，就是如果过分强调中国现代都市文学的本土性、民族性，那么在现代性本不成熟的中国，文学的审美趋向就有可能退回老路，至少严重弱化中国现代都市文学在向新的现代的路途迈进时所具有的饱满的艺术张力，进而降低中国现代都市文学的价值。

20 世纪 90 年代以来，关于中国现代文学的概念由以往强调应包括清末民初的中国文学这一诉求开始转向强调与以往所称中国当代文学打通，这样，中国现代都市文学也就有了广义与狭义之分。广义的中国现代都市文学包括中华人民共和国建立至今的中国都市文学，而 20 世纪 90 年代以后的中国在新的全球化背景下引进了后现代成分，如此，广义的中国现代都市文学也多少包括了后现代都市审美的元素。如新世纪前后出现的以卫慧、棉棉、春树、九丹、木子美等为代表的女性都市文学，在全球化消费文化语境下，对物质、性欲、消费和个性的极度张扬，就一定程度上脱出了经典现代都市文学的范围，即狭义的中国现代都市文学范围。狭义的中国现代都市文学仅指后现代因素尚未作为一种时代文化症候渗透到中国文学时期的中国都市文学，即 20 世纪前半期的中国都市文学。为了使本论文的论题前后一致，我们这里暂且避开后现代都市审美，而主要谈及现代都市审美，即主要论及狭义的中国现代都市文学。

20 世纪前半期的中国现代都市文学，其发展演变线索相当清楚：三个队列，三个类型，分别是通俗都市文学、高雅都市文学、雅俗互动互融都市文学。

20 世纪前半期的通俗都市文学，从 1892 年韩邦庆的《海上花列传》开始，到中华人民共和国成立前后停止。主要对都市

"偏旧型"男女(妓女、嫖客、堕落文人、投机商人、官僚政客、洋场恶少等)的情爱生活、商业生活、消费生活(声色犬马、酒气财色)进行审美。其审美内涵可以这样概括:肯定情感,暴露社会,道德劝善;同时也具有偏离道德的一面,即对于低俗"欲望"人生的玩味、欣赏和沉迷,所以也往往滑入"嫖界指南"之类。这类小说是明清狭邪小说传统的继承和发展,从现代性的角度看,是现代性进一步向世俗化转向的契机和通道,其最好的作品是20世纪40年代周天籁的长篇小说《亭子间嫂嫂》。小说从人道主义出发,书写当时上海险恶环境下一个下层妓女对正常、健康生活追求的失败,由此揭开底层人人性的闪光,暴露了社会的黑暗,达到现代通俗都市文学最高的思想水平和审美水平,但是小说另一面还显豁了妓女生活作为一种特殊生活的新鲜、神秘和刺激,它并没有借着揭露社会险恶和黑暗就得出否定这个社会的目的,而是转而让读者在社会的肮脏、混乱中得到一些别有的意趣。如小说开头就叙写男主人公通过房间夹板上的窟窿窥视隔壁妓女的床笫生活。这样向一种神秘、特殊的女性生活窥探的心理在小说中始终没有泯灭。等到周天籁出版《夜夜春宵》《欲》一类小说,那么他作为通俗都市文学作家的面孔就更清晰可见。《欲》《夜夜春宵》都是书写上海的秘密艳窟,让(男)主人公充分满足性窥视和性宣泄的欲望。这样的小说都是采取俗白的语言甚至方言(如吴语、上海白话等),加上传统叙述模式(讲故事)和章回体叙事结构,主要满足最普通读者的阅读水平和审美趣味。

　　20世纪前半期的高雅都市文学,主要指新文学作家的都市文学,如"五四"时期郁达夫的《沉沦》,30年代茅盾的《蚀》《子夜》、老舍的《二马》《骆驼祥子》、艾青的异域都市题材诗歌,40年代巴金的《寒夜》、钱锺书的《围城》等。这类都市文学属于纯文学,主要对现代都市有新思想、新追求、新品德的知识分子、诚实市民和先锋企业家的生活进行审美,通过个人命运表达对国家、民族、阶级、社会、普遍人生的感受、关怀和批判,渴求个人性与国家性、民族性、阶级性、社会性、文化性、普遍人性的统一。这类都市文学也不回避欲望叙事、情色叙事,但是在新的都市审美意识笼罩下,欲望叙事、情色叙事产生了新的审美价值和时代意义,如程文超所言,这类都市文学完成了"欲望的重新叙述"①。这类文学以人类最先进的都市文化和都市审美意识形态为依靠,艺术上呈现先锋性、探索性、抗俗性、多元化、个性化趋势,或追求浪漫主义与唯美—颓废主义的结合,或追求现实主义与颓废主义、感觉主义的结合,或追求现实主义与民间传奇的结合,或追求现实主义与现代主义的结合等。这部分都市文学主要满足高雅读者的需要。

　　20世纪前半期的雅俗互动互融都市文学,主要是指新海派文学。20世纪90年代初期,海派文学刚刚进入研究者的视野,那时,为了捍卫海派文学的合法性和独特艺术价值,海派文学研究者如吴福辉先生明确不赞成将通俗都市文学作家也列入海派,后来研究不断深入,人们看到原本归属于鸳鸯蝴蝶派的通俗都市文学作家的创作在一些基本点上与新一代海派文学作家的创作有相同或相通之处,如物质、金钱、欲望叙事等等,所以也逐渐放松评判标准,基本上认同鲁迅、沈从文的某些观点,将通俗都市文学作家也纳入海派的范围,但是,新旧海派作家的创作依然有明显的界限。如吴福辉所言,新海派作家多是真正现代都

---

　　① 程文超:《欲望的重新叙述·前言》,桂林:广西师范大学出版社2005年版,第1页。

市之子,他们在已经兴起的大上海出生、成长、接受现代教育,其
生活习惯、人生观念、审美趣味等与上海这一现代都市有天然的
血肉契合关系,那么,全球化背景下,运用新的艺术观念、艺术形
式来把握这一现代都市,就会比老派的通俗都市文学作家轻松、
熟练得多,也入骨入肉得多,其作品的质量自然更胜一筹。吴福
辉在《为海派文学正名》一文中这样定义海派文学:"所谓海派文
学,第一,它应当最多地'转运'新的外来的文化,而在20世纪之
初,它特别是把上一世纪末与本世纪初之交的世界最近代的文
学,吸摄进来,在文学上具有某种前卫的先锋性质。第二,迎合
读者市场,是现代商业文化的产物。第三,它是站在现代都市工
业文明的立场上来看待中国的现实生活与文化的。第四,所以,
它是新文学,而非充满遗老遗少气味的旧文学。这四个方面合
在一起,就是海派的现代质。"①显而易见,这种具有先锋性、探索
性和更充足的"现代质"的海派文学决非老派都市文学作家所能
完成的。在此前提下,人们可以看到,新海派文学的审美主要对
象是现代都市里那些"现代型"物质男女的情爱生活、商业生活、
消费生活和流浪生活等。这些"现代型"物质男女包括舞女、交
际花、电影明星、公关小姐、秘密情人、高等妓女、舞客、富有闲
人、商人、大学生等。与这些人物相对应,小说构设的艺术空间
主要在跳舞场、咖啡馆、电影院、百货公司、大街、秘密艳窟、大饭
店、别墅、公馆等。这类都市文学的主要审美内涵在于揭示这些
"现代型"物质男女其物质性人生感受与精神性人生感受的冲
突、悖离。一方面,离不开现代浮华物质人生,一方面又深感现

---

① 吴福辉:《都市漩流中的海派小说·导言》,长沙:湖南教育出版社1995年
版,第3页。

代都市人生的孤独、寂寞、精神分裂、人性扭曲、家园丧失。表现在欲望叙事上,这类都市文学显示出更强烈的唯美—颓废—享乐主义色彩,对于女性身体的审美暴露更直接、更大胆、幅度也更大,同时这类妖姬型女性也有了更强烈的自我意识和精神矛盾。这类都市文学从精神、趣味到艺术表现都更具现代主义色彩,其具体文本的时空重组、结构跳跃、精神分析、语言感觉化、叙述心理化和意绪化尤其能给人以深刻印象,但是由于这类都市文学的个人基点、物质基点、消费基点,无关国家、民族命运,缺乏足够的精神提升意向,所以他们的创作归根结底还不过是社会现代性的外延物,表现在艺术风格上,就是他们的都市文学多是一种外在先锋而内在世俗的时尚、摩登文本①。新世纪伊始,陈子善先生编辑了一套"摩登文本",所收都是新海派作家的作品,确实为实至名归。这类都市文学主要满足都市中时髦青年、普通大中学生、新公司或洋行职员等中产阶层读者的审美诉求。具体到张爱玲一脉,她继承和发展了新旧海派文学的传统,所写人物均为"普通"的"不彻底"的"软弱的凡人",人物活动的舞台也从全新的公共空间退回到半新半旧的家庭内部,在日常生活审美中深刻挖掘人物特别是半新半旧物质女性其生命质地、心理的多重内涵,从大俗走向大雅,既表明了新旧海派之间的关联,也表明了新旧海派之间的区别,满足了都市中更广泛多层次普通读者的"传奇"审美需要,从而将海派文学的都市书写推向高峰。

---

① 解志熙:《摩登与现代——中国现代文学的实存分析》,北京:清华大学出版社 2006 年版,第 304 页。

结 论

美国学者科特金在《全球城市史》里道:"人类最伟大的成就始终是她所缔造的城市。城市代表了我们作为一个物种具有想象力的恢弘巨作,证实我们具有能够以最深远而持久的方式重塑自然的能力。……城市表达和释放着人类的创造性欲望。"[①]有了这样的城市也便有对这种城市进行审美的文学。现代都市文学遂应运而生。不过,正如美国另一学者詹姆逊所言:全球化背景下,"所有第三世界的文本均带有寓言性和特殊性"[②]。也就是说,全球化背景下,第三世界相对于西方发达国家、民族属于后发展国家、民族,西方发达国家、民族的现代性建设和前景就成为后发展国家、民族艳羡、想象、追逐的目标,那么,中国的现代都市文学相对于西方发达国家、民族的现代都市文学,就有了自己的特质。具体而言,在西方发达国家、民族已经暴露出来的现代性危机在中国现代都市里可能就不那么严重和紧迫;相反,西方发达国家、民族现代都市所代表的文明的高度往往还构成对中国的"启示"意义。换言之,在中国现代都市,社会现代性和审美现代性的发展都还不够成熟,所以相对于西方发达国家、民族而言,中国现代都市文学的成就小得多,在中国这样一个始终以乡土审美为主流的国家、民族,现代都市文学始终处于边缘地带。20世纪90年代中国商品经济改革开放启动以来,中国现代

---

① (美)乔尔·科特金:《全球城市史》,王旭等译,北京:社会科学文献出版社2010年版,第16页。

② (美)詹姆逊:《晚期资本主义的文化逻辑》,陈清侨、严锋译,北京:生活·读书·新知三联书店2013年版,第429页。

都市、都市文化与都市文学再次崛起，表面上看中国现代都市文学繁荣昌盛，甚至有不少人将西方的后现代都市理论和创作也引进中国，使中国的都市文学创作也沾染上这种虚浮的审美气息，但是中国现代性发展不成熟的问题依然存在，所以海外学者李欧梵特别提出"未完成的现代性"问题；鉴于此，其名著《上海摩登——一种新都市文化在中国（1930—1945）》特别强调了海派文学在创造一种新都市文化方面的审美价值，虽然该著作存在一些学者所指出的对"另一种现代性"即左翼现代性的忽视，依然在国人普遍的"现代性的追求"中获得共鸣。

都市文化语境下戴望舒《雨巷》新论

在中国现代文学史上,最广为读者所喜也受到研究者重视的诗歌,大概要算徐志摩的《再别康桥》和戴望舒的《雨巷》了。两首诗都蕴含复杂,都有强烈的抒情性,都创造了鲜明的艺术境界,都有江南文化色彩——或具有飘逸轻灵的美,或具有凄婉朦胧的美。前者是新月派"建筑美、音乐美、绘画美"理论实践的典范,后者受新月派影响,"替中国新诗底音节开了一个新的纪元"。《再别康桥》我们这里不论,《雨巷》的其他方面我们也不作为重点讨论,我们这里只深究一点:作为 20 世纪 30 年代"现代诗派"最有代表性的诗人最有影响力的诗篇之一——《雨巷》,其现代性究竟表现在哪里?它与现代都市文化语境又是怎样的关系?诗歌之所以深深打动读者,难道仅仅是因为其抽象的朦胧诗意和音节、旋律的哀婉动人?在这些形式美的背后,难道没有诗人对于现代人生的现代性体验及对于这种现代性体验的现代性表达?否则,促使戴望舒成为"现代诗派"的代表诗人的施蛰存所谓:《现代》中的诗是"用现代的词藻排列成的现代的诗形"表现"现代人在现代生活中所感受的现代的情绪",这种诗歌观念又该如何落实和体现?笔者以为,这是理解《雨巷》的关键所在。这个问题不解决,《雨巷》复杂的思想情感内蕴就无法深入开掘下去。这个问题不仅关乎文学自身的审美问题,而且关乎《雨巷》与当时都市文化语境的关系问题。

一 "姑娘":从古典到现代

理解《雨巷》,关键之一在于怎样理解诗中"姑娘"的文化审美内涵? 以往的理解多偏重于其古典性。1933 年,杜衡在《〈望舒草〉序》里说,《雨巷》写好后,他和施蛰存都不看好这首诗,因为他们认为这首诗古典气息过于浓厚①。1956 年,艾青为《戴望舒诗集》写的序言《望舒的诗》里认为"望舒初期的作品,留着一些不健康的旧诗词的很深的影响,常常流露一种哀叹的情调",这应该也包括《雨巷》,因为艾青后面肯定的诗歌里没有提到《雨巷》。1981 年,卞之琳为四川人民出版社出版《戴望舒诗集》作"序",其中说道:"《雨巷》读起来好象旧诗名句'丁香空结雨中愁'的现代白话版的扩充或者'稀释'。……用惯了的意象和用滥了的辞藻,却更使这首诗的成功显得更为浅易、浮泛。"1987 年施蛰存在《谈戴望舒的〈雨巷〉》里明确表示赞同卞之琳的观点,认为这首诗虽然也受英国世纪末诗人道生的影响,形式上是外国诗,但"精神还是中国旧诗";并且认为当今的青年人不应该再爱好这首诗,因为这首诗确如卞之琳所言"浅易、浮泛"②。

真正正面肯定这首诗并对诗歌进行正面研究开始于稍年轻的研究者孙玉石和蓝棣之。孙玉石不同意如上卞之琳和施蛰存

---

① 杜衡:《〈望舒草〉序》,上海:《现代》第 3 卷第 4 期,1933 年 8 月。
② 施蛰存:《北山文集》第二卷,上海:华东师范大学出版社 2001 年版,第 1068—1069 页。

的观点,1982 年撰文认为不能简单将《雨巷》看作是古人"丁香空结雨中愁"的现代扩大版和稀释,因为这里的"丁香"已由古人诗句中的"愁心"象征物上升为象征着诗人美好人生理想的姑娘。它具有新的创造性和新时代的特点①。蓝棣之在 1988 年出版的《正统的与异端的》一书中,除研究作为一个流派的现代派诗外,还专门写有一篇《戴望舒的〈雨巷〉》,认为"丁香是美丽、高洁、愁怨三位一体的象征。……丁香一样的姑娘,是做着脆弱的梦的姑娘",是诗人理想的象征,虽具有"古典派的内容",但也饱含象征派的悲剧色彩②。2002 年,蓝先生发表《谈戴望舒的〈雨巷〉》,进一步肯定《雨巷》的重要性,认为戴望舒一生 90 多首诗中,"还是以《雨巷》为最好"。蓝棣之进一步指出,诗中的"姑娘"原型有可能是与诗人家紧邻的前清宰相府家的少女(古典性);另一方面蓝棣之认为《雨巷》中的"丁香"、"春雨"等意象有可能来自西方现代派诗人艾略特的《荒原》(现代性)③。蓝棣之的研究还有待深入,但对后来的研究产生了广泛的影响。此后的研究一方面在个人化、生活化的道路上越走越远,不少研究者开始认同诗中的"姑娘"就是诗人深恋的施蛰存的妹妹施绛年,另一方面在挖掘《雨巷》与现代派的关系的路子上也越走越远,看到这首诗中"姑娘"代表了现代人"可望而不可即的人生理想",甚至"姑娘"只不过是一个艺术的幻像。最近几年,受美国学者张英进等人影响,有的学者开始将《雨巷》与波德莱尔的《给一位交臂而过的妇女》(又译《致一位路过的女郎》等)相比较。段从学《〈雨巷〉:古典性的感伤,还是现代性的游荡?》(以下简称"段文")认

---

① 孙玉石:《〈雨巷〉浅谈》,太原:《名作欣赏》1982 年第 1 期,第 52—54 页。
② 蓝棣之:《正统的与异端的》,杭州:浙江文艺出版社 1988 年版,第 373 页。
③ 蓝棣之:《谈戴望舒的成名作〈雨巷〉》,太原:《名作欣赏》2002 年第 1 期。

为与其说诗歌中"我"的追求是"古典性的感伤",不如说是"现代性的游荡",那么诗中的"姑娘"就成了都市"陌路丽人"的代表,虽然这都市"陌路丽人"身上不乏古典的内涵,但改变不了其现代都市属性。诗中,"姑娘"代表着一种爱而捕捉不到的都市对象①。至此,"姑娘"与现代都市的关系及其现代性内涵几乎呼之欲出了,但是目前的研究终于没有再向前一步。

　　"姑娘"表层意义上是古典性的意象,但是深层意义上是现代性的意象,这一点应该能获得更多人的认同。只是,需要进一步指出,这"姑娘"之所以难以追求到,不仅是因为"逃逸",更重要是因为她具有自己鲜明的人生主体性。"段文"将张英进评价20世纪30年代新感觉派小说中女人的观点放在《雨巷》中"姑娘"身上,认为《雨巷》中"姑娘"与新感觉派小说中的女人一样都是男性主人公欲望生成机制体系内的捕捉物,所谓女人"作为'逃逸的'不在场之物"②,这样看待,《雨巷》中"姑娘"的主体内涵就有意无意受到挤压和伤害。要深察,《雨巷》中的"姑娘"完全不是传统那样被动等待捕捉和选择的对象,也不是新感觉派笔下那种精神物质化、自由游戏化的"作为逃逸者"的女人,相反,她与"我"一样有自己清醒、严肃的人生认识和追求,她与"我"一样是一个人生的"寻梦者"。在这里,女性是被作为一个与男性抒情主人公一样的人尊重看待的。关于这一点,蓝棣之很早就注意到了。他在《戴望舒的〈雨巷〉》里解释说,男性抒情主人公"所期待的姑娘,既要有深沉的内心世界,又要有妩媚的魅力;既

----

① 段从学:《〈雨巷〉:古典性的感伤,还是现代性的游荡?》,太原,《山西大学学报》哲社版2014年第3期。

② 段从学:《〈雨巷〉:古典性的感伤,还是现代性的游荡?》,太原,《山西大学学报》哲社版2014年第3期。

是姣好的,又要在困难面前不弯腰"①。"段文"解释《雨巷》中"我"为什么与"姑娘"相遇,但又任"姑娘"飘然而去,却没有任何交流和进一步的举动的原因是"我"作为一个现代都市人爱的欲望"根本就不需要满足,也无法满足"。"无法满足"是困境,"根本就不需要满足"需要辨析。最深层的问题在于,现代都市语境下,男女的主体性都普遍觉醒并相当强化(形成现代理论界所谓"主体间性"),男女的人生定位和人生追求都不可能一样,多元化与差异性使都市男女的人生进入自由而孤独、孤立的情景。如此语境下,勿论人生认识和追求不相同的男女,就是人生认识和追求相同或相近的男女最后是否能够走到一起也是一个未知数。诗中,"我希望逢到"一个与自己的人生志趣和追求相同或相近的女性,特别强调"像我一样/像我一样地/默默彳亍着/冷漠、凄清,又惆怅",但是当这样的女性真的到来了,也不过"像梦一般/像梦一般地"从"我身旁"迅速飘过,而且越来越远,直到无法再见。这首诗之所以营造这样一个"近了,近了,又远了"的戏剧性人生场景,决不简单地是表达理想的"可望而不可即",深层次地是要凸显"我"与"姑娘"双主体(间性)语境下人生的错愕和荒诞。"我"有自由选择的权利,"姑娘"也同样有。"我"在寻找,"姑娘"也在寻找。最开放、最自由的现代都市语境下,理想的追求反变成了一个虚无缥缈的存在,这大概可算作现代人最深沉的悲哀之一。"姑娘"那"太息一般的眼光"过去从没见谁给予过清醒的解释,其实这是与"我"一样自由、孤独而无奈、困惑的眼光。

---

① 蓝棣之:《正统的与异端的》,杭州:浙江文艺出版社1988年版,第373页。

二　闪现：从空间到时间

马克思、恩格斯在《共产党宣言》里说得非常清楚："资产阶级除非对生产工具，从而对生产关系，从而对全部社会关系不断地进行革命，否则就不能生存下去。……生产的不断变革，一切社会状况不停的动荡，永远的不安定和变动，这就是资产阶级时代不同于过去一切时代的地方。一切固定的僵化的关系以及与之相适应的素被尊崇的观念和见解都被消除了，……一切等级的和固定的东西都烟消云散了。"①《共产党宣言》非常准确地概括了现代工业社会以来人生的一大根本性特征，即"动荡"和"变迁"。反映在美学上，"审美观念的本质突然发生了一个根本的变化。如果从美学角度问，现代人在体验感觉或情绪时与希腊人有何不同，答案将跟基本人类情感无关（比如任何时代都共同的友谊、爱情、恐惧、残忍和侵犯），而是跟运动和高度的时空错位有关。……随着城市数量和密度的增加，人们之间的影响力增强了，这种经验的汇合提供了向新生活方式突然敞开的途径，也提供了以前从未曾有过的地理和社会移动性。在艺术领域，艺术主题不再是过去的神话人物，或大自然的静物，而是兜风和海滨散步，城市生活的喧嚣和因电灯照明改变了都市环境的夜生活的绚烂。是这种对运动、空间和变化的回应，为艺术提供了新句法和跟传统形式的错位"②。在现代人生，时空高度交融、互

---

① （德）马克思、恩格斯：《共产党宣言》，中共中央马克思、恩格斯、列宁、斯大林著作编译局译，北京：人民出版社1997年版，第30—31页。

② （美）丹尼尔·贝尔：《资本主义文化矛盾》，严蓓雯译，南京：江苏人民出版社2007年版，第48—49页。

渗,并相互转化,所谓时间空间化、空间时间化。最小的空间凝聚了最多的时间,最短的时间凝聚了最多的空间。全球化背景下,时空的高速变幻、高度浓缩、多向断裂使人生中每一个偶然、每一个瞬间都具有了非同寻常的意义,如波德莱尔所说:"现代性就是过渡、短暂、偶然,就是艺术的一半,另一半是永恒和不变。"①波德莱尔企图发现现代人生"转瞬即逝的现时……的美,即昙花一现的美"②。反映在美学上,就有了"动态/瞬时"美学;反映在文学艺术上,就有了对这种时空进行审美的现代主义文学艺术。《雨巷》的中国语境决定它不可能与西方现代主义文艺完全相同,但是从诗篇的实际看,它确也表现出了这种时空的人生审美向度。《雨巷》表面上看是由一个一贯到底的韵脚收拢,旋律和语意都不断重复、前后呼应,形成《诗经》中《蒹葭》《关雎》那样的封套式结构,但是深层次地探寻,就不难发现,《雨巷》的空间和时间塑形都体现了现代主义文学艺术的"动态/瞬时"美学。

就空间塑形上讲,该诗歌可称得上是大街的文学。传统文学基本上都是战场文学、路途文学、居家文学或自然景观文学,而很少流动的大街文学。《雨巷》所写虽然不是直接的典型的现代都市大街,但诗中的"雨巷"还是呈现自由、开放的文化特性,因为诗中男女的追求和行踪赋予"雨巷"迥异于传统的意义。本雅明认为波德莱尔是一个现代都市的游荡者、观察者,波德莱尔也表示他喜欢这种生活。"波德莱尔喜欢孤独,但他喜欢的是稠

① 郭宏安编译:《波德莱尔美学论文选》,北京:人民文学出版社2008年版,第139—440页。

② (美)卡林内斯库:《现代性的五副面孔》,顾爱彬、李瑞华译,北京:商务印书馆2002年版,第66页。

人广座中的孤独。"①狄更斯也表示，他离开了伦敦热闹的人群、嘈杂的街巷就无法写作②。这都表明他们喜欢的是远远超出传统文学空间塑形的现代都市空间——大街。这些作家都把自己的人生志趣和美学眼光放在流动性、公共性很强的大街上，这表明真正现代性的作家实现了与传统作家的分裂。马歇尔·伯曼据此称波德莱尔的现代主义为"大街上的现代主义"③。其实，戴望舒的人生追求和审美创造也具有这样的特点。有人说，戴望舒的《雨巷》打破了传统文学空间的稳定性，使这一空间的人生变得不安起来，也陌生化起来，是有道理的。张林杰认为与大街审美相对应，《雨巷》运用了电影蒙太奇变幻闪烁的手法④。之后，受《雨巷》启发，穆时英所写《公墓》《PIERROT——寄呈望舒》和施蛰存所写《梅雨之夕》等都是将审美眼光投向流动性的大街或与大街相关的文学，都运用了电影蒙太奇的某些手法，都可称之为"大街上的现代主义"。

　　就时间塑形上讲，"雨巷"具有传统文学的狭窄、悠长、深度，但更有现代都市文学的开阔、自由、短暂、瞬间。"雨巷"中的"我"和"姑娘"都在不断地徘徊、寻找，都始终处于游动状态，但是一旦接近又旋即离开，并且可能永远不再相见。在这种人生中，时间只具有即时、当下、瞬间、短暂的意义。《雨巷》就对这种

---

　　①　(德)本雅明：《资本主义发达时代的抒情诗人》，张旭东译，北京：生活·读书·新知三联书店 2007 年版，第 68 页。

　　②　刘波：《波德莱尔：从城市经验到诗歌经验》，北京：北京大学出版社 2016 年版，第 29 页。

　　③　(美)马歇尔·伯曼：《一切坚固的东西都烟消云散了——现代性体验》，徐大建、张辑译，北京：商务印书馆 2004 年版，第 167 页。

　　④　张林杰：《都市环境中的 20 世纪 30 年代诗歌》，北京：中国社会科学出版社 2007 年版，第 262 页。

时间的即时、当下、瞬间和短暂进行审美。大卫·哈维认为现代人生的时空压缩导致人生所有的重量都挤压在一个短暂的瞬间，《雨巷》就表现了这样的人生状况。诗中前后几节的叙述都是舒缓的，为中间几节"我"与"姑娘"的相遇而又旋即分开做铺垫。"我"与"姑娘"之间那瞬间的接近又远离，特别是"姑娘"那霎时闪现的"太息一般的眼光"，具有典型的"瞬间即永恒"和"流动现代性"的神韵。张英进认为"现代城市人'在空间中生活，却以时间来思考'"，而"时间之流摧毁了空间的稳定性"①。他受本雅明启发，指出《雨巷》中"姑娘""这一瞥中有不可测的含义，是对男性目光的'回应'，既承认了男性的注视，又对男性目光的穿透力提出挑战。实际上，诗人/叙述者没能洞穿这个梦一般神秘的女子。更糟糕的是，他没有时间重新拾回已经丧失的机会。"②"《雨巷》中错过的相遇所表现的城市体验，可以追溯到波德莱尔《恶之花》中的一首诗《致一位路过的女郎》，……波德莱尔这首诗描绘了城市里遇到的一个路过的女子。在她身上，本雅明看到了特殊的意义。'城市居民的快感不在于一见钟情，而在于最后一见而钟情。'更准确地说，在波德莱尔（以及戴望舒）的诗中，在相遇的关键时刻——即'一瞥'的时刻——出现了'最后一见而钟情'。"③本雅明和张英进都在强调"现时、瞬时"和都市大众人生对于文学创作的意义。不过张英进和国内一些研究者执意要将《雨巷》中"我"与"姑娘"的相遇等同于波德莱尔那首诗中所

---

① （美）张英进：《中国现代文学与电影中的城市——空间、时间与性别构形》，秦立彦译，南京：江苏人民出版社 2007 年版，第 186—187 页。

② （美）张英进：《中国现代文学与电影中的城市——空间、时间与性别构形》，秦立彦译，南京：江苏人民出版社 2007 年版，第 178 页。

③ （美）张英进：《中国现代文学与电影中的城市——空间、时间与性别构形》，秦立彦译，南京：江苏人民出版社 2007 年版，第 179—180 页。

写的"邂逅",称"雨巷"中的"姑娘"是一个"路过的陌生人",笔者认为这种理解则走向了偏至。不难发现,《雨巷》所写毕竟不是巴黎那样行人拥挤如蚁、众声喧哗的大街,而且诗中所写"我"对"姑娘"早有期待,而不是毫无心理准备。如此,诗中两人的相遇就很难用"邂逅"指称,特别是"姑娘"就不是一个仅供男性游荡者、目击者审看的"他者"形象,"姑娘"那"太息一般的眼光"对于"我"主要不是"挑战",而是观察、同情而不认同。如此,男性寻求者"我"对于"姑娘"的情感就不是"一见钟情",也不是"最后一见而钟情",而是"呼唤、神往和痴情",只不过这种追求以失败而告终罢了。诗中所写更难用"欲望""性幻想"来指称男性的追求,至少"欲望""性幻想"不是最主要的层面。可见,机械理解《雨巷》的都市文化审美内蕴也是不恰当的。

三　失落:从民族到世界

从艺术题旨、艺术表现到艺术风格,《雨巷》都表现出鲜明的民族风格,彰显它是有根的文学①,这一点没有异议,所以我们这里不作重点讨论。这里,需要进一步追问的是,"我"的理想追求为何不能实现?难道仅仅是"我"与"姑娘"双主体(间性)的根本缺陷所导致,而除此之外,从历史文化的角度看,就没有别的值得探讨的吗?诗篇中,"我"为何那样在自由、开阔、流动、神秘而又不乏空旷、寂寥、荒漠、颓败的"雨巷"里长久地寻找、徘徊?这种寻找、徘徊是否具有某种现代派启示意义?显而易见,要解决

---

　　①　李怡:《中国现代新诗与古典诗歌传统》,北京:中国人民大学出版社2015年版,第205—208页。

这些问题,就需要从更多的面向探讨诗歌与西方现代派文学之间的关系。

从文化审美意蕴的角度看,诗歌中"雨巷"的审美内涵显然具有多面性。从"姑娘"的自由生存和寻找看,"雨巷"的审美意蕴具有自由、开放、流动、神秘的一面,但是从"我"的寻找与失落看,"雨巷"的所指又不乏空旷、寂寥、荒漠、颓败之意。特别是"姑娘""像梦一般"瞬间从"我"身旁"飘过"之后,"雨巷"的空间文化指向就更加灰暗、空漠。那么,这个"雨巷"的创造除具有中国性以外,是否还接受过西方现代派文学的浸染和启发? 蓝棣之的回答是肯定的。尽管还没有具体的史料可以证明《雨巷》受艾略特《荒原》影响,但是他依然认为"《雨巷》的核心意象丁香(长在荒原上的)、春雨(不是无声滋润丁香的)"和要表现的"残忍"主题都来自《荒原》①。这里,"荒原"和"残忍"都来自现代文明危机。如此语境中,诗歌中"我"和"姑娘"的追求都必然以失败而结束。张英进、段从学等学者之所以坚持《雨巷》中"姑娘"是城市欲望投射的对象,就因为艾略特的《荒原》中"丁香"是"回忆和欲望"的象征。事实上,1923 年,艾略特的名字就出现在茅盾主编的《小说月报》上②;"1927 年 12 月《小说月报》第 18 卷 20 号刊载了由朱自清翻译的《纯粹的诗》一文,艾略特被当作'纯诗'的急先锋介绍到中国"③。考虑到《荒原》受波德莱尔《恶之

---

① 蓝棣之:《谈戴望舒的成名作〈雨巷〉》,太原:《名作欣赏》2002 年第 1 期。

② 董洪川:《"荒原"之风:T. S. 艾略特在中国》,北京:北京大学出版社 2004 年版,第 89 页。

③ 董洪川:《"荒原"之风:T. S. 艾略特在中国》,北京:北京大学出版社 2004 年版,第 113 页。

花》影响甚剧①,《恶之花》也是戴望舒从大学时代起就私下喜欢阅读的作品,戴望舒同时喜欢阅读的还有波德莱尔的传人魏尔伦、道生等人的作品②;青年学者彭建华指出《雨巷》前后戴望舒不少诗作都受《恶之花》影响③;且 1926 年刘呐鸥就对戴望舒大发感慨,说:"在我们现代人,Romance 究未免稍远了",现代人所有的只是"thirll、carnal 和 intoxication,就是战栗和肉的沉醉"④,之后他在小说《热情之骨》中借主人公之口也喟叹:现代"诗的内容已经换了",已经由精神性的换成物质性的了,——我们也可以认定戴望舒在写《雨巷》时对于现代(都市)人生已经有"荒原"的审美认知,诗篇中对"雨巷"空旷、寂寥、荒漠、颓败的一面的揭示就不乏"荒原"的况味。如此,《雨巷》中主人公的追求与其置身其中的环境之间就构成悖反和张力:一方面,"丁香一样地结着愁怨的姑娘"这样具有古典情韵的追求在"荒原"般的现代人生语境中显得错位和荒诞;另一方面,在"荒原"般的现代人生语境中,这种"丁香一样"的不乏愁怨和忧郁的追求又有了新的审美意义。

波德莱尔是西方现代派的鼻祖,也是第一个现代都市诗人,影响深远。艾略特称他为"现代所有国家中诗人的最高楷模"⑤。

① 董洪川:《"荒原"之风:T.S.艾略特在中国》,北京:北京大学出版社 2004 年版,第 49 页。
② 施蛰存:《〈戴望舒译诗集〉序》,见施蛰存《北山文集》第二卷,上海:华东师范大学出版社 2001 年版,第 1280 页。
③ 彭建华:《现代中国作家与法国文学》,上海:上海三联书店 2013 年版,第201—204 页。
④ 刘呐鸥:《致戴望舒二通》,见孔另境《现代作家书简》,广州:花城出版社1982 年版,第 185 页。
⑤ 转自刘波:《波德莱尔:从城市经验到诗歌经验》,北京:北京大学出版社2016 年版,第 39 页。

其《恶之花》以巴黎为观察、体验和批判对象，第一次将人生的丑恶和病态引入高雅艺术的殿堂，通过"恶之花""病之花"形象的创造撕开了资产阶级现代（都市）人生的真面目，揭穿了资本主义现代（都市）人生"非人"化（《忧伤与漂泊》①）、"腐尸"化（《腐尸》）、"废墟"化（《快乐的死人》）、"坟墓"化和"地狱"化（许多诗歌的题旨）的本质属性。波德莱尔将纨绔子弟、高级妓女和城市游荡者等都当作现代社会人生最后的英雄，表明现代社会人生中已无真正的英雄，世界已变成荒原。与此同时，我们看到《恶之花》中有一个对现代都市人生观察、打量、体验、嘲弄、批判、超越的孤独者、流浪者形象，这个形象表面上是一个巴黎街头的浪荡子，但骨子里又是一个理想主义者②，因此其内心总怀揣着"对精神家园或存在于有形世界之外的城市所怀有的一种乡愁"③。面对着"现代性之都——巴黎"的诞生④，《恶之花》从第二版开始特辑录一组诗，题名"巴黎景象"，其中《天鹅——致维克多·雨果》明确表示："老巴黎风光不再（市容分今昔，/变化之快速，唉，人心也追不上。）……/巴黎在变！可我的忧郁却未动/丝毫无损！……/而我珍贵的回忆重比岩石台。/……/于是在我思想流亡的森林里，/一阵古老的回忆像号角鼓吹，/我想起孤岛上的水手被遗弃，/想起俘虏，败者！……还有许多同类！"诗中，那丧

---

① 论文所引波德莱尔《恶之花》中篇什均据杨松河翻译版本，南京：译林出版社 2003 年版。

② 刘波：《波德莱尔：从城市经验到诗歌经验》，北京：北京大学出版社 2016 年版，第 654 页。

③ （美）理查德·利罕：《文学中的城市——知识与文化的历史》，吴子枫译，上海：上海人民出版社 2009 年版，第 94 页。

④ 可参美国学者大卫·哈维的《现代性之都的诞生：巴黎城记》，黄煜文译，桂林：广西师范大学出版社 2010 年版。

失家园的天鹅不仅是当时为法国上层社会所不容的大作家雨果的形象写照,也是波德莱尔自己的形象写照,也可以说是所有坚持理想、不愿意臣服于社会现实的艺术家的形象写照。其他,《七个老人——致维克多·雨果》写"强大的巨人"般"神秘"的巴黎面前,有七个行将就木的老人似从地狱中走来,向着未知的目标走去。《一群小老太婆——致维克多·雨果》写一群曾经风流的女人因为生活厄运的折磨,现在已成"木偶"般的"怪物"在巴黎大街上缓缓前行。《盲人》写双目失明的人在醉生梦死的巴黎寻找光明。《致一位路过的女郎》写巴黎大街上一位丧失亲人的女子的哀痛。《巴黎梦》写自己梦见一个仙境的巴黎,而现实中的巴黎却是一个令人失望的巴黎。当今波德莱尔研究专家刘波说:在这些诗歌里,"诗人的注意力主要集中在乞丐、老头、寡妇、老太婆、病人、苦力等这样一些人物身上,把这些人看成是人格化了的巴黎。在诗人眼中,这些老朽、衰弱的人象征着对已逝的美丽、远去的青春、失落的爱情的缅怀,而这样一些缅怀让诗人生出无尽的忧郁"[1]。波德莱尔希望别人称他为古典抒情诗人,本雅明也确视他为现代最后一个古典抒情诗人[2],其散文诗集《巴黎的忧郁》也一再表现相同或相近的题旨,那么,对比之下,我们是否就比较容易理解为什么戴望舒的诗歌兼有古典抒情诗和现代理知诗的审美内质,为什么戴望舒诗歌中总有一个孤独、寂寞、忧郁、愁怨的精神寻找者、流浪者形象?

笔者甚至同意这样的观点:常被人们提及的"道生、魏尔伦

---

① 刘波:《波德莱尔:从城市经验到诗歌经验》,北京:北京大学出版社 2016 年版,第 421 页。

② (德)本雅明:《资本主义发达时代的抒情诗人》,张旭东译,北京:生活·读书·新知三联书店 2007 年版,第 109 页。

给《雨巷》带来的是当时备受称道，后来却屡遭误解的音乐性"，而波德莱尔才给《雨巷》带来更内在诗的情绪的现代性[①]。从诗歌的音乐性和艺术风格上讲，戴望舒的诗歌也许更接近于魏尔伦、道生们，但是从对现代（都市）人生认识的透彻上和精神追求的高度上讲，戴望舒的诗歌无疑更接近于波德莱尔。从大学时私下阅读波德莱尔算起，到 1947 年翻译出版《〈恶之花〉掇英》，戴望舒对于波德莱尔可谓情有独钟；而且唯恐别人再产生误会（以为波德莱尔的诗歌含有"毒素"），出版《〈恶之花〉掇英》时，特将瓦雷里的《波特莱尔的位置》译出放在波德莱尔的诗之前，而自己又撰写《译后记》置之于其后。戴望舒认为说波德莱尔的诗歌含有"毒素"纯粹是一种偏见，人们只有在"一种……更深更广的认识"基础上才能体会到它的独特价值[②]。就入都市人生之深上讲，戴望舒难以与波德莱尔相比，他也没有像波德莱尔那样对都市人生进行广泛深入的把握、细致逼真的描绘，但是在对都市的质疑、对抗和超越上，二者仍有异曲同工之妙。戴望舒 1923 年就到上海学习、生活，以后长期与海派作家刘呐鸥、施蛰存、穆时英、杜衡等共处，并一度与他们一起频繁出入于上海电影院、歌舞厅、咖啡馆等文化娱乐场所[③]，应该说对于上海都市人生并不陌生；尽管如此，他很少像殷夫等左翼诗人"未来主义"地歌颂上海的现代机械工业文明，也不像施蛰存、钱君匋等其他现代派诗人（也是海派诗人）"新感觉主义"地描绘上海的声色人生，而

---

① 段从学：《〈雨巷〉：古典性的感伤，还是现代性的游荡？》，太原：《山西大学学报》（哲学社会科学版）2014 年第 3 期。

② 王文彬、金石编：《戴望舒全集·诗歌卷》，北京：中国青年出版社 1999 年版，第 645 页。

③ 施蛰存：《沙上的脚迹》，沈阳：辽宁教育出版社 1995 年版，第 12 页。

是走上一条独立的精神之路和艺术之路。戴望舒一度参加"左联",也写过《我们的小母亲》这样歌颂现代机械文明的诗篇,但很快诗人就疏远了"左联",也疏远了这样的诗歌审美诉求。与《雨巷》同时或稍后,戴望舒的诗歌中并不缺乏现代都市的声色意象,如女人的"唇""口红""指爪""蜜饯的心"和"蜜饯的乳房"(《梦都子》);"全裸着,披散了你的发丝"(《到我这里来》);"灰暗的街头","喧嚣的酒场",女人的"媚眼"和"腻语"(《单恋者》),女人的"娇柔的微笑","纤纤的手","燃着火焰的眼睛","耀着珠光的眼泪","在最适当的地方放你的嘴唇"(《老之将至》)等——其中,《百合子》《八重子》和《梦都子》还直接书写了抒情主人公与欢场中女子接触的生活,《老之将至》还回忆了两个这样欢场中女子的名字——但是戴望舒又同时强调"我"是一个"寻梦者"(《寻梦者》),"辽远的国土的怀念者"(《我的素描》),"一个怀乡病者"(《对于天的怀乡病》),所以也是一个"独自"者(《独自》),"单恋者""夜行人","我"的恋人不是"飘来一丝媚眼或是塞满一耳腻语"的世俗中女子(《单恋者》)。从这里可看出,戴望舒也是一个理想主义者,只不过他表达自己理想的方式与波德莱尔有所不同。波德莱尔以直接进入都市人生、与魔鬼共舞、以恶抗恶的方式表达自己的理想和对都市世俗人生的质疑、对抗和超越,戴望舒以在都市世俗边缘寻找、彷徨,追问"那天上的花园已荒芜到怎样了"(《乐园鸟》)的方式表达自己的理想和对世俗都市的质疑、对抗和超越。两人追求理想的方式有所不同,但是理想不能实现的心理落差和精神痛苦是大体一致的。波德莱尔歌吟:"精神已战败,筋疲力尽!老贼人,/爱情滋味不再,只是争吵而已,/……/可爱的春天已经失去芳馨!"(《虚无的滋味》)"可怜的缪斯"也"病"了,"你深陷的双眼一片夜幕迷茫,/我看你的脸色轮番变化流露，/疯狂和恐怖，默默然冷若冰霜"（《病中缪斯》）。戴望舒悲叹："我是寂寞的生物"（《单恋者》），"我"有"一张有些忧郁的脸，/一颗悲哀的心"（《对于天的怀乡病》），"我是青春和衰老的集合体，/我有健康的身体和病的心"（《我的素描》）。这里，两位诗人所谓"病"都是指现代文明危机下产生的"世纪病"——忧郁症①。就戴望舒而言，他感同身受着这种"病"，但又不愿被这种"病"所征服，所以诗人的痛苦就比一般人来得深刻、复杂。《雨巷》中，这种"病"不仅表现在"姑娘"身上，而且表现在"我"身上。我"在雨中哀怨/哀怨又彷徨"；她"像我一样地/默默彳亍着/冷漠，凄清，又惆怅"。在具有"荒原"性质的"雨巷"里，"我希望逢着"一个"姑娘"，但是这个"姑娘"应是"丁香一样地/结着愁怨的姑娘"，"她是有丁香一样的颜色""芬芳""忧愁"，像我一样具有人们常说的"病态世纪的病态审美情绪"，此乃该诗被指认具有一定的唯美—颓废倾向的主要原因。可以说，《雨巷》中所表达的审美情绪与波德莱尔《恶之花》产生了某些跨时代、跨国界的共鸣，只不过，由于中西方文学的语境不同，两个诗人的文化性格和人生遭遇不同，《雨巷》中的理想追求更显阴柔，理想追求的失落更显愁怨，《恶之花》中的理想追求更显阳刚，理想追求的失落更见怨怒罢了。

现在没有材料证明，《雨巷》1927 年春夏之交写好后，于1928 年 8 月在《小说月报》发表之前经历过反复的修改，但是作品写好后竟长达一年多的时间没有发表，这已经能够说明诗人

① 王文彬、金石编：《戴望舒全集·诗歌卷》，北京：中国青年出版社 1999 年版，第 15 页。

对于这首诗的出世有多么郑重，在诗歌最终发表之前他会有多少新的感受和想法加诸诗歌本身。这一年多的时间，中国政治混乱、黑暗，诗人的爱情生活屡遭破产，作为"东方的巴黎，西方的纽约"的上海正在迅速崛起；上海文坛上，左翼文学、海派文学和自由作家的纯文学都在酝酿发展。新时期以前，人们过于从左翼政治的角度指责戴望舒的诗歌具有唯美—颓废倾向，一并归入消极、错误或反动的文学；新时期开始之后，出于对极"左"政治时代的反拨，人们又过分推崇文学的纯粹形式诗学，过分强调戴望舒诗歌的象征主义纯诗倾向，如张林杰所言，"往往会过于关注本时期诗歌所构筑的'诗意'文本以及它们在融会中西诗学上的贡献"，而恰恰忽略了戴望舒诗歌与现代都市文化环境之间的关联及由此形成的特有的精神文化气质①。就与波德莱尔的关系而论，当时同属现代派的刘呐鸥、穆时英和施蛰存等人所接受的主要是执着和沉迷于都市世俗漩流、与魔鬼共舞、单纯彰显唯美—颓废一面的波德莱尔，他们的创作就其主要倾向上看可谓现代主义的摩登化，即用现代主义的先锋手法表现时尚的都市物质生活，解志熙直接呼之为"摩登主义"②。所以他们的创作塑造出一个个带有某些"恶之花"特征的都市物质男女形象。至于当时另一些海派作家如"真美善"作家群对波德莱尔的接受，其艺术品位就更加低下③。而戴望舒主要接受的是对都市世俗人生审视、批判和超越的波德莱尔，虽然其诗歌所创造的抒情

① 张林杰：《都市环境中的 20 世纪 30 年代诗歌》，北京：中国社会科学出版社 2007 年版，第 5 页。

② 解志熙：《"摩登主义"与海派小说——〈海派小说论〉序》，见解志熙《摩登与现代——中国现代文学的实存分析》，北京：清华大学出版社 2006 年版，第 304 页。

③ 王文彬、金石编：《戴望舒全集·散文卷》，北京：中国青年出版社 1999 年版，第 69 页。

主人公形象也带有一定的唯美—颓废痕迹，但是总地看没超出精神性艺术形象的范围。归根结底，戴望舒的创作是生产性的，而非消费性的；是创造性的，而非复制性的。可以说，刘呐鸥、穆时英和施蛰存的创作为理解戴望舒的创作恰提供了一个荒原般、悖谬式的时代和生活前提，而有了戴望舒的创作，20世纪30年代整个现代派的写作才显出精神和灵魂的深度。难怪有的学者认为戴望舒才是20世纪30年代整个现代派的领军人物①。世界各国现代派都从波德莱尔那里寻找艺术的源头和灵感②，说明面对现代危机究竟何去何从早从民族性话题上升为全球性话题，而戴望舒的《雨巷》则从一个侧面呼应了这一世界文学潮流，从而使诗篇随时间的推移，越来越显示其内在的情、理、艺的魅力。

① 葛飞：《新感觉派小说与现代派诗歌的互动与共生——以〈无轨列车〉、〈新文艺〉与〈现代〉为中心》，北京：《中国现代文学研究丛刊》2002年第1期。
② （法）波德莱尔：《恶之花》，郭宏安译，上海：上海文艺出版社2013年版，第432页。

开放的现代意识与严肃的左翼立场

——论艾青早期诗歌中的巴黎书写

　　近年来,艾青研究日益精深。艾青与现代主义,艾青创作与现代绘画的关系,艾青诗论与艾青诗作的关系,艾青与延安的关系,艾青与朦胧诗的关系,艾青的婚恋生活与其创作的关系,等等,均取得可喜进展。具体到艾青创作与现代都市的关系的研究,新时期以来,将艾青的都市诗放在现代文明和现代诗歌艺术的框架里来阐释的有骆寒超的期刊论文《论艾青诗的现代化新动向》(1982)、周红兴的专著《艾青的跋涉》(1988)、张永健的专著《艾青的艺术世界》(1998)、程光炜的专著《艾青传》(1999)等;将艾青的都市诗放在整个现代都市诗歌中探讨的有谭桂林的期刊论文《论现代中国文学的都市诗》(1998)、张林杰的专著《都市环境中的 20 世纪 30 年代诗歌》(2007)、李洪华的期刊论文《都市的"现代生活"与"现代情绪"——论 20 世纪 30 年代现代派诗人的都市审美》(2008)等;专门对艾青都市诗的审美内涵、独创意义及其文化成因进行归纳分析的有翟大炳的期刊论文《论艾青都市诗的独创意义》(1983)、匡亚明的期刊论文《论艾青的都市诗及文化成因》(2002)、何清的期刊论文《城市经验的"影响"

向度——也论艾青诗歌中的外来因素》(2008)、金晶的期刊论文
《徘徊于城市与乡村之间——论艾青的城市诗》(2009)等;对艾
青诗歌中城市意象进行归纳、分析的有郑鹏飞的期刊论文《对现
代文明的多维反思——艾青前期诗歌中的现代城市意象分析》
(2006)、周翔华、张海明的期刊论文《"巴黎"的时光流转——论
艾青诗歌中的巴黎意象》(2013)等;从比较文学视野进行开掘、
探寻的有常文昌的期刊论文《艾青与波德莱尔》(1996)、高永年
的期刊论文《试论凡尔哈伦对艾青的影响》(1989)、邓立的硕士
学位论文《艾青与波德莱尔眼中的城市——比较艾青诗歌中的
外国城市与波德莱尔笔下的巴黎》(2012)等。这里,这五类研究
成果的排列也大致可以显示这些年来对艾青都市诗研究的走
向,即从整体走向具体,再从具体走向中西方文化视野比较。这
些研究填补了以往缺乏从都市维度研究艾青诗歌的空白,显豁
了艾青研究的新面向,对于整个现代文学研究也会起到促进作
用,但是由于从现代都市维度研究文学一直是我国学术界的弱
项,这些研究也不可避免地留下诸多问题。譬如,艾青对巴黎的
审美心理感受到底是怎么样的,即艾青到底在多大程度上接受
巴黎? 在艾青对巴黎的接受中体现出来了什么样的文化审美指
向? 这种审美指向在整个现代都市文学中又呈现出什么样的文
学史意义? 本文就是企图对这些问题进行回答,不足之处是难
免的,敬请方家批评指正。另外,限于篇幅,本文仅对艾青早期
诗歌中的巴黎书写进行探究。

一 开放的现代意识与对巴黎的超道德想象

关于艾青诗歌的发展变化轨迹,笔者同意这样的分期法,即

把艾青1932年发表《会合》到1942年延安文艺整风之前视为早期,把延安文艺整风到文化大革命结束视为中期,新时期"归来"之后视为晚期(或称后期)。这样的划分非常恰当地涵盖了诗人半个多世纪以来的人生遭际及其诗歌创作审美取向:思想自由的创作,政治改造的创作,重新开放的创作。其早期诗歌中关于巴黎的篇什主要有1932年写的《会合》,1933年至1935年在监狱里写的《芦笛》《巴黎》《ORANGE》《画者的行吟》《我的季候》《雨的街》《古宅的造访》,1940年写的《欧罗巴》《哀巴黎》,长诗《溃灭》的几个片断:《哭泣的老妇》《玛蒂夫人家》和《赌博》等。

按照法国学者帕特里斯·伊戈内在《巴黎神话——从启蒙运动到超现实主义》一书的归纳,巴黎在现代神话谱系中,是科学之都、知识之都、工业之都、女性之都、自由之都、艺术之都、革命之都,到了20世纪又是娱乐之都,但其总体文化个性还是"审美现代性"[①]。事实上,当伦敦(继而是纽约)成为全世界经济金融中心时,巴黎成为全世界的文化艺术之都。巴黎也并非全是天堂,巴黎也有地狱性的一面,如工人阶级的待遇问题,下层妇女的出路问题,大工业生产前提下传统光晕的丧失问题等,如《巴黎神话》所总结的也有"罪恶之都"的一面,然而正是巴黎人天才地敏感到这一点,并及时给以艺术的表现。其前驱就是雨果、巴尔扎克、波德莱尔等。特别是波德莱尔,第一个提出审美现代性问题,第一个自觉从"丑"中寻找美,实际是彻底蔑视资产阶级的虚伪文明和道德,而从最边缘最底层的人们那里寻找人生的真实和人性的真实。他以惊世骇俗的《恶之花》对资产阶级

---

① (法)帕特里斯·伊戈内:《巴黎神话——从启蒙运动到超现实主义》,喇卫国译,北京:商务印书馆2013年版,第42页。

社会现代性进行讽刺和批判，并开启了现代颓废—唯美文学之路。应该说，如此种种，在艾青早期对巴黎的想象和书写中都有不同程度的艺术映照。因为我们可以轻而易举地发现，艾青这些诗歌彻底打破了传统农业文明形态下人所形成的封闭、保守、因循、宁静、单一的审美格局，而礼赞和趋向于一种开放、自由、激情、创造、动态、繁复的审美格局。前一种是安稳的，可把握的，早已被人们纳入所谓道德的范围，而后一种则是动荡的，不好把握的，至今还使人们为这样的审美格局是否合乎道德而伤尽脑筋。而艾青则毫不犹像地选择了后者。

在艾青早期的巴黎之歌中，"自由"是一个神圣的目标，而巴黎又几乎成为自由的代名词。《芦笛》一诗是为纪念法国已故立体派诗人阿波利内尔而作，诗的前面引阿波利内尔的两句诗作为题记："当年我有一只芦笛，拿法国大元帅的节杖我也不换。"在这里，"芦笛"显然是自由、个性、尊严的象征。由于巴黎是自由的，生存在巴黎是惬意的，所以感到"我曾在大西洋边/像在自己家里般走着"。艾青就曾说他在巴黎的三年是"精神上自由，物质上贫困的三年"。艾青写作这首诗时是否想到前美国总统杰弗逊、著名小说家施坦贝克等人对"每个人都有两个祖国——自己的国家和法国"，"回到巴黎，我相信就是找到了自己的家"①的表白，我们无法知晓，姑且不论，但是它至少表明酷爱自由的中外文学艺术家都将巴黎看作自己的灵魂之家、精神之家。有坚信，就有坚执，所以诗篇接着歌吟："人们嘲笑我的姿态，/因为那是我的姿态呀！/人们听不惯我的歌，/因为那是我的歌呀！"

---

① （法）帕特里斯·伊戈内:《巴黎神话——从启蒙运动到超现实主义》,喇卫国译,北京:商务印书馆 2013 年版,第 313 页。

如此,一个追求自由,早已把世人的误解、指点、斥责置之度外的反叛者形象跃然纸上。

在艾青早期的巴黎之歌中,激情、动态、创造同样受到关注,并因此对巴黎发出最高的歌唱。在艾青的诗歌中,有一重要审美元素长期引起研究者的关注,就是燃烧—太阳。以往的研究仅仅从一般政治社会学的角度解释为对光明、自由、翻身解放政治理想的诉求,实际上这种解读只打开了这一意象群文化审美内涵的一个很浅层的方面;从都市文化审美的角度看,它恰恰是社会现代性及其效果的一个体现。工业革命以来,大机器生产和运输,现代科技传播,给人类生产方式和生活方式都带来根本性的变革。农业文明时代的清凉、宁静、单一被彻底打破,而代之以燃烧、喧闹、繁复。燃烧实际上意味着动力,意味着生产力及其自身的生产。马克思、恩格斯在《共产党宣言》中说,资产阶级必须不断革命下去,近百年来所产生的生产力超过以往历史上生产力的总和。所以西方现代文学总是喜欢用靠燃烧发动的火车、巨轮来表征现代人生。如法国诗人阿尔弗雷德·德·维尼的诗《巴黎》(1831):"我看到的是一只火轮呢,还是一个火炉?/是的,这就是一只车轮;那是上帝之手。/它抓着无形的车轴,推动它前进。/车轮朝着未知的目标不停地前进。/我们称它为'巴黎',它是法国的支轴。"而太阳则是所有燃烧的源头。历史学家称路易十四时代是法国现代性的起点,而路易十四自称是"太阳王"。艾青新时期"归来"之后写《光的赞歌》,大声歌唱:"太阳啊,我们最大的光源/它从亿万万里以外的高空/向我们居住的地方输送热量。"太阳带来燃烧,燃烧带来激情,所以激情是人类现代人生成型的重要支援。通读艾青早期诗歌还可发现,艾青喜欢对"颤栗""震颤"等历史瞬间进行审美关注,并结合自己的审美心理给以艺术表达。如《当黎明穿上了白衣》写"微黄的灯光,/正在电杆上颤栗它的最后的时间"。《巴黎》写"我是从怎样的遥远的草堆里/跳出,/朝向你/伸出了我震颤的臂"。《监房的夜》写"水电厂的彻霄的嚣喧震颤着/在把我那巨浪般的生活重唱"。"震颤"的心理反应实际是激情的另一种表现形态。诗歌《会合》写东方一群留法青年在一个秘密的夜晚会合,他们每一个的心都激烈地"燃烧着,/燃烧着,/燃烧着……"《巴黎》写整个巴黎都处于激情燃烧之中:"愤怒,欢乐/悲痛,嘻戏和激昂!"连妓女都是那样激情地摆出自己的人生姿态,所谓"或者散乱着金丝的长发/澈声歌唱,/也或者/解散了绯红的衣裤/赤裸着一片鲜美的肉/任性的淫荡……你!/……巴黎,/你患了歇斯底里的美丽的妓女!"《ORANGE》中,橙子的颜色与太阳燃烧的光影完美地融合在一起,形成激情、艳异的艺术色调。以往人们也不大理解"动"在美学上有何意义,主要障碍在于以往我们缺乏对现代性的认识和感受,缺乏现代都市美学。在现代都市美学看来,"动"恰恰是现代都市文化审美的根本特性,因为工业革命以来,"动"恰恰是人类生产和发展的动力形态,是现代都市产生和发展的重要保证,也是重要征兆。机器在动,人心在动,社会历史在动,人类所赖以生存的一切都在动,人类的审美也形成了动态的模式。[①] 闻一多早在 1923 年就写《〈女神〉之时代精神》,其中谈到,"二十世纪是个动的世纪",郭沫若的诗歌就表现了这种精神[②],但是以往的研究者往往不能明了闻一多这个评价

---

① (美)丹尼尔·贝尔:《资本主义文化矛盾》,严蓓雯译,南京:江苏人民出版社 2007 年版,第 48 页。

② 闻一多:《〈女神〉之时代精神》,见杨匡汉、刘福春编《中国现代诗论》上,广州:花城出版社 1985 年版,第 82 页。

的意义，而只是强调《女神》是"五四"时代精神的最强音，因为它表现了"五四"狂飙突进、除旧布新的精神。在这里，"狂飙突进"是个动态的词汇，但我们只理解其政治社会内涵，而盲视于其都市文化审美内涵。同理，以往我们对艾青的理解只强调其"人民"意义、"民族"政治意义，所以大量研究精力投入其农村题材的创作中，而对其现代都市题材的创作则几乎视而不见。现在我们从现代都市文化审美的角度来审视，就发现艾青早期诗歌《巴黎》就充分地表现了巴黎的动态人生、动态景观，也体现了诗人前卫的都市动态美学。在诗人笔下，巴黎的一切都在动，"群众的洪流／从大街流来／分向各个小弄，／又从各个小弄，折回／成为洪流，／聚集在／大街上／广场上／一刻也不停的／冲荡！／冲荡！""冲击的／巨大的力的／劳动的／叫嚣——／豪华的赞歌，／光荣之高亢的词句，／钢铁的诗章——／同着一篇篇的由／公共汽车，电车，地道车充当／响亮的字母，／柏油街，轨道，行人路是明快的句子，／轮子＋轮子＋轮子是跳动的读点／汽笛＋汽笛＋汽笛是惊叹号！——／所凑合拢来的无限长的美文／张开了：一切 Ismes 的 Istes 的／多般的嘴，／一切奇瑰的装束／和一切新鲜的叫喊的合唱啊！"这中间还杂夹着"从 Radio／和拍卖场上的奏乐"。为了制造动感，诗歌调动电影蒙太奇的手法，长镜头、短镜头和特写镜头交叉回闪。如此，巴黎给读者的印象仿佛不是一座城市，而是一艘巨型轮船，带着人们在现代社会性的惊涛骇浪中不停地摇摆、动荡、前进。《ORANGE》捕捉在巴黎爱情的感觉，其中也写到"一辆公共汽车／闪过了／纪念碑／十字街口的广场"。这样的"闪过"，如此的迅疾和轻巧。

　　这里说到艾青早期的巴黎之歌抒写了巴黎的创造性，是想强调在诗人的想象里，巴黎主要是一个正面的形象。诗人感受到巴黎前所未有的气魄和能力,它开拓了新的公共空间:大道、广场;建起了"成堆成垒"的纪念碑、博物馆、歌剧院、厂房、交易所、银行和其他高楼、房屋;有手连手的大商铺;有现代科技作保证的整个生存景观。"巴黎/你这珍奇的创造啊/直叫人勇于生活/像勇于死亡一样的鲁莽!艾青写《巴黎》时,艾略特的《荒原》已经发表近十个年头。艾略特想象中的伦敦已是"荒原"般的城市、生命趋向死亡的城市,所谓伦敦塔,伦敦塌也。菲茨杰拉德的《了不起的盖茨比》也已发表六个年头。菲茨杰拉德想象中的纽约也是人性堕落的城市。艾青《巴黎》虽然也写到人性堕落这一点,但是仍然充满"未来启示"的力量。这大概也是诗人选择未来派诗人风格和手段以呈现巴黎的主要原因。

说艾青早期的巴黎之歌充满开放的现代审美意识,还因为这些诗歌更大胆地想象和书写了巴黎唯美—颓废的一面,并由衷地表示沉醉和迷恋。这也许是更令人震惊的,以至长期以来不为研究者们所正视。

20 世纪 30 年代杜衡认为艾青有两个,一个是"暴乱的革命者",一个是"耽美的艺术家"①。说艾青是"暴乱的革命者"是否恰切,暂不讨论,这里只想表明,说艾青是一个"耽美的艺术家",确有其意味深长的一面——虽然艾青并不认同这种评价。其后期诗歌逐渐简化前期诗歌的美学元素,但前期诗歌中的唯美—颓废倾向确是不争的事实。《芦笛》中抨击白里安和俾斯麦政治上的贪婪,而讴歌阿波利内尔的"芦笛"精神,并表白心迹:"我耽爱着你的欧罗巴啊,/波德莱尔和兰布的欧罗巴。"波德莱尔和兰

---

① 杜衡:《读〈大堰河〉》,见海涛、金汉编《中国当代文学研究资料·艾青专集》,南京:江苏人民出版社 1982 年版,第 426 页。

波都是法国 19 世纪中后期的唯美—颓废诗人。波德莱尔还是现代唯美—颓废文学的开山祖。在《发达资本主义时代的抒情诗人》里,本雅明称波德莱尔是一个游荡者、波希米亚人,而艾青在《我的季候》和《画者的行吟》里都以流浪者、波希米亚人自居。在《我的季候》里,诗人说:"秋啊! /……我/已厌倦于听取那些/佯作真理的烦琐的话语——/和我守着可贵的契默,/跨过那/由车轮溅起了/污水的广场,往不知/名的地方流浪去吧!"《画者的行吟》歌唱道:"从蒙马特到蒙巴那司,/我终日无目的地走着……/如今啊/我也是一个 Bohemien 了。"蒙马特和蒙巴那司是巴黎两个最著名的文学艺术家集聚地,无数前卫的文学艺术家如魏尔伦、兰波、马拉美、阿波利内尔、塞弗里尼、王尔德、海明威、施托姆夫人、米勒、马雅可夫斯基、莫奈、马奈、高更、梵高、夏加尔、毕加索、达利等都曾长期光顾于此或居住于此,而这些人又都多少带有波希米亚人的精神气质。波德莱尔是第一个提出审美现代性概念的艺术家,他感到在人群中的孤独,感到传统光晕在现代工业人生面前的消失,但是他并不回避现世。他要抓住"转瞬即逝的现时和那些我们看到一次以后就再也看不到的事物"以完成他审美现代性的创造①。所以他能在"恶"中看出"美",在妓女的生涯中看出比上层资产阶级人生更真实、坦荡的人性,能写出《恶之花》。他在对现存社会人生进行批判和讽刺的同时也在历史的颓废中沉醉。应该说,艾青的《巴黎》一诗也传导着波德莱尔的这种文学精神。诗歌开篇就吟唱道:巴黎是一个"任性的淫荡"的"患了歇斯底里的美丽的妓女"! 但出人意

---

① (法)伊夫·瓦岱:《文学与现代性》,田庆生译,北京:北京大学出版社 2001 年版,第 39 页。

料的是,诗篇结尾还是表现出对这种女子深度的迷恋和认同:我们现在失败而去,但等磨练好筋骨,还要回来,做"攻打你的先锋,/当克服了你时/我们将要/娱乐你/拥抱着你/要你在我们的臂上/癫笑歌唱!/巴黎,你——噫,/这淫荡的/淫荡的/妖艳的姑娘!"这里有矛盾,也有张力。

二 严肃的左翼立场与对巴黎的深度书写

"左翼"又称"左派",如同"右翼"又叫"右派"一样,而"'左派'和'右派'概念(都)出现在法国革命中"①。美国社会学家罗伯特·麦克维尔在 1947 年出版的《政府网络》中解释左派和右派的含义:右派是与上层或统治阶级相联系的党派,左派则代表下层阶级;右派维护现行特权和权力,左派则反对特权和旧有的权力结构;右派迎合由出身和财富所决定的等级身份,左派则为身份和地位的平等而斗争,代表弱势群体发言。我国学者张纯厚在《论西方左翼思潮的三次高潮》中评说:"这种仅仅将左派与平等相联系的观点是不全面的。争取个人与群体的自主和自由也是左翼思潮的重要特征。在现代政治历史中,左派与民主的发展密切相关。民主是体现平等和自由的社会制度。诉诸平等、自由的民主要求,寻求改变现状,是现代左派的特征。"②张纯厚指出,历史上,左翼思潮经历过三次高潮,一次是文艺复兴、宗教改革和启蒙运动的资产阶级自由思潮,其对立面是保皇党和古典保守主义;二次是 19 世纪空想社会主义、科学社会主义和

---

① 张纯厚:《论西方左翼思潮的三次高潮》,济南:《文史哲》2014 年第 1 期。
② 张纯厚:《论西方左翼思潮的三次高潮》,济南:《文史哲》2014 年第 1 期。

无政府主义,其对立面是古典自由主义;三次是 1960 年以来,新左派和新社会运动派,其对立面是新右派。第二次左翼思潮主要针对自由主义资本主义,呼唤社会公正和民主自由,发源地是欧洲,第三次左翼思潮"则寻求广泛领域的社会改革,重点是性别、种族和性关系倾向,试图发动一场依靠社会活动分子而非产业工人的社会斗争,被称为社会行为主义",发源地是美国。显而易见,第二次左翼思潮是左翼思潮的核心阶段,第一次是其前奏,第三次是其普及和深入。按照这样的梳理,我们可以明晓,20 世纪初期世界上许多文学艺术家如法国的罗曼·罗兰、法朗士、巴比塞等都倾向于左翼,甚至直接参加共产党,参与社会主义运动,也是必然的逻辑。俄国未来派诗人马雅可夫斯基则激情地创作了《列宁》等长诗,讴歌伟大的十月革命领袖列宁和新诞生的苏维埃革命政权。中国在世界革命形势影响下、中国共产党领导下,也成立了中国左翼作家联盟及其他左翼文化团体。只是有一点需要分辨,作为普遍的思想文化的左翼与作为直接的政治分权的左翼还是有区别的,前者的视野显然比后者宽广得多,关注的重心也不一样,但是后来苏联和中国的历史证明,后者压制了前者。1922 年,深刻影响过艾青的马雅可夫斯基在莫斯科组织"左翼艺术阵线","这也许是世界上第一个采用政治上左翼激进派的概念来标榜自己的革命政治色彩的文学组织"[1]。但是 1930 年在苏联政治意识形态的召唤越来越紧张的情况下,马雅可夫斯基自杀了。中国的真正文化左翼如鲁迅及其追随者们也全部遭遇被利用或被清算的命运。

---

[1] 艾晓明:《中国现代左翼文学思潮探源》,北京:北京大学出版社 2007 年版,第 20 页。

　　为什么要将左翼立场专门提出来讨论？因为这是考察艾青早期巴黎之歌的一个重要维度。20 世纪 30 年代杜衡说艾青有两个,除"耽美的艺术家"之外,是"暴乱的革命者",笔者以为这是一种误解。波德莱尔可谓是一个暴乱的革命者,他说:"我说'革命万岁',一如我说'毁灭万岁、苦行万岁、惩罚万岁、死亡万岁'。我不仅乐于做个牺牲品,作个吊死鬼我也挺称心——要从两个方面来感受革命! 我们所有人的血液里都有共和精神,就像我们所有的骨头里都有梅毒一样;我们都患有民主与梅毒的感染。"[1]"一切政治我只懂得反抗。"[2]波德莱尔这种对革命的理解显然来自对资产阶级现代人生的彻底失望和极大蔑视。从这一点看,笔者也认同本雅明的研究,认为波德莱尔是西方"纨绔主义"的一个代表。"在波德莱尔看来,那种纨绔子弟是某个伟大祖先的后裔。对他来说,'纨绔主义'是'堕落时代的英雄主义的最后闪光'。"[3]而艾青一生从没有过这种艺术身份预设。面对中华民族落后、愚昧的现实及其危机四伏的国际处境,出身内地农村普通家庭的诗人不可能有那样的艺术态度;相反,他"对生活,对人世都很倔强地思考着",他以"一个纯真的灵魂之对于世界提出责难",所写下的"这些警句的性质,它们包括了对于资本主义世界所显露的一切矛盾:恋爱、政治、经济、文化、艺术……

---

　　① 转自(德)本雅明:《发达资本主义时代的抒情诗人》,张旭东、魏文生译,北京:生活·读书·新知三联书店 2007 年版,第 33 页。
　　② 转自(德)本雅明:《发达资本主义时代的抒情诗人》,张旭东、魏文生译,北京:生活·读书·新知三联书店 2007 年版,第 33 页。
　　③ (德)本雅明:《发达资本主义时代的抒情诗人》,张旭东、魏文生译,北京:生活·读书·新知三联书店 2007 年版,第 115 页。

的矛盾以及对于革命的呼喊"①。与之相适应,其诗歌创作从开始就给我们提供一个身处下层,自觉将自己的命运与弱小民族、底层阶级的命运结合在一起的左翼抒情主人公形象。据诗人后来回忆,最初发表的《会合》就是"记录了他参加(由法国左翼作家巴比塞发起的)反帝大同盟开会的情景"②。诗篇写来自日本、越南、中国的留法青年学生为了"虔爱着自由,恨战争"而秘密会合。他们热烈地议论着,规划着,表现了作为弱小民族成员强烈的尊严意识和对西方列强质疑、批判和反抗的强烈倾向。在"东方"的眼光下,巴黎就成了"死的城市——巴黎,/在这死的夜里"。在这首诗里,巴黎显然是一个带有消极意义的都市形象。实际上,这里触及社会现代性与审美现代性冲突之外的民族现代性及其困境——为了强国保种,需要向发达国家、民族学习,而为了学习就不能不向发达国家、民族"臣服"。不然何以要远离故国来到巴黎? 带着弱国子民的谦卑来到巴黎,诗人希望"在色彩的领域里/不要有邦国和种族的嗤笑"(《画者的行吟》)。在《古宅的造访》里,诗人给读者提供了一个"中世纪的巴黎",但也是一个无法实现的巴黎。《雨的街》表达一个东方青年置身巴黎街头的惆怅和失落。《巴黎》准确把握巴黎生动性和创造性的个性中又有疯狂性、怪诞性的一面,美丽、辉煌的巴黎中又有一个冷酷、傲慢、社会不公平的巴黎:"巴黎/你这珍奇的创造啊/直叫人勇于生活/像勇于死亡一样的鲁莽! /你用了/春药,拿破仑的铸像,酒精,凯旋门/铁塔,女性/卢佛尔博物馆,歌剧院/交易所,

① 艾青:《我怎样写诗的》,见《艾青全集》第三卷,石家庄:花山文艺出版社1991年版,第130页。
② 艾青:《〈域外集〉序》,见《艾青全集》第三卷,石家庄:花山文艺出版社1991年版,第584页。

银行/招致了:/整个地球上的——/白痴,赌徒,淫棍/酒徒,大腹贾,野心家,拳击师/空想者,投机者们……/啊,巴黎! /为了你的嫣然一笑/已使得多少人们/抛弃了/深深的爱着的他们的家园,/迷失在你的暧昧的青睐里,/几十万人/都花尽了他们的精力/流干了劳动的汗,/去祈求你/能给他们以些须的同情/和些须的爱怜! /但是/你——/庞大的都会啊/却是这样的一个/铁石心肠的生物! /我们终于/以痛苦,失败的沮丧/而益增强了/你放射的光彩/你的傲慢! 而你/却抛弃众人在悲恸里,/像废物一般的/毫无惋惜!"表明,巴黎也与世界上其他都市一样,有天堂性的一面,也有地狱性的一面。所以,抒情主人公说要暂时离开它,等磨练好筋骨,再"兴兵而来""攻打"它。《芦笛》歌颂了法国大革命,说要"像一七八九年似的"送出"对于凌辱过它的世界的/毁灭的诅咒的歌"。《巴黎》将大革命与巴黎公社结合在一起讴歌:"路易十六的走上断头台/革命/暴动/公社的诞生/攻打巴士底一样的/具有不可磨灭的意义。"也就是说,巴黎的激情也包括革命的激情、反叛的激情;巴黎的现代性也催生了民族现代性和阶级现代性。20 世纪 30 年代末期,以希特勒为代表的法西斯德国企图成为世界的霸主,疯狂发动第二次世界大战,将铁蹄踏遍大半个欧洲,包括法国,这时的巴黎在诗人笔下就成为受难者的形象。《欧罗巴》主要控诉德国侵略者对欧罗巴和巴黎犯下的罪恶,《哀巴黎》《哭泣的老妇》《玛蒂夫人家》《赌博》除揭露侵略者的罪恶外,特别控诉卖国投降者的阴谋、昏庸及懦弱,感叹"法兰西——/这被赞颂民主的诗人/赞颂为'世界上最美丽的名字'"将要被玷污,作为"文化与艺术的都市"的巴黎将遭受莫大的耻辱,接着真诚讴歌有着光荣的革命历史的法兰西人民(巴黎人民),相信他们必将唱着《马赛曲》《国际歌》,"在街头/重新布置障碍物/为了抵抗自己的敌人/将有第二个公社的诞生!"如此,巴黎就真正成为一个具有多面现代性特征的国际性大都市。这就是艾青与波德莱尔同中有异的地方。我们也可以说,艾青有两个(或有多个),因为现代人往往有二重(多重)人格,但与其说艾青是一个"暴乱的革命者",不如说艾青是一个严肃的左翼立场的持有者。

　　茅盾认为,现代都市文学有两类,一类是消费性的都市文学,一类是生产性的都市文学。① 艾青早期的巴黎之歌无疑属于生产性的一类,因为它生产的是对人类发展动力和命运的关切,对民族公正和社会公正的期待,对个人精神提升和人格独立的诉求。相比之下,中国现代文学史上张竞生、邵洵美、徐讦等人的巴黎书写都略逊一筹。张竞生可看作是 20 世纪 20 年代的一个散文家。由于他在现代文化史上出场早,其那些想象和书写巴黎的散文提倡的美的人生观、情人制、大奶复兴、第三种水、计划生育等不乏重建民族身心和人格、性启蒙的意义,但是他的过于前卫、极端、不将底层人最重要的生存问题作为探讨以上问题的参照的方式,又明显带有走捷径成名获利的嫌疑和个人享受主义倾向。他的都市文学,生产性里带有消费性,先锋性里又有媚俗性。如此想象中巴黎就是单一的,也不免肤浅的,如他将在巴黎与女朋友谈恋爱视作"巴黎猎艳"等。轻巧的调戏的享受的口吻会让读者怀疑他的审美趣味。邵洵美的小说《搬家》渲染巴黎的欲望化,写得很有艺术分寸感,所以留下的艺术想象空间也比较大,但是给读者留下的巴黎形象还是单一的,不是立体的。

----

　　① 　茅盾:《都市文学》,见《茅盾全集》"中国文论二集",合肥:黄山书社 2014 年版,第 477 页。

其 1930 年前后所写的大量诗歌模仿波德莱尔和王尔德,也力求体现唯美—颓废精神,以致著名批评家苏雪林称之为"中国唯一的颓废诗人"①,但是这些诗歌除个别篇章触及底层女性的不幸处境外,绝大多数还是充满肤浅的享乐主义色彩,艺术水准明显不够。如其比较有名的《花一般的罪恶》,写一个不愿回天宫,而情愿在尘世享受人生的仙女变成自由女神的情景,肯定了世俗欲望,也有一定价值,但是诗歌没有写出她之所以不肯回天宫、情愿下凡人间的充足人生理由,所以就显得她的人生选择轻薄、随意,而丧失了更多的正面的意义。这样提供的近似巴黎红尘女的形象既与小仲马笔下的茶花女有别,也与艾青笔下的妖艳的淫荡的妓女不同。所以,解志熙评:"他率先将美感降低为官能快感,并藉唯美之名将本来不乏深刻人生苦闷的'颓废'庸俗化为'颓加荡'的低级趣味。"②关键在于邵洵美的都市文学总体来看还是消费的。所以很多文学史家将之归入海派,原也顺理成章。徐訏的小说《吉普赛的女郎》企图将上层人的立场与下层人的立场结合起来,写巴黎一个摩登女郎为了家庭生存去做歌女、舞女、妓女,但时间一长,她又迷恋上了这种生活。小说在中西方文化对比中显示她的这种迷恋不仅仅是贪图虚荣和享受,还有巴黎所代表的全面开放的文化精神,但是小说后半部分猛一转,轻而易举就让人物听从其中国丈夫的建议,去世界各地流浪,以经受自然的洗礼和宗教的考验,如此,既脱出了巴黎所代表的文化逻辑,也脱出了一个长期在繁华都市生活的年轻女性

---

① 苏雪林:《论邵洵美的诗》,见张伟编:《花一般的罪恶——狮吼社作品、评论资料选》,上海:华东师范大学出版社 2002 年版,第 287 页。

② 解志熙:《美的偏执——中国现代唯美—颓废主义文学思潮研究》,上海:上海文艺出版社 1997 年版,第 230 页。

的心理、性格逻辑。徐讦总是这样，既不认同海派，也不真正走向左翼，所以他提供的巴黎形象是断裂的、扭曲的。孙大雨是新月派诗人，其《自己的写照》与艾青的《巴黎》写自同一时期，且篇幅更长，诗篇的重心在于揭示纽约的物化、动化、机械化所导致的人性的异化和堕落。如写纽约的女性："可是她们健康的脑白向外长，/灰色的脑髓压在/颅骨和脑白之间渐渐/缩扁——所以只除了打字/和交媾之外，她们无非/是许多天字一等的木偶。"写纽约的工匠："工匠也不给我一句回答。/全市每一个人，一个人，一个人，/都锁着眉在开辟自己的泉源，/或匆匆挖掘着自身的墓穴，/疑问的浪花在我的意识界/沙滩上滚——一排又一排。"显然孙大雨的书写强化了审美现代性对于社会现代性的审视和批判，说明纽约作为后起之秀更大的危机，但由于诗人采取的是现实主义的方法，没有一个更现代更深刻的审美观念在里面起引领作用，也没有足够的感情投入，特别是缺乏与纽约底层人（如上面诗句中所提到的"工匠"）感同身受的生存困境之体验，所以他的纽约想象和书写还是显得不够深入，在呈现立体的有纵深感的都市形象方面还是不如艾青的《巴黎》成功。

美国学者大卫·哈维认为：巴黎的现代性断裂点是在 1848 年，而真正浩大的现代性之都的建设是在 1853 年奥斯曼主政巴黎之后。① 奥斯曼凭着路易·拿破仑第三帝国的支持，对巴黎的街道、广场、公园、楼群、房屋等统一规划，或改造，或新造，地上或地下水电也一一落实。经过近 20 年的建设，现代性之都的雏

---

① （美）大卫·哈维：《现代性之都的诞生：巴黎城记》，黄煜文译，桂林：广西师范大学出版社 2010 年版，第 2 页。

形出现在世人面前。再到第三共和国，埃菲尔铁塔的建造，几次世界博览会的连续举办，巴黎就成为 19 世纪末 20 世纪初全世界的首都。艾青留学巴黎时(1929—1932)，虽已经过第一次世界大战，但是艾青仍能感受到"美丽巴黎"的余响和神韵。另一方面，马克斯、恩格斯的《共产党宣言》也是 1848 年发表。《共产党宣言》肯定了资产阶级在历史上的革命作用，但是也宣布它必将被自己培养的掘墓人——无产阶级埋葬的命运。今天看来，"埋葬"说有待纠正，但是这丝毫不影响《共产党宣言》的批判力量。马克斯、恩格斯正是第二次左翼思潮的核心人物。巴尔扎克、波德莱尔、左拉等大批作家艺术家也对巴黎进行了多方面的反省。这是一个充满矛盾也充满张力的时代，所以也是"巴黎神话"产生的时代。紧接着，"二战"又起，欧洲无数文化艺术精英被迫迁居纽约，巴黎作为世界文化艺术中心的地位开始让位给纽约，但是物质化、机械化、大众化的纽约无法重现巴黎的文化气息和神韵，于是传统光晕进一步消失。而在中国，像艾青那样深切地感受着巴黎，准确地把握着巴黎，热烈地颂赞着巴黎，而又清醒地批判着巴黎的诗人也不再出现。从这个角度看，艾青早期的巴黎书写就成为难得的艺术收获，因而也具有不同凡响的文学史意义。

西方现代文明史的缩影

——论艾青晚期诗歌中的异域都市想象

　　熟悉艾青研究历史的人们都不难发现，以往的研究绝大多数都集中在艾青诗歌对土地（人民、民族）和太阳（光明、自由）意象的营造和歌颂上，而对艾青诗歌就现代都市（现代性）意象的审美把握和讴歌上则或者视而不见或者关注甚少。事实上，从学术发展的角度看，这是一个亟待解决的问题。因为不深入认识艾青对现代都市所代表的现代性的思考、追求和困惑，就无法深化对《大堰河——我的保姆》这样饱含民主、平等思想情感内涵的诗篇的理解，也无法探触《时代》这样在个人现代意识与现时代集体诉求之间矛盾、痛苦的佳作的深意，也不会洞察《光的赞歌》这样具有超越一切具体苦难而渴望走向光明、自由永恒的诗篇的审美指向。就晚期即新时期"归来"之后艾青的诗歌创作而言，其中有 38 首是书写现代都市的，而这 38 首都市诗中，有 34 首又是书写欧美、日本现代都市的，它们分别是《欧罗巴圆舞曲》《汉堡的早晨》《墙》《死亡的纪念碑》《慕尼黑》《特根恩湖的早晨》《维也纳》《重访维也纳》《维也纳的鸽子》《威尼斯小夜曲》《在 Paalais de Pallauicini 宫举行的宴会》《热那亚》《翡冷翠》《罗马在沉思《罗马大旅馆》《罗马的夜晚》《巴黎》《香榭丽榭》《红色磨坊》《蒙特卡罗》《古罗马的小油灯》《远方有城市》《百老汇舞蹈》《芝加哥》《纽约的夜晚》《纽约》《洛杉矶》《旧金山》《银座》《美浓吉》《丸之内旅社的布谷鸟》《巴黎，我心中的城》《敬礼，法兰西》等。那么，在这些异域都市诗里，诗人都捕捉了什么样的历史和现代生活，从什么样的角度切入和分析这些都市，并给以什么样的审美想象和艺术表达呢？一句话，在这些异域都市诗里，诗人给我们提供了什么样的现代都市形象，并昭示着什么样的文化审美指向呢？下面，容我们一一分析和论述。

一 工业化、机械化、物化、俗化、环境恶化：都市彰显西方社会现代性发展及其后果的清醒审视和反思

按照美国学者卡林内斯库《现代性的五副面孔》的说法，现代性分为社会现代性和审美现代性两个大的类型，就其文化属性上讲他又分为现代主义、先锋派、颓废、媚俗艺术和后现代主义五个类型。所谓社会现代性即"作为文明史阶段的现代性是科学进步、工业革命和资本主义带来的全面经济社会变化的产物"[①]。它强调的是理性和功利的地位和作用，它形成现代科学、民主制度，随着经济繁荣，它引导大众文化、大众狂欢和大众消费。从这个意义上讲，社会现代性可以称为理性现代性、功利现代性、工业现代性、机械现代性、经济现代性、商业现代性、大众现代性、消费现代性等等。同时审美现代性产生，如美国学者丹

[①] （美）卡林内斯库：《现代性的五副面孔》，顾爱彬、李瑞华译，北京：商务印书馆 2002 年版，第 41 页。

尼尔·贝尔在《资本主义文化矛盾》中所言,在资本主义上升阶
段,也就是现代性最初发展、上升的阶段,独立的企业家和艺术
家同是时代的"新人",都起过革命作用,但是企业家供奉效率原
则——工具理性、科层组织、清教伦理,导致人性的异化,人生目
的的偏执,于是艺术家与他们的分裂便成为历史的必然。"可以
肯定的,在十九世纪前半期的某个时刻,在作为西方文明史一个
阶段的现代性同作为美学概念的现代性之间发生了无法弥合的
分裂。"①问题在于,社会现代性一头独大,审美现代性无法阻挡
其"前进"的脚步,甚至还要为它所吸收、同化,导致自然环境和
人文环境都严重恶化,于是学术界一般指称的非理性粗野化、精
神低俗化、艺术快感化、文化复制性的后现代时代汹涌而来。应
该说,卡林内斯库总结的资本主义文化现代性的五副面孔,其中
前三种属于精英先锋文化文学艺术,第四种属于大众通俗消费
文化文学艺术,最后一种介于以上二者之间。可以说,艾青新时
期"归来"之后所写的异域都市诗非常突出地表现了这一历史趋
势和生活现状,从而构成对西方现代文明的"史诗"般呈现。20
世纪 40 年代,朱自清称赞孙大雨那首表现纽约现代个性的《纽
约城》"正可当'现代史诗'的一个雏形看"②,我们认为艾青晚年
所写异域都市诗更具这种史诗的特点。

　　新时期"归来"之后,受欧美和日本等国家文化艺术团体的
邀请,艾青曾三次出访欧美(1979—1980)、一次出访日本
(1982),在这期间写下以上我们所列举的异域都市诗,其中最早

　　① (美)卡林内斯库:《现代性的五副面孔》,顾爱彬、李瑞华译,北京:商务印书
馆 2002 年版,第 40—41 页。
　　② 朱自清:《诗与建国》,见《朱自清全集》第 2 卷,南京:江苏教育出版社 1988
年版,第 351 页。

写作和发表的就是《欧罗巴圆舞曲》(1979)。圆舞曲,英文名Waltz,即我们常译为华尔兹的舞曲。华尔兹原为奥地利民间的一种舞曲,17、18世纪开始被维也纳宫廷迎纳,法国大革命时期逐渐进入城市平民生活视野,之后迅速风行于欧美各国。圆舞曲的特点是节奏明快,舞者动作轻巧,情绪热烈奔放,充分表达自由活泼欢快而又不失文雅的审美情趣,其中的男女贴身相拥更是冲破了之前封建主义的约束,体现一种现代风尚。换言之,圆舞曲被现代文明社会接纳显现了一种艺术和精神的启蒙和开放。艾青这首诗的命名是"欧罗巴圆舞曲",但是诗歌文本所要表达的是这种圆舞曲艺术神韵和风尚的逐渐被替代和消失。诗歌开篇就揭示"随着多瑙河的水/被工业所污染/《蓝色的多瑙河》/就只能从施特劳斯的圆舞曲里/去寻找稀薄的影子"。也就是说,在施特劳斯创作圆舞曲《蓝色的多瑙河》时,多瑙河里的水还没有被污染,相反,这时的多瑙河凭着它的"蓝色"给艺术家以灵感,使他创作了不朽的艺术典范。诗篇在肯定《蓝色的多瑙河》的同时也肯定了那个时代。诗篇下面叙写:"十八世纪曾以自由的步伐/代替彬彬有礼的小舞步。"也就是说,开放、自由的现代开始取代封闭、等级森严的古典时代。但是英国工业革命也正是从18世纪中后期起步,从此人类社会的工业化、机械化、物化及由此带来的环境恶化甚至能源短缺时代也就开始了。到诗人去欧罗巴访问的时候,诗人就清醒地看到,"一个塑料和人造大理石的时代/正在崛起;/摩天大楼的高度/早已超过Duomo大教堂;/钢铁的噪音/引起了《后宫的诱逃》/爵士乐也驱逐了《魔笛》"。《后宫的诱逃》和《魔笛》都是西方古典主义音乐的代表人物莫扎特的著名歌剧作品,前者叙述西班牙贵族小姐康斯坦采在一次航海中被海盗捉住并被卖到土耳其的后宫,康斯坦

采的男朋友前来搭救,被土耳其国王发现,以为要被惩罚,可是
土耳其国王放走了他们,允许他们双双回西班牙;后者叙述埃及
王子塔米诺带着夜女王交给他的一只魔笛去搭救夜女王被萨拉
斯特罗劫走的女儿帕米娜,而萨拉斯特罗并非真正的坏人,而是
真正的智慧的主宰,"光明之国"的领袖,因此对于塔米诺的为敌
并不计较,最后让塔米诺识破夜女王的阴谋,而成全了他与帕米
娜的爱情。可见,两部歌剧均歌颂了美好的爱情和英明的国王,
表现了正义、善良战胜邪恶、凶险的主题内涵。古典主义文学艺
术虽然讴歌王权,但是在作品中,王权与爱情是相谐的,而不是
相反的,歌剧多元繁复的音乐因为和弦的贯穿而始终保持优美
和谐、浪漫动听,可是历史进入 20 世纪后期,"国家歌剧院/虽然
还在上演莫扎特的《唐·璜》/而抽象的雕塑和绘画/却代替了
《大卫》和《最后的晚餐》//在夜总会里演奏的/是摇摆舞和甲壳
虫音乐/不断地传出的/是爆破声和滚石声"。也就是说,贵族的
古典的和弦为主的音乐早被大众的现代的强烈类型化、娱乐化
的打击乐所代替。大众狂欢的年代,"在报亭里/达·芬奇的画
集/正和美国的《花花公子》摆在一起;《艺术家的生涯》/就不得
不从可口可乐中/去寻找抒情的构思"。《艺术家的生涯》是 19
世纪中期意大利音乐艺术家普契尼的著名歌剧,叙述在巴黎的
艺术家鲁道夫与女工咪咪因为贫穷、疾病而生死两分的悲剧故
事,在这里爱情依然是要歌唱的主题,但是因为两人都处于社会
下层,所以爱情不能实现。而到了 20 世纪后半期,这种不能实
现的爱情也难以寻觅了。可口可乐是美国跨国饮料公司,它代
表了一个社会均等化、精神物质化、生活娱乐化、爱情快餐化的
时代,因为在这个时代真正的爱情是昂贵的,而每个人有能力购
得一瓶可口可乐,它所许诺的生活享受感已经进入世界千家万

户。诗篇说 20 世纪后半期的艺术家只好从可口可乐里寻觅艺术灵感,实际是在昭示随着社会现代性对人类生活的制约和诱导,20 世纪后半期以来先锋艺术的蜕化和堕落。慕尼黑附近的特根恩湖畔应该是一个很安静的所在,但是随着社会现代性的扩张,附近也修筑了高速公路,"几辆小汽车像闪电,/撕碎了这儿的平静。//那些奇装异服的外籍游客,/带着他们本国的语言,/也不必考虑马克增值/每天出入豪华的商店"(《特根恩湖的造成》),表明一个大众旅游、购物和狂欢的时代来到了。

其他,如《巴黎》《香榭丽榭》《红色磨坊》《纽约》《芝加哥》《洛杉矶》《旧金山》《银座》和《丸之内旅社的布谷鸟》等无不以其具体的内容传达了与《欧罗巴圆舞曲》相同或相近的题旨。《巴黎》开头就是:"我看见——/戴高乐国际机场/我看见——/蓬皮杜文化中心/十三区的高层建筑林立/高速公路上的立体结构/电脑控制的地铁进出口。"其中,蓬皮杜文化艺术中心于 1969 年由法国总统乔治·蓬皮杜决定兴建,由"工业创造中心""公共参考图书馆""国家现代艺术博物馆""音乐—声学协调研究所"四大部分组成,在其中,大众可以读书、研究、交流、观影、欣赏艺术、歌舞、运动、休闲、餐饮等,充分体现现代民主化、大众化,而且它的建筑材料多为钢管,建筑物多为钢架结构,所以有人戏称它是"市中心的炼油厂",这种建筑风格被称为"高技派"(High—tech)风格。接着,诗人还看见青年人驾驶着摩托车飞奔,大街旁"停放着一辆挨一辆的小汽车",说"所有这些都是五十年前所未见"。显而易见,这些都是社会现代性飞速发展所带来的结果,在文化上的反映就是更加多元化、大众化,所以诗人感叹"有人在街边耍魔术/大家围着看/把人行道都堵塞了/没有比这里再多的霓虹灯/霓虹灯下/好像全世界的游客都来了/日本人、土耳其人、非洲人"(《香榭丽榭》)。红磨坊开业于1899年,一百多年来一直是大众化娱乐的象征,在诗人眼里,它呈现出更多的机械性、狂野性和肉感性,所谓"像部队在进行操练//从非洲热带森林深处/发出的渴求的叫喊/肉体的炽热的狂风/永不衰竭的性的呐喊//……青春大拍卖/色相不值钱/整整一百多年/金碧辉煌的欺骗"(《红色磨坊》)。

美国是西方现代文明国家的后起之秀,也是西方社会现代性发展达到极致的国家,因此社会现代性给人类生活带来的工业化、机械化、物化、大众俗化也最强势和典型。《百老汇舞蹈》写诗人在爱荷华看纽约百老汇歌舞团演出,"楼上楼下挤满了人/像西班牙看斗牛似的狂热",台上"突然/随着打击乐器一齐发亮的/满台像暴风雨似的/人的肉体的/野性的狂喊","没有主题/尽是一些热烈的/没有意义的/不表现什么情绪的动作//本能的/肉欲的/歪扭着身肢的/狂乱的/猥亵的/疯狂的动作/伴随着/热烈的掌声/连表演者自己都惊愕的/狂热的掌声……"《芝加哥》写现代美国人牺牲了土著印第安人的家园,"在密执根湖畔/盖起了许多摩天大楼/",一百一十层高的"黑色的'西尔斯公司大厦'/成了'世界之巅'"。高层建筑遮住了蓝天,一切都是呼啸而过,"火车在飞奔/电车在飞奔/汽车在飞奔/警车在飞奔"。正是在这里的大学,"制造的第一颗原子弹/使日本广岛夷为平地"。到了夜晚,灯火的海洋里,"摇滚音乐伴奏着/一直燃烧到黎明"。显然,这样的热力、"燃烧"、"黎明"与诗人早年所讴歌的热力、燃烧、黎明相比,审美面向已大相径庭。早年诗人所讴歌的热力、燃烧、黎明具有积极的启蒙意义和建设意义,代表着光明、自由的向度,但是这里所描绘的热力、"燃烧"、"黎明"已带有紧张、危机、灾难的征兆。《纽约》将纽约看作西方社会现代性发展最成熟的都市，诗人的书写也加强了力度："要是说钢是大都市的肢体/那么电就是大都市的血液/……/电是我们时代的神/它支配着一切/一切都在追赶速度/人在追赶中求生存/时间在奴役着人类/金钱在驱赶着时间。"人是时间的奴隶，就意味着人是钢铁电力的奴隶，速度效率的奴隶，当然更是金钱肉欲的奴隶。所以，下面说"世界上所有种族的人/都拥挤在这个都市里/……/日日夜夜/蒸发着肉欲的气息"。这个都市的艺术也只能是"摇滚音乐的时代/与一切噪音一起/而且比赛着/看谁的声音更响"。现代美术馆的艺术也是"钢的雕塑/电光的绘画"，借用法国学者鲍德里亚的话说，真正达到了后现代的"超越真伪"①。更可悲的是这个世界是不平等的，"有人进入天堂/有人进入地狱"，而"自由神"虽然终日"挺立在"曼哈顿的小岛上，也不过是一个"孤单"的"茫然"的影子，越来越不为人们所注意。从文明角度讲，日本的现代性也属于西方范畴。诗人看到东京著名的银座大街"太多的霓虹灯/太多的人/有人在买欢乐/有人在卖欢乐"，但是"卖欢乐的人/也在买欢乐"（《银座》）。日本本来就是一个性道德观念相当淡薄的民族，到了大众消费时代，欲望狂欢更不可免。《丸之内旅社的布谷鸟》惊奇地发现，录音机里的布谷鸟及相关情景渲染竟然让诗人感到仿佛置身于真实的大自然之中，也再一次证明鲍德里亚对后现代消费社会艺术本质概括的高明。

---

① （法）鲍德里亚：《消费社会》，刘成富、全志刚译，南京：南京大学出版社 2014 年版，第 118 页。

二 战争、殖民、阴谋、罪恶、灾难:都市彰显
西方民族现代性扩张及其后果的高度概括和书写

现代性发展、演变的结果之一就是法国大革命后现代民族国家的崛起。如英国学者安东尼·史密斯所言:"民族、民族的国家、民族的认同和整个'民族国家国际共同体'都是现代的现象。""作为'民族建构'的过程,以及作为一种意识形态和运动,民族主义及其民族自治、民族统一和民族认同的理想是相对现代的现象,它们将主权、统一和独特的民族放到了政治舞台的中央,并且用它们的形象来塑造整个世界。"①现代民族国家发展的极致就是"新帝国主义"的出现。"一个看似明显有时却易忽略的通常观点是,新帝国主义与本章考察的更猛烈的欧洲民族主义紧密联系在一起。……帝国主义与民族主义是同一现象的一部分。"②相对于 19 世纪中期之前的帝国主义,英、法、美、德、俄、比利时等新帝国主义国家,以更大的规模、更高的要求、更残酷的程度对欧亚非其他民族和国家进行殖民统治。这些国家虽然促使被殖民国家民族主义的兴起,并输入一些先进的价值观念和经济社会模式,但是它带来的问题、困境和灾难更多。最主要的是它剥夺被殖民国家民族和个人的独立、自由甚至生命存在。到德意奥日等法西斯主义的兴起,帝国主义也达到极致——这些政权打着国家主义和民族主义的旗帜,侵略其他弱小国家和

---

① (英)安东尼·史密斯:《民族主义:理论、意识形态、历史》(第二版),叶江译,上海:上海人民出版社 2011 年版,第 51 页。

② (英)C. A. 贝利:《现代世界的诞生》,于展、何美兰译,北京:商务印书馆 2013 年版,第 253 页。

民族，对内则实行极权专制①。狂热、独断、贪婪，终于导致两次世界大战连续爆发，给全世界发展带来毁灭性打击，给全世界人民带来不尽痛苦。艾青历来被赞誉为"人民的诗人""民族的诗人"，作为后发展民族国家的子民，艾青对其他民族的自由、独立也同样关心，与之相适应，其异域都市诗就以清醒的审视、形象的手法和高度概括的艺术形式叙写了现代大都市参与或见证现代以来欧美殖民战争、暴力统治及其灾难性后果的一些过程，在此叙写中显豁出诗人鲜明的人道主义倾向和深广的民主主义情怀。

在现代都市发展史上，芝加哥的崛起应该很能说明西方的殖民统治怎样破坏了世界的原民族生态，给弱小民族带来了怎样的毁灭性灾难。芝加哥坐落在"密植根湖畔的/肥沃的黑草原"，那里原"是印第安人的村落"，但是"从东面来的白种人/把红种人赶跑了//他们用枪炮/占领了这个地方/砍伐木材盖起了房子/修筑公路、修筑铁路/像蜘蛛网通向四面八方//这儿有炼钢厂、屠宰场/有比煤炭更黑的黑社会/被诗人称作邪恶的地方"，但正是"这儿成了广袤的美利坚的/交通枢纽、运输和贸易中心/像章鱼伸出了吸盘/把财富集中起来"，从此"再也看不见印第安人/——谁知道他们到哪儿去了？/只有在自然历史博物馆里/还保留了他们的文化遗迹/而被释放了的/从非洲来的黑色奴隶/却繁殖得很快/他们的后裔/成群结队地喧闹着/参观科学馆"（《芝加哥》）。

在欧洲现代史上，叱咤风云的传奇人物拿破仑最初是以一

---

① （英）吉登斯：《现代性的后果》，田禾译，南京：译林出版社2000年版，第7页。

个巩固法国大革命胜利成果，并扫荡欧洲封建势力的革命者身份出现在世界面前，但当他取得绝对政权以后，又给自己戴上了皇帝的冠冕，将法兰西第一共和国变为法兰西第一帝国，虽颁布著名的《拿破仑法典》，但对外疯狂侵占欧亚非其他国家民族的领土，客观上促使这些国家民族意识的兴起，然而给历史造成的负面影响也无法估计。艾青正是基于这一点对拿破仑进行了简要的历史叙述和高度的艺术概括，并鲜明地表达了自己的主观评判。在《欧罗巴圆舞曲》里，诗人写道："《英雄交响曲》却歌颂了一个科西嘉的武夫/当他以自己的手戴上皇冠/失望的贝多芬/愤然把乐谱扔到地上。"显然，诗人通过贝多芬对拿破仑的失望表达了自己对拿破仑的失望。在《蓝色的多瑙河》里，诗人称拿破仑为"科西嘉的暴发户"，沿着多瑙河的右岸，"直逼维也纳/作为不速之客/在美泉宫里住过"。在《重访维也纳》中，诗篇写拿破仑征服了奥地利——"就在三十五年前/我曾路过维也纳/在巴登风景区/还有占领军的打靶场"。之后，拿破仑娶了奥地利的公主玛丽·路易莎，她是法国大革命中被推上断头台的国王路易十六的王后、奥地利女大公安东尼埃特的侄孙女。诗人诙谐地吟出，如此说来，拿破仑也"成了奥地利的驸马"。

对于诗人来说，最触目惊心的还是第二次世界大战给全世界人民造成的严重后果。就异域都市题材诗而言，20 世纪 40 年代初期，诗人就写下《欧罗巴》《哀巴黎》和长诗《溃灭》的几个片段，对于法西斯德国疯狂侵占欧亚其他国家，残酷监禁、屠杀进步人士和无辜人民，给全世界造成巨大灾难给予强烈的控诉和批判，1979 年访问西德、奥地利和意大利三国，在柏林、慕尼黑、维也纳、罗马等都市亲眼目睹了一些大战遗迹，自然不能无动于衷，也写下《墙》《死亡的纪念碑》《慕尼黑》《维也纳》《罗马在沉思》等诗篇。《墙》写第二次世界大战后,德国被迫分为民主德国和联邦德国两个国家,1961年柏林也被迫分成东柏林和西柏林。"一堵墙,像一把刀/把一个城市切成两片/一半在东方/一半在西方。"这显然"是历史的陈迹/民族的创伤",到诗人写这首诗时它已筑起18年。《死亡的纪念碑》想象慕尼黑达豪集中营内被残害者的绝望情景。诗人先是发问:"这是一个葡萄架?/这是一些藤蔓?/这是一堆废铁?/这是一些破烂?"接着诗人严正地引导:"请你仔细看一看//这是一些挂在铁丝网上的尸体/一个个都瘦骨嶙峋/伸出了无援的手/发出了绝望的叫喊/抗议和控诉/像拉响了的汽笛/尖厉地震响在蓝天下/震响在每个人的耳边。"诗人最后想象:"这些声音/越过了时间的坚壁/一直通向未来的世纪/永远——永远……"显然,诗人渴望后人永远记住这样的人间残景和历史教训。《慕尼黑》非常形象地概括了慕尼黑这座城市的风情和个性,说她"像巴伐利亚啤酒店的主妇/身体健康而有风韵/谁见到她都要钟情",但是也许她太蕴有风情了,所以"曾经和一个纵火犯鬼混/那是个十足的流氓/比魔鬼还要恶三分"。这里的"纵火犯"指的就是"二战"的发动者希特勒。希特勒将慕尼黑变成他的法西斯"运动首都",1933年在这里建立第一个法西斯集中营(达豪集中营),1938年在这里胁迫英国和法国领导人秘密签订《关于捷克斯洛伐克割让苏台德领土给德国的协定》(简称《慕尼黑协定》),并进而全部占领捷克斯洛伐克,暴露其阴谋嘴脸,终于导致"二战"全面爆发。所以诗篇叙述"慕尼黑的名声不好/大家都在咒骂她/把她看作灾祸的象征//……/还有一个带伞的英国人/还有一个窄额头的法国人/三个人一边喝啤酒/一边把邻居出卖了//接着是整个欧罗巴/升起了熊熊大火"。诗篇感叹"连慕尼黑她自己/也卷到大火里面//慕尼黑/是从瓦砾堆里爬出来的"。慕尼黑饱受了战争的苦难,"眼睛里流着眼泪/嘴里念念有词",可是"她(又)能埋怨谁呢"?"花了整整三十五年/才医治了战争的创伤/但她已失去了青春。"诗篇渴望"第二代的慕尼黑/比母亲更美丽、也更殷勤/但愿她不再与魔鬼交朋友/把门户看得紧/接受母亲的教训/生活得更聪明……"《罗马在沉思》写罗马历史悠久,但历尽劫难,到现代,它又成为"法西斯墨索里尼"的"发迹"地,"市政府的门前/被谁扔了一个炸弹/正在搭起手脚架/整修门面"。《在 Paalais de Pallaui-cini 宫举行的宴会》敏感地指出,年轻的意大利共和国辉煌的灯光的"后面却拖着很长的(不安定的)阴影"。《维也纳》从另一角度写战争给后人造成的惊魂未定:"美丽的维也纳/一个传说中的公主/躺在温柔的怀抱里/但她却不能真正的睡眠//老是眨着秀美的眼睛/不安地仰望星空/忧心忡忡地注意风云变幻。"

三 青春、激情、民间、友好、和平:都市体现西方人美好情愫和生活愿望的生动想象和描绘

从以上两部分内容看,西方现代性存在巨大弊端,昭示了西方现代文明的危机。所以,西方著名学者斯宾格勒宣布了"西方文明的没落";中国新儒家的代表人物梁漱溟等则坚持认为:"在世界最近未来,继欧美征服自然利用自然的近代西洋文化之后,将是中国文化的复兴。"①连梁启超这样激进的革命派欧游归来,也对欧洲现代文明产生了新的认识②。显而易见,经过两次世界

---

① 梁漱溟:《东西文化及其哲学》,北京:商务印书馆 2005 年版,第 244 页。
② 梁启超:《欧游心影录》,北京:商务印书馆 2014 年版,第 5—22 页。

大战后,艾青再来审视它,它的弊端暴露更充分。尽管如此,作为一个真正现代的知识分子,艾青对西方现代文明并没形成否定态度,因为批判不等于否定;事实上,艾青的思路更宽广,他在审视、批判西方现代性的弊端时,也在寻找另外一种西方现代文明,那就是安静的和平的友好的其至青春勃发、激情向上的西方现代文明。那么,这种文明只有到西方现代文明主流的边缘去找,到青年人那里去找,到民间去找。如此,便有了艾青下面这些异域都市诗特有的文化审美蕴涵。

1979年的欧洲访问,诗人共写了5首关于奥地利的诗,其中《奥地利之一》这样写道:"欧罗巴的心脏地带/是连绵千里的森林/是郁郁葱葱的森林/是密不透风的森林/是高速公路盘旋而上的丛林/是旅游者流连忘返的园林/是百鸟啼啭的果木林/是绿得醉人的密林//人们说:'欧罗巴的心是绿的'/奥地利是欧罗巴的心。"也就是说,奥地利的自然生态可以代表欧洲的自然生命力,而维也纳就在这种自然生命力的围抱之中。维也纳又是世界艺术之都,特别是世界音乐之都。言外之意,维也纳的存在不在西方社会现代性的主流之内。或者说,维也纳的生态特性和艺术特性一定程度上消解了西方社会现代性的某些紧张和弊端。正因为如此,所以诗人在书写维也纳时,不像书写慕尼黑、纽约、芝加哥等都市那样强调其消极面,而主要是诉说她所遭受的惊吓和灾难,特别凸显她温良、善意、友爱、和平的个性。《维也纳》将惊魂未定的维也纳比喻成一个"传说中的公主/躺在温柔的怀抱里","老是眨着秀美的眼睛",这一形象实在太能给人以真纯、温柔、贤良、美丽的印象。《重访维也纳》说由于"二战"之后奥地利成为"永久中立国",所以世界上无数的旅客都来了,"把维也纳的气温(都)提高了/欢乐像啤酒泡沫/要从杯子里满出来了"。诗人真诚地祝福"美丽的维也纳":"国家繁荣昌盛/人民长寿永康。"《维也纳的鸽子》说"维也纳是鸽子的城",到处都是鸽子,最重要的是这些鸽子虽然在战争中也曾被驱散、丧失家园,但是现在依然能够那样"自由自在地迈着步子/毫不惊慌/……/好像没有听见过枪声/也没有看见过火灾/永远那么安详"。诗篇最后赞誉:"维也纳的鸽子/是我们这时代的天平上的/一颗小小的砝码/维系着千百万人对于和平的愿望。"

诗人很多诗都注意去寻找、发现西方现代都市人民对于友爱、和平的诉求,以显示出现代都市性积极、美好的一面。《墙》控诉将柏林人民隔开的"墙"的罪恶,呼应柏林人民团结、自由的愿望。《翡冷翠》歌吟:"翡冷翠/举世闻名的花城/你是好客的/每年博得五十万旅游者的心。"《祝酒》写诗人在米兰接受热情招待,大家举杯相庆,说出的敬酒词"干杯"就仿佛是中国文字里的"亲亲,亲亲",柔顺入耳,充满友爱。《威尼斯小夜曲》叙写威尼斯是一个美丽的城,艺术的城,梦中的城,节日般的城,青年人可以自由恋爱的城,而且她与中国的苏州结成了友好城市:"威尼斯,/苏州城,/美丽的城市,/美丽的人,/都因水城更多情。"即将封笔时所写的《巴黎,我心中的城》赞扬毕加索特为"二战"后世界和平大会创作了绘画作品"和平鸽"。"毕加索和鸽子/走向世界人民的心。"《敬礼,法兰西》赞颂:"从北京到巴黎/友谊之花常开/友谊之树常青。"《罗马的夜晚》写诗人不满足于罗马表面的衰颓,而到民间去寻找"真正的罗马",到青年人中去寻找"希望的罗马",于是诗人给我们描绘了一幅极其生动活泼、充满青春激情和友爱的画面。诗人在一个夜晚来到"铁斯塔索工人区/圣玛利亚广场/那八棵大树的下面",一场"民间音乐演奏会开始了"。"大家有节奏地摇摆着身子/随着音乐在大腿上拍打/吹拉弹唱都很卖劲/呈现着一片狂欢的景象//一阵一阵歌声/唱醒了广场四周的楼房/一阵一阵号声/吹亮了所有窗户的灯光。"这时,"民间女歌手们也来了/乔凡娜和安娜丽莎都来了/她们一同唱'圣母玛利亚'/歌声多么柔美虔诚"。年轻人又唱又跳,"有节奏地旋转/嘴里发出呼啸/皮鞋不停地蹬踏//安娜丽莎也激动了/把手风琴递给乔凡娜/在他们中间跳起来/三个青年配合着她//她大方地摆动着上身/两臂像展开的翅膀/长发甩动在背上/裙子因旋转而飘荡//舞蹈使人更欢乐/欢乐使人更美丽/乐声鼓舞着青春/青春激荡着爱情//所有的人都打着拍子/不停地喊着她的名字/'安娜——丽莎!/安娜——丽莎!/安娜——丽莎!/安娜——丽莎!'"安娜丽莎已经很疲倦了,但还是纯真地微笑着,与大家一起分享欢乐。青年们听说诗人来自中国,便即兴自编自唱:"'来了这么多的人/大家都向往着北京/那儿有咱们的朋友/那儿有咱们的亲人'//楼梯上的人马上相应:'我们都想到中国/可是我们意大利人/不会说中国话/你说怎么办?'//马尔科接着唱:'不会说话不要紧/我给你们当翻译/你们只管放心去/一定会受到欢迎……'//安娜丽莎接着唱:'我多么想到中国去/想得我都生了病/但是我怕坐飞机/上了飞机就头晕……'//马尔科马上回答她:'只要你肯下决心/怕坐飞机不要紧/我和你手牵手/一同走路到北京……'"更可贵的是,青年们同情和支持工农斗争,他们愿意在"在战斗中牺牲",认为那是人生"最美丽的花朵",深夜还在高唱:"起来/饥寒交迫的奴隶/起来/全世界受苦的人……/团结起来/到明天……"诗篇最后叙写道:"像春雷在天边滚动/像暴风雨从天际降临/像熊熊的烈火蔓延在原野/……/终于看见了/一个真正的罗马/热血沸腾的罗马/充满青春活力的罗马/……/——我好像听见了/在罗马的废墟上／吹响了进军的号声……"

四 革命、自由、艺术、美：都市体现人类
美好时代的深情回忆和咏叹

大概没有人会反对这样的表述，人类的发展和演变往往存在一些辉煌独特而后世又无法复制、重现的历史时段和节点。马克思称古希腊艺术是人类至今无法企及的典范，中国的历史学家称中国远祖三皇五帝时代是中华民族的黄金时代，都是一样的道理。在世界都市发展史上，19世纪末期到20世纪初期的巴黎无疑是一个独一无二的存在，正如20世纪30年代的上海在中国现代都市发展史上是一个独一无二的存在。根据西方学者的研究，巴黎的现代化进程开始于1750年左右，但是作为自觉的"现代性之都""世界之都"的建设开始于1853年奥斯曼主政巴黎之时①。之后，巴黎迅速崛起，到第二次世界大战爆发之前，她已举办过五次综合性世界博览会和多次装饰、艺术类世界博览会，显示充分的经济实力和先进的文化—艺术生活理念。巴黎经过大革命和巴黎公社洗礼，自由、平等、博爱的思想已深入民心，虽然说巴黎的阶级斗争形势依然严峻，但凭着她的开放性、自由性、创造性和革命性及由此给人类现代生存带来的希望，吸引了世界上无数的政治家、革命家、思想家和文学艺术家，他们许多人都情愿将巴黎当作自己真正的精神家园②，许多文学

---

① （美）大卫·哈维：《现代性之都的诞生：巴黎城记》，黄煜文译，桂林：广西师范大学出版社2010年版，第15页。
② （法）帕特里斯·伊戈内：《巴黎神话——从启蒙运动到超现实主义》，喇卫国译，北京：商务印书馆2013年版，第313页。

艺术经典也创作于此。这时的巴黎也有大众文化,红磨坊就是这一时期开业并迅速成为世界大众文化的风向标,但是这时的大众文化并不占巴黎文化艺术的主体部分,不影响整个巴黎文学艺术的精神品位,相反,与巴黎的精英、先锋文学艺术倒是构成了饱满的艺术张力。遗憾地是,"二战"又起,希特勒几乎摧毁了整个欧罗巴,无数优秀的文学艺术家被迫逃离巴黎(包括维也纳),来到纽约,欧洲现代文明的鼎盛时期就此结束,"巴黎神话"也走向衰竭。后现代时期,引领世界文化潮流的美国是一个缺乏形而上精神的国度①,注重科学、实用和民主,加上两次世界大战彻底颠覆了人们的生活信仰,大众文化终获得空前发展,精英文化进一步退居边缘,于是对"美丽时代"巴黎的怀旧和乡愁也与日俱增。如帕特里斯·伊戈内在《巴黎神话——从启蒙运动到超现实主义》一书中所感慨:19世纪末期20世纪初期的巴黎"是一个完美现代城市的必要的、标准的、合理的、令人向往的典范,它是超越了现实的艺术杰作"②,它"激起了我们的怀旧情思。我们从中看到了美丽时代的鼎盛时期——它可能在许多方面不那么美丽,但无论如何,与随后发生的:第一次世界大战、……法西斯主义和纳粹主义、1929年的经济危机、第二次世界大战、集中营等等这一切相比,我们觉得那是灿烂的年代"③。

　　问题是,像艾青这样既非是巴黎人,又非后来生活在欧美这样的资产阶级国度,他能否对巴黎产生怀旧和乡愁呢? 答案是

　　①　陈乐民:《欧洲文明十五讲》,北京:北京大学出版社2004年版,第205页。

　　②　(法)帕特里斯·伊戈内:《巴黎神话——从启蒙运动到超现实主义》,喇卫国译,北京:商务印书馆2013年版,第179页。

　　③　(法)帕特里斯·伊戈内:《巴黎神话——从启蒙运动到超现实主义》,喇卫国译,北京:商务印书馆2013年版,第103页。

肯定的。以往学术界的研究总是强调艾青对中华民族的感情和献身，而对艾青与作为现代性之都的巴黎的情感和认同有意无意地忽略，这不能不说是一种令人遗憾的误读。事实上，艾青1932年写的《芦笛》就已经将巴黎当成了自己的精神家园，到了1984年写《巴黎，我心中的城》则更进一步，深情歌唱：巴黎，你"像一朵全开的花，你有花都的美名"，因此引起全世界人的敬仰和膜拜，赞叹、怀旧和"乡思"之情赫然跃于纸上。

　　艾青晚年共写有6首关于巴黎的诗。1980年5月重访巴黎时，诗人感到这个巴黎已不是当年他熟悉的巴黎，更不是他梦中的巴黎，所以《巴黎》《香榭丽榭》《红色磨坊》都主要是有距离地审视和批判。前两首诗都有现实与记忆交叉对比的结构模式，对比的结果是过去的巴黎被现在的巴黎覆盖、改造和征服。《巴黎》写现在的巴黎的钢铁建筑、高层建筑、立体建筑、现代化装置、机械运行模式、亚非人在巴黎的流浪和谋生、巴黎的劳资矛盾、工人阶级的斗争、世界能源的短缺等，只有其中一节叙写道："而古老的/方型花岗岩所铺就的路面/被雨洗得干干净净/修长的尤加利树/像年老的妇人/在回忆往日的幽静。"《香榭丽榭》在揭示现在的巴黎的机械化、高速度、粗野、肉感、大众狂欢的同时，追忆了当年自己"在香榭丽榭大街上散步/可以看见贵妇人/乘着马车的优雅风光"。《红色磨坊》主要是审视一百多年来巴黎欲望狂欢的一面，从情感态度上看，主要是批判，但是这种情况到了1980年下半年出访美国，写《纽约的夜晚》时有了很大变化。如前所述，《纽约》凸显了社会现代性在20世纪后期发展的极端，正是在这种高度工业化、机械化、物化、俗化、环境恶化的语境里，诗人又写出《纽约的夜晚》，叙写客居纽约的几位外籍诗人、艺术家在纽约年轻的汉学家的家里聚会，听诗人和另一位年

长的中国诗人话说当年巴黎世事沧桑。他们几位步行到一个法
国餐馆,仿佛"回到半个世纪前/巴黎的一条小街/古老的街灯/
像回忆一样幽暗"。餐馆的"墙上画了四个窗户/都是巴黎的景
色/铁塔/凯旋门/蒙马特教堂/巴黎圣母院"。这说明无论是文
学艺术家还是一般大众都在回忆往昔的巴黎,都在巴黎神话中
寻找安慰。所以,诗歌最后写道,"几个人在一起/好像一群夜游
人/在这冬天的夜晚/默默的散步/走呀走呀/忘掉了时间和地
点"。到 1984 年写《巴黎,我心中的城》和《敬礼,法兰西》,诗人
离封笔已经不远了,其情感态度似乎不需要再做过多的掩饰,于
是将巴黎歌唱提到最高度。《巴黎,我心中的城》开头就是那句
"你像一朵全开的花,你有花都的美名"。关键在于怎么理解这
个"全开"?笔者以为要透彻了解这句诗的精义,要考虑到一个
常识性的问题,就是老年人对当年的回忆往往就是对青少年时
期的回忆,因为青少年时期是一个人最充满梦想、最有激情活
力、最有创造性也最易被阻挠、最压抑的时期,这一时期无疑会
给一个人今后的人生留下最深刻的印痕,一生中在内心最为激
荡,临到晚年必然也会深情回味。根据这样的思路,笔者以为晚
年艾青所说的巴黎,"你像一朵全开的花",这个"全开"就是指当
年诗人置身巴黎前后时期巴黎所呈现的最开放、最自由、最有创
造性、最有活力的状态,包括巴黎的妓女都是那样大胆地参与革
命,工人阶级的阶级斗争也显得那么爱憎分明,呈现激烈、热情
奔放的风格。将这一切个性艺术地恰如其分地呈现出来的就是
1830 年德拉克罗瓦的名画《自由女神引导人民》。"全开",意味
着一切不必要的人为的界限和障碍在巴黎面前都可以消解了,
包括一切人间愚昧、封闭、狭隘、停滞甚至俗常道德。《巴黎,我
心中的城》接着讴歌:"再美的花,也美不过革命/'巴黎公社'从

你《怀中诞生//一百多年了,回荡着/《国际歌》的歌声。"《敬礼,法兰西》也颂扬"法兰西人/把专制的暴君/路易十六送上断头台"。两首诗都赞美了巴黎的国际友爱和平精神,特别是纯文学艺术精神——"蒙娜丽莎含着笑/你是我心中的城","从蒙巴纳斯到蒙玛特/洋溢着艺术的气氛/巴黎是一座美丽的城"。两首诗先后用"美、再美、美不过、最美、美丽"礼赞巴黎,礼赞法兰西,并深情诉说:"塞纳河静静地流过/一座古老的京城","常在梦中思念你/星夜闪耀着群星。"显而易见,由于诗人的深度认同和情感留恋,19世纪末期20世纪初期的巴黎在这里被"神话"化了,它代表着人类文明特别是西方现代文明的积极成果,代表着人类历史特别是现代历史中一段最美好因而也无法复制、不可重现的时光。

结 论

笔者在多篇文章中均强调艾青人生追求和诗歌创作的现代性审美价值取向。解志熙先生称其为"左翼现代主义者"[1],实在精当不过。左翼,使艾青坚持鲜明的民族立场和阶级立场、现代主义,又使艾青坚持文化文学艺术所彰显的西方现代文明的普世价值。二者融合在一起,使艾青既闪避了抛弃阶级性、民族性和传统性所带来的抽象和涣漫,也疏离了抛弃现代主义和世界性所带来的封闭和狭隘。从后期异域都市书写看,面对西方现代文明越来越严重的弊端,加上艾青近40年的社会主义思想规

---

[1] 解志熙:《精深的冯至与博大的艾青——中国现代诗两大家叙论》,见解志熙《摩登与现代——中国现代文学的实存分析》,北京:清华大学出版社2006年版,第133页。

训,晚年艾青对西方现代文明保持了高度警惕,所以这些诗歌在叙写、描绘和想象诗人所见所闻所思所感西方现代都市所代表的西方现代文明时,总是采取不动声色的史诗笔法,力求避免陷入表面的价值判断之中,但是这些诗歌内在结构上的现实与回忆对比,特别是关于巴黎的神话"敬礼"态度和深情咏叹笔调,还是让我们看到了艾青作为一个"现代诗人"其精神世界和艺术世界的"冰山一角"。艾青还是那个艾青。在艾青这部分诗歌刚刚面世的时候,骆寒超先生就撰写了一篇很有眼光和洞见的《论艾青诗的现代化新动向》,分析归纳艾青晚年异域(都市)题材诗歌怎样在漫长的共和国现实主义道路之后重回现代主义,并特别标明这是晚年艾青诗歌的"现代化新动向"①,客观上表明,艾青晚年的"归来之歌"有更深刻、复杂、多元的文化审美意蕴需要后来的研究者细心探寻。

---

① 骆寒超:《论艾青诗的现代化新动向》,杭州:《浙江学刊》1982年第1期。

中产趣味、都市空间与情爱书写

——论令狐彗的小说创作

　　令狐彗,即 20 世纪 80 年代以后闻名于中国当代知识界、文坛的董鼎山。董鼎山(1922—2015),浙江宁波人,1945 年上海圣约翰大学英国文学系毕业。复旦附中求学时即在柯灵主编《大美报》副刊"浅草"发表散文《铃声》,进入大学后写作开始活跃,曾用坚卫、桑紫、田妮和令狐彗等笔名在《文汇报》副刊"世纪风"、《辛报》《文潮》《万象》《生活》《幸福》等报刊发表散文、小说。抗战胜利后写作达到高峰,1947 年 8 月在友人沈寂帮助下出版短篇小说集《幻想的地土》(上海,正风文化出版社),其中包括六篇小说:《白色的矜持》《蓝》《故事的结束》《白猫小姐》《莳罗拉》《幻想的地土》;次月即赴美国留学,时隔半个多世纪,2001 年又在沈寂帮助下出版小说集《最后的罗曼史》(上海,百家出版社),其中包括十六篇小说:《白色的矜持》《残缺的遇合》《最快乐而最寂寞的》《无花的冰岛》《莳罗拉》《蓝的故事》(即《幻想的地土》中的《蓝》)、《橱窗里的少女》《我希望我是十七岁》《睫毛上的澄珠》《白猫小姐》《故事的结束》《幻想的地土》《群像》《顽皮的象征》《五彩的城》《最后的罗曼史》。这些小说,除《最后的罗曼史》写

在 1989 年作家工作退休时外,其他都写作并发表在 20 世纪 40
年代。另外,作家还在当时小报《辛报》发表过《漩涡》,《文汇报》
副刊"世纪风"发表《梦之舞》《夜之华》,《幸福》发表"世纪末小
品"续篇,《西点》发表《小孩子金述》《Betty Brady 小姐》等小
说。也就是说,作为小说家的令狐彗,主要活跃于 20 世纪 40
年代。

　　最早对令狐彗的创作进行评价是 1947 年 8 月令狐彗赴美
留学之后。这一年 9 月,《幸福》第 1 卷第 11 期开辟专辑,发表
令狐彗《告别幸福》、钟子芒《记令狐彗》、上官牧《与令狐彗一席
谈》和汪波(即沈寂)《谈〈幻想的地土〉》四篇文章。其中,钟子芒
的《记令狐彗》谈论令狐彗写作的缘起、笔名"令狐彗"的使用、作
家创作的利弊,认为令狐彗的小说不是凭空虚构,而是把他自己
的朋友写了进去,为了寻找灵感,他有时候"混进那群喜欢 Play
的男女中去";由于像不少朋友那样没有将精神都放进写小说中
去(他的主业是做报社记者和编辑),"文笔方面显得有些杂乱"。
汪波在《谈〈幻想的地土〉》中则称"令狐彗的作品自成一种风格,
他写的故事全是读者们常遇到的或希望遇到的,又真实,又浪
漫,……他的文笔流利,朴素,不像有些作家拼命的堆砌词藻
……他有他的作风,他有他的读者,他有他的前途"。而真正从
学理的角度探讨令狐彗小说的价值是从当代海派文学研究专家
吴福辉先生开始。1995 年,吴福辉先生撰《都市漩流中的海派小
说》出版。该著作志在"为海派文学正名",第一次全面、系统地
梳理、讨论了现代海派文学发生发展的过程,既有对海派文学总
体表现内涵、文化风貌、审美特征和文学史地位的考量和把握,
也有对海派几十位作家创作的概括分析。其中,对令狐彗的评
价就有六处之多,认为令狐彗"是个善于描绘新一代洋场儿女风

情的青年作家",其小说"殖民地气息与现代性气息纠缠最难解难分";小说都市空间由穆时英等20世纪30年代海派作家爱写法国公园等象征性公共空间转换到善写"一群少男少女的家庭舞会",在这里,女孩子比男孩子更早熟;小说叙事上游走于现实与虚拟之间,"故事里套故事",暗藏玄机,"文体扑朔迷离,巧妙耐读"。吴先生的研究代表新时期以来海派文学研究的最高水平,对今后的海派文学研究和都市文学研究影响深远,只是作为整体的令狐彗小说的面貌并没有机会得以呈现。2006年,新一代海派文学研究专家李楠在《上海文学》本年第3期"海派小说钩沉"专栏里发表《〈漩涡〉:青春型爱情的短暂与美丽》,以《漩涡》为基点,比照令狐彗同时期作家东方蜥蜴(李君维)的小说,第一次以专文的形式较全面具体地介绍了令狐彗与董鼎山的关联,令狐彗20世纪40年代小说创作的一般情况,重点介绍了令狐彗小说的人物、表现内涵和审美趣味,只是,因为文章体式的限制,并没有对令狐彗小说及其文学史贡献做进一步的探讨。2015年年底,2016年年初,陈子善先生在香港《明报》发表《令狐彗就是董鼎山》和《〈幻想的地土〉》肯定《幻想的地土》"堪称当时上海都市文学的可喜成果",但也是文章体例所限,仍然没有对这部作品集的具体内涵展开论述。近几年,报刊上也有一些文章涉及对令狐彗小说的评价,且不乏真知灼见,如有的称赞20世纪40年代令狐彗小说和散文"都成绩斐然","有生气"①,有的认为小说幻想的成分多,现实的成分少,甚至"看不到任何的现实跌宕"②,但这些评价都近乎零星的个人感悟,放在现代文学史

① 黄恽:《远去的董鼎山》,广州:《南方都市报》2016年1月25日。
② 吴霖:《遥望〈幻想的地土〉》,北京:《北京晚报》2017年6月22日。

框架里进行讨论也相差甚远。鉴于此,本人不怕暴露自己的肤浅,撰写此文,以期能引发出一些有价值的话题,从而推动对令狐彗小说创作的研究。

一 新一代中产阶级青年形象的显影

《董鼎山口述史》里多次提到:"我出身中产阶级。"[①]"我们中产阶级出身。"[②]"我这个中产阶级出身的。"[③]可见,董鼎山先生对于自己早年的社会文化身份有相当自觉的意识。那么什么是中产阶级?中西方中产阶级又有什么异同?令狐彗小说又是怎样塑造中产阶级青年形象的?这是我们首先要探讨的问题。

英国学者劳伦斯·詹姆斯在其《中产阶级史》中指出:"中产阶级从来都没有形成一个各部分协调统一的整体。它一直处在一种不停演化的状态中,……14世纪至18世纪涌现出来的'中层社会'在19世纪成为了中产阶级。……不论过去还是现在,中产阶级的核心成员都是脑力工作者,包括律师、医生、建筑师、企业家、教师和任何掌握了金融奥义的人。"在这些人员中,成功的工商业、金融业人士又是核心中的核心,因为詹姆斯下面马上又指出:财富、地位、消遣、娱乐、趋时是中产阶级主要的生活目

[①] 王海龙撰写:《董鼎山口述史》,南京:江苏凤凰文艺出版社2016年版,第45页。

[②] 王海龙撰写:《董鼎山口述史》,南京:江苏凤凰文艺出版社2016年版,第59页。

[③] 王海龙撰写:《董鼎山口述史》,南京:江苏凤凰文艺出版社2016年版,第60页。

标和生活趣味①。周晓虹等著《西方中产阶级：理论与实践》更清
楚指出：在西方，中产阶级有一个从老中产阶级向新中产阶级转
变的过程。老中产阶级指现代化早期的企业家、产业主、商人
等，新中产阶级指现代化鼎盛时期因社会产业结构变化、"管理
革命"而出现的受雇的管理人员、服务人员等②。新中产阶级，就
是 C.莱特·米尔斯所指称的"白领"③。由于历史语境不同，中
西方中产阶级产生、发展及在历史上的作用也不尽相同。西方
中产阶级内部也存在差异性，但无不是西方社会历史自然产生
的结果，它的核心是西方社会民主自由政治环境的成熟，市民社
会的成熟，反映在文化审美上，是世俗性与现代多元性的融合，
反映在人格建构上，是积极面世、务实，尊重自由、民主、平等，趣
味多元。当然，另一面，它的庸俗性和压抑性也同时存在。中国
语境中的中产阶级，是从西方发达国家、民族嫁接而来，在落后
与进步的对比结构中带有一定的新鲜启蒙性，在中国历史介入
后带有一定的滞后性。这样，中国的中产阶级始终面临水土不
服和被扭曲甚至被妖魔化的困境。西方中产阶级自身的矛盾局
限和危机加上中国历史语境的困扰，中国的中产阶级始终生长
艰难。笔者以为这不仅是一个道德问题，而是中国社会历史文
化发展的向度问题和合理性问题。换言之，我们该如何看待中
产阶级在全球化现代历史语境下，其在中国的出现和兴起？就
文学书写讲，中国现代文学从 20 世纪初就已开始关注这个问

① （英）劳伦斯·詹姆斯：《中产阶级史》，李春玲、杨典译，北京：中国社会科学
出版社 2015 年版，第 2—3 页。
② 周晓虹、王浩斌、陆元、张戌凡：《西方中产阶级：理论与实践》，北京：中国人
民大学出版社 2016 年版，第 10—13 页。
③ 参（美）C.莱特·米尔斯：《白领——美国中产阶级》，周晓虹译，南京：南京
大学出版社 2016 年版。

题，但是在茅盾《子夜》、曹禺《日出》中，中产阶级是被质疑、贬损甚至丑化的对象；在刘呐鸥、穆时英笔下，又是被作为人生欲望化、颓废化的象征性符号出现。作为正面的历史力量始终缺席，作为正面的人格也残缺不全。这种状况，到20世纪40年代后期海派文学那里稍微有所改变，这是不可忽视的进步。徐訏的剧作《月亮》叙写一个吴荪甫加周朴园式的资本家李勋位原是张家一个钱庄的掌柜，靠着精明强干，骗取老东家20万巨款逃到上海开厂办企业，经过30年奋斗，他已成为上海滩著名企业家。他的两个儿子闻天、闻道都受到很好的现代教育。老大具有平民意识，爱上做女仆的月亮；老二具有民主思想，同情并参加工人斗争。他们的思想言行似乎与一般的中产阶级不同，但是剧本没有给读者提供将他们两个理解成受我党意识形态影响和操纵的线索，我们只能理解成到了20世纪40年代，中国的中产阶级新一代已经具备较为健全的现代民主、平等意识，并且具有了一定的行动力量。

令狐彗小说与其他海派小说一样远离社会政治斗争，只写日常社交场所中的青年男女，但是作家有意为他们画像，通过他们对异性的态度还是较好地显示了他们的人生趣味并刻画了他们的性格。《群像》篇幅较长，总共叙写中产阶级六个青少年男性和三个青少年女性。独生子许雷伦读的是免考入学的野鸡大学，整天戴着太阳镜，骑着当时非常时髦、贵重的哈雷牌脚踏车飞行于南京西路富人区春光明媚的马路上。他就此不可一世，以为这世界就是他的，但是他无法挣得心爱女孩的喜欢。显然，他不思进取，过于自大，自以为是，深层次的是过分浅薄自私，不能更深入地理解人生和包容别人。夏奈何曾经是一个哲学和文学的研究者，还会写流丽的散文，对人生有较深入的理解，但是他又过于内向、封闭，自我压抑，与现实人生脱节。他不知道当今女孩子都喜欢什么，所以他也不会得到女孩子的欢喜。他也喜欢群体生活，社交场所里总少不了他的身影，但是他不跳舞，也尽量不与别人说话。"他在任何一个场合，总强烈地感受着自己，而不能自然地和别人融洽在一起。"曾甘尼是一个过于怯懦、没有自我的人。他总是围绕别人思考问题，做人做事"处处代人顾虑"，而"一个太顾虑别人的人，不一定对别人有利，却对自己无益"。譬如"他喜欢上了一个女孩子，在心底思考着，顾虑着，再三退一步地着想，结果，他还是希望春天是下雨天，春天不是他的"。他与女孩子的交往也是不成功。黎惠金的问题是过于女孩子气，纤细有余而粗犷不足。"他的那股清秀气，使你觉得，如果女子是水做的，男子是泥做的话，他一定是用大部分的水和了泥做的。"他"简直是在把自己列为一种贾宝玉型的人物，他愿意每一个女孩子都在他的周围，都对他表示好感，而他自己却仅赐予她们那一种极其纯洁的（单纯得过分的）友谊。比如，甚至在他真爱一个女孩子的时候，他不会有吻她的愿望。在起初，遭着这种待遇的女孩子是感激的，不过其后黎惠金总是失败。""因为多半的女孩子喜欢文雅的男孩子，但是她们的爱，却是寄托在较粗野的有着男性魅惑的男子身上的。"所以，叙述者言："我忠告你，如果你再不撇掉你这些特色，不显出你像一个男人，你永不要想追得妻子。"与以上诸青年相比的是"我"和麦伯苓。以上诸青年的勾画都是通过"我"的眼光和评判完成的，"我"能发现他们的缺陷，说明"我"对这些缺陷有自觉意识并有一定程度的超越。麦伯苓是"我"的补充，因为他比"我"更有男性气概，更阳刚、开放、人缘好，男女朋友都较多，被戏称为"交际博士"；教会大学三年级高材生，艺术、音乐、电影都来得，"好莱坞专文尤其擅长"。也就是雅俗在他这里是自然的一体。对待女性,有心爱的女孩后也并不乱来。显然,麦伯苓是近于理想、近于成功的类型。小说主要塑造了两个女性形象,一个是黛茜,一个是孙琪。黛茜是庸俗的中产阶级女性代表:教会大学学生,年轻漂亮,青春靓丽,衣着入时,仪态大方,性格高傲,自我中心,"欲望极大",有主见有威势,有一种无形中影响和驾驭人的力量。许多男生都拜倒在她的石榴裙下,但她为了便于驾驭而不让他们聚合在一起。特别虚荣,在乎礼仪,爱纠正别人的错误,显示自己的高贵,憧憬"好莱坞式的,与国内现实很不相配的生活"。显而易见,用吴福辉先生话说,黛茜身上的"殖民地气息"压倒了"现代性气息"。这样的人物也出现在另一小说《白色的矜持》里。这篇小说就是写教会大学女生赵朱蕙的美丽、高傲、冷艳、诡秘。这样一个高傲的人儿被一个情不自禁、不自量力的男生林起春迷恋、崇拜,他当然只能是失败,因为林起春虽然相貌不俗,但是性格过于老实,赵朱蕙像"许多女人这般""爱圆滑甚于老实"。赵的整体形象显示殖民地象征色彩,装束是白色,面容也是没有血色的白色。需要说明,令狐彗小说中男主人公也喜欢白色,但是他更多地代表现代性气息。尽管如此,考虑到中国中产阶级的非自发性,令狐彗小说还是带有较为明显的非中国化倾向。(白色,到郭敬明的《小时代》再次呈现非中国化和殖民地色彩之功能。)《群像》中孙琪则代表中产阶级女性的另一面:开放活泼随和有朝气,又有健康的理性。她的孩子气可以理解为健康的中产阶级还处于兴起之中,成长之中。

钟子芒在《记令狐彗》说,令狐彗小说写的都是他自己和他朋友们的生活。汪波也指出令狐彗的小说往往以他自己和周围人的生活为蓝本,"不是空想","有真实性"。令狐彗小说的一个贡献在于,他让读者看到一群现实的常态的中产阶级青年形象,可能叙写还不够立体丰厚,但是作为一种历史新人已经显影。

二　中产趣味下青年人情感生活中"爱"与"喜欢"复杂纠葛的敞开

在 20 世纪前半期的上海,中产阶级的审美趣味主要表现为中西合璧,雅俗共赏,也就是全球化与民族化的融合,虽然这种融合并非自愿的,也并非健全的。张爱玲从危机意识出发,认为"上海人就是传统的中国人加上近代高压生活的磨炼"的结果。张爱玲的文学总是拖着长长的历史的影子,这使得她的创作高于海派其他作家,而成为海派文学中最有根的文学。在这样一个过程中,令狐彗小说的历史感不足,勿需讳言,但是他写出了当时中产阶级人生的另一面,就是西化、洋化的一面,而且也写出在这一过程内中产阶级青年感情上的矛盾和困惑。考虑到现代中国生成的多重文化指向,应该说,这也是使现代中国文学具有张力的一个重要方面。如李楠所指出:令狐彗小说所写"不是上海的全部,但不能说它不是上海。因为旧上海不像中国任何其他城市,它是国际化的,殖民性的移民城市,驳杂而绚烂,不能规约在某一个固定概念之下"①。

20 世纪 40 年代不少海派作家都受过完整的现代高等教育,而且多出身于上海圣约翰大学。圣约翰大学是现代中国最有代表性的两个教会大学之一(另一个是北京的燕京大学),其最优

---

① 李楠:《〈漩涡〉:青春型爱情的短暂与美丽》,上海:《上海文学》2006 年第 3 期。

秀的校长是美国著名传教士和教育家卜济芳。圣约翰大学很多教师都拥有美国名牌大学学历。圣约翰大学的课程除国文外，其他全部用英文或其他外文上课。令狐彗小说《无花的冰岛》中就有这样的交代："我们一向就啃着英文原版书。"学校收费昂贵，非富家子弟难以立足。"校风非常洋派，崇尚英美时尚。"①"20世纪开始，在圣约翰大学的校园里，洋溢着浓郁的异国情调，俨然一设立在中国的美国学校。"②据董鼎山回忆："那时期的约大，以学生时髦标致、周末专开舞会，即所谓'派对学校'闻名。教会女子中学如崇德与中西女塾等不断为它供应新的毕业生。"③圣约翰大学毕业并留校任教曾一度担任圣约翰大学教务长的黄嘉德创办了著名的西化刊物《西风》，由同是圣约翰大学毕业的其弟黄嘉音主编，模仿当时美国最流行的杂志《读者文摘》，向中国读者介绍美国流行文化，"销路很广"，影响甚大④。这个销路和影响应该也在中产阶级圈子内。这些大学生、中学生业余生活兴趣之一就是看外国电影，其中最受欢迎的当然是雅俗共赏、风靡世界的美国好莱坞电影。抗战爆发后，美国电影越来越难以与观众见面，但是其影响并没有结束。如董鼎山所追述："在我记忆中的上海，乃是静安寺路（现南京西路）的大光明影院与隔壁的咖啡馆，霞飞路的罗宋（俄罗斯）餐室、法国蛋糕

---

① 熊月之、周武主编：《圣约翰大学史》，上海：上海人民出版社2007年版，第279页。

② 熊月之、周武主编：《圣约翰大学史》，上海：上海人民出版社2007年版，第238页。

③ 王海龙撰写：《董鼎山口述史》，南京：江苏凤凰文艺出版社2016年版，第21页。

④ 王海龙撰写：《董鼎山口述史》，南京：江苏凤凰文艺出版社2016年版，第21页。

铺与国泰影院,外滩的华懋饭店(现和平饭店),前法租界茂盛梧桐树下的马路,辣斐大戏院,苦干剧团(黄佐临、于伶、石挥),以及南京路的新雅酒店……这些都是我经常涉足的地方。"①这些影响综合起来,一个最突出的征候表现在文学书写上,就是小说中不少人物都有一个洋化的名字,人物活动的空间由商业性、社会公共性极强的舞厅、电影院、咖啡馆等转移到花园洋房式私人家庭的客厅,在以情感联谊为主的客厅派对文化中,中产阶级青年养成了新的人生趣味和恋爱方式。

20 世纪 30 年代海派小说所写内容和人物也较为洋化,如刘呐鸥《两个时间的不感症者》、穆时英《骆驼·尼采主义者与女人》《白金的女体塑像》等。穆时英《夜》为女主人公取名"茵蒂"。但是 20 世纪 30 年代海派小说大多都是叙写人物去舞厅跳舞交际、谈情说爱,如刘呐鸥《两个时间的不感症者》、穆时英《被当作消遣品的男子》《夜总会里的五个人》《上海的狐步舞》等。《子夜》中,吴荪甫家的客厅那么大,他也是去舞厅交际谈生意。邵洵美小说《贵族区》写豪宅客厅用来赌博。只有林微音的《花厅夫人》塑造了一个成长中的交际花形象。林微音与邵洵美和真美善文人群体关系密切,他受到这一群体的影响而创作,他的"花厅夫人"的成长表达了这一文学群体的文化诉求。邵洵美就首先把"salon"(沙龙)译作"花厅"②。沙龙兴盛于法国,主要参与者多为贵族和精英知识分子。在 20 世纪 30 年代的中国,北有林徽因、朱光潜家的沙龙,南有曾朴、邵洵美家的沙龙。一面

---

① 王海龙撰写:《董鼎山口述史》,南京:江苏凤凰文艺出版社 2016 年版,第 21—22 页。
② 费冬梅:《沙龙:一种新都市文化与文学生产》,北京:北京大学出版社 2016 年版,第 328 页。

是京派,一面是海派。海派的沙龙虽然已经将贵族精神世俗化,林微音笔下的"花厅夫人"也难有精神性象征取向,但她仍属于知识分子群体(虽然是一群"雅俗"的知识分子)。只有到 20 世纪 40 年代,沙龙文化变成派对文化,新一代中产阶级青年作家才开始走上历史前台,创作出趣味和风格均迥异于以往的新的海派小说。施济美小说《风仪园》叙写冯太太为了让谢康平了解自己,也是为了展示自己的魅力,在家举行派对,有歌有舞。1947 年,令狐彗赴美国留学,他的朋友们借东方蝃蝀家客厅举行派对告别。1948 年东方蝃蝀小说《花卉仕女图》叙写一群教会大学学生去给老师祝寿,在老师家客厅举行派对跳舞。派对文化兴盛于美国,它的主体是中产阶级和大众。作为客厅文化之一种,派对文化兼具社会开放性与私人封闭性、交际流动性与情感凝聚性的特点,使得生活在其中的青年男女的情感变得开放而内敛、理性而多变。在这种情况下,令狐彗小说一个奇特的现象出现了,就是,青年男女总是在"爱"与"喜欢"之间犹疑徘徊。

令狐彗小说基本上只写恋情,不及婚姻。恋情中又分"爱"与"喜欢"两种。20 世纪 30 年代海派小说中,这不构成一个文化现象,如穆时英小说感情是浓郁的,主人公往往努力攀升到爱情;或是讽刺性的,因为另一些小说中男(或女)主人公竟将物欲性欲当成爱情。刘呐鸥小说《热情之骨》中法国青年比也尔厌烦了巴黎都市生活,来落后中国寻找他的中世纪之梦,碰上花店少妇的物质之恋,"喜欢"一词也出现了,但是它没有成为与"爱"对等的自觉的审美对象。这里,"喜欢"指喜欢一种物质或行动。如"这一个月间,比也尔所得到的知识却很少。他只知道了她也和碧眼的女儿一样欢喜吃糖果,欢喜喝混合酒,欢喜看蹴球的比赛,和她以前也曾在市内的外国人办的学堂里念过好几年书,经过很奢华的生活"。茅盾《子夜》中也没有这种对"喜欢"的审美自觉。令狐萃小说写得最不轻松的大概就是《无花的冰岛》。这篇小说写的沉郁晦涩而指向心灵。小说以向对方倾诉的调子叙写一个教会大学毕业生苦苦追求爱情而未果的心境。小说中无数次提到爱情，而极少涉及"喜欢"。结果女主人公经过心灵搏斗，还是放弃了爱情而选择了金钱。因为女主人公不相信一个大学生会爱上一个穷人家的女儿。这里面彰显出一个现世是否还存在不计贫富、超越阶级悬殊的浪漫之爱的追问。《睫毛上的澄珠》也是稍近沉郁的，因为也是探讨爱情为何不能实现的问题，所谓"最美的也最可伤心的"。小说主人公对着当前的女朋友诉说他与前女友为何分手的故事，一个是尘世的一员，一个是虔诚的基督教徒，各有选择和信仰。姑娘将爱情与信仰合一，"决心不再将爱情施给别人"，结果"她丢弃了人间的幸福"。可见，尘世间的爱情还要在尘世中寻找。但爱情依然是一种信仰，不是一般的尘世的幸福。《幻想的地土》写世间和我们都各有缺陷，世界远不如幻想的广大，那么大家只好接受有缺陷的爱情。《蓝的故事》就开始写"喜欢"与"爱"的复杂纠葛。大学毕业生遇到前来借宿的"小姐"，因为同居一室而冲动，因为她的美丽而产生爱情。"小姐"说这不是灵魂之爱，是肉欲之爱，因为美丽是属于肉体的。大学生说，"我"们经过谈话已经有所了解，"我"爱你，"我"相信"顷刻间的爱情"。第二天大学生一定要再见到她，可是当他如约找到郊外"小姐"的家庭（郊外，洋房，典型的中产阶级家庭特征），才发现"小姐"已是有夫之妇，而且"小姐"并不准备接受他的爱情。"小姐"说，我也信仰"顷刻间的爱情"，"昨天第一眼看见你，我就喜欢你了"，但是这个时间已经过去。小说中，大学生理解的"顷刻间的爱情"是可升级为有时间长度的一对一的浪漫之爱,"小姐"理解的"顷刻间的爱情"偏于暂时的喜欢和欣赏。喜欢,不是饱满的生成了的爱,因为爱不仅是身体的、感觉的、心理的,还必须是精神的、理性的,彼此负责和拥有且带有封闭性的,而喜欢往往只是一种感情态度,并不需要彼此在身体和情感上负责和拥有什么。欣赏则更是即时的不及物状态。这篇小说里,"爱"与"喜欢"就平等地打了照面,"喜欢"开始成为与"爱"对等的自觉的审美对象。《漩涡》中,"喜欢"与"爱"分得很清楚。丁赛可以对许多女孩子说"喜欢",但只想对葛蕾说"爱",结果葛蕾不想要"爱",只想享受"喜欢"。"喜欢"与"爱"相比,不如"爱"严肃、深沉、专一,但比"爱"有更多的开放性、公共性、变幻流转性。《"世纪末小品"续篇》里的温妮"有其不可捉摸的诡变",不断在"喜欢"与"爱"之间摇摆,导致"我"十分痛苦。《我希望我是十七岁》写"我"(惠连)美国留学归来飞机上,被空姐丽泰的美丽所吸引,而开始喜欢上她。第二天,"我"约她在上海某餐馆再见,她也道:"我很喜欢你,惠连,在你(飞机上)拾信笺那时候起,我就开始喜欢你了。""我"以为喜欢的升级是爱情,"我"极力想把这点实现,但是丽泰却告诉我:"在我的观念里,喜欢就只是喜欢而已。"因为"我"们之间一点小误会,她就马上与"我"的富商同学柏霖人订了婚。柏霖人的妹妹柏灵子喜欢我,崇拜我,对我百般温柔,那么这该是"爱"了吧?但小说也没有肯定。《茉罗拉》写"我"不满于现在 20 岁不到的女孩子受美国作风影响变得"活泼而又老练",而喜欢与 17 岁的斐依往来,由斐依介绍舞伴又认识了 17 岁的茉罗拉。"我热爱的是斐依,可是我喜欢的是茉罗拉。"这"爱"与"喜欢"不同,就是说"我"没有表示"爱"茉罗拉,但是茉罗拉不懂"爱"与"喜欢"的区别,忙说:"别喜欢我,我们正是朋友,这样不是很好吗?"就是这样,

"我"还是得罪了斐侬,她不愿意"我"与茀罗拉接近,但自己也时常不与"我"接近。两年后,再遇茀罗拉,"我"渴望她能安慰"我"被斐侬伤害的心灵,但是她也迅速变得"老练"而拒绝了我。当"我"感慨"你们都老练了,我呢?"时,一个美国GI(军人)正开了吉普车来接她。这篇小说所写"爱"与"喜欢"关系最纠结。"我"既要有"爱",也丢不下"喜欢","我有一个遐想,如果我能把她们两个都占有,我大概是世界上最幸福的人了"。结果,"我"既得罪了斐侬,也得罪了茀罗拉。斐侬后来不与"我"见面,是在寻找"爱"还是在接受"喜欢"?从"我"的眼光看,斐侬是在"喜欢"的路上越走越远,但是茀罗拉似乎也看到了"我"的缺陷,她对"我"似乎越来越失望;另一面,她对美国大兵是"爱"还是"喜欢"?更令人困惑的是,新文学那样的审美意识形态被屏蔽后,令狐彗小说中的"爱"与"喜欢"也没有多大的区别,因为小说中所写"爱"的内涵不明朗,"爱"的缘起与"喜欢"一样也是先从对方身体的魅惑开始。这应该是作者晚年看轻自己早年小说的主要原因,如他在"口述史"中所言,小说的写作态度并不是"很严正、严肃的"①,"我写的大多是年轻人的罗曼史"②,"都是逢场作戏一样的"③。尽管如此,与20世纪30年代海派小说相比,令狐彗小说女性身体书写还是清洁得多,这应该是发展中的中产阶级审美趣味的反映。令狐彗小说不写女性裸体,也很少触及女性的胸部和大腿等性敏感区,更不写女性的性行为,不激发男性对女性

---

① 王海龙撰写:《董鼎山口述史》,南京:江苏凤凰文艺出版社2016年版,第150页。
② 王海龙撰写:《董鼎山口述史》,南京:江苏凤凰文艺出版社2016年版,第131页。
③ 王海龙撰写:《董鼎山口述史》,南京:江苏凤凰文艺出版社2016年版,第131页。

的窥视欲,而多从尊重、欣赏和暗示的角度写女性的脚和小腿,如《茀罗拉》写女主人公"美丽匀称的小腿",《我希望我是十七岁》写女主人公"纤美的脚上,……尤其是她那并在一起的穿着高跟鞋的光挺的小腿",《蓝的故事》写"她……那光滑丝袜包住的纤细的脚踝,那令人心醉的雕琢之美"等。《残缺的遇合》写女主人公整体的美,也颇具雕塑之感,显示令狐彗小说女性审美之理性、稳重、内敛和趋向于成熟。如下面一段文字:"这时我全神贯注在这位饰着黑衣的白色石膏像身上。我所说的石膏像是有着生气的灵魂的,我相信有生以来没有见过这样一位美得如用人工雕塑出来的人像。这是完全的美,脸型与身段的线条都像是由着人类肉眼的意见适配地琢饰过的,……"这与20世纪40年代后期上海整体文化氛围是吻合的。

三　都市动态时空中爱情流动性和短暂性的传达

众所周知,到20世纪30年代初期,上海已经成为世界第五(或第六)大都市,被称为"东方的巴黎,西方的纽约"。也就是说,上海已经成为世界全球化、现代化过程中的一大成果、一大标志。人类进入都市时代,也是人类生存时空重组和人类生活方式重创的时代。中世纪时代,人类生存的时间基本上是静止的,生活节奏也是舒缓的,人类生存的空间基本上也是固定的,每个人面临的都是熟人世界,不容易出现人生的新鲜和刺激;但是工业革命以来,人类生存犹如嵌入了"动力机制"[①],时间越来

[①]　(英)吉登斯:《现代性与自我认同》,夏璐译,北京:中国人民大学出版社2016年版,第15页。

越快,同时空间也越来越大,流动性越来越强,变幻性越来越突出。几百万甚至更多的陌生人(移民)聚集在一个巨大的瞬息万变、难以把握的时空里,真的如《共产党宣言》所宣布:"一切坚固的东西都烟消云散了。"鲍曼由此提出"流动的现代性"之说。每一个人都面临为了生存而改变自己、重塑自我的任务,每一个人的心态、价值观、审美观都发生翻天覆地的变化。肉身是跑不过机械利器的,所以穆时英说"总有一天会跑得精疲力竭而颓然倒毙在路上"的①。都市的流动性、匿名化,充满陌生而新鲜刺激,所以张爱玲要在普通人中寻找"传奇"。都市是产生现代罗曼司的温床,也使都市人的感情变得支离破碎,既不完整,也不可靠。所以张爱玲在小说《留情》中感慨:"生在这世上,没有一样感情不是千疮百孔的。"于是,人们退而求其次,不再祈求永久的爱情,而只希望曾经拥有爱情。渐渐地,动、变、瞬间、即时、邂逅成为诗学内容、审美对象②。本雅明说:"城市居民的快感不在于一见钟情,而在于最后一见而钟情。"③美籍学者张英进借用这种观点分析戴望舒的名诗《雨巷》,认为《雨巷》中"我"与姑娘的相逢相离就体现了这种人生况味④。笔者也曾撰文认为:"《雨巷》表面上看是由一个一贯到底的韵脚收拢,旋律和语意都不断重复、

---

① 穆时英:《〈白金的女体塑像〉自序》,见严家炎、李今编《穆时英全集》第二卷,北京:北京十月文艺出版社 2008 年版,第 3 页。

② (法)伊夫·瓦岱:《文学与现代性》,田庆生译,北京:北京大学出版社 2001 年版,第 77—80 页。

③ (德)本雅明:《波德莱尔》,第 45 页,转自(美)张英进《中国现代文学与电影中的城市——空间、时间与性别构形》,秦立彦译,南京:江苏人民出版社 2007 年版,第 180 页。

④ (美)张英进:《中国现代文学与电影中的城市——空间、时间与性别构形》,秦立彦译,南京:江苏人民出版社 2007 年版,第 180 页。

前后呼应,形成《诗经》中《蒹葭》《关雎》那样的封套式结构,但是深层次地探寻,就不难发现,《雨巷》的空间和时间形塑都体现了现代主义文学艺术的'动态/瞬时'美学。"①其实,到了20世纪40年代,有更多的文学作品对这种人生境况进行审美书写,如张爱玲短文《爱》中男女青年的猛然相识、倏然相离,《十八春》中沈世钧与顾曼桢在顾曼璐家的相近相离,钱锺书《围城》中唐晓芙与方鸿渐的相近相离,杨绛小说《ROMANESQUE》中叶彭年与梅的相识相离等。吴福辉先生称之为"都市临时型的男女交往"②。令狐彗小说中不断变幻的人与人之间关系的叙述实际上已经呼应了这种写作,但是最典型的文本还非《残缺的遇合》《最快乐的与最寂寞的》《橱窗里的少女》等莫属。

《残缺的遇合》写某个元旦的除夕之夜,"我"被朋友邀请去他家打桥牌,兴趣索然,正在这时,朋友玛蒂开车来接我去参加一个郊外花园洋房里的派对。女主人萝佩"今晚最美丽出众,也最周到热情地待客,不允许任何一个客人受到冷落"。玛蒂刚对她介绍过我,她就一手拉着"我",一手拉着玛蒂走向客厅也是舞厅。她与"我"几次跳舞都紧紧拥着,非常亲近,"我"吻她,她也很快接受。"我"的感情渴望升级。这时,天要亮了,舞会要结束了,"我"再次拥吻她,她"眼角涌满泪珠",对"我"说:"告诉你,我和你一样,我一见你就喜欢你了。可是现在,天亮了。"第二天,"我"去玛蒂家侧面打听萝佩的情况,玛蒂却说,昨晚是告别会,今天,萝佩已经飞北平结婚去了。第三天,"我"去那晚跳舞的洋

---

① 左怀建:《都市文化语境中戴望舒〈雨巷〉新论》,杭州:《浙江工业大学学报》(社会科学版)2017年第2期。

② 吴福辉:《都市漩流中的海派小说》,长沙:湖南教育出版社1995年版,第175页。

房去察看,大门已经紧锁,萝佩也没有给我留下任何信息。这里,"我"与萝佩因萍水相逢、偶然相遇而产生的感情还没有上升到爱情就结束了,"罪魁祸首"就是都市时空。时间无限空间化而变得异常短暂,"喜欢"没有升华的机遇。而另一方面,小说又在写萝佩与时间空间化的复杂关联。她的婚姻在北平,但是她喜欢太阳在上海升起。她说:"我在欢迎它,太阳一出来,我才能恢复自主。"考虑到太阳一出来,她就要飞回北平去结婚,那么她所谓"我才能恢复自主",我们也不妨理解为时间空间化已经给她带来很多困扰和迷茫。她在享受时空的流转,也几乎陷落于时空的流转。《最快乐的与最寂寞的》以作者在纽约的生活体验为蓝本,叙写周末教堂开放,许多青年到那里娱乐,"我"就在这里巧遇美丽的克劳地亚。两人几句话就达到很熟悉的状态,马上手拉手上楼跳舞,各自留下很好的印象。又一个周末,"我"接到国际学生会的邀请去参加一个化妆舞会,不想克劳地亚也参加了,而且两人分别被评为皇帝和皇后;揭开面具一看,两人惊喜于望外,不想在这里又见面了。到这里,"惊喜"正需要升华为爱情,然而克劳地亚回家乡过圣诞节,再也没有回来。"也许被她家乡的爱人留住了,也许趁圣诞假期订婚或结婚了,也许她不回校了。"这里,克劳地亚的未归与 20 世纪 20 年代陶晶孙小说《木犀》中女教师 Toshiko 回家探亲未归意义指向不尽相同。《木犀》中 Toshiko 的未归可以理解为父母意志的干涉,表现封建传统的强大;这篇小说中女主人公的未归则更多地折射都市生存环境下人的情感的游移,各种偶然性、非理性因素的困扰。《橱窗里的少女》叙写"我"常常面对外滩与南京路交叉口一艺术照相馆大橱窗里那美丽女性的照片发呆。这是"我"小时候邻居理亚的照片。她童年时代曾邀请"我"参加她的生日宴会,那时

"我"就喜欢上她。可是几个月后，她家搬到北平，两人也失去了联系。八年后，理亚成为一个"有着完整的雕塑艺术的美"的青春少女，一天"我"突然发现转进自己班内的那个女学生丽泰就是理亚，惊喜过望，从此两人感情进了一层，但是半年后她又去美国留学了，走时也没有给我留下任何书信，或照片，或纪念品等。这篇小说里的时间是有长度的，但也屡屡被空间的扩展、流动和客居性所打断。常常看橱窗里的理亚，就说明"我"渴望时间凝聚而不能。

《五彩的城》故事发生地不是纽约那样的现代性大都市，而是夏威夷岛上的火奴鲁鲁（檀香山）。"我"来这里旅游，在皇帝街与游伴失散，这时，一个当地姑娘伊芙丽来给我做导游。她领"我"参观城内外名胜，最后带"我"去海滨游泳。游泳时"我"与她对彼此的喜欢和感情达到高峰。"我"被伊芙丽的善良、纯洁和身体的魅力所吸引，伊芙丽也差点丧失了对自己的理性控制，但最后两人还是遗憾分手。不足一天的时间，东西方两个青年，匆匆相遇，而又匆匆别离。伊芙丽原是有夫之妇，她"不相信'数小时罗曼史'"的可靠性，但正是她这种对待"数小时罗曼史"的态度和处理方式，反而真的成就了两人"数小时"的罗曼史。

四　未完成的现代主义

如卡林内斯库《现代性的五副面孔》所言，现代主义只能是现代性在审美上的反映。现代性一般分为社会现代性与审美现代性两大类型。所谓社会现代性，指人类社会生产力的发展，财富的丰富，资本主义在社会、经济、工业技术方面的全面胜利；所谓审美现代性，指人的情感和审美对社会现代性产生、发展过程出现的物质化、技术化、平面化和人性异化的质疑和反抗。最早提出审美现代性是波德莱尔。他说："现代性就是过渡、短暂、偶然，就是艺术的一半，另一半是永恒和不变。"①波德莱尔是他那个时代对于西方资产阶级（其多数还是中产阶级）人生最有力的质疑者、反抗者。他不相信资产阶级的道德和历史进步说，也不与资产阶级的文化界同流合污。他是一个孤独者。但是他又天才地看到现代人生为人类的审美提供了新的内涵和新的方式，所以，他宁愿生活在人群中，而不愿离开这个所谓的庸俗的资产阶级世界。"波德莱尔喜欢孤独，但他喜欢的是稠人广座中的孤独。"②作为一个都市游荡者，他就在务实、庸俗、浅薄的资产阶级人生中发现瞬间、现时的美，他创造了文学史上史无前例的"恶之花"。在情感格调上，他流露最多的是讥讽和忧郁。讥讽说明波德莱尔有能力从资产阶级人生中超越、返观，忧郁说明他看到了历史的颓败和人类生存的根本缺陷。此后欧美的现代主义不是改变了波德莱尔，而是发展和充实了波德莱尔，所以，他们对资产阶级人生的质疑和反抗更彻底，艺术表现更荒诞，忧郁、绝望和讽刺更深远。现代主义在中国始终是没有完成的，因为中国没有西方那样成熟的资产阶级人生土壤，也没有那样的历史文化传统可以作为前提。表征在文学上，一面是"未完成的现代性"③，一面是未完成的现代主义④。令狐彗小说兼有了这两种未完成性。

---

① 郭宏安编译：《波德莱尔美学论文选》，北京：人民文学出版社 1987 年版，第 485 页。

② （德）本雅明：《发达资本主义时代的抒情诗人》，张旭东译、魏文生译，北京：生活·读书·新知三联书店 2007 年版，第 68 页。

③ 可参考（美）李欧梵：《未完成的现代性》，北京：北京大学出版社 2005 年版。

④ 可参考陈晖：《张爱玲与现代主义》，北京：新世纪出版社 2004 年版。

　　许多学者都看出，中国20世纪前半期的现代主义文学与西方19世纪末20世纪初中期的现代主义文学一重要区别就在于，中国的现代主义文学对于现代性的态度极其暧昧复杂。慢说具有商业属性的现代主义文学——海派文学对于西方社会现代性有参与、认同甚至迷恋之感，就是带有现代主义倾向的纯文学——茅盾的《子夜》和殷夫20世纪20年代末30年代初的诗歌等也有对现代工业文明的认同和歌颂。全球化背景下，这是后发展国家、民族一个绕不过去的情结。就令狐彗小说言，它写出了现代都市语境下中产阶级青年男女情爱生活中的开放性、流转性、复杂性，也写出了他们的情爱生活难以实现的境况，这本身就带有社会现代性和审美现代性的双重属性。所谓呼应了社会现代性，因为读者从他小说中看到了中产阶级的成长；所谓呼应了审美现代性，因为读者也从他小说中看到了中产阶级情感和人生的危机。小说审美价值取向始终在"最快乐的"与"最寂寞的"之间徘徊。小说所写"快乐"因为有"寂寞"和"忧郁"做底衬，所以并不显得轻浮，反而有一种深沉和辽远之韵味。这一点，应该是其小说受当时广大青年读者欢迎的主要原因之一。如作者晚年回忆："那时候这些小说的确很出名。中学生、大学生特别是女学生们特别喜欢读我的这些东西。"①

　　汪波在《谈〈幻想的地土〉》中也交代，《幸福》"每期都有很多读者来信要求多刊载你的小说"。反过来，小说所写"寂寞"因为有"快乐"和开放做底衬，所以并不潜入封闭和孤寂，是一种理解和包容的寂寞，用小说中话说，是一种"开朗的寂寞"(《最快乐的

---

　　①　王海龙撰写：《董鼎山口述史》，南京：江苏凤凰文艺出版社2016年版，第131页。

与最寂寞的》），致使小说审美上更见张力。汪波在《谈〈幻想的地土〉》中指出，"我和朋友们大都喜欢拣僻静的马路走，唯有令狐彗他喜欢在热闹的人丛中散步"。我们无法比照说令狐彗就是波德莱尔那样的都市游荡者，但是他身上确实有波德莱尔做人群中的孤独者那样的精神余韵。20世纪30年代，艾青诗歌表达抒情主人公在巴黎的孤独、寂寞、忧郁与穆时英小说表达主人公在上海的孤独、寂寞、忧郁相仿，在自我放逐、疏离社会、体现审美现代性方面深刻有力，但这些主人公的孤独、寂寞、忧郁也不乏农业文明时代人心理—人格的孤单、孤寂、孤零和封闭。令狐彗小说中主人公则基本上没有这样的反应，因而其心态也更具现代性内涵。

令狐彗小说也没有海派小说所常有的唯美—颓废倾向。这一点，它疏离了波德莱尔传统，但又恰好说明中国社会现代性与审美现代性在现实生长中的复杂关联。早期的艾青、穆时英乃至张爱玲笔下的人物和生活情境大体都可以视为作家某些情感的象征体（符号化），令狐彗小说中的人物和生活情境则基本上是写实（所写对象有其自主性）。关键一点，令狐彗是先有生活"本钱"后创作的，是写实加上想象①，而以上诸作家是没生活或生活不足（有缺失），很多情况下靠向西方现代派文学文本学习加想象而创作。

晚年的董鼎山认为自己早年的小说写作态度不够严肃，但

---

① 关于早年男女情感生活，令狐彗晚年回忆说："我一生一世这方面都是相当幸福的"；"因为我从小个子高，大概长得还不错"，所以，"我在年轻的时候，女孩子老是追求我。……我的女朋友一直都很多"；"那个时候上海滩的女性舞星和电影明星对我钟情的很多，有的甚至是主动献身的，我的处男童贞就是在那时候失去的"。分别见王海龙撰写《董鼎山口述史》，南京：江苏凤凰文艺出版社2016年版，第234、233、234页。

并没有否定自己小说艺术上的成功。他说："我早年写过很多以令狐彗为笔名的小说，它们在当时颇受欢迎。……从艺术上说，它们还并不算很幼稚，也并不有什么孩子气。"①小说在叙述上一个突出的特点就是经常打破现实与虚构的壁垒，叙述者经常穿越于现实与虚拟之间，造成审美上真假难断、虚实相间、扑朔迷离之效果。

令狐彗绝大多数小说的叙述者都是"我"，这有利于显示主人公内心世界和抒情，像穆时英《被当作消遣品的男子》那样。这种叙述视角很容易将小说写向狭窄封闭的道路，令狐彗小说也确实不具有宽广的取材，人生样式也不够丰富，但是其小说叙述口吻和叙述腔调又确实打破了内倾视角的局限性和单一性，而包容了尽可能多的人物和生活。关键在于，令狐彗只把"我"当作小说中"一个"角色而已，他只享受"一个"角色的地位和权力，他把除他之外的时间、空间和生活都留给了其他人物。这是一种民主健全的人与人关系的处理，体现一种民主精神和包容意识。正是因为这一点，其小说总是在读者跟随人物进入规定情境后，突然在结尾处告诉读者，这不过是一个故事。《白色的矜持》就这样幽默地结束："请读者们别见笑，说真的，像这么一位白色的、矜持而高贵的人儿，如果真有，说故事的也爱！"让人觉得小说故事的创造就是为了最后的拆解。更多的小说中，"我"不仅是旁观的叙述者，而且是故事的直接参与者和隐含作者。这三种功能放在一个人物身上，使一个人物的审美功能复杂而立体起来，相应地，小说的叙述也在故事内外游走，故事里

---

① 王海龙撰写：《董鼎山口述史》，南京：江苏凤凰文艺出版社 2016 年版，第 150 页。

套故事,打开了小说的多重空间,扩展了小说表现生活的容量,也丰富了小说的多重审美内涵。最典型的是《故事的结束》。小说开头即言:"我不知怎样开头来说我喜欢说的故事。不久以前的一个晚上,一个女孩子打电话给我,声色俱厉地告诉我不许再写关于女孩子的故事了。她的责备是严厉而又肯定的,她老实地把我虚构小说中主角的影子去拉在她自己身上,……"这样的开头让你怀疑,读到的不是虚构性小说而是纪实性散文,但是接下来小说叙述一群教会学校的男女青年在圣诞之夜家庭派对中的多姿表现,最后为了进一步活跃气氛,大家推选"我"讲故事。"我"喜欢今天派对的女主人白蓓拉,就围绕她虚构故事,正不知怎样结束,室内无线电广播报告今天上午中央航空公司从重庆赴沪的专机在江湾失事,死伤甚多;当白蓓拉听到一个男性遇难者的名字时,她尖叫一声,昏晕过去。小说最后一句是:"这不正是我所思索不出的,故事里手提无线电所报告的消息内容吗?"小说里,"我"围绕白蓓拉编的故事是一层虚构,叙述者提供的无线电报告是二层虚构,整部小说是作者的虚构。小说在《幸福》主编汪波的催促下完成。更奇妙的是,小说完成送给汪波的当天夜晚,中央航空公司真的有一架飞机在江湾失事。现实与虚构比照下,令狐彗这篇小说确实有较大想象空间;沈寂认为"这是董鼎山所写的小说中故事最动人,结构最新奇的一篇",有"不可思议"之艺术效果①。小说打开了多重叙述空间,但故事又莫不以悲剧结束。这正符合现代主义文学的审美诉求,只是,就其历史文化内蕴来言,其社会现代性与审美现代性之间的张力尚显不足。

---

① 沈寂:《说不完的爱情故事——读董鼎山的小说》,见董鼎山《最后的罗曼史》,上海:百家出版社 2001 年版,第 267 页。

结 论

　　吴福辉先生在《都市漩流中的海派小说》里高度评价"令狐彗、曾嘉庆，是张爱玲时代的一个漂亮的尾音"①，但是晚年的令狐彗似并不领情②。作为在国内外享有盛名的知识分子人物，晚年的令狐彗对自己早年创作稚嫩之处进行自我审视和批判属于正常现象。另一原因，晚年令狐彗认为自己当年写小说与张爱玲写小说是并行的，虽也很喜欢张爱玲的小说，但很难说受到她多大影响。"那时我觉得我们都是差不多的，我并没有刻意地去接受她的影响。"③晚年令狐彗追忆自己当年所喜欢和受过影响的作家时，一面提到鸳鸯蝴蝶派、礼拜六派、新感觉派和张爱玲，一面也强调新文学作家巴金、李金发、钱锺书和北京一些大学教授等。他指出对他影响最大的作家是巴金，巴金创作"很简单的文风，不太用虚词的，朴实而有力，是我最喜欢的风格"④。相比之下，认为"海派的杂志编辑一般都是文人，写的事情也都比较

---

　　①　吴福辉：《都市漩流中的海派小说》，长沙：湖南教育出版社 1995 年版，第 90 页。

　　②　王海龙撰写：《董鼎山口述史》，南京：江苏凤凰文艺出版社 2016 年版，第 130 页。另外，晚年令狐彗之所以否定与张爱玲的师承关系，一方面来自创作的实际，一方面也可能来自实际生活中他和好友沈寂等对张爱玲的感受。当年他们都是圣约翰大学学生，张爱玲才气高，年龄也大了两三岁，出名也早，他们都想慕名拜访，但是张爱玲态度过于自恋、倨傲和冷淡。可参沈寂《张爱玲的苦恋》，见上海：《世纪》1998 年第 1 期；耶麦即董鼎山之弟董乐山《张爱玲说"I'm Not A Sing Song Girl!"》，见《董乐山文集》第 1 卷，石家庄：河北教育出版社 2001 年版，第 200 页。

　　③　王海龙撰写：《董鼎山口述史》，南京：江苏凤凰文艺出版社 2016 年版，第 131 页。

　　①　王海龙撰写：《董鼎山口述史》，南京：江苏凤凰文艺出版社 2016 年版，第 131 页。

家常琐碎"①。外国文学方面,一面提到大仲马、小仲马,一面也提到纪德、巴尔扎克、莫泊桑、左拉、福楼拜、萨特、加缪、杰克·伦敦、马克·吐温、海明威、莎士比亚、弥尔顿、狄更斯、萨克雷等,特别强调当时苏俄文学很流行,他喜欢的作家作品有托尔斯泰、契诃夫、《钢铁是怎样炼成的》《静静的顿河》《被开垦的处女地》等②。这样的文学场域就与张爱玲的文学趣味和审美追求拉开了一定距离。同是表现中产阶级人生,塑造中产阶级人物,张爱玲的叙述如《琉璃瓦》《封锁》《红玫瑰与白玫瑰》渗透女性细腻与悲情沧桑。张爱玲小说对中产阶级生活远远审视,表现幅度宽、挖掘深,但主要是象征性的、讥讽性的,而令狐彗小说对中产阶级生活有感同身受之慨,表现虽不免单薄、狭窄,但是写实的、同情的。张爱玲小说喜欢写心理异常的人物,令狐彗小说所写人物心理均在正常之中。张爱玲小说耽于往昔,向古老的记忆寻找灵感,而令狐彗小说则重视当下,透出中产阶级生命的一丝朝气。张爱玲小说叙述空间是封闭的,多将人物送进坟墓,而令狐彗小说叙述空间是开放性的,尊重人物的取向。张爱玲小说语言是意象式曲折的,色彩斑斓而意味深长,令狐彗小说语言是直叙但流畅的,呈朴素而婉转佻达之美。一句话,如果说张爱玲小说是人性的艺术,那么,令狐彗小说可称作境遇的艺术。

---

① 王海龙撰写:《董鼎山口述史》,南京:江苏凤凰文艺出版社 2016 年版,第135 页。

② 王海龙撰写:《董鼎山口述史》,南京:江苏凤凰文艺出版社 2016 年版,第134 页。

论电影《金陵十三钗》对原著同名小说的改写

　　目前中国电影工业受美国好莱坞电影制造影响深远。作为游走于主旋律电影、商业电影和艺术电影之间的导演艺术家张艺谋①根据著名美籍华裔作家严歌苓小说《金陵十三钗》而拍摄的同名"战争大片",从拍摄目的、拍摄理念、拍摄技术、拍摄程序、电影文本的主题内涵和艺术特点等各方面均可看到对好莱坞电影的模仿,并且请好莱坞明星担纲主演。就电影文本的主题内涵言,考虑到全球化欣赏视角、主流意识形态的要求和中国观众的审美趣味,电影将小说中的多线索改为单线索,将小说中的民族批判视角、女性主义视角和现代主义视角均闪避,而集中表现南京失守事件中日本侵略者的滔天罪行和中国人民无尽的灾难,凸显中华民族对日本侵略者的无比仇恨,歌颂中国人民伟大的团结自卫精神,肯定中华民族相互扶持、自是一家的伦理观念。电影具有民族主义、古典主义价值诉求,也赞扬了来自普通人的国际友爱精神。电影激发了商业大潮冲击下一直被压抑的民族英雄主义情绪,从而将通俗与高雅结合起来,将商业性与艺

---

① 　陈旭光:《影像当代中国》,北京:北京大学出版社 2011 年版,第 67 页。

术性融为一体。电影因此具有多方面的文化审美意义。

一　国人形象的重塑

小说具有民族批判视角。小说主要批判中国政府和中国军队,揭示以下因果链:正是因为中国政府下令国军撤退而导致南京几十万下层官兵和百姓被日军屠杀;正是因为由中国人组成的埋尸队有人告密,说屠杀过程中有两个幸存的中国被俘士兵躲藏到威尔逊教堂里来了才导致日军对威尔逊教堂一再搜查;正是因为三个躲藏在教堂里的中国军人和一个教堂厨子(也是中国人)被日军枪杀才导致一女学生发出细微的惊叫;正是这一声惊叫引来日军隔天更全面的搜查,女学生终于被发现,日军以司令部开宴会需要唱诗班助兴的名义邀请女学生,实际是无耻的诱骗和劫掠。小说也塑造了蒋介石嫡系部队少校戴涛的形象,指出他是为理想而战的优秀军人,但是在当时的条件下,他没有起到保护国民的作用,反而因为他和另外两名军人躲藏在教堂里,而导致女学生被发现。小说中的汉奸也是真正出卖民族利益的人,在劫掠女学生的过程中,他起到语言翻译、文化疏导和事件促进作用。小说还借教堂英格曼神甫之口说:"你们中国人到了这种时候还是满口谎言!"①小说叙述对女学生起保护作用的主要是英格曼神甫和阿多那多副神甫、国际安全委员会及妓女们。前者代表宗教的力量和国际的力量,后者对中国政府和中国军队构成讽刺。

电影的重心明显偏移。电影开始就通过当年被保护下来的

---

① 严歌苓:《金陵十三钗》,西安:陕西师范大学出版社 2011 年版,第 67 页。

女学生之一孟书娟的追诉向观众交代："轰炸了 20 几天，南京城到底被日军攻破了。……这时的南京已经没有抵抗能力，剩下来的就是逃命了。"这样的叙述有别于以往主流历史—文学的叙述而强调了日军的强大，国军的抵抗能力之小，强调了南京失守的外在因素。接着，电影叙述正在撤退路上的李教官和他的弟兄遭遇了日军追逐女学生的事情。面对日军的残暴，李教官们没有退却，而是勇敢地迎上去。为保护女学生安全到达文切斯特教堂，他们与日军进行了殊死的惨烈的战斗。李教官不放心女学生的安全，没有走远，在日军于教堂发现了女学生，对女学生施行暴虐的时候，已经失去全部战友的李教官迅速在教堂周围一个断楼上布置战场，与日军做最后的战斗。为了保家卫国，李教官和他的弟兄们都付出了年轻的生命。李教官们形象的塑造将商业大潮冲击下一直被压抑的民族英雄主义情绪激发出来，凸显了中华民族坚强的求生意志和伟大的自卫力量。此外，电影对汉奸的处理也值得玩味。书娟的父亲做汉奸，目的不在出卖民族利益，而在借汉奸身份保护自己的女儿乃至所有女学生。对汉奸形象的这种处理表明当下文化环境的宽松，表明国人需要和解、理解、和谐的心理诉求。电影张扬了中华民族"相互扶持、自是一家"的伦理倾向，满足了当下全民族和谐奋斗、重振中华的愿望诉说。

二 妓女形象的重塑

小说写的秦淮河妓女更像妓女，有妓女的粗俗、邪恶，也有妓女的妖冶、风情，总之，很有蛊惑力。小说揭示妓女是生活在男人弱点之上的人，但其命运总脱不了苍凉的底子。妓女总被宗教、社会称为"不洁的女人",是"妖精""祸水",所以也最遭宗教、社会的唾弃。最后,日军发现了女学生,不得不给日军一个交代的时候,英格曼神甫就企图将妓女们交出去以代替女学生。正如神甫所想:"事情只能这样子,日本人带走的只能是她们。只能牺牲她们,才能搭救女孩们。""那些生命之所以被牺牲,是因为她们不够纯,是次一等的生命。"①所以,赵玉墨愤慨地说:"我们生不如人,死不如鬼,打了白打,糟蹋了白糟蹋。"②连女学生们也常骂她们为"骚婊子""臭婊子""贱货""不要脸"。妓女们之所以主动提出要代替女学生去赴日军的宴会,一方面是因为她们的良知在起作用,另一方面也是向宿命的反抗。女学生是民族尊严和纯洁的代表,对女学生的保护就是对民族尊严和纯洁的保护。这里,她们继承了明清以来秦淮河妓女知书达理、关心国家—民族前途、担当国难巾帼不让须眉的优良传统。作者在今天的语境下写出这一点,也可看作是小说古典主义因素的张扬。女学生的纯洁和梦想就是当年她们的纯洁和梦想,保护女学生也就是保护她们的当年。她们的今天已很难改变,但她们不愿意别人再毁灭了她们的昨天。所以,只有她们最了解女学生的真实处境,也只有她们最勇敢地保护女学生。她们的生存因此而升华了。所以,她们被日军带走后,赢来女学生最大的同情和尊重,从此,女学生几乎要变成妓女了。女学生逃生后,都不自觉地模仿妓女们"那些脏兮兮的充满活力"的话语和腔调,"到了想解恨的时候,没有哪种语言比窑姐们的语言更解恨了"。"我"姨妈孟书娟回忆道:"法比哪里会晓得,那对我们是一

---

① 严歌苓:《金陵十三钗》,西安:陕西师范大学出版社 2011 年版,第 209 页。
② 严歌苓:《金陵十三钗》,西安:陕西师范大学出版社 2011 年版,第 29 页。

次大解放,我们从这些被卖为奴的低贱女人身上,学到了解放自己。"①即言,这次与妓女的遭遇,是这群女学生的成年启蒙,她们因为接受了妓女的启示,而变成真正的女人。无疑,小说具有较鲜明的女性自启蒙、自救色彩。

电影主要精力不在表现妓女命运的苍凉上,而在表现妓女最后选择的悲壮上。李教官们为保护女学生英勇牺牲后,妓女就显示特殊力量。电影在这里大做文章。电影将赵玉墨受教会教育改写为六年,加强她的文化程度。电影让妓女们集体发言:"自古以来都说我们什么'商女不知亡国恨',别人骂我们的话我们当然要记住,我们干脆就去做一件顶天立地的事情,改一改这自古以来的骂名。""那种事情你让这些小女娃怎么对付? 即使她们对付着回来了,她们还活得成么?""都说婊子无情婊子无情,明天我们也去做一次有情有义的事。"这里,妓女们对主流历史叙述进行了反思和背叛。她们的"誓言"表明妓女们甘愿凭借自己的身体表达对国家、民族的奉献,也表达一种姐妹情谊、人间道义。也有个别妓女思想存在矛盾,但经过赵玉墨开导后,也都接受了命运的召唤。接着电影就叙述妓女们换衣服,用布带平胸,向女学生们表达她们的人生愿望,道义张扬和情色展示相结合,轰轰烈烈,颇为壮观。女学生问约翰米勒,日本人会强奸她们吗? 约翰米勒说:"怎么可能呢? 你们看她们,坚强、勇敢、细腻、出色,即使对付魔鬼,也会轻而易举。她们和你们有着永恒的力量和美。她们是专业的,日本人不过是业余的。"

电影歌颂了妓女们的情色魅力和身体力量,特别是让妓女们集体演唱曲子《秦淮景》,表达秦淮河风情的历史悠久,也暗示

秦淮河妓女毁"身"纾难传统的历史悠久。电影突出了兄弟姐妹
自是一家的伦理观念,张扬了中华民族优秀传统,特别是重新审
视了秦淮河青楼文化传统。电影也多少触及妓女们的伤痛记
忆,如让赵玉墨自述,她十三岁时被继父强奸,从此走上沉沦之
路。这里多少有些对男权社会控诉之意,但更主要的还是彰显
伦理失序给赵玉墨造成的深度伤害。电影基本上没有表达对男
权中心社会的质疑和批判,反而让赵玉墨夸她所爱的男人风度
很好。赴日军庆功会之前,赵玉墨与约翰米勒有了一时之欢。
电影弱化了女性主义诉求,却加强了民族主义内涵。

三 国际友好人士形象的重塑

小说是跨文化之作。英格曼神甫代表宗教精神的高度,也
代表宗教精神的缺陷。他冒着生命的危险尽最大力量保护着躲
藏在教堂里的所有中国人,但他也有对中国人批判和误读的地
方。最能表现中西方文化碰撞、交流、对话的美学意味的是副神
甫法比·阿多那多。法比是吃中国阿婆的奶长大的美国人,他
会说英语,也会说扬州土话。当他斯斯文文讲道理时,他说英
语,表明他是西方人士,是副神甫,但是当他显示强烈的感情时,
就说扬州土话,显示他是中国人,不再是副神甫。他居高临下看
中国人(如小说开始看秦淮河妓女)时,说的是英语,但是当他反
抗日军的暴虐时,说的又是扬州土话。当他以为英格曼神甫要
将女学生交出去的时候,他说的英文发音语法都很糟,当他知道
神甫要交出去的是妓女们时,他失望至极,表示抗议时说的也是
扬州土话。小说这时写道:"他从来没有像此刻这样,感到自己
是个彻头彻尾的中国男人,那么排外,甚至有些封建,企图阻止

任何外国男人欺负自己种族的女人。"①也正是这时,这群妓女的头牌赵玉墨"把'法比'叫成了一个地道的中国名字"。在这里,法比表明了一个道理,在世界处于文明文雅的时候,英语身份是优越的,但是当民族处于危难之中的时候,也就是英语世界所代表的文明文雅(如宗教)失去作用的时候,英语身份又是苍白无力的,这时,民族要想得到拯救,就必须从民族自身寻找精神力量。所以,小说最后顺理成章地转叙那群秦淮河妓女挺身而出,代替女学生去赴日军司令部的宴会。法比形象的塑造让我们看到全球化背景下中国人生存地位的低下和中国人强烈的反叛意识。

电影取消中西方文化碰撞,而强调美国友人对中国的支持。电影取消神甫形象,代之以来文切斯特教堂安葬英格曼神甫的美国入殓师形象约翰米勒。电影叙述他刚来时是一个财迷、酒鬼,见到秦淮河妓女,他又几乎成为色鬼。他迷恋于赵玉墨身上任何一个地方。为了讨赵玉墨喜欢,他穿上神甫的衣服,日军来劫掠女学生,他良心发现,就以神甫的名义保护女学生。他逐渐获得与妓女的相互了解,也相互获得尊重。他与妓女们一起安慰女学生,避免女学生自杀,妓女们决定代替女学生去赴日军庆功会,他向女学生们解释妓女们怎样不怕日本侵略者,她们怎样有力量。他获得与赵玉墨的一时之欢。特别是英格曼神甫收养的中国少年陈乔治坚决要求打扮成女学生以保护真正的女学生使他受到莫大感动,他感叹陈乔治表现出一种伟大的精神。在妓女们和陈乔治被日军带走后,他迅速让女学生藏在修好的卡车车厢里,凭着书娟的父亲当汉奸弄来的通行证和对把守边卡

---

① 严歌苓:《金陵十三钗》,西安:陕西师范大学出版社 2011 年版,第 212 页。

的日军的贿赂将女学生带出了南京城。他的人格因此也升华了。他让人想起《辛格勒的名单》中的辛格勒,但是他比辛格勒更常人化、世俗化,更贴近一般人的思想感情和审美口味。电影总不忘记给他幽默风趣的机会,一定程度上调适了战争背景下的恐怖(压抑)气氛。

电影不如小说蕴含复杂,但将小说中一部分内涵通过它特有的艺术手段凸显出来,给观众造成强烈的视觉冲击和心理震撼,构成不同的美学效果。如严歌苓在《五写十三钗》中所说:"屏幕上展现的是完全新鲜的、甚至我不敢相认的生命!它的丰美和惨烈,它的深广和力量,让我完全忘记自己跟这个艺术生命体还有什么关系。"①电影与小说形成互文,合在一起深化了对现代中国社会、历史、文化、人生的观察和表现。

---

① 《金陵十三钗》剧组:《金陵十三钗:我们一起走过》,北京:北京联合出版公司 2011 年版,第 9 页。

论《小时代》与中国现代文学传统

现在,郭敬明是爆得大名了,无论你喜欢与否,他拥有那么多的读者,说明他还是有成功的一面的。另外,现在评论这一作家,多从质疑、批判和否定的角度着笔,认为他的创作是现在大众文化工业的产品,是资本万能的颂歌,是消费和时尚的文化符号,是媚俗的同义语,是个人与历史脱节的征兆,是虚伪的抒情,是矫揉造作的产物,等等。应该说,这些评判都有根据,都表达了当今历史、精神、超越性价值诉求的呼喊和焦虑,问题在于,郭敬明为什么会产生出这样的文学呢? 这样的文学为什么还会拥有那么多读者呢? 这种情况的产生来自郭敬明和他的读者,还是来自当今中国社会、经济、文化驱动? 如果是后者,那么评论者只是逮着郭敬明和他的读者不放松,而恰恰闪避了对当今中国社会、经济、文化漏洞和弊端的清醒梳理和分析,这是否一种公平、公正的发言? 譬如,人们常感叹,90后是精神退化的一代,那么问题的关键在于,是什么样的母胎和后天培养使这一代人精神退化的? 从这个角度考察,笔者认为无论郭敬明的创作(当然包括《小时代》)是怎样的浅薄、浮华,都折射了这个时代的一些光影,无论是灿烂阳光,还是阴霾迷茫。当年面对精英作家傅雷先生严厉的批评,张爱玲做出委婉的回答,肯定"软弱的凡人"的审美价值,抗辩说在今天,还没有写大时代的题材,那只能写写"男女间的小事情"了,事实上,写"恋爱"比写"战争或革命"更见人性的"朴素"和"放恣"①,表明张爱玲情愿认俗,而不愿制造虚假的意识形态高雅。张爱玲在另一篇文章中议论道,"事实的好处就在'例外'之丰富",世上"几乎没有一个例子没有个别分析的必要",因为每一个例子都折射历史、人性②。张爱玲"以庸俗反当代"③,以大俗达大雅——如此深刻复杂的末世情怀和对历史宏大叙事的深刻怀疑,在郭敬明这里,是被平面化处理了,是被资本的狂欢所掩盖了,所以郭敬明的作品显得更平俗、甚至是低俗了;尽管如此,郭敬明的创作依然有其他作家创作所不可替代之处,甚至对现代以来中国文学做出了自己的贡献。张颐武就认为《小时代》这个"小说和电影,敏锐地捕捉到 80 后一代富裕家庭出生,自己又步入白领阶层的那些生命的感受",著名作家刘心武也称赞《小时代》小说和电影提供了王蒙、梁晓声、贾平凹和王安忆都没有提供的一种生命状态。王安忆甚至推断,这种写作"将来文学史恐怕会应该注意到"④。何况作家还年轻,我们为何不能期待作家更成熟,更有成绩呢?

　　下面就让我们试着来梳理、分析一下,《小时代》与中国现代以来文学史上的创作有什么关联,它对现代以来中国文学史提

------

① 张爱玲:《自己的文章》,见《张爱玲散文》下,合肥:安徽文艺出版社 1994 年版,第 93 页。

② 张爱玲:《走,走到楼上去!》,见《张爱玲散文》上,合肥:安徽文艺出版社 1994 年版,第 30 页。

③ 蔡美丽:《以庸俗反当代》,见子通、亦清主编《张爱玲评说六十年》,北京:中国华侨出版社 2001 年版,第 381 页。

④ 刘心武、张颐武:《我看郭敬明的〈小时代〉》,广州:《粤海风》2014 年第 2 期。

供了哪些具体的新的东西，可否算作是一种历史贡献？当然我们在正面评价它的时候，也不会忘记它的缺陷，也会就其负面效应进行评判，目的只有一个，就是怎么更客观、公正地评价当代青年文学，怎么样给当代青年文学家更多的鼓励和关怀，以期望他们创造出更好的文学作品，为时代文化的发展提供更多的助力。

一 青春的忧伤：对民初以来鸳鸯蝴蝶派感伤言情小说传统的继承和发展

熟知中国现代文学史的人都不难想起，民初的感伤言情小说从徐枕亚的《玉梨魂》开始。小说叙写苏州秀才何梦霞到无锡亲戚家就馆授徒，学生的母亲白梨影是个青年寡妇，两人接触中产生美好情感，但是封建礼法决定二者不可能走向结合，于是白梨影就推荐小姑子崔筠倩与何梦霞交往并嫁于何梦霞，但是何梦霞只爱恋白梨影，与崔筠倩结婚后并不幸福，痛苦之中，崔筠倩病逝，白梨影也跟着病逝，何梦霞走向战场，死于荒野。这部小说极写人间男女生活之缺陷：有情人不成眷属，无情人痛苦相向。小说属于半文言骈体，表现手法丰富，言辞优美，情真意切，哀婉动人，一举奠定民国以来鸳鸯蝴蝶派感伤言情小说之基础。之后，鸳鸯蝴蝶派文学遭遇新文学崛起，被弹压至更通俗的读者群，但经 20 世纪 30 年代张恨水的《金粉世家》和《啼笑因缘》，和 20 世纪 40 年代刘云若的《红杏出墙记》及秦瘦鸥的《秋海棠》，艺术上虽仍以传统叙述套路和人物描写方法为主，但能不断融合新文学的某些因子，容纳更复杂多变的人生，庶几达到新文学的境界，甚至不乏某些现代派文学的况味，标志着这一派文学的最高水平。鸳鸯蝴蝶派感伤言情小说的传统部分地被张爱玲所汲取,但是新中国成立后,基本上是断线了,直到改革开放后,文学观的拨乱反正,新的文学研究格局的形成,才有了恢复的可能,而20世纪90年代商业经济大潮汹涌而来后,终成新的创作之势。2013年,在浙江大学主办的"中国现当代文学史料与阐释"学术研讨会上,著名通俗文学研究专家范伯群先生就发言,谈到新世纪以来的网络言情小说很大程度上就与民国时期鸳鸯蝴蝶派言情小说传统分不开,或者说新世纪以来的网络言情小说就是民国鸳鸯蝴蝶派言情小说的隔断呼应。这其中,最重要的共同点在于所用都是较传统的叙述套路和人物描写方法,语言清澈优美,格调感伤动人,人物的结局往往是悲剧性的,但是整部作品的价值判断下来,并不对人生进行终极追问,也不对现世人生进行全盘否定,而是在对现世人生的某些德性坚守中保持一些日常人性的温暖,如哥们义气、姐妹情谊、肝胆相照、终生不渝,等等。这样的文学,它的俗主要不是恶俗,而是平俗,是对以往平俗人生审美趣味的沿袭,是思想见识上的平均数,也只有这样的文学才能为更多的大众读者所喜欢、所接受。在这种背景下,我们看郭敬明的《小时代》确是一部通俗感伤言情小说,并且在新的经济时代,也有了自己的创新点。

《小时代》所写全为俊男靓女。所到之处,往往遭人偷拍。让人感觉到这群人不是现实中人,是作家空想出来的,或说这是卡通人物、动漫人物。但至少是美丽的人物,是美丽的通俗—时尚版。这一点接近于鸳鸯蝴蝶派言情小说人物设置的标准,因为这派言情小说中的人物也都是美丽而有才情的人物,其实质是古代才子佳人言情小说的现代流变,而《小时代》中人物的安排则是这种文学传统在后现代因素进入中国后的进一步流变,其实质是再退化。因为这些人物越来越不具有古代才子佳人的情感和才华了,而现代工业技术保证下化妆品的先进使他们的颜值更突出,相貌更迷人。尽管如此,与同时代慕容雪村、冯唐等这些人的创作相比,《小时代》还是更多一些忧伤、缠绵的情感表达。小说通过主人公之一、大学中文系出身的林萧来感受人生,叙述她与顾里、南湘和唐宛如四个闺蜜之间的深厚情谊及她们各自的爱情生活。她们之间也有许多曲折、误解、嫉妒、仇恨,但是一旦遇到困难,马上就会和好如初,相互扶持,相互安慰,共度难关。所以,她们从中学到大学,再到大学毕业进入社会,都能在同一个空间歌哭、生活、奋斗。在一个更加现代也就是更加复杂、多元、容易分化的生活环境里,她们之间的友谊坚持无论如何是能给人带来若干温暖和亮色,有些令人感动的。这些男女青年,受过高等教育,衣食无忧,有的还是富二代,有的来往于中美之间,享受着充分的人身自由,彼此之间产生男欢女爱是难免的。他们的爱情发展到后来也出现许多矛盾、曲折和分裂,但从中学到大学,再到大学毕业走向社会,基本上也是稳定的,所以也算是有一定长度的,不是瞬息即变、快餐式的。只是,现代语境下,林黛玉与贾宝玉那种古典的情与爱是愈来愈难以寻觅了。所以,小说写到最后,与鸳鸯蝴蝶派感伤言情小说一样,受《红楼梦》悲情叙事影响,也一场突来的大火将大部分人物都送上死亡之路。郭敬明说:"青春是道明媚的忧伤。"[1]其青春小说的艺术风格也多有"明丽的忧伤"的概括[2]。《小时代》所叙虽然已充满上海都市生活的喧嚣和浮华,但也不乏感伤言情之余韵。

---

① 郭敬明:《守岁白驹》,武汉:长江文艺出版社 2014 年版,第 13 页。
② 江冰:《论 80 后文学的文化背景》,哈尔滨:《文艺评论》2005 年第 1 期。

且这种感伤言情不能都说成是矫揉造作,也不能都说成是因寻求与青少年读者的沟通而设置的卖点;相反,它一定程度上映射了这个时代的侧面,呈现了这个时代部分青少年成长中的感受、迷茫和失落。

与鸳鸯蝴蝶派感伤言情小说的主要叙述者多为精通文墨者,即受传统文学文化熏陶至深者一样,《小时代》的叙述人是大学中文系出身的林萧,也可算是一种精心的设计。有的学者已经尖锐指出,中文系出身的林萧却蜷曲于宫洺、顾里为代表的资本之下,表明中文精神的退化①,但考虑到这是一个裂变、矛盾的世界,每一个人都是一大堆矛盾,好像也不好过于严厉地指责人物精神价值追求的不统一。林萧不代表中文系出身的精英,但中文系出身的不都是精英。今天的中文系与林萧一样都遭受精神的退化。但中文系又毕竟是中文系,它培养的青年都普遍地感受到人生、天地间个人的渺小,情感的颓放。所以,中文系的人可能不是精英,但是还保留着对历史的记忆,对人之传统精神结构的留恋,其中一重要子项就是还比较多情。自古才子多善感。林萧不是旧时那样的才女,但是她还有中文人敏感的心灵,柔软的神经。所以,林萧的感伤不能都说成矫揉造作,它还有文化意义。想象穆时英小说《礼仪与卫生》中姚大律师去妓院找妓女寻欢,他企图先制造些情调,妓女绿弟反嫌他多此一举,不像现代人那样爽朗明快;刘呐鸥小说《热情之骨》中,法国青年比也尔热恋的那个中国女人告诉他:你动不动就写动情的诗来,其实,现在的爱情靠的是金钱、物质,而不是啰啰嗦嗦地谈情说爱,

---

① 曾于里:《虚伪的"抒情"——论郭敬明的"小时代三部曲"》,见李斌等编著《郭敬明韩寒等80后创作问题批判》,长沙:湖南大学出版社2015年版,第49—53页。

现在"诗的内容已经换了",——我们是否可以品味出林萧（中文人）的感伤也具有了"落伍"的性质,小说让她面对强大的资本支配力,不断回忆以往四个闺蜜轻松无虑的友谊生活,是否也满含反讽的意味？无疑,林萧的感伤代表普通读者的情感波动,既没有精英知识分子的精神超越性,也没有非中文人那种麻木、粗糙的神经反应,刚好够今天这个商业文化时代普通读者中优秀读者的水平。正如有的研究者所指出,很多家长不让孩子读韩寒的书,却认同孩子读郭敬明的书①,秘密也许就在这里。显然,无论怎么说,《小时代》对青少年友谊的歌颂,对青春的眷恋,对美好时光逝去的惆怅,使无数青少年读者产生认同和共鸣。

二　经济—机械人格的塑造：对现代以来先锋都市文学传统的继承和发展

这里,所谓现代以来先锋都市文学,主要指以茅盾为代表的左翼都市文学和以刘呐鸥、穆时英、施蛰存等为代表的先锋海派文学。这两部分都市文学在基本出发点和核心价值追求上并不相同,但是在表现资本对人生的宰制导致人的精神物质化、人性异化、人格经济—机械化方面,确有异曲同工之妙。《子夜》通过赵伯韬等形象告诉人们,资本如果不与历史合法性结合,它会造成怎样可怕的后果；杜竹斋、韩孟翔等是典型的经济人格、金钱人格。刘呐鸥小说《杀人未遂》中银行女职员离开银行还算是一个正常的人,但一进入银行控制的世界,人马上变得冰冷、阴森。

---

① 孙桂荣主编：《新世纪80后青春文学研究》,北京：人民出版社2016年版,第209页。

穆时英不少小说中女主人公都公然表示爱金钱、首饰和八汽缸的汽车,而《白金的女体塑像》则将这种金钱—机械人格的叙写推向峰顶。以后,东方蝃蝀小说《惜余春赋》中的金娇艳,令狐彗小说《苿罗拉》中的那些中西混血的女儿也都多少带有金钱—机械人格的痕迹。新中国成立,中国现代化进程几乎中断,直到20世纪90年代初期,新一轮商业经济大潮再起,而人们的精神再次物化,人性再次异化,人格再次经济—机械化,而且由于后现代因素的加入,这种种病态人生和病态人格更加变本加厉,也更加理直气壮。这时,出现了对这种人生进行审美的《小时代》。

如青年研究者黄平所指出:"《小时代》系列真正的主角是上海。"①《小时代》几乎无涉国家命脉与阶级关怀,但具有相当强烈的现代都市审美意识。与香港比,它称赞上海才是中国"未来的经济中心","这是一个以光速往前发展的城市";与北京比,它拿北京的"土"托展上海的"洋"。它也缺乏本土意识,同样有"非中国化"倾向,但也认识到这是一个贫富极为悬殊因而"匕首般锋利的冷漠"的城市。在这座城市里,"财富两极的迅速分化,活生生把人的灵魂撕成了两半"。小说主要写资本豢养下一群青年男女的小共同体生活。小说中,宫洺和顾里都是富二代,都代表资本的傲慢和冷漠,也从不同角度诠释着资本宰制下人性的变异和人格的经济—机械化。

宫洺可视为"白金的女体塑像"的男性版。穆时英笔下,女性代表被动。人性的缺陷,使小说中女性经受不起金钱、物质、欲望的诱惑;也可理解为是金钱、物质和欲望的主动宰制,造成

---

① 黄平:《大时代与小时代——韩寒、郭敬明与"80后写作"》,见黄平《大时代与小时代》,北京:北京大学出版社2014年版,第259页。

她整个人身体贫血、乏力、消瘦,站立在那里,像白金色的机械创造物似的。而《小时代》中,宫洺代表主体、主动。他背后有家族财富支撑,他执掌著名杂志《M.E.》集团,他可以有更多人生的自由,所以他更需要为自己的人生负责。而事实上,他在更高更大的背景上受到资本的宰制,自己人格的异化使他更缺乏自觉反省意识。小说没有书写宫洺在男女两性间的欲望贪婪,但是他却代表资本力量的冷傲、冷血、超乎寻常的理性和苍白。他长相英俊无敌,但面色又"死气沉沉",小说判断"他像一张纸"。他酷爱白色(西方的颜色,资本的颜色),所有能支配的用品都必须是白色的。连做饭用的锅子也必须是白色的,办公室和家用的地毯也必须是白色的。对待下属,他永远一副高冷的面孔,永远不会多说话。他安排工作出奇的"冷静和有条不紊",他不准许秘书递送的文件上出现逗号和句号之外的其他标点符号,特别是不准许使用感叹号,因为感叹号代表着情绪冲动。他冷静到就是地震了,也不允许喊他快跑,而只能优雅平静地说:"宫先生,地震了,请你现在离开办公室。"他自己是一个冷血而高效的"机器人",他要求手下也都是冷血而高效的"机器人"。《白金的女体塑像》表征现代工业文明、金钱资本和各种物质欲望对人生的深度渗透及其严重后果,另一方面也表达由这样的女体塑像所带来的极端唯美—颓废审美效应,其中社会现代性与审美现代性之间的矛盾和张力极为突出。《小时代》的创作,由于后现代因素的介入,审美现代性与社会现代性之间的矛盾、张力受到和缓,宫洺这一形象似乎取得了现实存在的合法性,由这一形象带来的对当下都市资本世界的审美批判明显不够;尽管如此,作家以现代快速、富有和冷酷的上海作语境,依然从文学审美的角度揭示了资本社会人性的怪诞、变异和危机。

　　如果说宫洺是资本的操纵者、守持者形象,那么,顾里则是资本的奋斗者、享受者形象。两人均是上海精神和上海精神缺陷的代表。她也是富二代,她的家庭与宫洺的家庭还是资本竞技场上的对手。她凭借家族财富和社会地位,雷厉风行,精明强干,闯过很多人生难关。她性格豪放,注重同窗情谊,大学时就对闺蜜们多方关怀,大学毕业后出巨资租下豪宅作为闺蜜和她们的男友们的寄身之所。在这个小共同体中,她是公认的英雄,但是走出这个小共同体,她又暴露出极端的冷酷和自私。她看不起北京和北京人,在上海,她从不出二环路的范围,出一环路她就头晕,更无法期待她关心民生疾苦。她几乎没有消费以外的精神生活,她几乎就是各种国际时尚名牌商品的活广告,因此,她的时尚消费往往花费不菲。她一双鞋子需要上万元,一款手机需要七八万。她的消费意识和利害权衡意识非常强,她一方面手持计算器,一方面手拿银行卡;一方面是精密准确的计算,一方面是精明无误的交易。大学时她主攻的是会计专业,兼修国际金融,毕业时拿到双学位,成绩优秀,但是缺乏起码的人文知识和修养。新生开学典礼上,她代表老生发言,建议大一女生把身上所有装饰性的无用的手机挂件、袜套甚至代表遐想的蕾丝粉红裙子等都回宿舍一把火烧掉;从今天起,不可以再想象面向大海、春暖花开,因为天上不会掉下馅饼、也不会掉下一座海边的小木屋(童话的象征)——海边只有富人建造的海景别墅,那里,只有穿高跟鞋的人才能走进去! 所以,与其"有空看海子(的诗),不如去看财经报表"。从此之后,她就真的只看财经报表,闲暇时还会阅读"保养品外包装背后贴的各种物质配方含量的说明书"。她租住在南京西路富人区,但不知道也曾经居住在这一带的张爱玲是谁。"谁? 张爱玲? 这女人挺有钱的嘛,拍过什么电影?"这里,表明她几乎只认钱,再就是流行电影等大众文化产品。这样的形象塑造很容易让人们想起《子夜》和新感觉派小说中那些具有拜金主义、恋物癖倾向的摩登人物,只不过作为小说的主人公,顾里既没有《子夜》中吴荪甫那种为民族工业发展做贡献的精神,也没有穆时英《被当作消遣品的男子》里的蓉子那种不得已而堕落的精神痛苦。如此,她的拼打、奋斗所带来的张牙舞爪和飞扬跋扈就成为当下中国新一轮资本狂潮的精神反射(世俗化的现代性与削平深度的后现代性的混合)。这样的形象塑造,不少人都归咎于作家创作品位之低,认为形象不真实,可是在到处都是资本暴发户的当今中国,这种形象难道就不存在? 就没有一定的代表性? 还有一点,《小时代》也超过了以往的都市文学,就是它应照了后现代性进入中国之后,未完成的尚富有深度模式的现代性被进一步消解,技术所代表的工具理性进一步膨胀,精神所代表的价值理性进一步压缩,其结果就是产生大量脑残人、空心人、技术人、计算机人的时代趋势。小说中,唐宛如是脑残的典型代表,在缺乏对人生正常的认识和选择上,顾里与唐宛如一样脑残。将脑残、金钱、资本、现代工具理性融合在一起,就是机器人,所以,小说大量的词汇称顾里为机器人——她"仿佛一台高性能的计算机";她具有"计算机的本性";"她和宫洺两台计算机"。她是被现代全球化资本操纵的计算机,她也有自己的活动机制,所以小说经常拿她比作计算机,又经常将她凭借金钱、资本控制人生比作手持遥控器操纵计算机。不少研究者指出,郭敬明创作受日本动漫影响至深,顾里也可以说是后现代高科技前提下人生的一个"仿像",一个鲍德里亚所谓"超级真实"的文学类型。如此看来,《小时代》虽有许多不完美之处,但顾里这一形象的塑造无疑呼应了当下中国资本社会对文学的期待，物质女性机械人格的表现呈现了新的质素。

三　女性性心理的狂想：对现代以来
通俗都市文学传统的继承和发展

　　商业经济时代，传统爱情日见式微，后现代网络时代、文化视觉转向时代，古典的情与爱几乎死亡了。今天的大众言情小说，基本上还是两个方向发展，第一种方向是鸳鸯蝴蝶派方向，就是传递古典的情爱模式，但是也只能意想在古典时代，现实题材中很难有创造的空间了；即使有，也在朦胧的青少年时代，一旦真正长大成人，接触到世俗和性，这种爱情也就被颠覆了。所以，今天的青春文学中，那些唯美言情的作品，都可以算作鸳鸯蝴蝶派文学的余绪和发展。也正是从这个意义上，笔者认为郭敬明的不少小说都具有鸳鸯蝴蝶派文学之余韵。只是，郭敬明毕竟要长大的，他笔下的现实中人物也是要走出家庭、学校，接触社会、接触异性、接触凡俗生活的，特别是这些现实中的人物接触的不再是农业文明时代或形态的人生（乡村人生），而是现代工业文明时代或形态的人生（都市人生），所以作家的创作必然进入大众文学的第二种方向，即通俗都市文学模式。通俗都市文学最初由属于鸳鸯蝴蝶派的作家们担任。范伯群主编《中国近现代通俗文学史》"绪论"里总结近现代都市小说可分为三大类：一类是社会剖析都市小说，以新文学作家茅盾等为代表；一类是新感觉、心理分析和新市民小说，以刘呐鸥、穆时英、施蛰存、徐讦、无名氏等为代表；一类是"清末民初通俗都市小说"，即那些"一贯被人污为'黄色'而'低下'的小说"①。清末民初通俗都市小说实际上就是从《海上花列传》等狭邪小说发展而来的通俗小说,主要代表作品有孙家振《海上繁华梦》、不肖生《留东外史》和朱瘦菊《歇浦潮》等。这些作品与鸳鸯蝴蝶派言情小说不同,往往对男女两性之间的欲望生活采取较宽容和含混的审美态度,表面上是批判和谴责,其实在批判和谴责的同时已经不自觉地流露欣赏、沉醉之意。从传统道德的角度看,这就是低俗和"黄色",但是从现代人性的开放和多元的角度看,这应该是预示着一种新的审美面向的敞开,只不过,这种文学由于缺乏更新更先进的审美意识笼罩,它确实呈现出低俗、媚俗的态势罢了。这种文学也是差不多同时崛起的新文学批判和清算的主要目标。随着上海作为现代大都市的成型,真正的"鸳鸯蝴蝶派到三十年代已开始老化了,衰退了",代之而起的是"海派小报文人",即海派通俗作家②。20世纪三四十年代的海派通俗文学作家除了捉刀人即王小逸还算是鸳鸯蝴蝶派的老将外,其他人包括周天籁"都不好算是鸳鸯蝴蝶派了"③。后期的王小逸,即捉刀人时代的王小逸也发生了"从鸳鸯蝴蝶派过渡到海派小报文人"的现象④。周天籁的《亭子间嫂嫂》是海派通俗都市文学精神提升的峰顶之作⑤,但是开头就叙述男主人公对女主人公的性窥视;其另一部长篇小说《夜夜春宵》则带领人物遍寻上海秘密艳窟,并亲尝其

---

① 范伯群主编:《中国近现代通俗文学史》上卷"绪论",南京:江苏教育出版社2000年版,第18—19页。

② 魏绍昌:《我看鸳鸯蝴蝶派》,上海:上海书店2015年版,第25页。

③ 魏绍昌:《我看鸳鸯蝴蝶派》,上海:上海书店2015年版,第26页。

④ 魏绍昌:《我看鸳鸯蝴蝶派》,上海:上海书店2015年版,第26页。

⑤ 范伯群主编:《中国近现代通俗文学史》上,南京:江苏教育出版社2000年版,第66页。

中滋味,结尾虽不免显示纵欲给家庭带来的危机,但是作品在打开上海这样俗艳的生活时给读者留下足够的欣赏和想象空间,所以其艺术趣味终在通俗文学范围之内。即便是属于先锋海派作家群体的苏青,其代表作《结婚十年》上来就叙述即将出嫁的姑娘将尿撒在枕头里。可以说,这样的艺术想象、艺术趣味和艺术效果预设在《小时代》里被"完美"地继承了。

《小时代》煌煌90多万言,三大部,要想保证每一个读者都饶有兴味甚至极有欲望地阅读下去,在当下文化语境中,仅靠友情、爱情、奢侈、时尚还不够,还需要最原始也最有效的元素,那就是性——以及围绕着性生发的一系列问题。第一部"折纸时代"前59页,就一连叙写了四个带有强烈性刺激的事件。第一件事是体育专业的美男卫海无意中连续两次看到同样是体育生的美女唐宛如的"奶"。关键在于唐宛如已经不再有古典女性的羞耻心(特别是作为四肢发达,头脑简单的体育生),而是从现代个人的利益角度出发,认为是受到了卫海的冒犯,因此竟然四次在公开场合大喊卫海看到了她的"奶",致使卫海也深感受到了伤害,一次终于主动提出裸一次,让唐宛如和她的其他三个好友"回看"过来。使人震惊的是,唐宛如感到狂喜,林萧、南湘、顾里也都没有感到羞辱,反而立即精神起来,异口同声地回答:"就这么办!"小说叙述,从此之后,卫海在她们面前就是不穿衣服的"行走着的大卫雕塑"了,她们感到很享受……第二件事是顾里为一本名为《当月时经》的财经杂志写稿,唐宛如看到这四个字,马上敏感反应,念出:"哦,《当时月经》。"第三件事是回叙高中时,一次运动会,林萧的男朋友、美男简溪,与顾里的男朋友、美男顾源接力跑时,一个女生拼命随跑,并高声叫喊:"顾源!快给他!快给他呀!啊!简溪握住!呀!握紧了!握紧了!"这时,一个女生在"快给他！……握紧了！"的意淫中"面红耳赤地休克了过去"。从那以后，这高中的女生会突然"忘我地吼出……握紧了呀！"以满足对男性性特征的想象。再接着，是叙述唐宛如无意中看到仅穿平脚短裤的简溪，唐宛如事后对女友们评价简溪：那里"很饱满"。就凭着这59页，《小时代》作为新世纪通俗都市文学的艺术格调已牢牢地固定下来了，作家可能也预测，凭着这59页，已经将读者（当然不是精英读者）的胃口吊起来了。往下的叙述中，唐宛如依然有令人震惊的表现，如第三部《刺金时代》写她见到有美国血统的美男 Neil 只穿着一条短裤，"袒胸露乳，双腿大开"时，口水都流出来了。即便中文系出身的林萧和艺术系出身的南湘见到美男也禁不住马上心口发热，身体发软，脑海里浮想联翩，"豆腐渣一片"。

《小时代》性书写的特征可概括为两个主要方面：一是带有鲜明的"女性向"倾向①，一是相对于当前许多流行小说的性想象、性描写，它算是比较中庸、干净、含蓄的。郭敬明小说读者意向很明显，就是主要满足广大青少年读者特别是女性读者的需要（也是一种商业考虑，因为当下文化语境内言情小说的主要阅读对象就是这样的女性）。小说的主人公是80后女性，叙述者也是80后女性，小说借此揭开了后革命时代女性的性心理空间，显露了后革命时代女性的性审美意向，为现代以来女性书写提供了新的内涵。小说审美格调既不如大致同一时期"美女作家"和"妓女作家"小说的"浪"，也不如同一时期男性流行小说的"俗"，而显示"浪中有美、俗中有雅"的复杂审美倾向。卫慧的

----

① 黄平：《"女性向"文化：〈步步惊心〉与穿越小说》，见黄平《"80后"写作与中国梦》，太原：北岳文艺出版社2015年版，第79页。

《上海宝贝》、棉棉的《糖》、九丹的《乌鸦》和木子美的《遗情书》等所张扬的都是妓女或半妓女式的女性的生活,虽然带有某些先锋派的意味,但是并不符合多数女性的生活可能,所以这样的创作只可以远观而不可能模仿,也不好获得多数尚在学生期的读者特别是女性读者的认同。《小时代》所写是小犯禁而不失常态的生活,而对这样性质的生活进行审美观照恰是通俗都市文学的徽征之一。当下流行小说,慕容雪村的《成都,今夜请我遗忘》《天堂向左,深圳向右》,冯唐的《万物生长》《北京北京》等所写固然是这样常态的大众都市生活,但是这些作品审美姿态更低,几乎不讲风致,背靠当下社会精神真空,凭借历来男权中心社会给男性提供的性无耻方便在小说中任意展示男女两性行为,直接暴露男女性器官,显示小说极端的粗鄙化倾向,而《小时代》在这方面问题少很多。作为后革命时代的女性,《小时代》的主人公也存在性无耻现象,也往往把自己的性欲求性想象摆在脸上、挂在嘴上,也会在男性性魅力性刺激面前失态,但是她们基本上只陶醉在想象里,有冲动无行动。深层地讲,她们对性的欲求基本上还保持在审美的层面。一个典型的例证是嘴上常常挂着“我靠”这样的流行词汇。“我靠”的主要来源是北方的土语“我尻”,意指一个男性发出对女性的性占有行为。这本是一个男权社会对女性侮辱的字眼,但是 20 世纪 90 年代以来粗鄙化大众文化语境里,经过修改却成了青年人群体当然包括女性青年群体彰显其自由意志和主体意愿的词汇。修改后的词汇所指与能指之间拉开了一定的距离,仿佛一座蓬勃、待发的欲望之山被一层想象的、审美的词汇之帘所遮盖。这一点,与民国通俗都市文学也相仿。民国通俗都市文学艺术品位固然不甚高雅,但是作家毕竟处在那样一个时代,有些还是从前清读书人身份转换过来,在

古代文化文学中浸染较多，传统道德意识还相对强，所以他们的
作品虽然也渲染性的刺激，满足一般读者的性窥视欲望，但并不
具体展示男女的性爱过程，更不会暴露男女两性的性器官，有时
甚至还调用许多曲折、含蓄的手法造成一种审美想象的态势，不
乏古典的余韵。周天籁的《亭子间嫂嫂》开头就叙写男主人公通
过墙壁上的小孔对正在接客的女主人公——妓女顾秀珍窥视，
结果他窥视到顾秀珍躺在床上，露出雪白的胳膊盖好被嫖客掀
起的被子，同时用言语要求这男子下次再来。小说的审美对性
总保持一定的距离。《小时代》的艺术重心在写人，而不是叙事。
小说以揭示当今部分青年特别是女青年的心理、性格、情感和精
神状况为旨归，想象丰富，大胆、锋利的笔触中又带有许多曲折、
小心翼翼，狂放、浮夸的文学语言中也不乏清雅、含蓄之味。所
以，如果我们认为《小时代》三部曲乃当下诸多通俗都市文学中
文学价值较高，因而不可轻易抹杀的作品，应该不至于引起较大
争议。

　　新世纪的中国处于前现代、现代与后现代因素的杂糅之中，
它的方向性目前还不明显。就文学创作来讲，精英文学家继承
现代以来新文学的传统，秉持精神超越性的大旗，呼喊高水平地
表现这时代，但是成果也不彰著。至少目前为止，还没有哪一位
作家能够恰如其分地表现这一多元而复杂的时代。网络传媒时
代，催生新一轮大众文学，这一次比民国初年那次是更加量大、
面广、质杂了。《小时代》很难说是这新一轮大众文学中最好的
作品，但是目前为止，它的读者最多，销售量最大，受到批评界和
研究者关注也较多（无论是褒是贬都是一种关注），多少也说明
些问题。它确实与现代以来几个方面的文学传统都不无关联，

其至可以想象作家在创作这部作品之前,是做过长久的大量的"课前"准备的。需要指出的是,作家接下来编导电影《小时代》,以认同"小时代"自居(如电影片尾曲所歌吟的①),没有借此机会修改、提升小说的艺术品位,而是借此强化了小说原有的内容空洞、趣味贫乏、格调平俗甚至低俗的缺陷,说明作家的审美认知和诉求又确有极其严重的先天不足,不能不使研究者在肯定其创作有一定的艺术成就的同时产生更深远的疑问:20世纪90年代以来的中国究竟是大时代还是小时代,文学艺术究竟该如何去表现它呢?

---

① 电影《小时代》1、2、3拍摄于2013年,其片尾曲歌词由郭敬明和吴伯苍共同完成,最后连续用了四组"Do······do······do······/爱上你爱上你上你"。紧接着一句,也是最后一句:"爱上我爱上我上我。"在企图"引爆这时代最性感的狂潮"时,精神定位和艺术格调未免太低了。

第三辑　自我、教学与文学

《中国现代都市文学读本》编后记

　　笔者生性鲁钝，到20世纪90年代初中期才开始关心现代都市文学，而真正开始阅读并研究之是在2000年秋天去北京大学师从钱理群先生做访问学者之后。记得入北京大学中文系，在哲学系楼一个小房间里，钱先生开始给我们（他所指导的访问学者、博士生和硕士生）上课。首先送我们每人一本他刚出版的著作《反观与重构——文学史的研究与写作》（上海教育出版社），并有他的签名（中午还请大家在北京大学正门右旁边小餐馆吃了一顿饭）。参考着这本书，钱先生介绍当前中国现代文学研究动态，其中说到他编《中国现代文学研究丛刊》，总是很细心地撰写"编后记"，肯定所发表论文的成绩，也指出不足；希望青年学者成长，特别在"编后记"里罗列大量当时尚未被研究者们所关注或重视的作家的名字，记得其中有20世纪40年代海派作家沈寂的名字。在这之前，笔者已经接触施济美的作品，并向他请教：施济美值得关注吗？他说，值得关注，目前，施济美、东方蝃蝀是渐被人们注意但尚无确切研究的作家。从此，笔者就开始正式集中时间阅读施济美的作品，2001年春天开始撰写探讨施济美小说创作的论文。2002年又撰写关于东方蝃蝀小说的论文。在此过程中，还请教过解志熙、吴福辉、陈平原、吴晓东等先生。斗转星移，时序更替，一晃十八年过去。

笔者关心现代都市文学，主要还是关心现代人的审美方式和生存方式。长期封闭和禁锢的生活渴望心灵的解放、生命的释放。这不仅是现实处境问题，也是人生取向问题。之后，就尽可能地搜罗中国现代都市文学作品及相关研究资料。这次编撰，一方面是填补国内这方面的空白，一方面也是了却自己一个心愿，让自己多年的关心和搜罗有个痕迹，有个交代，也有利于自己和广大爱好者学习、教学和研究使用。

本"读本"大体有以下几个方面值得关注。

首先，本选本搜罗作家作品较多。共编选老海派通俗都市文学、新海派都市文学、新文学作家都市文学等共 54 位作家 123 部（篇、首）作品。其中，小说 55 篇（部），诗歌 34 首，散文 25 篇，戏剧 9 篇（部）。最早的作品是 1892 年韩邦庆出版的《海上花列传》，最晚的是柯灵写于 1949 年 4 月、发表于 1950 年 3 月的小说《霍去非》。限于篇幅，长篇小说和多幕剧多是以存目的形式编选，其中茅盾的《子夜》选编了第一章；中篇小说，全文选编了郁达夫的《沉沦》、张爱玲的《红玫瑰与白玫瑰》，张爱玲的《倾城之恋》采取了节选，其他也都是以存目的形式编选。全书实际收入作品 92 篇（首）。中国现代都市文学也是浩如烟海，限于笔者的视野，本"读本"自然也有遗漏，如清末民初通俗都市小说，就遗漏了姬文的《市声》、江红蕉的《交易所现形记》，20 世纪 40 年代都市文学作品遗漏了顾仲彝的四幕剧《人之初》等。张资平的小说笔者是有意放弃的，因为反复衡量，总觉得他的作品还达不到现代都市文学的标准。20 世纪 30 年代林微音的小说《花厅夫人》、40 年代师陀的长篇小说《结婚》和捉刀人（王小逸）的通俗作品在同时代都市文学创作中代表性又不够强,所以也没有选。大体而言,现代有代表性的作家有代表性的都市文学作品基本上都在这里了。

其次,本"读本"实际收入92篇(首)作品,除柯灵那篇《罪恶开着娇艳的花》选自他的散文《魔鬼的天堂》,《魔鬼的天堂》没有查出它的初刊处或初版本外,其他91篇(首)作品都查到了它的初刊处或初版本。其他以存目形式编选的作品也尽量指出其原刊处和初版处,另外也给读者推荐一些好的流行版本。如20世纪40年代通俗海派文学的最高代表作品——周天籁的《亭子间嫂嫂》,1949年后一直停版,直到1997年,安徽文艺出版社和学林出版社差不多同时重版,但是学林出版社本是被纳入贾植芳和钱谷融二先生担任主编、陈子善和李东二先生担任副主编的"海派文化长廊"系列出版的,正文前因有陈思和先生的序言而显得弥足珍贵,所以推荐读者阅读。这个搜罗、查找、甄别、编选的过程无疑是一个不小的工程,花费了编选者长期的大量的时间和心血,但也取得了较大的收获。就91篇(首)作品言:

第一个收获就是完全落实了这些作品的原出处,好像为这些多年失散的孩子找到了家,那一种欣喜不是言语可以简单表达的。啊,原来是这样,原来它是发表在这里,或原来它是收在这个集子里由这个出版社出版的。

第二个收获是纠正了当下一些流行选本甚至是权威选本在收选某些作品时的错讹,还这些作品以真正的出处,又好像失散后被错领的孩子终于回到自己真正的家。这里所谓错讹还包括两个方面的所指,一是作品出处的错讹,发现后将它纠正过来。最艰难而最宝贵的收获是寻访到柯灵散文《都市中的棚户》的初刊文本。文汇出版社出版的《柯灵文集》第一卷里是《棚户》,姚芳藻的《柯灵传》和张理明的《柯灵评传》分别名之以《都市的风波》和《都市中的棚户》，但都没有标明初刊处或初版处，用柯灵的真名和笔名也查不到，最后请人帮助用"大晚报记者"的名字查到发表在 1936 年《特写》第 6 期。经过对比，你会发现，初刊文本与《柯灵文集》中的文本差别明显。差别一，初刊文标题旁的署名是"大晚报记者特写"，《柯灵文集》里的文本则省略了署名。差别二，初刊文标题"都市中的棚户"上面还有"离家飘荡天涯一角"，下面还有"被社会遗忘了的人渣在悲惨痛苦的环境里"，起到醒目和突出主题的作用，而《柯灵文集》里的文本只有正标题。差别三，初刊文内还有七个小标题，分别是："大家挤在一起"、"苦生活的一般"、"跟着上海兴起"、"一二八的劫数"、"不景气压榨着"、"倒不禁肚皮"、"斗不过也抵抗"。这样，各个部分的主旨也较为醒目，起到提纲挈领的作用，向读者传达信息更有效，更能发挥"特写"的作用；而《柯灵文集》里的文本把这些小标题都去掉了。差别四，初刊文虽然属于揭露现实一类作品，但是也许为了强调特写的客观真实性，所以语言表达反较为平静和温和，而《柯灵文集》里的文本，经过修改强化了当时社会现实的不满和反抗，更符合了后来政治文化环境的意识形态诉求。孙大雨短诗《纽约城》，经过反复查证，它初刊于 1928 年 10 月《朝报副刊》"辰星"第 3 期，但是目前流行选本除个别选本标注正确外，绝大多数包括河北教育出版社出版的《孙大雨文集》都标注为同一个时间《晨报副刊》。二是作品内容，主要是文字表达方面版本的错讹。这方面错讹很多，主要是很多选本所用版本都是后来作家修改过的定本或目前流行的版本，不是初版本或初刊本。这样的选编在作品后面一律标明"该作品最初发表于或最初出版于"这样的字样，至于自己所选则是另外一回事。甚至有不少选篇出处并非初刊本或初版本,但是文末也标明是选自初刊本或初版本。譬如郁达夫的《沉沦》,笔者所见不少选本包括很权威的选本都是标明选自《沉沦》1921 年 10 月初版本,但是查对作品内容,应是 1927 年作家出版《达夫全集》第二卷《鸡肋集》时修改过的定本。浙江大学出版社出版《郁达夫全集》第一卷(上)所选就是这一版本,文末注明选自《达夫全集》第二卷《鸡肋集》。初版本与《鸡肋集》里的版本两相比较,小说中有几处明显的差异。如小说第七自然段有一句,流行版本里是这样的:"一阵带着紫罗兰气息的和风,温微微的喷到他那苍白的脸上来。"而初版本里,不是用的"喷",而是用的"哼"。还有后面主人公翻译华兹华斯的诗《孤寂的高原刈稻者》,《鸡肋集》本里言:"他想想看,'The solitary highland reaper',诗题只有如此的译法",而初版本里并没有"highland"这一单词。也可能是初版本印刷的遗漏,但初版面貌如此。

第三个收获是,通过落实所选作品初刊或初版的来源,可以帮助读者和研究者寻找到"返回历史现场"的途径,促进现代都市文学研究。前面柯灵《都市中的棚户》一文的版本变迁已经能够说明触摸历史原生态的意义,夏衍著名报告文学作品《包身工》版本的两次变化、三个版本也很能说明问题。《包身工》原载 1936 年 6 月上海《光明》创刊号,1938 年广州离骚出版社出版作者译著集《包身工》时,《包身工》进行了第一次修改,新中国成立后选进中学生语文教材时又做了第二次修改。根据美国学者艾米莉·洪尼格的《姐妹们与陌生人——上海棉纱厂女工,1919－1949》一书的梳理和考证,当时,诱使很多农村人家将女儿交给工头带到上海做包身工的主要不是日本人,而是上海当地青帮帮派分子。"在晚清绍兴、扬州和泰州是青帮活动的中心,……

换句话说,青帮的起源地和社会关系网与招募包身工活跃的区域有着密切的联系。"①"包身制的出现几乎与青帮势力和活动范围的迅速扩张同步。"②"对历史资料的考察表明包身工制度既不能归因于残暴的资本主义,也不能归因于帝国主义者。……实际上包身工制度的产生是上海青帮势力的产物。"③"使工厂管理者很惊愕的是,大多数机修工和许多工头、门警一样是青帮成员。"④因此,"在 20 世纪 30 年代期间,……由于增加了黑社会因素:……包身工的故事并不简单的是贫困农民、富裕资本家和帝国主义者的故事,而恰恰是上海青帮以及青帮如何垄断棉纱厂劳工市场的故事"。⑤ 青帮使所有人——"女工、华商亦或外商的工厂主"都要臣服。"包身制的意义不在于其代表着外国控制棉纱工厂而产生的严重剥削的制度,而在于表明了女工、华商亦或外商的工厂主在上海青帮面前的脆弱性。"⑥了解这些历史背景,才可以真正理解夏衍《包身工》初刊文本的行文风格,它的价值和缺陷。面对这一复杂的历史语境,夏衍对书写对象进行模糊处理。作品只指出所写为"东洋厂"女工的悲惨人生,但是它没

---

① (美)艾米莉·洪尼格的《姐妹们与陌生人——上海棉纱厂女工,1919－1949》,韩慈译,南京:江苏人民出版社 2011 年版,第 88－89 页。

② (美)艾米莉·洪尼格的《姐妹们与陌生人——上海棉纱厂女工,1919－1949》,韩慈译,南京:江苏人民出版社 2011 年版,第 111 页。

③ (美)艾米莉·洪尼格的《姐妹们与陌生人——上海棉纱厂女工,1919－1949》,韩慈译,南京:江苏人民出版社 2011 年版,第 87 页。

④ (美)艾米莉·洪尼格的《姐妹们与陌生人——上海棉纱厂女工,1919－1949》,韩慈译,南京:江苏人民出版社 2011 年版,第 38 页。

⑤ (美)艾米莉·洪尼格的《姐妹们与陌生人——上海棉纱厂女工,1919－1949》,韩慈译,南京:江苏人民出版社 2011 年版,第 111 页。

⑥ (美)艾米莉·洪尼格的《姐妹们与陌生人——上海棉纱厂女工,1919－1949》,韩慈译,南京:江苏人民出版社 2011 年版,第 120 页。

有写这些"带工""工头""门警"等一干人是上海地方帮派分子。在面对上海地方帮派势力时,作品也是软弱和回避的。或者说,作品想取得集中揭露和批判日本侵略者的效果,所以将本国人的邪恶回避了。由于作品在这些方面的虚幻性,作为报告文学却无报告文学应有的确切历史社会信息,所以,艾米莉·洪尼格将《包身工》看作"期刊小说"[①]。作品的行文也保持一定含混。如作品结尾处:

> 在这千万被饲养者中间,没有光,没有热,没有温情,没有希望——没有法律,没有人道。这儿有的是 20 世纪的烂熟了的技术,机械,体制,和对这种体制忠实地服役着的十六世纪封建制下的奴隶!
>
> 黑夜,静寂的死一般的长夜,没有自觉,没有团结,没有反抗,——她们住在一个伟大的锻冶场里面,闪烁的火光常常在她们身边擦过,可是,在这些强压强榨着的生物,好像连那可以引火,可以燃烧的火种也已经消散掉了。
>
> 不过,黎明的到来还是没法可推拒的;索洛警告美国人当心枕木下的尸骸,我也想警告某一些人,当心呻吟着的那些锭子上的冤魂。

结尾这三个自然段落,第一个段落是控诉机械技术和反动制度,第二个段落是指出包身工自身的软弱和愚昧,第三个段落是预言黎明总有一天可以来到。作品的左翼立场是鲜明的,然而因为当时国内外邪恶势力、反动势力的双面宰制,作品对这些邪恶势力和反动势力的揭露和控诉还是极为曲折、隐晦、不尽意

---

① (美)艾米莉·洪尼格的《姐妹们与陌生人——上海棉纱厂女工,1919—1949》,韩慈译,南京:江苏人民出版社 2011 年版,第 26 页。

的。如作品最后一句要"警告某一些人，当心呻吟着的那些锭子上的冤魂"。"某一些人"指哪些人？指日本侵略者好像不妥，因为日本侵略者是一个政治军事集团，不是"某一些人"，那么指上海地方邪恶势力？这有可能，但作品又不敢直说。可见写作者的苦衷。抗战全面爆发，《包身工》又在广州出版，这时，民族话语需要强烈的声音，作家也离开了上海，所以这次出版的《包身工》强化对日本侵略者的控诉和批判，而且用语明快直接得多。如作品最后一句被修改为："我也想警告日本资本家当心呻吟着的那些锭子上的冤魂！"浙江文艺出版社出版的《夏衍全集》第8卷"文学"（上）里所收版本最后一句要警告的又改为"这些殖民主义者"，问题是该文文末标注时间却是"1936.4"，这个时间与初刊《光明》创刊号时文末所标注"一九三六，六，三，清晨"有差距，一方面说明《夏衍全集》里的文本想标明初刊时间（事实上也有误差），而另一方面，这个版本的文本又不是初刊本，而是第二次修改本，所以这个时间标注是不准确的。读者如果拿这个版本的作品去论说20世纪30年代撰写《包身工》的夏衍的文学姿态及其创作面貌，显然会产生不少误解。

第四个收获属于语言运用方面的，即通过查阅原刊或原版可以发现，新中国成立前绝大多数作品的版式还是竖排，运用的还是繁体字，今天很多常用、流行的文字、标点符号在那个时代并不一定通用。如郁达夫《沉沦》中用"傍"表"旁"，杨绛《小阳春》大量的"著"表"着"，施蛰存小说《石秀》《梅雨之夕》中用大量的"底"代"的"等。绝大多数作品里的代词"哪"用"那"代，只有徐訏剧作《女性史》等用代词"哪"。还有，新中国成立前的文本基本上没有顿号，只偶尔在20世纪40年代施济美一篇作品中发现一个顿号（不在本选本之内）。对比新中国成立后书籍排版印刷格式的变化、文字标点符号的进一步规整和简化,我们可以看出历史变迁的一些具体踪影。

　　"读本"编选的困难之一在于,不少作品的原刊或原版均无法直接找到,这时,编选者只好借助不少原刊或原本的影印本。如上海书店影印的《创造季刊》《现代》《红黑》《光明》《新月》,国家图书馆出版社影印的《良友》、"'左联'机关刊物四种",广陵书社影印出版的《万象》;上海书店影印的民国书籍"中国现代文学史参考资料"系列、魏绍昌主编的"海派小说专辑作品"系列、贾植芳主编的"现代都市小说专辑"系列;孔夫子旧书网上一些个人网络书店里有关作家作品原版的复印本,如北京书林书店复印的叶灵风《鸠绿媚》、施蛰存《梅雨之夕》、徐訏《幻觉》、令狐彗《幻想的地土》、郭沫若《女神》《前茅》《塔》、艾青《大堰河》、张竞生《美的社会组织法》、章克标《风凉话》、茅盾《茅盾散文集》、张若谷《战争·饮食·男女》、苏青《浣锦集》《涛》等。另一方面查访全国报刊索引、国家图书馆、北京大学图书馆、上海图书馆、复旦大学图书馆、南京大学图书馆、南京师范大学图书馆、苏州图书馆、浙江图书馆、浙江大学图书馆、浙江工业大学图书馆等的网络版。现在不少作品在全国报刊索引和各大图书馆的网络版上可以查到初刊文本和初版文本。为了节约时间,"读本"编选过程中也参考了一些工具书,如唐沅、韩之友、封世辉、舒欣、孙庆升和顾盈丰编《中国现代文学期刊目录汇编》(1－6卷,知识出版社2010年版),吴俊、李今、刘晓丽、王彬彬主编《中国现代文学期刊目录新编》(上、中、下,上海文艺出版社2010年版),贾植芳、俞元桂主编的《中国现代文学总书目》(福建教育出版社1993年版),陈建功、吴义勤主编《新文学(创作)初版本图典》(上、下,文化艺术出版社2011年版),彭林祥《中国新文学广告图志》

（上、下，花木兰文化出版社 2015 年版）等。

　　"读本"编选的困难之二在于究竟是选编初刊文本好，还是选编初版文本好，有时候真的是很难判断。戴望舒的诗《百合子》《梦都子》《单恋者》用的都是《望舒草》的初版本，因为《望舒草》里的文本虽然是经修改过的文本，但是质量比初刊文本高，影响也最广。徐迟的诗《隧道隧道隧道》开始用的《二十岁人》里的初版文本，但是后来还是改用诗的初刊文本，因为笔者以为初刊文本比初版文本质量高。辛笛的诗《巴黎旅意》用的是《手掌集》的初版本，因为初刊于 1946 年 6 月 25 日《大公报·文艺》的文本第一节里有很难解的句子，具体如下：

> 游女坐在咖啡馆
>
> 星街是她日常的家
>
> 天穹的云沉入那一杯黑色咖啡
>
> 直合是她灵魂深处
>
> 大开的窗子
>
> 正静静地对着
>
> ……

　　这里，"直合是她灵魂深处"，根据上下文，非常难解，不知诗人在表达什么。笔者怀疑"直合是"乃印刷造成的文字误置，也许是"直合进"之类。由于这样难解，所以本"读本"选编了初版本里的文本。初版本里，诗的第一节中"直合是她灵魂深处"改成了"闪烁在她灵魂的泥淖深处"。予且的《伞》用的是《予且短篇小说集》里的文本，因为相比而言，《予且短篇小说集》的影响大些。

　　"读本"最繁杂的工作是校勘。这包括三个方面。第一个方面是版本的校勘。如徐訏剧作《女性史》,现在流行版本都是三幕短喜剧,大胆的夸张和想象,跳跃的结构,戏谑的语言,讥讽女性的贪心和虚荣,但是初版文本(文末注明写于1933年1月4日)收在1939年宇宙风社出版的作者剧作集《灯尾集》里,除我们所选前三幕外,还有第四幕,难得一见,不妨抄录如下:

第四幕

时:不久的将来。

地:同一地球上面。

人:男,女。

女:(安静地坐着)——

男:你难道还不信我么? 我们在一起做工已经这么久,我们的年龄差不多,我们的身体一样结实,我们的身材与容貌是多么相配,我们皮肤的颜色是多么调和,谁不承认我们是早就应当在一起住了! 来吧! 让我们结合在一起!

女:(坦白地与男拥吻)唔——

不难看出,第四幕却转成了正剧,因为男女主人公都觉悟了,都努力开始正常、健康的生活。这样四幕放在一起,有些不协调,所以作家后来将第四幕删去,现在上海三联书店出版的《徐訏文集》里就是这个版本。关键是,作家和"文集"编者都对作品收入不作任何说明,这就给读者造成一种错觉,以为这就是《女性史》的初版文本,其实是节选本。所以,我们编选这篇作品时,就在题目旁边加上"节选"的文字。徐訏另一五幕剧《月亮》,《徐訏文集》也不加任何说明,以为作家名之为"月亮"的剧作开始就是这样的面貌,这就是这部作品的初版本,其实也不符合历史事实。《月亮》原为三幕剧,1939 年上海珠林书店初版,1940年扩写为五幕剧,并改名为《月光曲》,而后才有改名为《月亮》。20 世纪 40 年代四幕话剧《夜店》由柯灵、师陀根据高尔基剧作《底层》改编,收在河南大学出版社初版的《师陀全集》里的是话剧版。20 世纪 40 年代后期,柯灵又根据《底层》独自改编成电影剧本,一度拍成电影,引起轰动,可惜剧本在"文革"中丢失,1986年及以后柯灵独自冠名的《夜店》就都是洪声根据电影重新整理而成的文本。这些版本历史变迁如果不校勘清楚,对作品评价就难以切中肯綮。

校勘的另一任务是对所选作品的字词句标点符号校勘。句子一般都按原文排版,标点符号因为考虑到作者运用的习惯,也考虑到它基本上不会影响作品的原意,所以校勘也不多,尽量也都按原文所用排版。当然也不排除个别地方因校对看不清排错的情况。字词的校勘工作量最大。要使所选作品每一个字词都与初刊文本或初版文本相同,几乎是不可能的。一,因为字词太多,浩如烟海,人的肉眼还是有其局限性。二,初刊或初版所用字词未必就一定真确,有些字词存在明显错误或疏漏,如茅盾《证券交易所》开头叙述证券交易所"门面也不见得怎么雄伟",但是初版里"怎么"的"怎"漏掉了。三,更主要的,有些字词那时候的用法和写法与今天已有很大区别,要不要跟从初刊文本或初版文本,保持这些字词的写法不变? 如郁达夫《沉沦》中用"傍"表方位名词"旁",指路旁、道旁。如小说开头第七自然节里有一句:"息索的一响,道傍的一枝小草,竟把他的梦境打破了,……"在古代,用"傍"表方位本是这个字的用法之一,如苏轼《秦太虚题名记》里有:"道傍庐舍,或灯火隐显,草木深郁,……"但考虑到这种用法与后来的习惯用法距离较大,现在已不用"傍"

表方位名词"旁",两个字的发音也有明显区别,所以,我们在编选时也就将小说文本中的"傍"改成了"旁"。杨绛小说《小阳春》中,大量的"著"表助词"着",笔者编选时,反复犹豫,开始将它们按照现在的习惯一律改为"着",但后来还是改了回来。因为这种用法现在一些郑重的行文里也不时出现,为了尽可能尊重原作,我们最后还是觉得不改变的好。这篇小说里,也有不少地方直接用助词"着",不知这是什么讲究。也许是印刷的错误导致一些地方用了"著",而另一些地方用了"着",为了尊重原作,也一律按照原版排版印刷。民国时代,作为形容词、介词、副词和动词的"像"一般不用"象";作为助词的"的"与"底"往往是通用的,为了尊重历史的原貌,所以也一律按照初版或初刊排版印刷。另外有些词汇为英文单词,如茅盾《子夜》第一章第一自然段里用"Neon"代今天所谓"霓虹灯",艾青诗《巴黎》初版本里用"一切Ismes 的 Istes"代后来修改本里所谓"一切派别的派别者";有些指称具有个性和年代感,如穆时英《夜总会里的五个人》里用"年红灯"表示后来所称霓虹灯,也都尊重作品原貌,一律按原刊或原版印刷。

　　由于时间紧,"读本"的编选还是留下不少遗憾和空白。就选篇言,究竟还有哪些作品应该属于现代都市文学,今天人们也有不同意见。如有的坚持宽泛的都市文学概念,认为老舍的所有老北京题材小说和京派作家的大城市题材小说也应该归于都市文学。若以此标准看,"读本"还有更多遗漏。其实,笔者的观点是,现代都市文学就是要凸显全球化语境和现代性审美取向,范围不可过于宽泛,那样等于抹平了"读本"的特色。就所选篇章言,出版后发现,一些作品内个别文字有遗漏或错误,如邵洵美《搬家》中将 Swinburne 拼写成 Swinbume;如穆时英小说《夜总会里的五个人》里有一处"红年红灯","读本"印成了"红年灯",漏了一个"红"字；孙大雨诗《自己的写照》第三部分有一句里"息鳍"印成了"警报"；陈梦家诗《都市的颂歌》里有一处"昏暗"印成了"昏湿"，还有一处"飞转"印成了"飞轮"；袁可嘉诗《上海》里"人们化十二小时赚钱，化十二小时荒淫"，其中两个"化"都印成了"花"；柯灵散文《都市中的棚户》标题里漏掉了一个"中"等。最主要的是个别作品的原刊出处反而判断错误。如孙大雨《自己的写照》第三部分的初刊，许多选本包括河北教育出版社出版的《孙大雨文集》都标注为初刊于 1935 年 11 月 8 日天津《大公报》副刊"文艺"第 39 期，但是笔者多处求索，没有发现相关信息，而是在《新新月报》1936 年 1 月号上发现了它，以为这就是《自己的写照》这部分诗的初刊文本，而现在又求人帮忙查找，发现初刊于《大公报》没有错误。经与《大公报》文本对比，《新新月报》文本有两处分别多了一个逗号；倒数第 17 行"每一次拢岸时的息鳍停喘"刊成了"每一次拢岸时的警报停喘"。还有，编选者撰写"阅读提示"里也有个别文字错误，如最后才匆匆补上的关于《海上花列传》的文字，赵朴斋的妹妹赵二宝印刷成了"陈二宝"；海上漱石生《退醒庐笔记》印成了《退醒庐笔迹》。"延伸阅读作品与参考文献"里也有个别错误或疏漏。由于编选者阅读面受到限制，视野还不够开阔，撰写"阅读提示"时审美判断上也可能产生偏差，对于相关延伸阅读作品和参考文献的罗列也未必都是最有代表性的。而这些错讹和疏漏也只有等"读本"有机会再版时改正和弥补了。

风中芦苇在思索

西方名哲帕斯卡尔说:"人是一支会思索的芦苇。"说人是芦苇,是指人生存的物质性,人像芦苇一样在这个世界上生存着;说人是一支会思索的芦苇,是说人终于与其他的生存物不同,人是具有智慧、理性和灵魂的生存物。仔细辩来,这句话说尽了人在这个世界上生存的全部卑微性和高贵性。是啊!一个人千万不要妄自尊大,忘乎所以,不知道自己在这个世界上所应有的正确地位——你只不过是这个世界上千万个人中的一个,你既不比别人多些什么东西,也不比别人少些什么东西。面对这个世界的高远、广袤、深邃,无穷无尽的物理时间和空间,我们每一个人均是那么小,那么小。我们应该面对的不仅仅是我们人类自己,而且还有这高远、广袤、深邃的自然世界,这无穷无尽的物理时间和空间。

笛卡尔说:"我思故我在。"这是我们人类在这个世界上生存的全部奥秘。试想,如果没有我们人类在这个世界上的存活,这个世界对于我们人类来讲,还会有什么意义?一切都不会存在,你也想不起它的存在,连"一切都不会存在"这样的问题也不会存在。"我思",已经成为人类在这个世界上生存与其他动物和植物区别的重要标志。"我思"已使这个世界不可避免地打上了主观主义的烙印。"我思"成为人类生存高贵性的主要标志。

如果结合现代语言哲学的场景来说,也许会更容易理解些。海德格尔说:"语言是存在的家。"人生活在语言之中。卡西尔说:"人的本质是符号。"也就是说,我们人类一切的存在都是通过语言来表达的,通过语言来指认的。没有我们人类自己所发明创造的庞大的语言系统,我们无法言说、指认我们的存在或者不存在。我们很难说,这个世界就是主观的,那样会不自觉地陷入传统主观唯心主义的窠臼,但我们又凭什么说这个世界是客观的,是不以人的意志为转移的? 这里有一个人类永远也跳不出去的圈套,就是:说人类所居住的这个世界是主观的也罢,是客观的也罢,都是人类自己在通过自己的语言在指认,在言说。

我们人类就生活在自己所创造的这种"镜像"之中,而少有人自知。后现代语境中,"上帝"的不存在,"英雄"的不存在,"人"的不存在,使我们这些还生活在现实中的普通人失去了走向完整、走向激越、走向崇高的心理前提、思想前提和历史前提,我们只能剩下"风中芦苇在思索"。这时候,我们无法忘却自己生存的芦苇性,即物质性、卑微性,但我们也无法忘却我们终究是会思索的芦苇,作为会思索的芦苇,我们终究承续了人类全部的文明遗产,我们终究有着其他动物和植物所不具备的思想、胆识、才略和情感,我们也以此确认自己生存的价值和意义,同时也确认自己生存的那一份尊严和高贵。

最后,容笔者抄录一段现代中国著名诗人冯至先生《十四行集》中的诗句作为本文的结束。诗人遍尝众生烦恼,历尽人间坎坷,人到中年,终于写出那永恒的光辉四射的诗篇——

（一）

我们准备着深深地领受
那些意想不到的奇迹，
在漫长的岁月里忽然有
彗星的出现，狂风乍起！

我们的生命在这一瞬间，
仿佛在第一次拥抱里
过去的悲欢忽然在眼前
凝结成屹然不动的形体。

我们赞颂那些小昆虫，
它们经过了一次交媾
或是抵御了一次危险，

便结束它们美妙的一生。
我们整个的生命在承受
狂风乍起，彗星的出现。

　　这是全诗的第一章，虽不是在直接言说"思"，却应是"思"的直接结果。

悲壮的抵抗

——关于大学语文课中文学教学的几点思考

  毋庸置疑,随着国家文化、教育建设的逐渐完善,文理工科的综合渗透,全国那么多有识之士大声疾呼,更多的高校教育工作者的辛勤实践,大学语文课程越来越受到国人的重视了。特别是在国家"十一五时期文化发展规划纲要"前提下,国家教育部的大力支持和促进下,大学语文课在越来越多的高校被列为必修课,相当一些学校明确规定,大学语文课考试不及格,不能毕业。但是这决不意味着大学语文课的建设已经完备,大学语文教学的意义已得到清楚的阐释,大学语文已像春雨洒满了学生的心田。大学语文课的春天远没来临。可谓是方明乍暗,方晴乍阴。就在不少学校正向大学语文课倾斜、给以时间和教学条件各方面支持时,有些学校反将此课程由必修课降为选修课,有稍多一些课时降为更少一些课时。学校的重视不够,学生的重视也不够。特别是理工科院校里,学生一进学校就陷入功利主义和技术主义的泥潭,不少学生只不过是将大学语文当成"聊备一格"罢了。不少学生特别是理工科学生发出疑问:大学还学语文?它有什么用处?

　　大学语文应包括哪些内容,研究界和实际教学过程中,人们认识并不一致。据统计,目前为止,已出版的大学语文教材已有1402 种。其中主要的,以人文专题为主有徐中玉等主编《大学语文》(华东师范大学出版社),温儒敏主编《中国语文》(重庆出版社),夏中义主编《大学新语文》(北京大学出版社),丁帆等人主编《新编大学语文》(外语教学与研究出版社)等;以文学史或文学专题为主有钱理群等主编《大学文学》(上海教育出版社),王步高主编《大学语文》(南京大学出版社),毛信德主编《大学语文新编教程》(浙江大学出版社)等;以普通语文知识及运用为主有陈洪主编《大学语文》(高等教育出版社),魏怡主编《大学语文新编》(高等教育出版社)等;将中文专业基本知识(语言和文学)综合编撰有张新颖主编《大学语文试验教程》(复旦大学出版社)等。这些教材的编撰就代表不同的观点和认识,但其中有一共同内容无须置疑,即文学作品的学习和欣赏。特别是以人文和综合为专题的教材,文学作品的学习和欣赏实为核心。可问题恰恰就出在这里,收进课文中的文学作品无疑是古今中外文学的精品,是高雅之作,精英之作,可学生会产生误会:一是这些东西与我的专业无关,二是这些东西我课外也能看,三是在今天这样一个年代,那些过于沉重的东西未免迂腐了,无用了。如此接受心理,教学效果必事倍功半。不少老师均发出感慨:这学生,这年头,这时代。是一如既往,积极探索,维护大学语文课的庄严感,还是在这年头、这时代、这学生的不断冷落和打击下以"零度"的情感和态度对待之,从而照本宣科,人云亦云,敷衍了事?笔者以为这并非一个小问题,它关乎教师在教学中的定位问题,关乎教师在教学中的思维、运作问题,关乎教师的教学质量问题,也关乎学生对大学语文接受和了解的程度问题,乃至关乎学

古典的与现代的

生世界观、人生观、价值观和审美观等的树立和培养问题。笔者就是想在此基础上对大学语文课中文学教学做一些粗浅的探讨,不妥之处还请方家指正。

一 何以教:这边风景独好

严格地讲,大学语文仅教文学是不全面的,它还应该有体现汉语特点和人文精神的一般性文章。但无疑,文学语言应该是一个民族最有特色、最优美、最能经受时间考验的语言,也惟有文学作品中的人文精神最具体、形象、精粹,博大精深而意味悠远。惟有文学(还有其他艺术)对一个民族、一个人心灵的锻冶、生命的塑造具有合情合理而又影响深远的作用。所以,英国人会说:"宁愿失去印度,也不愿失去莎士比亚。""五四"文学运动,胡适就是从这里出发,提倡"国语的文学,文学的国语"。

美国学者林毓生在《中国意识的危机》里说,中国的人生态度有个惯性,即渴望"借思想文化以(寻找)解决问题的途径"。就是通过意识形态的调整和改革来解决问题。这确是一个富有启发性的见解。它启示人们,中国自古就看重思想教化,而文学与这种思想教化从来就不分离的。"五四"及以后,中国把这种将文学绑到思想教化的战车上的传统发挥到极处,到世纪末终于疲软。它的教训是深刻的,后果也是明显的。但是文学是否真正可以独立?就是纯文学的神话是否真的可以存在?今天这依然是个问题。新时期开始,纯文学思潮风行过一阵,但新世纪伊始,人们又匆匆宣告:纯文学思潮终结了。文学重新被赋予新的使命:或政治思想教化,或文化启蒙,或唯美—颓废,或商业—赚钱。但不管怎么说,健康的人情人性,独立的思想,奔放的情

276

感,多元的审美风格,总是人们所津津乐道的,也是人们所梦寐以求的。过去,对文学的期望太高了,以至于有"经国之大业,不朽之盛事"之美称,今天我们应还文学以文学——它是审美幻想的产物,它是审美情感的表达,它是审美意志、审美意识的载托。真的文学是天才或富有天份的人的创造物,多数是伤心人别有怀抱,多情善感、多愁善感的,因而是悲剧性的;另一类超越人间情感羁绊,以审智为主,则又转化为喜剧性或半喜剧性的。文学是自我安慰和疗救,也是对世人的安慰和疗救。在尼采宣布"上帝死了"之后,文学艺术就成了人类最后的灵魂归宿地,最后的心理、精神家园。今天,中国的现代性还未完成,西方又进入后现代性,于是又有"英雄死了""人死了""作者死了""作品死了"之言。人类最后的心灵抛锚地该是哪里呢?有人说,网络。不错,网络确实比语言为媒介的文学作品及以其他为媒介的艺术更能虚拟一个世界,作为今天唯一上帝的读者——上网者可以在互联网上任意涂抹自己喜欢的色彩、喜欢的文字,构筑自己喜欢的画面乃至任何其他东西,但是人们发现,由于这最后的上帝还不具备伟大的情操、才情和修养,他们的"创世"记录还不令人满意。真正伟大的对每一个人均有深刻复杂的人生启发的人类美学创造物恐怕还应该是文学及其他艺术。

有的认为,文学教学应该让学生多看相应的电教片,甚至课堂应以此为主。笔者颇不以为然。文学本是语言艺术,其最大缺陷在于虚幻性和模糊性,其最大优势也在于其虚幻性和模糊性。语言的虚幻性和模糊性可以使接受者经过语言的暗示功能产生丰富的独特的只有他自己才能意会而难以言传的想象,在想象基础上的审美体验。以语言为本,还能让学生进一步领会中国语言的独特魅力。

二　教什么：民族的、现代的与当下的统一

　　全球格局中的中国再也不可能闭关自守以甲天下。鸦片战争以来中国的历史教训告诉国人,中国也必须走上现代之路。于是被迫也好,自动也罢,中国终于趋向于此。从近代洋务运动起,西方的科技进步、物质文明使国人深感自己的愚昧和落后,奋起直追的结果是今天的中国已步步逼近资本主义发达国家之林。伴随而来的问题是,我们怎样对待西方三、四百年的现代性,又怎样对待二十世纪后半期兴起的后现代性? 怎样才能在学习西方的同时保持民族自己的特色、独立性? 这些问题好像过于沉重,好像与大学语文无关,其实大不然。这是总体思路和格局问题,是指导思想和运作方向问题,这些问题不分辨清楚,课就很难上好,即使上得好,也是只见树木,不见森林。

　　遭遇现代,即遭遇现代性,它分为社会现代性与审美现代性。社会现代性又有人称工业现代性、科技现代性等。它强调工业为主要生产形式的社会科技理性给人们生活带来的决定性影响,如马克思·韦伯所说,这种社会里,科技理性成主宰力量,现代社会里它就是上帝。影响所及,人类生活机械化、模式化、零碎化。这样的社会正逐渐挤占人的情感、心理的活动地盘,正处处围剿人的精神、灵魂,以至于像钱锺书《魔鬼夜访钱锺书》中魔鬼所说,过去,无论好坏人还有灵魂,而现在连坏灵魂也没有了,所以它失业了。现代社会里,魔鬼都倍感孤独。正是如此,所以,相伴而起,西方现代主义文学艺术崛起,乔依斯、普鲁斯特、伍尔芙、卡夫卡等。现代主义文学艺术所表现出的审美性质即审美现代性。它是对社会现代性的质疑、对抗与消解。应该

说,中国社会现代性发育不明显,审美现代性发育也不充分。因为中国有自己的国情和文化背景。当中国进入新时期,重提"五四"话题、重建现代性时,西方后现代性思潮又传入中国。后现代性究竟是什么,在西方亦说法不一。多数人认为,后现代性是对现代性的消解,削平深度、反对崇高、认同破碎、机械复制是其主要特征。哈贝马斯则坚持后现代性是未完成的现代性的延伸,是现代性发展进入新阶段。大卫·格里芬也坚持建设的后现代性。这给我们认识中国,重新思考我们文化建设的方向、文学教育的方向提供了重要维度。现代性内部的矛盾冲突使我们认清现代性神话的缺陷,后现代性的崛起让我们认清西方的"东方主义"其真正目的。后现代性让我们既不离开世界同时找回了自己。正是在此种背景下,新儒家再次浮出水面,国学热再次兴起。今天的世界是一个多元并存的世界,今天的人生是一个多元并存的人生,任何一个民族、一个人想要充当世界、空间的主宰,成为世界、空间的上帝,均不那么容易了。我们必须认清这一点,心里才踏实,对民族的信念才坚定。只有理服才能真正地臣服。但这是否意味着我们可以忘乎所以地张扬中国传统,而再来一次"文艺复辟"?"文艺复辟"不是"文艺复兴",现代性与后现代性的视野使我们不可能再走回头路,恐怕也没有人再愿意走回头路。这种情况下,大学语文课中的文学教学该怎样定位?

首先,我们必须坚持民族文化本位。全球化格局中,这是我们赖以存在的根。必须充分挖掘我们民族文化、精神、知识谱系上的优良传统,在文学作品中不断发现它,强调它,张扬它。忧国忧民的,保家卫国的,英勇杀敌的,人格尊严的,美好形象的,痴情爱恋的,思夫念子的,人生探索的,自然风景的,还有艺术方面的独创性等等，不一而足。通过教学，一个民族的伟大与独特、智慧与真情、幻想与希望，都能让学生捕捉到、感受到，哪怕是一点一滴的、象征性的。但是这决不意味着我们可以为传统民族唱高调，现代性和后现代性视野里，我们自然也必须看到民族文化传统的狭隘性、局限性。譬如屈原的爱国，在那时代，他固然别无选择，但今天看来，则不免有愚昧之嫌。再如李白的怀才不遇，由于他的追求脱不开封建主义思想窠臼，其现代价值就大打折扣。《红楼梦》，在古典文学中享有崇高的地位，因为它成功地综合了中国古典文学的所有长处，当然它也综合了中国古典文学的短处，最主要一点即面对中国式人生只有中国式退隐。实际是无奈与逃避。这是中国人生、文学艺术不及基督教背景的西方健康、实在之处，教学中应该让学生知道。

其次，我们的教学应该让学生了解到现代中国文学中人之精神、情感和审美趣味的裂变，从传统向现代转换过程中的成败得失、悲欢离合。现当代文学必遭遇现代性和后现代性。如前所说，20世纪中国文学中社会现代性和审美现代性均未得到充分发育，所以就社会说，现代化程度不高，就文学艺术讲，现代主义收获也不大。后现代性更是刚刚进入讨论和尝试阶段。尽管如此，以鲁迅、艾青、曹禺、沈从文、张爱玲、钱锺书等为代表的大批优秀作家的出现，使现当代文学有了自己的品格，正如钱理群先生所说，这里有一份"丰富的痛苦"。它对当下中国社会发展、文化教育等均有直接的巨大的启发作用，关键看敢不敢真诚对待。

再次，绝对不能忽视西方文学及其中所反映出的文化精神对学生精神、心灵成长的借鉴作用。中国走上现代之路，虽不能一味认同20世纪80年代"被迫发生"之说，但也决不能因此就导出"中国自主发生"之说。事实上，西方在中国走上现代之路中扮演了一个罪恶而推动者的角色。历史证明，中国什么时候闭关自守，什么时候就导致愚昧自滞。这方面的教训实在太大了。作为对人的培养，大学语文课必须保持（乃至加强）这方面的内容。它实际是一种象征，此所谓："它山之石，可以攻玉。"更何况作为文学，西方文学同样也是浩如烟海，内涵博大精深，有丰富的美学范型和情感范型供我们欣赏和参考。

三 怎样教：悲壮的抵抗

笔者之所以用这样一个标题，并非哗众取宠，亦非自哀自恋。因为今天文学的处境确非如以往美好。在"借思想文化以解决问题的途径"的年代里，文学几乎成为人文精神的代名词；那时代，文学家几乎一呼百应。文学阅读和教育自然成为热门的话题。可今天，整个文学界都趋向边缘化，文学要寻找出路，一部分进一步向政治意识形态靠拢，一部分退回个人，成为形式主义的实验品，一部分加入市场，成为挣钱吃饭的俗物。无论哪一种，实际距离健康与纯正的文学情趣都很远。从大时代的角度看，这里面有现代性的渗透，也有后现代性的渗透。从现代性的角度看，将文学纳入文化市场，积聚钱财，是资本积累的一种方式，从后现代性的角度看，人类理想、神话进一步受到消解，人文精神进一步失落，那么人们生活的关注点自然就进一步落到物质、金钱、欲望满足等低俗而实惠的层面。如前所述，中国现代性发育尚不成熟，后现代性又引入了。难怪学生对大学语文课失去了兴趣，难怪学生对文学不以为然。真正的文学是反世俗和超世俗的，既非社会现代性的，亦非后现代性的——除非这种后现代性如大卫·格里芬所言是一种建设的后现代性。

在这种情况下,我们怎样从事教学才好?笔者以为除了文学内容上的把握以外,主要有三点。

第一,增强学生对文学的认识,让学生确实体验到文学之所以为文学的魅力和特性。真正的文学是高雅的,正如一个健康的人必追求高雅一样。教学要注意适时地提炼文学中的精神因素、高雅因素。真正的文学是关乎人的灵魂的,正如一个人不能没有灵魂一样,教学中要让学生深知无论他学的是什么专业,都不是目的,只是手段,目的只有一个:做一个什么样的人,而文学最好回答这个问题。真正的文学是难解的,因此它可以穿透时空,走向永恒,但由于它关乎人的灵魂和基本人情人性,所以必与每一个人有关。

第二,用生命去拥抱文学,去燃烧,去突进,去与文学作品中的人生、情感搏斗,或交融、汇合。文学教学绝不能像理工科教学一样,那么平静的、理智的,刻板、模式化的。文学教学最重要的不是教知识,而是教心灵,教情感,教各种审美感觉、审美趣味的养育,如此,教学者就不能冷冰冰的,那么理智地传输完知识为止,而要首先自己进入文学情景,推心置腹,将心比心,尽量想象还原文学作品中的此情此景,此人此物,来龙去脉,歌人物之所歌,哭人物之所哭,感人物之所感。或欢悦,或悲伤,或高亢,或轻曼,或深情,或激情。

特别是激情。记得一位伟人说过,一个伟大的人首先是一个有意志有激情的人。激情是一种爆发力,是一种生命长期坚持长期积累而在适当的时候适当的场合突然爆发的情感力量。一个有激情的人总是一个生命力强盛的人,一个有激情的人总是一个对自我对生活都高标准严要求的人。有激情的人也是最有艺术家气质的人，与世俗最远的人。他不允许生活平庸，不允许自己平庸，他的格言是奋斗，奋斗，再奋斗。所以，鲁迅到死也不饶恕他的敌人，尼采能说出："就算人生是个梦，我们要有滋有味地做这个梦，不要失掉梦的情致和乐趣；就算人生是幕悲剧，我们要有声有色地演这幕悲剧，不要失掉悲剧的壮丽和快慰。"所以海明威在大获成功、万人仰视的时候开枪自杀。有激情的人不一定都是伟人、超人，但他对世俗、生存极限有强烈的超越意向。有激情的人是一把火，一把永不停息的火——生命之火、精神之火，如鲁迅有"死火"，梵高有太阳和向日葵等。激情首先是一种生存状态，然后转化成一种工作动力。笔者以为，在今天这样一个日趋工具现代性、人与人之间关系深陷机械化、模式化、冷漠化的困境而难以自拔的时候，一个老师携带着他的激情——实则一颗坦诚的心灵走进课堂，无疑，对于化解学生对老师的隔膜，加强学生与老师心灵上、情感上的交感与共振，促进学生对教学内容的想象、体会和理解，有极大的作用。

第三，调动适当的教学手段。今天的课堂，不再是过去那种拿起粉笔就可以上课的了。今天的课堂要想将课教好，必须调动多种教学方式和教学手段。就教学方式言，可课内可课外，可讲可谈可讨论；就教学手段言，可板书式，可课件式，可板书课件结合式。还可将电教片结合进来，虽不能作为教学主体，但适当结合一些，也会起到好的效果。有的学校开设网络教学，那就更加先进和完备了。

四　看似题外实则题内的话题：谁的大学语文？

当前大学语文课的处境给人一印象，好像这大学语文就是这几个、十几个教大学语文课的老师的大学语文,学生学习动力不大,学校也不见得怎样重视,甚至上级领导部门的重视程度也不够高。譬如,大学语文算学科吗?大学语文论文到哪里去发?项目好批吗?最现实的一个问题,既然强调大学语文课的重要性,为什么课时还开得那样少?一般均在 32—40 课时之间(只有个别院校开到 72 课时)。这么短的时间能教什么、学什么?第一,课时少,深层次的教学内容无法挖掘,教学内容之间的相互联系和层次性也难照顾。第二,选大学语文的多为一、二年级学生,要么还不懂得大学怎么学习,要么心思已完全沉浸在他的专业课中,心思还没转过来,课程就结束了。如此问题,均不是大学语文老师能够解决的,要解决需要上级主管部门进一步重视,院校有关方面进一步支持,课时增加,老师进一步提高责任心,以更大的热情投入,学生扭转对大学语文课轻视的态度,等等。

当然,我们也要避免走进误区,以为大学语文课真的可以在塑造学生的心灵,提高学生的精神情操,实现学生世界观、人生观、价值观和审美观的养成方面起到多大的作用。一个人的成长有多种制约因素,而现代教育又是一个过于复杂化的系统工程,在那么多专业那么多课程当中,大学语文只不过是一个修养课,实际是一个象征,它通过教学提示学生,在理工科专业以外,还有人文学科,还有文学艺术等,如此而已。在这种情况下,我们一方面应大声疾呼提高大学语文课在学校、学生心目中的地位,进一步改善教学条件和教学环境,另一方面也只有用平常心对待它罢了。

中国现代文学课堂教学摭谈

中国现代文学是高校中文专业的基础课、主干课之一,怎么样教好这门课关乎整个中文专业的教学质量,当然也关乎对高水平中文专业人才的培养,所以对教学中的甘苦、经验教训进行一番剔爬、梳理、总结,以期促进今后的教学实有必要。

一　定位决定动力

所谓定位,就是指教师准备在教学中以怎样的姿态和形象出场,将教学放在一个什么样的位置上,相应的,准备在教学中投入多少时间、精力、知识、情感、智慧、物质,及对教学效果的预设。

在走上课堂之前,老师总是要准备课,就是这个备课有大学问。怎么备,备什么,想通过备课达到什么预期效果? 达不到这个效果该怎样处理或弥补? 不少人的课堂效果不理想,除了一时无法克服的困难和无法弥补的缺陷外,都与对工作的态度和对工作的知识含量、情感含量、智慧含量及相应的时间、精力、物质的投放有直接关系。 有的说,你想强调文学对育人的重要性吗，我懂。但有一点可能被忽略，就是认知与行为割裂，中间表现出的是态度不够真诚。换言之，有的往往将"教书"这个直接目的当成最终目的，而将"育人"这个最终目的①当成可有可无的目的。能育就育，不能育，应该也没有大的问题，因为育人这样的事也不是我一个人能完成的，也不是一朝一夕能实现的，我即便疏忽一些也无大碍。如此认知前提下，就势必放松对自己的要求，在备课时，备的就不是活的文学、活的人生。他（她）备的是现代印刷机器印刷出来的可以装订的物化知识，这里也是思想情感感觉心理的什么都有，但是它们没有被激活、被点亮，因此传达到学生那里也必然是平静的、冷静的，甚至死板的、机械的，与文学内在的功能和召唤差得相当远。关键在于，这样的课堂没有把文学教育这样的工作定位为"事业"，更无须提"圣业"，而只是看作"职业"，甚至是"商业"——给多少钱做多少事，酌情出力而已。

笔者常常困惑的是，如果做老师仅仅是养家糊口的一种方式，那么我们是多么凄惨，也多么远离当初从事这个工作的初衷。过去教师是"臭老九"之一，今天也是"穷老十"之一；谁不知道做老师从来没有富裕过？特别是从事人文课教学的工作者。难道我们的价值就在于那些工资那些津贴？世风的流变，使传统的师道尊严也丧失很多，老师还剩下什么？五年前，在总结大学语文教学的所思所感时，笔者曾以"悲壮的抵抗"为题作文，张

----

① 李怡在《现代文学教学所面临的挑战》里谈到，育人比知识重要，"人生"比"专业"更需要中国现代文学，笔者非常有同感。见北京：《中国现代文学研究丛刊》2006 年第 5 期。

扬一种情怀，表达一种对自己所从事的工作的认识和定位①，今天我依然坚持这一观点。笔者以为，诸神虽然远去，但敬业的精神和生命的真诚依然需要存在。没有这种精神和真诚的教师就无法将自己的工作品性提升。有这种精神和真诚的教师对待自己的工作必然有一种庄严感。有这种精神和真诚的教师对待自己的工作必然比一般人投入的多，时间、精力、心智、情感、物质等等。有这种精神和真诚的教师，教书的目的不仅仅是教书，更重要的是育人。他(她)知道自己能力有限，地位卑微，但他(她)并不因此放弃对一个更高人生目标和教学境界的追求。人的价值不能不用事功来评判，但是也无法完全抵押在事功上。鲁迅所谓"做一个失败的英雄"者便是。另外，无论今天的社会、文化呈现出怎样的不正常，我们是知其不可为而为之呢，还是放弃奋斗、拯救(包括自救)？怎样理解鲁迅的"向绝望反抗"？怎样理解鲁迅所说的"有一分热，发一分光"？

某种程度上讲，鲁迅的崇高是被逼上去的。也可以说，笔者这里张扬的一种精神也是被逼上去的，这其中有复杂的原因，这里无法多讲，但无论怎样，逼的结果不是丧失精神诉求，而是张扬精神诉求，这无论如何应该给以肯定。二十多年来，由于本人始终坚持这种从业态度，教学效果得到一届又一届学生的认可。学生从老师这里得到的不仅是知识，更重要的是面世的态度，对待工作的态度，一种精神和人格的启示。一个最经典的例子是钱理群先生的上课。钱先生是北大"最受学生欢迎的十佳老师"

---

① 左怀建：《悲壮的抵抗——关于大学语文课中文学教学的几点思考》，见程大荣、洪永铿、彭万龙主编《行远集》，杭州：浙江大学出版社2007年版，第203页。

之最①，其受学生欢迎的首要原因就在于他的事业心，"圣业"心：他对课堂的负责，对授课对象的真诚，对自己从事的工作的庄严认同，及相应的工作量和热情的大幅度投入②。定位决定动力，定位决定热力，定位决定钱先生的课堂永远是那样激情澎湃，富有启发性，也富有感染力。

二 知识和才情决定魅力

教学的基本任务是传授知识及相关的分析问题解决问题的能力，文学课又有其特殊性。文学课不仅传授教科书以内的知识，还要传授教科书以外的知识，更重要的是阅读文学作品、感悟文学作品、分析和评判文学作品的能力。特别是"现代文学史"转变成"现代文学"之后。③

教科书上的理性知识是基础，但不是教学的最终目的，更不是唯一的目的。有的老师的课堂教学效果不甚理想，原因之一就是对文学作品教学的深度、热度均不够。深度应该指教师对文学作品解读的历史感，感觉文学作品的细敏度，因眼光独特、感受深刻而形成的思想的穿透力。虽然"现代文学史"变成了

---

① 钱理群：《我的精神自传》，桂林：广西师范大学出版社 2007 年版，封内介绍文字。

② 笔者曾师从钱理群先生做访问学者，跟着钱先生听课一年，直接感受到了钱先生对待上课的精神和课堂上的魅力。

③ 20 世纪 90 年代之后，中国现代文学课程受人才培养模式改革的影响，课时大幅度压缩，不得已，很多文学史里要讲解的东西都只好放弃，只是突出和保住文学本体的教学，其中苦衷为全国现代文学教学工作者所深味。代表性文章如温儒敏的《关于现当代文学基础课教学改革的思考》，见北京：《北京大学学报》（社会科学版）2003 年第 5 期。

"现代文学",淡化了"史"的勾勒,突出了文学作品的独立性,但是文学作品的分析、评判归根结底离不开一定的历史语境。一是创作者创作作品时的历史语境,一是作品中人物活动的历史语境,一是评断者的历史语境,在课堂上就是师生所处的语境。即便是价值判断也往往有历史向度。这就需要老师有深厚的文学史知识积累,知道一部作品在文学史框架内的具体位置,还需要老师有多学科多方面的知识,能够以独特的眼光发现文学作品的独特价值和魅力,说出的话富有新意和启发性。视野要宽广,思维要活跃,判断要独到。如讲沈从文的小说《萧萧》,一般把它看成是对边缘地区纯朴自然人生样式的歌颂,其实这只是作品内蕴的一小部分,更复杂的所指是对"原始"和"现代"的双向审视、评判。萧萧有原始人品性的纯朴、天真、耐力,也有原始人品性的愚昧、麻木、逆来顺受,所以她无法成为"女学生";萧萧又有对现代"自由"的向往,其生命中有了新的质素,折射新旧转换时期的风云,但是她也终于没有成为"女学生",除了她自身的因素,如出身、环境、知识水平等对她的限制,还有作家创作思想的制约。因为在作家看来,"原始"具有二重性,利弊两事;"现代"也有二重性,利弊两事。花狗对萧萧的诱惑,萧萧被花狗诱惑,其中就有"原始民间风俗"和"现代城市自由"双重推动。双重推动下,萧萧生命有了丰富性、复杂性,应对了美学上的繁复,但是萧萧也因此处于双重危险之中——无论哪一种因素都是她后来差一点被发卖或沉潭的推手。特别是小说对现代的"自由"保持了足够的警惕,看到它潜在的危险性。小说中还有一段文字也能说明问题,就是祖父说女学生的"自由"的那一段话。不仔细阅读、品味,看不出这种"自由"有什么不妥,特别是今天的学生不正是这样生活的吗?这有什么大惊小怪的?这就是考验师生阅读敏锐度的地方了。沈从文创作的"反现代性"已经为学界所认同，他也执拗地认为"我是个乡下人"，正是他这个"乡下人"的眼光"旁观者清"地看出了"当局者迷"的城里人即现代人人生的危机。一定程度上说，祖父"看""女学生"的眼光及相应的叙述的口吻，曲解了"自由"，但是又"歪打正着"地彰显了其中的玄机，"女学生"的生活背叛自然、贪图享受、放纵情感（说严重了是放纵情欲）。"女学生"这种生活特点不正是现代城里人的生活特点吗，这里面没有危险性吗？这里又引出一个怎样看待人类现代文明的问题，也关涉到道家问题。探讨到这里，一个命题呼之欲出，即沈从文小说有相当浓重的古典主义成分，这也是京派文学根底之所在、魅力之所在——浪漫而古典，自由而节制。"女学生"的"自由"也有危机，所以作家没有让萧萧成为"女学生"，这里又有作家对人生、历史选择的一份困惑和迷茫——返回"原始"（常）与奔向"现代"（变）都有魅力，又都有危机，到底该怎样好呢？这种思考就进入人类文化哲学的层次，老师讲到这里，引导学生思考，这里面的启发性是不言而喻的。

文学教学的热度指老师对自己所传授的知识、要解读的文学作品的热爱程度、沉醉意态，急于与学生交流学习、研究心得的心情，进入文学作品又不孤立地看待文学作品，在适当时候能将文学作品的内容与现实人生联系起来，表达一种干预现世的拯救情怀。说救世情怀，好像将做老师的看高了，其实价值也就在这里。育人的目的是什么？不就是让他们去改造社会、推动社会，造福人类吗？要达到这种教学的热度，就需要老师投入很多时间、精力、心神。要做到"熟能生巧"。上课时，要注意打破文学、人生与课堂的隔阂。"文学是人学"，课堂也是人学；文学是人生，课堂也是人生。李健吾说，文学批评也是一种创作、一种艺术，是"心灵的冒险"，其实，教学也有同样的属性。老师也是演员，是从事艺术工作的人，讲不同作家作品就要根据自己多年对文学艺术的认识、对人生的体验、对具体作品的理解进入不同的文学情景和文学境界，并努力对它(们)进行再创造。如讲郭沫若的《凤凰涅槃》，不少人很困惑，这么直白的文字怎么讲好？有的就不停地强调这是"五四"狂飙突进时代精神的最强音，但只是理性的说教，不能给学生直接的美感，那么，如果换一个思路，基于对"五四"狂飙突进精神的整体把握，对于诗歌的节奏、旋律、音调仔细体会，通过诵读将诗歌中的情感渲染出来，教学效果就应该好多了。特别是最后一章"凤凰更生歌"，那是全诗的高潮部分，表现凤凰更生后大一统、和谐美好境界及由此给凤凰带来的无比激越、欢快的心情，这里，老师把握好节奏、调子，使诵读越来越快，最后一节开始时慢下来，中间再加快，最后三个"欢唱"再放慢，声音激越，音调提高，最后戛然而止，相信学生情绪上会受到较大感染。郭沫若诗歌的美就在于"力之美""动之美""热之美""音调、节奏之美"，把握住这一点，郭沫若诗歌神魂的东西就差不多把握住了，而教学目的也庶几达到了。巴金等不少作家坚信生活与艺术合一，老师也应该坚信教学与生活合一。这种情况下，老师才可以找到自己，才能形成自己的风格，才容易打开心扉，吐露平时没有机会吐露的思想情感心声，"用心和学生交流"①才得以实现，老师的才情也才能发挥得淋漓尽致，也才能让学生看到其他地方找不到的风景，得到的启

---

① 章望婧：《用心和学生交流——左怀建老师的一天》，杭州：《浙江工业大学校报》2011年5月15日第4版。

发也远不止是平平的东西。①

<h1 style="text-align:center">三 方法决定效果</h1>

教学的主体是学生,目的是让学生学到知识,学到情怀,学到品味,学到能力。所以,教学中不仅要发挥老师的主体性,还要发挥学生的主体性。常常看到这种现象,有的老师备课充分,上课内容丰富,但因为教学方法不得当,没有取得预期的效果。下面谈一点个人感受。

首先,是提问—讨论法。提问—讨论是一种行之有效的方法。任务下去,学生就要动脑筋,就比老师自己讲省力而有效。今天的学生接受知识的渠道多元化了,年龄又小,自制力不够,如果不去调动他,他就可能昏昏欲睡。如鲁迅的作品,蕴藏太深,表达又特别,今天的学生不少说不喜欢,面对这种接受前提,怎么办?只是老师一个人讲解效果肯定受影响,那么就设问。如阅读《狂人日记》,一般人都会忽视正文前的"小识"的作用,按照流行的观点说狂人是一个反封建的战士,而事实上事情是这样简单吗?先让学生看文字的形态:文言;再看狂人病好后的行为:候补。再问,这些变化在时间序列上是正文之前还是之后,那么这种安排又说明狂人怎样的变化、作品的语言表现形态经过了怎样的变化?这些变化又说明了什么,换言之,他表达鲁迅

---

① 钱理群先生在《我的精神自传》里开篇即言:"理想的教育应该是既有规范,又给不规范的课程提供一定的空间。"接着他谈到在"现代文学研究的前沿课题"这门课上他主要讲"我的回顾与反思";他的课深受学生欢迎,但他的课正是不拘一格地发挥自己的才情,突出自我风格,"强调研究者、讲课者的主体性",很能说明问题。《我的精神自传》,桂林:广西师范大学出版社2007年版,第3—5页。

对历史、现实的什么看法和态度？最后问：鲁迅这里所表现的对历史、现实的思想和态度是否过时了，没有意义了？如没有过时，为什么？这样一步步提问—讨论下去，学生思维肯定较活跃，接受效果肯定会好些。现代文学是一个年轻的学科，受各种因素影响，评价标准时有变化，那么，评价标准发生了变化，整个文学格局（排名、座次）也会发生变化，经典的筛选在流动之中，对很多问题的看法也时有不同，有些问题就可以拿到课堂上来，设问、讨论，既及时反映了学术动态，又深化了教学内容。

其次，是电教法。现在电教设备很齐全，课堂上可以适当采用。电教除老师利用多媒体手段制作课件外，主要指观看与现代文学有关的电影、电视片段、学术讲座或观摩教学的视频短片、诵读录音或音频等。有些作品比较理性化，耐读性较差，而又很重要，就可以借用电影促进一下。也是对常规教学方法的调节。如茅盾的《子夜》，小说很长，很意识形态化，电影拍得也相当忠实于原著，也很意识形态化，很理性，但毕竟是视觉冲击，契合当下学生心理，播放给学生看了，还是能收到较好的效果的。影视改编是一种再创作，看影视与原著之间有何区别，是训练学生艺术感受力、观察力、分析力的一个有效方法。如《围城》，改编后的电视剧里增加一个细节，是方鸿渐在与孙柔嘉闹翻之后，孙柔嘉去姑妈家了，方鸿渐一个人在大街上流浪，天冷，也饿，要掏钱卖份馄饨吃，可是掏衣兜时才发现钱包没了，原来被一群小叫花子偷去了。电视剧增加这个细节的目的何在？经过对比、辨析、提问，可深化对小说内涵的认识。诗歌需要有情味的朗诵，老师要下到功夫，进入诗歌创化的情景，如徐志摩《再别康桥》，可以让学生比较是老师朗诵的效果好些，还是音频里人物朗诵的好些？或者让学生先揣摩、朗诵，再听音频里的诵读,然后听老师诵读,看到底哪个更好,为什么? 通过比较,相信学生对诗歌的内涵和美学趣味会有更细腻、更立体的感受。

再次,是当堂习作法。好的文学作品,总是内涵丰富复杂,无法用一种答案概括。有些问题不是课堂上几个简单的提问可以解决的,趁着同学们兴犹未尽,当堂命题写作。不求写作技巧上怎样的完美,而重在求对问题的理解。如鲁迅《伤逝》,讲到婚恋悲剧的成因,必然说到涓生和子君两个人自身的缺陷。显然小说只是涓生一个人的声音,子君的声音竟是被压抑的,那么,要是从子君的角度再写一篇"手记"呢,会是什么样子呢? 这个问题几句话说不清,就当堂布置作业,让学生自拟题目,从子君的角度也写一篇"手记",或创作,或写读后感都行,既能加深学生对问题的理解,也能提高学生分析问题解决问题的能力。

最后,是讲解一演出法。让学生直接登台讲解一个内容,在今天的课堂上越来越多。笔者去听同行老师上课时,常常会遇到这种情况。学生讲的可能不太完美,但是学生得到了锻炼,对他(她)来讲,这也许是他(她)大学生活中难忘的一刻。他(她)讲解后,还应该有一个收获,即体会到做老师的辛苦,因为他(她)在准备过程中也会遇到很多烦难的事情,要花费很多时间,由己推老师,自然可以加强学生与老师之间的同感,缩短师生间的距离,深化师生间的感情。有的学生说:"我讲这么一首小诗都费了那么多功夫,老师要讲那么多内容,不知要花费多少心血啊!""我讲解时,看到有的同学在那里表现出很不在意的样子,我就有些不舒服,由此知道老师上课时,做学生的究竟该怎样才好,从此更加认真听讲。"让学生进入文学情景,扮演其中的人物,将一幕戏搬演出来是一种更高的教学方法,属于典型的实践性教学了,工作量大,更难操作和落实,但是真的实现了,效果会更好，学生在其中也会学到更多东西。如郭沫若《凤凰涅槃》，本是一个诗剧，完全可以演出，而且音乐性和动作性都很强，既可以配乐队也可以配舞蹈，真的搬上舞台，一定很热闹，很有美感冲击力。其他，如曹禺的《雷雨》《日出》《原野》，李健吾的《梁允达》，陈白尘的《升官图》等都很适合学生选取其中精彩的片段排演。小说可让学生先改编成小剧本，再排演。

知识爆炸、商业竞争及后现代思想观念介入的时代，一切做人、从业的态度和标准都受到挑战。如此语境下，教师要想坚守一个超越性的信念，凸显一种超越性的价值追求似乎更不容易了。如何优化教学环境，不仅对学生强调人文关怀，对老师也更有效地调动其工作积极性和创造性，以求教育教学更健康、全面的发展，着实是又一个值得深入思考的话题。

大学文学经典阅读：意义与方法

一　何为文学经典？

按照《现代汉语词典》的解释，所谓"经典"，主要"指传统的具有权威性的著作"。

根据许慎《说文解字》和郭沫若的相关考证，可以断定，"'经'的本义是织布机上的纵线，是与织布机上的横线（'纬'）相对的。如没有'经'也就谈不上'纬'，所以'经'是主要的"①。有经有纬布乃成。同样的道理用在文化建设上，能代表一个民族乃至全人类的思想高度、精神高度、价值追求的强烈度和艺术水平，并能经得起长久时间考验，可不断启发后人进行文化创新，从而支撑一个民族乃至全人类文化承传和发展的著作就是经典。我国先秦时期就已经把被奉为典范的著作称为"经"。如《荀子·劝学》有："其数则始乎诵经，终乎读礼。"杨倞注："经，谓

---

①　孙力平主编：《经典诗文讲解与诵读》，杭州：浙江大学出版社 2011 年版，第1—2 页。

《诗》《书》。《庄子·天运》有："孔子谓老聃曰：'丘治《诗》《书》《礼》《乐》《易》《春秋》六经，自以为久矣，孰知其故矣。'"其他各家后来也将自家的奠基之作称为"经"，如《墨子》为《墨经》，道家把《老子》称为《道德经》，把《庄子》称为《南华真经》。进而言之，记述某一事物、技艺的权威性的专著也常称为"经"，如《山海经》《水经》《本草经》《茶经》《棋经》《拳经》等。汉代"罢黜百家，独尊儒术"之后，能进入"经"的就只有儒家的著作了，即四书五经的"经"，十三经的"经"。"典"是会意字。《说文解字》："典，五帝之书也，从册在界上，尊阁之也。"本意就是指重要的书籍、文献。《尚书·多士》："惟殷先人，有册有典。"《尚书·五子之歌》："明明我祖，万邦之君，有典有册，贻厥子孙。"孔安邦传："典，谓经籍。""经典"连在一起用，最早也是指儒家典籍，如《汉书·孙宝传》："周公上圣，召公大贤。尚犹有不相说，著于经典，两不相损。"后来又可指宗教典籍，再扩大为作为典范的、具有权威性的著作。进而又有了形容词的用法，如"经典老歌""经典大片""经典款式""经典动作"，甚至"经典美女"等。

　　每一个民族都拥有自己的经典，各行各业也都有自己的经典，建构主义的经典观更强调经典的时代性、民族性、阶级性以及性别取向等，但是目前更多的学者还是坚持经典之所以为经典必定具有其内在的本质规定，虽然在经验层面上谁也不能否定存在所谓"外力"（不管是政治的力量、经济的力量还是种族的力量或媒介的力量）宰制经典的现象，但是他们还是坚持这种情况不足以得出经典完全没有自己内在规定性的相对主义结论。①

---

　　①　童庆炳、陶东风主编：《文学经典的建构、解构和重构》，北京：北京大学出版社 2007 年版，第 5—6 页。

那么,什么是文学经典呢?综合各家的理解,我们不妨如此表述:所谓文学经典,就是那些在文学方面能最丰富地表现一个民族乃至全人类的思想高度、精神高度、价值追求、审美情趣,又最能代表一个民族乃至全人类的文学艺术成就,且影响最为广泛、最能经受时间考验、对后世文学创作最具启发性的作品。能将时代性与超时代性、民族性与超民族性的关系处理得最好的秘密就是凭借作家的执着努力和超人才华而将文学的共性和个性作最恰如其分的融合、统一。如《诗经》《楚辞》是中华民族的经典,也是中国西周初年到春秋战国时代的文学经典,但是它们也与世界其他民族对人生永恒的追求和审美想象相通,因而它们也是世界文学的经典。莎士比亚的《哈姆莱特》和川端康成的《伊豆的舞女》等无数外国文学经典也应作如此观。这正印证了那句老话:愈是民族的,愈是世界的。

文学经典如其他学科的经典一样,其形成有一个过程。言外之意,有些暂时被某时代认为经典的,长时段看,并非真的经典,而另外一些暂时被某时代的特殊性所遮蔽和忽略的,经过长时段的验证、淘洗,它的经典性会逐渐显影,最终得到普遍的认可和欢迎,如中国现代文学史上沈从文、张爱玲、钱锺书的创作等。中国当代文学就是因为缺乏长时段验证的条件,所以很难经典化。不过,这也并非完全不可能,因为有的作品其经典性在很短时间内就显示出来了。如莫言的《红高粱》和余华的《活着》等,无疑是中国当代文学经典。

二 大学生为何要读文学经典?

王晓明先生在《文学经典与当代人生》"绪论"里专门设立一

个小节,向大学生谈论"为什么要学文学?"他说:"学文学有什么用? 你们可能会觉得这样的问题很愚蠢,不应该对文学发生这样的疑问。"这里,王先生没有区分"文学"与"文学经典"两个不同的概念。其实,今天的青年学生何尝怀疑过文学的作用,他们不是一直在读文学流行读物吗? 特别是大量网络写手写出的东西,"那不叫文学叫什么?"关键不在于青年学生读不读文学,而是读什么样的文学。因为在今天大众文化语境下,文学的概念和内涵早已分化了。精英文学是文学,大众文学也是文学;纯文学是文学,商业娱乐文学也是文学。显而易见,后者更受大众欢迎。后现代平面化时代,怎么都可以的时代,大众的底数总是多的;物质崇拜的语境下,精神信仰的不可靠,使越来越多的大众读者跟着大众流行物而跑,而经典——那是怎样一个艰深、令人望而生畏的字眼——显得越来越孤立,越来越让更多的精神迷失者尽量回避。加上文化的视觉转向,影视作品铺天盖地而来,网络、手机联合,所有所欲轻易而得,文学经典越来越被推到远处去了。

其实,这里一个根本的前提在于,我们究竟要培养什么样的人才? 从学生的角度言,他们究竟要成为什么? 蔡元培将高等教育分为两类:一类是培养实用型的专门人才,这样的学校只能称"专科";一类是培养非实用型人才,主要引导学生"研究学问",培养学生专门"研究学问之兴趣"和"学问家之人格",这样的学校才能称为"大学"。"教育者,养成人格之事业也。使仅为灌输知识、练习技能之作用,而不贯之以理想,则是机械之教育,非所以施于人类也。"①也就是说,我们的大学教育根本目标是培养"人"、"人"才、全人才、高层次人才、"量化时代中……有'质'的人"才②,而不是人"才"、偏人才、仅掌握某些学科知识技能而对人生缺乏较深理解和较高追求的人才。封建社会,中国人从来没有争得做人的资格,所以也谈不上"人"才的培养,西方发达国家,遭遇现代性弊端,从 20 世纪 30 年代就开始重视全人才培养(具体途径是开展通识教育),而新中国成立后的教育,虽也取得辉煌成就,但总是存在这样或那样的偏执和误区。改革开放之前的历史阶段,"我们学习苏联的办学模式,教育目的就完全变了,变成一种人才教育。它把人当成材料,人才人才,人都变成了材料,人都成了工具"③。20 世纪 90 年代以后,教育产业化、大众化,"为市场服务、培养市场所需要的人才"的新的教育观的引导,一方面促进技术开发和工具理性,培养"死板地……循规蹈矩的标准化、规矩化的官员、技术人员和职员"④,一方面诱导这些人才的商业意识、物质意识、金钱意识、享受意识和个人意识,结果极容易成为钱理群先生所说的"精致的、高智商的利己主义者"⑤,或成为丛日云先生所说"有知识没文化,有技术没学问,有才华没思想,有能力没教养;没有健康的心理、健康的

---

① 蔡元培:《一九○○年以来教育之进步》,见张圣华编《蔡元培教育名篇》,北京:教育科学出版社 2013 年版,第 23 页。

② 陈平原:《大学校园里的"文学"》,见陈平原《大学有精神》,北京:北京大学出版社 2016 年版,第 256 页。

③ 丛日云主编:《西方文明演讲录》,北京大学出版社 2011 年版,第 1 页。

④ 钱理群:《最后的话题:关于大学教育与北大传统》,见钱理群《我的精神自传》,桂林:广西师范大学出版社 2007 年版,第 196 页。

⑤ 钱理群:《关于北大改革的三次发言》,见钱理群《一路走来——钱理群自述》,郑州:河南文艺出版社 2016 年版,第 273 页。

人格,没有丰富的内在世界,不懂得人的价值,不知何为人的尊严,没有自尊也不懂得尊重人"的"人才"①。钱先生说,一个大学生要培养"大的生命境界",实现大的人生目标,就必须先"思考、探索'人生的目的,人活着为了什么',思考'人与他人之间,人与社会,人与自然,人与宇宙世界之间,应建立起怎样合理、健全的关系'这样一些根本问题"②,在此基础上形成两个层面的理想:一层是现实理想,一层是超现实理想。没有超现实理想,人才就会短见和盲视;没有现实理想,人才的大生命境界就无法落在实处。大学生必须打好两个底子,一个是专业知识技能的底子,一个是精神情操的底子。③而要打好这两个底子,"一个是要读经典著作。……第二个要点是掌握专业学习的方法"④。

日本学者斋藤孝在《经典的魅力》中指出,"由于互联网的发达,人类的信息环境发生了急剧的变化。我们每天接触到的信息量越来越大,……然而,我不敢理直气壮地说每个人都变得非常有修养了,也不敢断言每个人的判断能力有了极大的提高,养成了一种能够超越生存焦虑和不安的坚忍不拔的精神力量",因为我们还有很多青年朋友没有在内心世界形成坚实的"真正的精神内核"⑤。王晓明先生在《文学经典与当代人生》中从另一个

① 丛日云主编:《西方文明演讲录》,北京:北京大学出版社2011年版,第1页。
② 钱理群:《中国大学的问题与改革》,见钱理群《精神梦乡——北大与学者篇》,北京:生活·读书·新知三联书店2014年版,第221页。
③ 钱理群:《大学之大,大在能够自由读书》,见钱理群《风雨故人来——钱理群谈读书》,北京:商务印书馆2016年版,第39—40页。
④ 钱理群:《大学之大,大在能够自由读书》,见钱理群《风雨故人来——钱理群谈读书》,北京:商务印书馆2016年版,第20页。
⑤ (日)斋藤孝:《经典的魅力》,武继平译,厦门:鹭江出版社2016年版,第1页。

角度谈青年人的精神成形问题，说，现代大学教育专业分工越来越细，而且专业更替也越来越快，人要跟上时代越来越难了。在这种教育机制中，"第一，大学的确可以教给你们一些将来谋生的知识，但是，如果真的要讲谋生，说老实话，大学里教的知识太少了，不够用，特别是现在的知识更替那么快。你要谋生，你要学一辈子，大学里教的很多东西都太旧，没有用。工科的学生大概对这一点感触特别多，考大学时你选一个专业，可能它当时很热门，可四年下来，你毕业出去的时候，她已经不再热门，甚至可能变成冷门，不需要这么多人了。所以，我就觉得，如果大学四年都用来学谋生的本领，太可惜了这个环境，也可惜了这么宝贵的四年时间。第二，越是社会变化快、更新周期短，我们就越需要把自己的脑子磨练好，要在精神上早一点成形。各位现在人是进入大学了，但精神上基本上是散的，没有成形"①。那么，大学生如何在精神上成形呢？斋藤孝和王晓明都呼吁多读文学经典。"古今中外，东方西方，被人们视为名著的那些大作，都有一种塑造读者精神内核的力量，也就是生命力。"②

　　文学经典是一个民族乃至全人类精神、灵魂、生活方式的重要呈现。它描写的是整体意义上的生活，往往被称为一个民族一个时代的百科全书。文学经典表现民族集体无意识，某种意义上讲，其中埋藏着民族文化的根，是作家个性的表达，也代表民族的想象共同体，是承传民族文化和塑造民族优秀品格的重要途径。如鲁迅被誉为"民族魂"，其创作就成为揭示民族劣根

　　① 王晓明、董丽敏、孙晓忠：《文学经典与当代人生》，上海：复旦大学出版社2008年版，第19页。
　　② （日）斋藤孝：《经典的魅力》，武继平译，厦门：鹭江出版社2016年版，第2页。

性、探究民族灵魂重建的重要精神劳动。在越来越物质化商品化欲望化平面化而诸神远去的今天，文学经典无疑是一个民族乃至全人类最后的精神家园。文学特别是文学经典不仅具有认识作用、教育作用，还有极为丰富的审美作用（孔子所谓"兴、观、群、怨"），是作家个性的表达也是民族个性的表达，它激励人心，陶冶情操，直接诉诸人的心理、情感，有春风化雨之功效和撼动山河之威力，所以近代启蒙思想家梁启超高声疾呼："欲新一国之民，不可不先新一国之小说。"丘吉尔说："我宁愿失去一个印度，也不愿意失去一个莎士比亚"，显然也有这方面的考虑在内。从个人角度言，文学经典也是青年人人格自塑的重要凭借。王晓明先生就谈到，"通过读经典，使年轻人直接接触人类文化的精华，由此培养他对人生的丰富内容的领会，建立一个开阔的精神的基础，这样，他以后进入社会，承受现实规则的那些压力和诱惑——赚钱、享受物质生活、往上爬等——的时候，他就会知道，这只是人生的一部分内容，一个好的人生、一个好的社会，是不能仅仅只有这些的，他就能不被它们迷惑住，而且有能力去抵抗和克服它们，这就是通识教育建立核心课程的用意所在"①。也就是说，文学经典不仅可以帮助学生培养健康的人生观、价值观、审美观，同时也可以帮助学生培养强大的心理调适能力，当困难可以克服时，他（她）可以更勇敢、更机智、更人性化；当困难暂时不能克服时，他（她）可以更好地说服自己适当地对待人生困境。事实上，世界上许多伟大的人物包括自然科学家爱因斯坦、牛顿、钱学森等无不具有精深的文学艺术修养，正是文学艺

---

① 王晓明、董丽敏、孙晓忠：《文学经典与当代人生》，上海：复旦大学出版社2008年版，第15页。

术的想象扩充了他们对宇宙、人生的理解，坚定了他们追求真理的信念，帮助他们创造事业的峰巅。在美国，越重要的大学越重视这种通识教育，如哥伦比亚大学，"它的本科生的通识教育的时间就越长，通常是两年，就是一二年级，学生基本上不学专业课，大部分时间就是读经典，到三四年级再开始学专业课"①。"通识教育的主要方式，是建立一套核心课程，这课程的主要内容就是读书，比方说，两百本经典，从古希腊悲剧、荷马史诗开始，亚里士多德、柏拉图，到中世纪重要的哲学著作，到马克思的《资本论》，陀思妥耶夫斯基的小说，一直到当时最新的弗洛伊德的著作，当然还要读《圣经》。"②"托尔斯泰的《战争与和平》，总是欧洲和美国所有一流大学的通识教育课上的必读书。"③

著名学者叶嘉莹曾说："我之喜爱和研读古典诗词，本不出于追求学问知识的用心，而是出于古典诗词中所蕴含的一种感发生命对我的感动和召唤。在这一份感发生命中，曾经蓄积了古代伟大诗人的所有心灵、智慧、品格、襟怀和修养。"④"至于说到学习中国古典诗歌的用处，我个人以为也就正在其可以唤起人们一种善于感发的富于联想、活泼开放、更富于高瞻远瞩之精神的不死的心灵。"⑤朱自清先生在《经典常谈》"序"中也谆谆告

① 王晓明、董丽敏、孙晓忠：《文学经典与当代人生》，上海：复旦大学出版社2008年版，第15页。

② 王晓明、董丽敏、孙晓忠：《文学经典与当代人生》，上海：复旦大学出版社2008年版，第14页。

③ 王晓明、董丽敏、孙晓忠：《文学经典与当代人生》，上海：复旦大学出版社2008年版，第15页。

④ 叶嘉莹、祝晓风：《"书生报国成何计，难忘诗骚李杜魂"——叶嘉莹教授访谈录》，《文艺研究》2003年第6期。

⑤ 叶嘉莹、祝晓风：《"书生报国成何计，难忘诗骚李杜魂"——叶嘉莹教授访谈录》，北京：《文艺研究》2003年第6期。

诚："读经的废止并不就是经典训练的废止"，"在中等以上的教育里，经典训练应该是一个必要的项目，经典训练的价值不再实用，而在文化……"在一个过于"务实"的时代，文学确实显得"务虚"了，但是没有这"虚"，人类的生存真是不可想象的，犹如灵魂之与肉体，灵魂是看不见的，但是灵魂才决定人生存的方向和质量；犹如空气之与人的生存，空气是无法称斤衡重的，但是只有清新的空气，我们的生存才健康、愉悦；犹如润滑剂之与机器，润滑剂不是机器上任何零件，但是没有润滑剂，机器终有一天会崩溃的。钱锺书先生在 20 世纪 40 年代写过一篇小说《魔鬼夜访钱锺书先生》，其中魔鬼都感慨：现在的人连坏灵魂也没有了，何况好灵魂。那么，面对如此危机，是认同呢，还是"绝望的抗争"？在这物质主义和功利主义泛滥、人的灵魂容易迷失的年代，引导学生去阅读文学经典、接受文学经典就成为大学教学不可推卸的职责，而青年学生对文学经典的自读更是当务之急，不可懈怠。

三 大学生如何阅读文学经典？

凡受过中等以上教育的人莫不接触过、阅读过文学经典，难道阅读还成为一个问题吗？是的，阅读也需深入实践。中学生对文学经典的阅读仅在一个方面或一个层面展开，而且有些话题也不适合展开；一般社会青年的阅读往往保持在一个较单一或较肤浅的层面，而且多感觉化、情绪化，偏于对故事情节的鉴赏。作为大学本科生，虽然不一定是中文专业的，但也需要更新眼光，提高理论水平，提升阅读质量，从而得到思想上更高的启迪，精神上更大的愉悦，情感上更深沉的宽慰，审美上更细腻、丰富的陶养,最终向着真正的"人"才迈进。那么,究竟该怎样阅读文学经典呢?限于篇幅,这里只能做一些极粗浅的介绍。

其一,直读原典。这本不成问题,但在当前信息爆炸、人们的认知往往被媒体所左右的年代,作为一个问题提出来还是有它的意义。记得北京大学钱理群先生在课堂上,反复劝导学生们,一定不要仅仅听别人怎么说,一定要自己先读先看,先从作品原典获得第一阅读印象。人生中有许多"第一"都很重要,给人留下印象也最强烈,往往终生难忘,对文学经典的阅读印象往往也是这样。只有自己有了直接的原始的阅读印象和感受,你才有资格说话,判断一部作品是好还是不好,是喜欢还是不喜欢,也才能判断别人分析解读的是妥当还是不妥当,才能形成自己的理解、感受与别人的理解、感受的"对话",从而将对作品的理解和感受深入下去。

其二,反复阅读原典。当前人们常用"说不尽的……"这样的句式表达对文学经典的赞许,如"说不尽的《哈姆莱特》","说不尽的《红楼梦》","说不尽的《雷雨》"等等。也就是说,经典的文学作品需要反复阅读才能"芝麻开门",真正洞察其中的秘密。或许有言,现在知识更新快,一切都像走马灯,青年人都在追新逐异、为各种泛文学读物所吸引,你让他(她)反复阅读文学经典,岂非奢侈之想?需要奉告的正是,一切淡定,无需浮躁!人生总是有所为有所不为,书也总是有所读有所不读。读书分泛读与精读,泛读解决面的问题,精读解决点的问题;泛读使人知识信息丰富,精读才使人有思想情感高度。

其三,在别人的认知、研究成果引领下阅读。前面说,要重视自己的阅读感受,这是理解作品的基础,但是这不意味着青年读者可以不要前人的引导。正确的方法是先自己阅读,获得第一印象，产生疑问，然后带着这些疑问寻找参考资料，譬如"作家传"，"作家研究资料"，对该作品直接分析解读的文章、著作等。为了保证其严肃性和正确度，最好是参考纸质出版的，网络上的去查知网、超星等正规网络途径中的。这样，对作品的理解就不会仅仅保持在主观感受上了，就会增加许多理性内容和文化含量，从而在更高层次上解决一些问题。如朱自清的散文名篇《荷塘月色》，中学语文课本上都说它是托物言志、借景抒情，表现现代知识分子的高洁情怀及大革命失败后情感上的忧伤，其实，查阅最近十多年来有关《荷塘月色》的研究，你马上会发现，这篇作品还埋藏着欲说还羞的内涵，就是作家对于进一步的爱与美的渴望及这种爱与美无法实现的怅惘。中学语文课本里所解读的往往只是作品的政治社会内涵，而最近这些年所重点解读的是作品的个人／美学内涵。

其四，掌握一些必要的文学分析解读方法。分析解读文学经典，最重要的是靠自己的能力，而不是仅仅依赖在别人现有的成果上；这样，自觉加强理论修养，掌握几种分析解读文学作品的思路、方法还是非常必要的。

一部好的文学作品，往往不可能只具有一个方面或一个层面的内涵和美学意义，而是相反。如对茅盾的长篇小说《子夜》，可以用"社会分析法"，因为它主要呼应20世纪30年代中国社会性质论战，按照中国共产党内对于当时中国社会各阶级的分析来给人物定性，并赋予人物相应的内涵，因此文学史家称之为"社会剖析小说"；可以用"文化分析法"，因为小说同时还写了当时迅速崛起的大上海都市生活，而且在书写这种物质文明高度发达、男女生活相当自由的都市生活时，不时流露出与其无产阶级立场相逆的认同、欣赏心理，从而使文本具有精神、神韵上的分裂症状；可以用"文学本体分析法"（偏于文学形式的分析），因为小说宏大而复杂的叙事结构及其意义功能早已得到文学史家们的公认。过去，人们对曹禺《雷雨》的解读主要强调其"社会学"含义，如说是暴露封建主义加资本主义大家庭的罪恶等等，其实如果要将解读深入下去，更好地接近文本，必须用"文化分析法"，因为剧本的主要目的还不在于其社会学内涵，而在于其人类文化学、宗教哲学诉求。剧本要表现人与自然、人与社会、人与他人、人与自我的复杂关系，警醒人们"认识你自己"！具有丰富的现代性内涵、古典性内涵和生态美学意义。剧本自然也需要"文学本体分析法"，因为它作为现代戏剧创作的峰巅，必有其艺术奥妙值得探赏。

有些作品特适合精神分析法，如弗洛伊德认为俄狄浦斯王之所以杀父娶母是因为他无意识里有这样的冲动，表现为恋母情结（即俄狄浦斯情结）。哈姆莱特要杀死娶了母亲的叔父但又犹豫不决，不是因为其他文化原因和性格原因，而是"这个人向他展示了他自己童年时代被压抑的愿望的实现。这样，他在心里驱使他复仇的敌意，就被自我谴责和良心上的顾虑所代替了，它们告诉他，他实在并不比他要惩罚的罪犯好多少"①。两部作品均呈现出自我、本我与超我的复杂关联。有的学者据《离骚》等作品得出屈原有与楚怀王同性恋倾向。台湾李昂的小说《杀夫》中阿芒官道德上是在谴责林市所谓淫荡，其实她潜意识里是羡慕，表现女性被压抑后的变态，实际又颠覆了自己道德上的合法性。

---

① （奥）弗洛伊德：《〈俄狄浦斯王〉与〈哈姆莱特〉》，见《弗洛伊德论美文选》，张唤民、陈伟奇译，北京：知识出版社1987年版，第18页。

有些作品特适合性别意识解读法。如老舍的《骆驼祥子》从男性视角看，"虎妞"有贪欲的一面，但如从女性视角看，虎妞张扬了女性被压抑的欲望，是生命的自然反弹。平时大家对格林童话《白雪公主》的解读是善与恶之间的角逐，但是女性主义批评家看到作品中王后代表女性自由意志的一面，因此被男性话语妖魔化为"恶魔"，而白雪公主代表女性无我的一面，这是男性社会所渴望的，因此被男性话语命名为"天使"。对夏洛蒂·勃朗特《简·爱》中罗切斯特的疯妻子、曹禺《雷雨》中桀骜不驯的繁漪，也同样可以用女性主义批评方法读出新意。

有些作品适合原型（母题）解读法。如美国戏剧理论家、原型批评理论的贯彻者费格生在《剧场观念》中将剧作《俄狄浦斯王》与西方古代宗教仪式联系起来看，认为剧作中的俄狄浦斯是一个"替罪羊"的原型。"俄狄浦斯形象本身提供了替罪羊的一切条件，即被放逐的国王或神的条件，因此，《俄狄浦斯王》戏剧情节的展开过程其实就同于原始时代杀死替罪羊的古老仪式。"[①]以后这一文学母题不断被重写、改写，如莎士比亚的《哈姆莱特》、曹禺的《雷雨》。中国文学中，《搜神记·三王墓》与鲁迅《铸剑》，《诗经·蒹葭》、屈原《湘夫人》与戴望舒《雨巷》，潘金莲形象与后世创作等。

文学本体解读法起源于俄国形式主义批评、美国新批评和法国结构主义批评等。这种解读法强调文学文本的独立位置，忽略文学文本与作者创作意图之间的对应关系，或从文本内部寻找结构的裂缝（就是"症候"）进行"细读"，或从文本与多重语

---

① 邱运华主编：《文学批评方法与案例》，北京：北京大学出版社 2005 年版，第 13 页。

境之间的关系进行语义学分析，体现出新的文学解读观念，收到前所未有的解读效果。前者如刘心武对《红楼梦》的"揭秘"，以上所说对《荷塘月色》的解读；后者如西方学者对《白雪公主》的女性主义解读，我国学者对茅盾《子夜》都市文化内涵的解读，等。接受美学更强调读者在文学解读中的审美个性和艺术爱好。

而所有的阅读理解都有一个当下性与历史性的复杂关系问题。一般而言，鉴赏性阅读主要用"美学标准"，不太看重"历史标准"，而批评、研究性阅读则同时看重"历史标准"。如怎样评价中国现代文学史上的左翼文学？延安文学的代表作、赵树理的小说《小二黑结婚》是不是文学经典？怎样评判它的价值？这里，解读时就要有历史眼光，考虑到它在历史上所起的作用，而不能仅仅从当下人们对文学的好恶审视。

附：

曹禧修著《鲁迅小说诗学结构引论》序^①

　　鲁迅小说研究几乎与鲁迅小说创作同时开始。1923 年，茅盾高度评价鲁迅小说，言："在中国新文坛上，鲁迅君常常是创造新形式的'先锋'；《呐喊》里的十多篇小说几乎一篇有一篇新形式。"（《读〈呐喊〉》）之后，鲁迅小说研究走过八十多年的漫长路程。这八十多年来，究竟出现了多少鲁迅小说研究成果，恐怕已很难统计清楚了。但是有一点这样表述应该没有大碍，即漫长研究过程中，无数研究成果中，真正从鲁迅小说之所以成为小说的内在艺术构成（即本体性）出发，通过分析、把握鲁迅小说的内在修辞技巧、叙事策略和叙事结构等来总结、彰显鲁迅小说的形式诗学意义，究竟不多。而我们也正是在此背景下看到曹禧修这部著作的重要意义。

　　该著作最近出版，写作却是在 2002 年。这一年，著者获河南大学中国现当代文学专业博士学位，博士论文是《抵达深度的叙述——鲁迅小说修辞论》，而现在的著作就是在此论文基础上

---

① 曹禧修该著作 2010 年 12 月由中国社会科学出版社出版。

修改、加工而成。可见也凝聚了著者近八年的心血。

该著作闪避以往中国现代文学研究包括鲁迅小说研究中两种偏向：一种是过分发掘、阐释文学文本中的政治、社会、历史、文化内涵和意义，无形中将文学文本当成了种种内涵和意义的载体，忽视了对文学本体性如修辞技巧、诗学结构等的关注和分析；另一种产生在新时期以后，在全球化背景下，一些学者急于开创中国现代文学研究的新局面，无视现代文学产生和发展的中国语境，而"硬是"将西方诗学理论如苏俄形式主义、英美新批评、法国结构主义及其相关叙述学、语义学、符号学文本分析技巧"套"到中国现代文学上去，无形中又产生新的弊端，即无视现代文学研究的中国目的和民族特色，而将现代文学当成了西方文论的"演练场"。这两种研究思路和方法均不同程度地脱离了现代文学本身。

为了走出研究困境，克服以上研究的弊端，论著坚持攻读博士学位期间与导师、同学共同讨论确定下来的"从形式分析进入意义"的基本思路和方法。其核心内容包括："其一，坚持内容与形式有机统一的理念，其真正的目的是守护文学的灵性；其二，始终把内形式的分析作为文学研究活动思维的逻辑起点和对象；其三，有机综合的分析视点。"其基本理论根据是黑格尔等人的文学内容与形式有机结合观点，所谓："没有无形式的内容，一如没有无形式的质料，这两者（内容与质料或质素）间的区别，即在于质料虽本身并非形式，但它的存在却表露出与形式不无相干，反之，内容之为内容即由于它包括有成熟的形式在内"；"内容非他，即形式回转到内容，形式非他，即内容之回转到形式"，等。如此，实现"从形式分析进入意义"的理论基础就不能不首选从古希腊修辞学发展而来、以美国学者韦恩·布斯的理论为代表的"小说修辞学"。

论著指出:"修辞学研究正是在小说文本与作者、语境以及读者三者之间的多维对话中展开,正与我们前面所论述过的那样:作者、语境、读者三者的分析因为有文本的制衡必然加强'形式感',而文本分析则因为有前三者的加盟则必然加强了'意义'的引领,想偏执于形式一端其实也并不容易,想割裂形式而偏执于意义一极似乎也必然过于勉强。"正是在这里,论者看到鲁迅小说研究新的思路和契机。论著认为:读者意识是小说修辞学的起点,而鲁迅正是一个最看重与读者关系的作家,因为鲁迅所有的创作均有一个"为人生"而启蒙、呐喊的总主题,因此,"读者意识"也是"鲁迅诗学研究(的)关键词",是解读鲁迅小说诗学深层结构的"新突破口"。论者将自己这种理论寻找和研究模式的定位称作"走出边界的阐释",其实是在更综合更合理的起点上对文学本体的回归,即论著所说文学的"回家",因此颇有创新性和启发意义。

在此研究思路和方法引领下,论著对鲁迅小说诗学结构进行了多元和分层的梳理、分析,并在此过程中达成对鲁迅小说多元、丰富的文化审美意蕴的"填空"与阐释。

论著探讨最有深度最富有启发意义,且具有笼罩全论著思维框架和阐释脉络的是鲁迅小说中的"智情双结构"。"我们的假定性是:鲁迅的小说创作有两种类型的隐含读者,因而也有双重的文本结构设计。一种是普通读者,与之相应的是情结构的设置,其价值内核是呐喊、助威、启蒙;一种是智性读者,与之相应的是智结构的设置,其基本模式是两类知识分子的'潜对话'。"两种结构看似"不失清晰的分界点,然而实际上却是一个彼此错杂、相互交融、难舍难分的结构实体,且名之为'智情结

构'或'智情双结构'"。论著重点探讨了鲁迅为什么在其小说中
设置"智情双结构"及这一双结构在鲁迅小说中是怎样体现出来
的。论著紧紧抓住鲁迅小说创作的根本动因——弃医从文以开
启民智、立人、立国及这一文学理想在今后中国语境中的变异，
认定鲁迅在日本从事文学活动时，对启蒙充满信心，意气风发之
中既以民族沉疴的"诊者"身份出现，又以"治者"身份出现，这时
鲁迅作为现代知识分子的自我期许"诊者"与"治者"是不分家
的。然而"理想"遭遇"困境"，启蒙者与被启蒙者之间无法真正
沟通，"九年沉默"之后"思想的深化"（也是悲剧化）使鲁迅认定
当时存在着的中国是一个"铁屋子"结构，而且这个"铁屋子"结
构不是过去人们所惯常理解的"文本性封建思想传统"，而是"非
文本性思想传统"，是超时空的"非文本性""思想，思想的语境与
思想的主体三者组合的一个结构"，实际上就是民族根性（特别
是民族劣根性）、人的根性（特别是人的坏根性）及这些根性所以
产生的语境的组合。这"是一个人类的理性无法左右的结构"，
如鲁迅言其"万难破毁"。面对此种境况，在响应时代召唤，写作
呐喊的同时，鲁迅就将自己的身份进行了调整，由原先的"诊治
合一"角色退居于"诊者"角色，而将"治者"的历史任务的完成基
本上托付给未来的人。反映在鲁迅小说中，就有"智情双结构"
的设置。一方面，鲁迅没有完全放弃早年的文学立人、文学救国
理想（还有"信"），还在通过创作呐喊，渴求与民众（一般读者）进
行对话，为前驱者助威，这便有了"情结构"的设置，另一方面，又
深谋远虑之中看到问题之复杂性，历史沉疴之非一时可以治愈
（表现为一种深刻的"怀疑"），设置"智结构"重点探讨国民性主
要是民族劣根性（以"诊者"的身份出现），而将改变这种根性的
微茫的希望主要托付给未来的"智性读者"即"治者"。由于"时

间"的延迟，鲁迅就无法证明"希望之'必无'"，如此，一定程度上
冲淡了鲁迅的"绝望"，并缓解了鲁迅内心的焦虑。这既是鲁迅
对待历史、人生"从关注'结果'到思考'过程'"的重大契机，也是
其小说始终不失"启蒙"性质的重要保证。以《狂人日记》为例，
正文是白话文，是单向度思维方式的叛逆性书写方式，主要展露
狂人在"铁屋子"家庭、社会结构中的生存体验及大发现，为"情
结构"设置，对应呐喊、启蒙的时代诉求，主要是与一般读者的沟
通，小序则是传统、反向式书写方式，看似是对传统的妥协和回
归，内容也主要告诉读者狂人"病愈"后"赴某地候补矣"，好像一
个刚刚觉醒的人又回到传统的怀抱，又走了历史的老路，事实
上，这是小说叙述的高明之处：小序恰与正文对比，构成"智结
构""封套"，暗示"智性读者"（"治者"）狂人及其同胞们真正的觉
醒、新生路程还非常遥远。与此相关联，论著认为，正文中的狂
人"从来不曾把肯定性思维用于对方或把否定性思维用于自己。
这种单向度的线性思维""从某种意义上讲也就妨碍了他全面深
入地理解传统世界，难以看清楚传统价值世界真正的支撑系统
是铁屋子结构。这就直接导致了他对吃人的人采取直接劝转的
方式，他勇敢地挺身而出，与对方短兵相接，而不是采取鲁迅所
主张的'壕堑战'战术：……狂人实际上就是鲁迅所并不称许的
那一类'暴露者'"。这里，把狂人理解成鲁迅所否定的人物形象
是否恰当姑且不论，这种对狂人理解的思维向度却发人深思。
过去，人们对正文中的狂人形象一般是肯定的，称之为反封建的
战士或封建社会的叛逆者，而论著却做了相反的论证。与此相
应，过去人们一般认为小序中的狂人去"候补"，即是复归传统社
会的怀抱，是一种"缴械投降"的表现，但是论著抓住小序中狂人
称自己"病"中的日记为"狂人日记""语气被省叙"的"缝隙"，认

为狂人称自己"狂人""究竟是自责还是自嘲……其具体的意义指向是无法确定的"。如是自嘲,即表明狂人"病愈"后"接受了事实的教训从而改变战术,或者养精蓄锐,待机而动,或者变短促战为持久战,变正面交锋为'壕堑战'"。与此相联系,小序中的"候补"也不能断然否决,因为这未尝不是狂人改变自己的单向度思维、改变战术的表现。显而易见,小说叙述的"含混模糊、不确定"性(作为后时间的隐含作者也是叙述者"余"的一种修辞手段)扩展了小说文本的艺术想象空间,"正是作者竭力想追求的艺术效果",而论著听从文本的召唤,对小说进行这种"填空"式诗学解读,也极大地扩展了鲁迅小说研究的思维空间。对应鲁迅"深层的心理需求","情结构满足的是鲁迅感性的需要,或者说是深层的心理情感的需要",表征在作品中,往往使作品充满热力、激情;"智结构满足的是鲁迅理性的需要",深层思索的需要,表征在作品中,往往使作品充满深远洞察和睿智,形成"冷峻"的风格。在对"智情双结构"的探讨中,论著还顺便探讨了鲁迅之所以运用小说这一文体形式及其小说先锋性形成的原因。论著认为,鲁迅之所以选择小说这种文体,除了它与大众读者关系密切,还因为小说具有"藏之名山,传诸后世"的跨时空性,正好作为鲁迅与未来的"治者""跨时空对话"的最好载体。如此情况下,鲁迅也是一个"艺术应该表现那些具有永久性价值的对象"论者。鲁迅对小说"艺术可能的永久性时间特征"是非常"重视"的。鲁迅也是一个文学的基本人性论者。这不能不让人想起 20 世纪 30 年代鲁迅与梁实秋那场著名的文学究竟以表现阶级性为好,还是以表现超阶级的永久人性为好的交锋及其最后的功过评判。鲁迅既要"顾念(普通)读者",又要"抒写(忧虑深远的)自我",于是在选择了与普通读者关系最密切的小说这一文学形式的同时又采用"先锋性叙事"。如此,鲁迅小说就有了可看、可懂、可受感染(作为启蒙起作用的表现)与看不懂、不好看、不去看(拒绝普通读者,避免他们受作者"灵魂里的鬼气和毒气"感染)的双重书写性质。不待言,论著这一部分关涉鲁迅小说研究乃至鲁迅研究问题其多,可引发的思维空间很大,对今后的鲁迅小说研究乃至鲁迅研究有很大促进作用。

论著同时探讨了鲁迅小说诗学结构的其他方面,如序文结构、封套结构、反比结构、象征结构、复否定结构等。论著指出,《狂人日记》中序文之间构成结构对比。小序过于短小,且为文言文,直到 20 世纪末,之前长达半个多世纪的时间,其深远诗学结构功能均不为人们所识别。事实上,小序承载着鲁迅小说"智结构"的意义指涉。因为正是在小序里,人们才可看到狂人最后的人生价值旨归,才可看到狂人这一人物形象的价值属性,才能表达隐含作者"余"与"智性读者"("治者")之间充满"忧愤深广"的"跨时空对话"。《阿Q正传》的"序"表面看起来是一篇"蘑菇文章",实际则大有深意存焉。阿Q名字的"虚化",其行状的模糊,表明"阿Q是一个变数而非一个定数",序言也就成为"一个可变函数的表达式"。阿Q是谁,是不确定的,但小说所写阿Q的种种思想言行却是显摆的。小说通过这种序文比照,完成"写出一个现代的我们国人的魂灵来"的创作目的。封套结构指鲁迅小说总是给人物设置一个圆形的似封套的生命轨迹,人物"从原点出发,绕了个圈子,又回复到原点"。这种结构在鲁迅小说中比比皆是,如表现愚昧国民的《示众》《孔乙己》《风波》《祝福》《阿Q正传》《肥皂》《高老夫子》等,表现现代知识者悲剧命运的《狂人日记》《伤逝》《孤独者》《在酒楼上》等。反比结构"系指把两个相反相对的情节要素锁并在一起,使它们各自在相互间的矛盾冲突及彼此间的颠覆和否定中发生意义增殖并焕发出新的结构意蕴"。论著举出的例子有《一件小事》《孔乙己》《药》《铸剑》《理水》《故乡》等。复否定结构的小说，论著举出的例子也很多，但解读最有纵深度的无疑是《伤逝》。论著先提醒人们，《伤逝》中也存在序文张力结构。正标题下面出现一个以第三人称陈述的副标题"涓生的手记"，即"序"明整部小说的叙述者不是涓生，是隐含作者，涓生叙述的只是正文。由此出发，小说完成其"复否定"艺术建构。小说第一层结构是"新青年与旧传统之间的对立结构，也即涓生与子君婚恋共同体与传统社会之间的对立结构"。"新青年"否定"旧传统"之后又被"旧传统"所否定。由此引起普通读者对"旧传统"的仇恨、质疑和对"新青年"思想性格缺点的反思，对应小说的"外结构或者说情结构"。小说第二层结构是"涓生与子君之间的对立结构"。在这一结构里，涓生是话语的操纵者，子君是被话语操纵者，通过涓生的话语言说，我们看到子君作为女性觉醒和解放的不彻底，"子君在父亲的家门外彷佛找回的自我又丢失在丈夫的家门内"。如此，"从未意识到否定男权的子君结果为男权所彻底否定"。小说第三层结构是隐含作者和隐含读者形成共同体与涓生之间的对立结构。这时的结构就是典型的"内结构"或曰"智结构"。子君死后，涓生以一个忏悔者的形象（自审形象）出现在读者面前，但是由于作品巧设的第三人称副标题，使读者能站在超越人物的视点审察涓生的灵魂，审视涓生的忏悔。结果发现，"涓生不是一个可靠叙述者，涓生的叙述本身是存在问题的，与隐含作者根本不是站立在同一价值立场上"。涓生实际上是一个"逃避忏悔的忏悔者"。由此完成小说对涓生即"逃避忏悔的忏悔者"的"伤逝"（他审），实际是反思和追问。

论著在寻找、架构"鲁迅小说独特的修辞原则"的过程中,经常有充满灵光、新鲜而富有启发意义的分析、议论文字,充分体现出论者对鲁迅小说及相关问题的精细体验和深入研究。前面已论及各方面无需再谈,下面再随便举出几例:(1)在论及"铁屋子"指"非文本性思想传统"实则是"中国国民的精神结构"时,论著议论道:"鲁迅绝没有把中国国民的劣根性全部归因于封建思想与封建统治;倘若如此,那岂不让国民轻易地逃脱了自己作为人的本身的责任,其结果自然是全部国民只有两种类型:不是把自己装扮成受害者,慷慨激昂地声讨封建的罪孽,就是安心居于旁观者的位置;最后,封建统治垮台了,封建思想也已臭名昭著,但中国大多数国民作为"人"的劣根性丝毫未改,因此,"招牌虽换,货色照旧,全不行的"。这样的议论实际告诉人们,鲁迅也是一个文学的人性论者。(2)论著从鲁迅设置"智结构"的目的出发,揣摩鲁迅对文学"永久性价值"的重视,在此背景下,解读鲁迅对当年新潮社作家创作缺乏"终极的目标"的批评所指,认为鲁迅要求新潮社作家除照顾文学的现实目的外,还要照顾文学的长远目的。20世纪30年代鲁迅给沙汀、艾芜等作家的那封著名的谈小说创作"取材要严,开掘要深"的书信其深远意蕴也应作如是观。这也就是鲁迅小说至今仍有深远的思想情感意义和长久的艺术价值的奥秘。(3)论著认为"鲁迅经常让我们感觉到他的矛盾性,也感觉到他的深刻,但我认为鲁迅的矛盾其实就是鲁迅的深刻。当我们不理解的时候是矛盾,理解了便是深刻"。(4)论著将自己的研究行为称为向鲁迅文学家园的"回家"。言:"世事常常显得未免荒诞和残酷的却是,最想回家的人偏偏是不能回家的人,最想回家的人也恰恰是那些并不具备足够能力和条件回家的人;不过,聊以自慰的是,不能回家的人也常常是最真诚地想回家的人,没有能力和条件回家的人也往往是最执着地想望回家的人。"

无疑,论著在"试图从鲁迅小说的'土壤'中重新发现,甚至是重新培植小说修辞理论的新原则、新技巧、新策略"时,并不将小说修辞学等诗学理论"硬套"到鲁迅小说文本上去,相反,论著试图"真正进入鲁迅复杂的心灵世界",贴近鲁迅小说创作的历史语境,并且将论者自己对文学、历史、人生等的精审体验也投放了进去,从而形成沉甸甸的理论运作框架与具体、细致的小说文本分析"有机综合"的态势。论著达到了"至少也应当从鲁迅小说文本中重新发现并阐明鲁迅小说独特的修辞法则,或者说属于鲁迅小说'这一个'的修辞原则、技巧、策略等等","也防止纯粹的形式批评有意无意地宰割文学的灵性"的写作目的。甚至从文体风格上,论著也实现了质朴而活泼、抽象而形象的统一。

论著寻找到了鲁迅小说研究新的学术生长点,与近年来颇具学术锐气和学术活力的青年学者的相近成果一起,进一步突破了 20 世纪 80 年代以来以王富仁、汪晖、陈平原等为代表的仅从小说的"人称形式和叙事顺序"来探讨鲁迅小说艺术特征和诗学魅力的研究格局和范围,弥补了以往鲁迅小说研究的不足。

当然,学术探讨往往存在一些这样或那样的小问题,该著也不例外。如论著从智结构意义诉求出发,认为《狂人日记》正文中狂人的思维方式是"单向度的线性思维方式",正文中的狂人是鲁迅所并不称许的那种"只知责人,不知自责"的"暴露者",从而基本上将正文中的狂人否定,是否就走向了偏至?再者,论著为了论证《伤逝》中"涓生是一个逃避忏悔的忏悔者",小说则是"对'伤逝者'的伤逝",过分强调涓生对子君的爱,认为"涓生爱子君，子君死后更爱"，而"涓生自始至终就不曾正视过自己灵魂深处的爱，就像他在子君生前死后都不曾深情地呼子君为妻子一样。正是从这个意义上讲，《伤逝》中的'伤逝'并不是涓生悼妻子之亡，也不是涓生伤朋友之逝，而是期待着读者与作者一同伤涓生之流的灵魂之逝"。"涓生在子君生前，逃避爱的责任，不敢正视严酷的现实，也不敢正视自己真实的灵魂。爱之于涓生，就仿佛是泄欲后的厌倦，是大难临头时，劳燕分飞。于是涓生冷漠而残忍地埋葬自己的婚姻，也埋葬自己的爱情，把子君逼向死亡的深渊。在子君死后，涓生又逃避真实的忏悔，不敢正视自己真正的罪孽，逃遁在一种浓烈的自我悲悔、自我谴责的情绪之中，从而在一种自我欺骗的心理平衡中寻求满足，自欺同时也欺人地标榜着自己的正直善良，而其实质正是在标示着自己的残忍无道。"这种论述也不乏深刻中的片面。所幸的是，即使有这些小瑕疵也不足以损害整部著作的闪光之处。何况，我们的理解也许是误解，"也许这些探讨本在作者的写作意图之外"。

艾青研究的新进展

——叶锦著编两种简评

长期以来,艾青研究主要在对艾青诗歌创作思想和艺术成就的阐释等方面徐徐行进,而关于艾青生平、创作具体背景、作品发表的原始出处及艾青其他文学活动等史料的搜集、发掘和整理方面始终处于薄弱环节。打破这一既有局面,将研究引向深入的是著名艾青研究专家、浙江省金华市艾青研究会会长叶锦先生的两部新作。这两部新作,一部是《艾青年谱长编》(以下简称《长编》,人民文学出版社 2010 年 4 月版),一部是《还艾青一个清白——艾青研究史料考证》(以下简称《考证》,团结出版社 2010 年 7 月版)。如诗歌研究者杨四平所言,叶锦先生以献身事业的精神、坚强的学术意志和严谨的治学作风,在艾青生平研究方面实现了"知识考古"的重大突破,标示着艾青研究将走向新的历史阶段。①

---

① 杨四平:《中国研究艾青生平第一人——序叶锦〈还艾青一个清白〉》,见叶锦著《还艾青一个清白》,北京:团结出版社,2010 年版。

一　大量搜罗原始资料,以求呈现完整的艾青

《长编》的资料搜求和整理开始于 1978 年,正式动笔于 2006 年,成稿于 2008 年,定稿于 2010 年 2 月。为了使自己的研究达到"最新、最全、最真实"的效果,30 多年来撰者克服种种难以想象的困难,办理无数相关手续,移行于全国各有关图书馆、历史档案馆、文献室,几乎查遍了海内外关涉艾青生平、创作和文学活动的所有报刊及其他资料,参阅过目前所出版的所有关乎艾青创作的文集、选集、全集,走访过艾青生活、工作过的所有地方,访问有关人士达百余位,包括艾青本人、艾青夫人高瑛和他们的子女、艾青的前妻张竹如和韦嫈的子女、艾青的师友俞福祚、雷圭元、李又然、刘风斯、江丰、余润汉、黄定山、萧仲英、钟鼎文、罗烽、贺敬之、丁玲、曾竹韶等。如有的研究者所言,撰者是"三十年追一梦,三十年磨一剑,三十年写一书"①。撰者由是获得了大量过去人们所没有掌握的有关艾青的第一手资料。如艾青所感慨:"你们像公安局查户口似的,把我调查得那么清楚"!②第一代艾青研究专家晓雪先生盛赞:"我认为,这部至今为止最全面、详尽而又准确的《艾青年谱长编》是艾青研究的最新重要成果。"③据研究者统计,《长编》"汇集条目近万条;涉及海内外近千种书刊杂志、大量的内部档案材料,以及许多当事人的口述资

---

① 徐家麟:《〈艾青年谱长编〉的启示》,见金华市艾青研究会主编《〈艾青年谱长编〉学术研讨会资料集》,2011 年 1 月印刷,第 40 页。

② 叶锦:《艾青年谱长编》,北京:人民文学出版社 2010 年版,第 480 页。

③ 晓雪:《艾青研究的最新重要成果》,见金华市艾青研究会主编《〈艾青年谱长编〉学术研讨会资料集》,2011 年 1 月印刷,第 3 页。

料和函札书信"，新"提供了《艾青全集》外佚诗、文 143 首（篇）"①，"对先前资料中错漏进行补正的地方达二百多处"②。

《长编》还有一个创造性的举动，就是除了记述艾青 86 年的生平事迹外，还采用时间下延的办法，记述了从 1935 年孙作云第一次评价艾青诗歌到 2010 年艾青诞辰百年之间学术界对艾青及其诗歌、诗学思想进行研究和评价的所有活动和文献来源。这样，《长编》给研究者提供了一个完整的"百年艾青"的历史形象。

《考证》是《长编》的姊妹篇。有些资料是《长编》中涉及的，但是《长编》中不适合展开说明，就在这里以"集中化""专题化""具体化"的形式探讨，如首次详尽介绍了艾青 20 世纪 30 年代参加左翼"春地美术研究所"的具体过程、艾青被捕后的具体表现，为我们了解艾青作为左翼诗人的真实背景提供有力支撑；首次对《艾青全集》为何没有收录撰者新发现的 143 篇散佚诗文的原因进行具体探讨，对《艾青全集》存在的其他错误进行归类并分析其产生的原因；首次对新发现的艾青木刻作品创作的具体情境及其不少木刻评论进行评述；首次告诉我们民国时代还有不少人冒艾青之名发表作品；现代文学批评史上，第一个评论艾青诗作的是孙作云等等。有的资料则是"首次披露的"，如"艾青在敌人法庭上的庭审记录"等③。

显然，两部著作填补了以往艾青研究的许多空白，突破了以

① 张乐初：《艾青研究的新阶段——读〈艾青年谱长编〉》，见金华市艾青研究会主编《〈艾青年谱长编〉学术研讨会资料集》，2011 年 1 月印刷，第 17 页。
② 张继红：《细说"诗坛泰斗"生前身后事——评叶锦著〈艾青年谱长编〉》，见金华市艾青研究会主编《〈艾青年谱长编〉学术研讨会资料集》，2011 年 1 月印刷，第 24 页。
③ 叶锦：《还艾青一个清白》，北京：团结出版社 2010 年版，第 46—48 页。

往艾青研究的格局。

二　去伪存真、精心考辨，以求呈现真实的艾青

如果说《长编》的文体特色在于"记述"，那么《考证》的文体特色就在于"考辨"。撰者呼吁学术界戒掉"急功近利"的心理，而去"细心考证"一些问题①，从而尽量恢复历史的本来面目。无疑，这里面体现出可贵的历史良知和学术责任心。

《考证》的创新价值主要体现在"第一辑"诸文章里。《艾青入狱及春地美术研究所始末——兼考订艾青研究中的几个问题》一文考订了春地美术研究所的性质、名称、成立的日期、画展举办的时间、画展中艾青到底展出几幅绘画作品等问题。文章先是列举既有研究成果的有关陈述，然后表达自己的见解，所凭证的是撰者获得的《春地美术研究所简章》、完全版本的《春地美术研究所成立宣言》、1932 年 5 月 20 日"美联第五次执委会会议记录"、1932 年 6 月 21 日上海青年会智育部就春地美术研究所画展延期致媒体的新闻稿、当年铅印的"春地美术研究所展览会目录"等。文章还探讨了艾青被国民党反动派逮捕入狱的具体情形，如艾青和其他春地美术研究所成员是在何种情况下被捕的，被捕的有几人，被捕成员的生平事迹是怎样的，为何艾青被判刑最重等等。关于"艾青为何被判刑最重"，文章的考辨是因为"艾青表现的最强硬"。"后来关在捕房中以至法庭上，都非常强硬。江丰的母亲到庭旁听，她感慨地对坐在旁边的人说，'这个青年可够硬的'。因此，捕房和法院都认为艾青是美联的头，

---

① 　叶锦：《还艾青一个清白》，北京：团结出版社 2010 年版，第 156 页。

同时认定'春地美术研究所即为左翼美术家联盟之机关'。"①根据两部著作提供的材料,笔者以为艾青的态度强硬除了个性的原因以外,还有就是对于自己所从事的文艺活动充满坚定信念。换言之,这个"硬"不是随便能硬起来的。这对于深化我们对艾青作为一个左翼诗人的意义的认识是强有力的支持。《艾青在法庭上》一文首次披露艾青受审时的对话笔录,让人们看到一个对自己的追求充满信念的人对敌人的蔑视和与敌人智慧地周旋的情景。

将考辨文章写到一个很高境界的是《还艾青一个清白——关于龚德明考证"艾青的一封信"的考证》。这篇文章长达 15000字,针对著名学者龚德明关于署名"艾青"的一封信的考证而写。抗战时期,在上海有一个署名"艾青"的人写作《烽火女儿》向中华书局投稿,请求出版,著名学者龚明德轻易判断这个艾青就是我们的研究对象诗人艾青,并且撰写《笺注艾青的一封信》,认定艾青是"自觉这个卖文为生的路走不通"才奔赴延安,显然"贬谪和歪曲了诗人艾青的形象"②。为此,《还艾青一个清白》一文通过审辨那封署名"艾青"的信的内容、行文风格、笔迹,查对原刊,进行相关地名考察、中华书局变迁史考察、相似材料综合考察,求助权威人士,终于得出不疑结论:那封署名"艾青"的信是从上海发到当时的中华书局的,当时的中华书局尚没有搬到重庆,换言之,这件事的发生始终在上海,而当时艾青在重庆,所以这封信只能是另有人所为。艾青之所以奔赴延安,并非在当时的重庆走到了"卖文为生的路走不通"的地步,相反,艾青当时在重庆

① 叶锦:《还艾青一个清白》,北京:团结出版社 2010 年版,第 32 页。
② 叶锦:《还艾青一个清白》,北京:团结出版社 2010 年版,第 141 页。

发表了大量诗文,迎来了创作上一个小小的高潮,而真正的原因是:一方面,"共产党是为了保护进步文化人不受国民党的迫害,团结和争取文化人共同抗日";另一方面,"艾青则为了人身安全,到'延安可以安心写作,不愁生活上的问题'。诗人最高的愿望就是能安安静静地写诗,能够多出作品"①。这番精心的考证不仅澄清了历史事实,确实达到了"还艾青一个清白"的目的,而且也具有较强的方法论意义。

三　放开眼光、秉笔直书,以求呈现复杂的艾青

叶锦先生这两部著作也做到了尊重历史、人生的复杂性,不隐恶、不溢美,秉笔直书,不为尊者讳。如此以来,两部著作不仅呈现了最真实的艾青,而且呈现了最复杂的艾青——无疑,这样的研究在更宽广的范围内激活了人们的历史、人生、审美记忆,拓展了人们的研究思路,深化了人们对问题的认识。

两部著作提供的材料都表明,艾青是一个对诗歌艺术很有抱负的诗人,同时也是一个迫于政治压力、不断跟随政治形势改变自己观点和态度的诗人。关于前者,《长编》首次披露的艾青几篇佚文很能说明问题。一是 1939 年 5 月出版的《文艺阵地》第 3 卷第 3 期"文阵广播"专刊刊登的艾青给《文艺阵地》编辑的一封信的内容,其中论道:"对新诗,我差不多每天都在过着激愤的日子;诗人们,有技巧的没有内容,有材料的没有技巧,弄得整个诗坛很混乱。尤其使我难过的是像 x 那样的东西也算是诗,

---

① 叶锦:《还艾青一个清白》,北京:团结出版社 2010 年版,第 149 页。

简直就连最拙劣的报告也赶不上。"①显然,艾青坚持诗歌思想性
的同时也坚持诗歌的艺术性。二是1941年1月《抗战文艺》第7
卷第1期刊登的《一九四一年文学趋向的展望》,这实际是中华
全国文艺界抗敌协会会报第一次座谈会记录,其中艾青的发言
呼吁"产生更伟大的作品,其至纪念碑的作品,假如我们的时代
允许我们的诗人们放胆创作的话"②。三是1940年12月出版的
《抗战文艺》第6卷第4期刊登的艾青的《诗论》(第六辑)后面的
"附记","附记"表明艾青渴望"像亚里士多德那样的大师"一样
可以建立起自己的诗学理论③。关于后者,两部作品也披露很多
资料表明实际的情况。如延安文艺整风前写《了解作家,尊重作
家》表达自由、独立思想,整风开始后,就写《现实不容许歪曲》,
长篇大论批判王实味,认为"艺术家没有必要装得像牧师那样,
以为自己的灵魂就像水晶似的那么透明(虽然也不至于像王实
味那样肮脏),而在这神圣的革命时代,艺术家必须追随在伟大
的政治家一起,好完成共同的事业,并肩作战。今天,艺术必须
从属于政治"④。如大家所知,艾青受胡风影响很大,与胡风文艺
思想较近,但是新中国成立后批判胡风,艾青也表现出相当的积
极性,写出一批批判性文章,如《坚决镇压反革命匪徒》《把奸细
消灭干净》等。1941年2月《蜀道每月文集》第一集文艺短论《说
些真的事情》认为"诗人必须忠实于自己的生活体验,忠实于自
己的思想感情,忠实自己的对于每件事情,每天日子的喜怒哀

---

① 叶锦:《还艾青一个清白》,北京:团结出版社2010年版,第63页。
② 叶锦:《还艾青一个清白》,北京:团结出版社2010年版,第91页。
③ 叶锦:《还艾青一个清白》,北京:团结出版社2010年版,第87页。
④ 叶锦:《还艾青一个清白》,北京:团结出版社2010年版,第72页。

乐","诗是虚伪的永不妥协的敌人"①;1979 年 2 月 28 日在海南文联和海南师专联合举办欢迎海港诗人诗歌报告会上,艾青应邀作题为《诗人必须说真话》的报告②.但是新中国成立后几十年来,艾青一直摆脱不了"左"而"假"的纠缠。无疑,这既显示诗人的悲喜剧,也显示时代的悲喜剧。

《长编》"1942 年 4 月 23 日"条目下,转载萧军日记内容:"……上午接到一封毛泽东的信,他约我去和他谈一谈关于星期六座谈会的事,我去了,……谈到艾青,他问我此人如何,我说,他只是个优秀的诗人,决不是个伟大的诗人,他缺乏深厚的一个伟大的心胸。"③这里,萧军所谓艾青"缺乏深厚的一个伟大的心胸",所以"决不是个伟大的诗人",所指何在? 这种评价是确评,还是误解或者有意曲解?"1953 年 12 月"条目下记载胡乔木说艾青"你身上也有些庸俗的东西"④,那么这个"庸俗的东西"到底指什么? 从当时的历史语境看,胡乔木所谓艾青身上的"庸俗"应该是指过分沉溺于男女之事,而政治眼界还不够高,政治定性还不够强。那么,撇开胡乔木具体所指,我们能否说艾青身上还有一些别的庸俗的东西呢?

《考证》记述,1980 年,当叶锦先生将刚写好的《艾青年谱》逐字逐句念给诗人听,念到 1932 年在法租界遭逮捕并"被引渡给国民党政府"时,诗人纠正说:"没有引渡。""引渡就糟了! 我没有引渡啊! 引渡给国民党就糟了!"当撰者决定将"引渡"修改成

---

① 叶锦:《还艾青一个清白》,北京:团结出版社 2010 年版,第 87 页。
② 叶锦:《还艾青一个清白》,北京:团结出版社 2010 年版,第 107 页。
③ 叶锦:《还艾青一个清白》,北京:团结出版社 2010 年版,第 107 页。
④ 叶锦:《还艾青一个清白》,北京:团结出版社 2010 年版,第 181 页。

"移送"并征求他意见时,诗人认可了。① 显而易见,诗人当时很不放心将自己引渡给本国人,而情愿在洋人支配的地方受审。这里面就有一个现代中国与现代化西方的复杂关系问题。艾青历来被称为现代中国的"民族的诗人""人民的诗人""时代的诗人",但是又无可回避地在理知上认同现代化西方。无疑,这是现代中国人包括诗人自己精神世界、审美世界矛盾、困惑的根本所在,也是诗人在其诗歌中反复表达"深刻的忧郁"的根本原因。两部著作通过披露这样的历史细节,引发研究者许多相关的历史、文化、审美思考。

结　论

新中国成立以来的中国现代文学研究,前三十年主要受极左政治的统摄和影响,后三十年则遭遇商业经济大潮的挟制和伤害。新时期开始后,现代文学研究主要解决学术思想、学术意识的拨乱反正,后新时期则主要面临学术坚守、学术建设的历史重任。无疑,叶锦先生这两部著作出版在今天"纯学术坚持"相当困难的情况下,是有多方面的启发意义的。一方面,它坚守一种学术精神,赓续一种学术脉络,表明中国现代文学研究的正常发展,另一方面,它以"回到历史原点"的姿态,通过披露大量原始材料揭示艾青研究中许多可持续探讨空间,引发新的学术思考点,也表明艾青研究正日益走向成熟。

当然,两部著作也有它们的不足之处。除个别地方印刷有错讹之外,一些关于诗人生平及文学活动的重要关节披露资料

---

① 叶锦:《还艾青一个清白》,北京:团结出版社 2010 年版,第 23 页。

还不够多。如诗人在巴黎的生活情况究竟怎样,诗人一生三次婚姻两次婚外恋的情况究竟怎样,诗人在新时期朦胧诗讨论中的态度和具体活动情况究竟怎样,等等,两部著作都有不少语焉不详的地方,或者采取完全回避的做法。据笔者了解,《长编》原已撰写 90 万字,出版时则只有 39 万字。说明限于当下的条件,还有大量资料不能马上公之于世。所以,我们期盼学术研究进一步解放思想,期待着叶锦先生在出版新的著作时能弥补上这些缺陷。

后　记

　　随着年龄的增长,辛弃疾那首小词《丑奴儿·书博山道中壁》越来越在耳边萦绕不去:"少年不识愁滋味,爱上层楼。爱上层楼,为赋新词强说愁。　　而今识尽愁滋味,欲说还休。欲说还休,却道天凉好个秋。"这首小词写得漫不经心,却非经历过世间变幻、人生酸甜苦辣者不能深得其味。这里,有执着,有旷达,亦儒亦道者的形象跃然纸上。到了《红楼梦》,佛家精神渗透更浓厚了,然而作者是一个伤心至极的人,所以《红楼梦》的审美情绪飘逸中不免惨烈,轻松滑稽背后过于严肃沉重。现代作家无不称赞《红楼梦》,因为古代文学从它开始正视人生的悲剧性,文学艺术的面貌为之一变。但是真正为现代中国提供新的文化维度还要从鲁迅、胡适一代开始。胡适坚持个人自由,且引古人言:"宁鸣而死,不默而生。"鲁迅坚持个人解放基础上的人间本位主义,说:"仰慕往古的,回往古去罢! 想出世的,快出世罢!想上天的,快上天罢! 灵魂要离开肉体的,赶快离开罢! 现在的地上,应该是执着现在,执着地上的人们居住的。"钱锺书通过《围城》极力挖苦"逃避自由"者的人生败象,但是他又像周作人、张爱玲一样,深度认同现代危机,在鞭挞"逃避自由"者的同时又悄悄地放了"逃避自由"者一马,在正经之外极尽讽刺幽默滑稽之能事。这种人生思想、人生智慧和人生境界在现代文坛和现代学术界一直不绝如缕。2000 至 2001 学年,笔者曾在北京大学中文系师从钱理群先生做访问学者。其间,北大中文及相关专业不少名师如严家炎先生、孙玉石先生、洪子诚先生、钱理群先生、温儒敏先生、陈平原先生、曹文轩先生、商金林先生、吴晓东先生、李扬先生、戴锦华先生、王岳川先生、董学文先生、严绍璗先生、乐黛云先生、陈跃红先生、车槿山先生等都在给学生上课。课堂上,他们引介最新文化、文学及相关学术研究动态,多方面探讨文化、文学、学术与人生,显示知识的渊博、治学的严谨、思想的敏锐和艺术的智慧,令聆听者大开眼界,思维活跃,灵魂受到震颤,精神受到启发,情感得到润泽,艺术美的感受能力、鉴赏能力和专业的文学研究能力都得到不小的提高。此外,还有幸聆听清华大学徐葆耕教授、中国社会科学院周启祥教授等人在北大的讲座。可以说,这一段时间虽不长,但所学终身受用。越来越难忘记的是,一次,王岳川教授在课堂上传授秘笈:"做学问(与做人一样),也要半正经,半不正经。"这个话不太学术化,但很接地气,经受过人生和学术历练者自懂其中三昧,只遗憾的是,笔者在"半正经"与"半不正经"上均未达到应有的境界。

路,只能走着看着了。

本小书是笔者的第三部论集。其中,《论施济美的小说创作》是在钱理群先生鼓励和指导下完成的,虽然还达不到钱先生的要求,但这是一个新的起点,特别值得纪念和珍惜,也特别感谢钱先生的指导和提携之恩。《抛掷与荒凉》也是一篇旧文,但这是笔者写得最顺畅的一篇小文,也得到小说《心脏病》作者的首肯,也极为难得,以此纪念笔者与小说作者夫妇的深厚情谊。

关于顾艳小说的一篇已经收进笔者的第二部论集,这里之所以又收进来,是因为笔者以为顾艳是浙江 20 世纪八九十年以来颇有思想视野、其生命感受和艺术姿态颇能呼应时代需求而又形成了鲜明的艺术个性、审美风格因而也产生了一定影响的作家,但是关于其创作的研究始终不多,笔者目前无力对之进行新的研究,再一次收在这里,以表达对浙江当代文坛这份收获的敬意。《庄子自然观与中国现当代女性文学》也已收进笔者第二部论集,但是后来发现关于《庄子》原文的引用仍有不少错讹之处,这次又收进来,主要参照中华书局出版之曹础基《庄子浅注》,也辅以中华书局出版之刘文典《庄子补正》等,认认真真校对了多遍,虽然可能还会有个别标点错误,但是文字上应该没有问题了。对此,笔者向读者表示深深歉意!《风中芦苇在思索》显然是受解志熙先生第一部专著《风中芦苇在思索——中国现代文学的现代性片论》的影响和启发而命名,2004 年就已写成,本不属于学术研究或批评性论文,篇幅也过短,之所以也收在这里,是因为它代表笔者一段心境、一种心情,它让笔者心里更平静,更能清醒认识到世界、人生包括自我的真实面目,所以至今不忍舍弃。本小书还收录了近年来笔者所写和发表的部分教学论文。集中大部分论文均已在《中国现代文学研究丛刊》《当代文坛》《名作欣赏》《现代中文学刊》《湛江师范学院学报》《浙江工业大学学报(社科版)》等刊物上发表过,个别篇章还有幸获得过省教育厅优秀社科成果奖或被中国人民大学复印报刊资料《中国现代、当代文学研究》转载。

在通往学术的道路上,至诚感谢钱理群、刘增杰、解志熙、陈子善、程光炜、吴福辉、陈青生、吴秀明、黄健等先生的关心、指导和帮助,感谢那些为笔者发表论文提供平台的刊物编辑老师们和为笔者出版学术著作付出勤苦劳动的出版社编辑老师们。这本小书的出版得到浙江工业大学人文学院中文学科资助,浙江大学出版社责任编辑王荣鑫从开始为本书联系出版事宜到本书最后出版都花费很多时间和精力,并且允许笔者不断修改、完善文稿,这里一并表示真诚的谢意!当然,由于本人学力有限,浅陋之处难免,也恳请学界前辈和同仁多多指教为盼!

2018 年 6 月 28 日

于浙江工业大学屏峰校区郁文楼 A214

图书在版编目(CIP)数据

古典的与现代的/ 左怀建著 .—杭州:浙江大学
出版社，2020.1
(郁文丛刊)
ISBN 978-7-308-18853-1

Ⅰ.①古… Ⅱ.①左… Ⅲ.①中国文学－现代文学－
文学研究－文集 Ⅳ.①I206.6-53

中国版本图书馆 CIP 数据核字(2018)第 291960 号

古典的与现代的

左怀建 著

责任编辑	王荣鑫	
责任校对	宋旭华	
封面设计	项梦怡	
出版发行	浙江大学出版社	
	(杭州市天目山路 148 号 邮政编码 310007)	
	(网址:http://www.zjupress.com)	
排 版	浙江时代出版服务有限公司	
印 刷	虎彩印艺股份有限公司	
开 本	880mm×1230mm 1/32	
印 张	11	
字 数	285 千	
版 印 次	2020 年 1 月第 1 版 2020 年 1 月第 1 次印刷	
书 号	ISBN 978-7-308-18853-1	
定 价	68.00 元